CHRISTIANE TRAMITZ

DAS DORF
UND DER
TOD

CHRISTIANE TRAMITZ

DAS DORF UND DER TOD

Kriminalroman
nach einer wahren Begebenheit

LUDWIG

Cradle to Cradle Certified® ist eine eingetragene Marke
des Cradle to Cradle Products Innovation Institute.

Penguin Random House Verlagsgruppe FSC® N001967

3. Auflage
Originalausgabe 09/2021

Copyright © 2021 by Ludwig Verlag, München,
in der Penguin Random House Verlagsgruppe GmbH,
Neumarkter Straße 28, 81673 München
Redaktion: Dr. Heike Fischer
Umschlaggestaltung und Motiv: Hauptmann & Kompanie, Zürich
Satz: Leingärtner, Nabburg
Druck und Bindung: GGP Media GmbH, Pößneck
Printed in Germany
ISBN: 978-3-453-28124-0

www.Ludwig-Verlag.de

TEIL EINS
VRONI

Simon Weber ist zurück im goldenen Dorf, viele Jahre sind seit dem Abschied vergangen. Der alte Mann steht in seiner alten Heimat mitten auf der Wiese des Dorfangers. Er trägt einen ihm zu großen schwarzen Anzug, in dessen Brusttasche drei Rosen stecken. Das Haar ist grau meliert und nach hinten gekämmt, der Körper schlank, die Haltung aufrecht. Simon Weber dreht sich langsam im Kreis. Früher, als er ein Bub war, durfte man nicht auf dieser Wiese sein. Sie war nämlich der Privatbesitz eines reichen Herren, der dort in einer großen Villa logierte, umgeben von einer hohen Mauer. Jetzt stehen hier weder Villa noch Mauern, nur noch zwei Bänke, auf der einen sitzt eine junge Mutter mit ihrem Säugling und stillt, auf der anderen wiegt ein junger Kerl mit Kopfhörern seinen Körper im Takt der Musik. Simon Weber schaut auf die Häuser, die ihn umgeben, dann blickt er hoch in den Himmel. Nur drei dicke Wolken sind dort zu sehen. Sie werfen einen Schatten über den Ort und lassen ein paar Tropfen fallen. Nicht der Rede wert.

Der Mann setzt seinen gewohnten Weg fort, er schlägt die gleiche Route ein, wie er sie damals, vor siebenundsiebzig Jahren genommen hatte, wenn er zusammen mit seinem Freund, den Leiterwagen hinter sich herziehend, den Kunden ihre Waren brachte. Vom Schwaigerbauern über den Sonnbichlerhof quer über den Kirchplatz hoch zum Feistlhof und weiter, dann einen großen Bogen schlagend, am Waldesrand über den Bach und auf der anderen Seite wieder dorfabwärts. Die Wege sind die gleichen geblieben, nur sind sie jetzt geteert, nicht mehr erdig, kiesig, matschig, löchrig, staubig, so wie sie einst je nach Witterung waren. Es gibt keine Pferdeäpfel mehr und keine Kuhfladen, es liegen keine Heuhalme herum, keine Blätter. Es fühlt sich anders an, wenn man auf diesen Wegen geht. Härter. Gewöhnlicher. Die Straßen und Wege schlängeln sich von unten nach oben, teilweise am Bach entlang, sie führen über kleine Brücken, vorbei an den alten Höfen. Vor jedem dieser Gebäude bleibt Simon Weber stehen und kramt in seinem Gedächtnis nach den verlorenen Bildern. Alles ist gleich und doch unnennbar anders. Die Höfe, die die Zeiten überlebt haben, sind schmuck wie damals, vor ihnen stehen noch die alten Hausbänke, Geranien hängen vor den Fenstern, wie immer, prachtvoller Wuchs in den Bauerngärten, in denen Bienen von einer Blüte zur anderen tanzen. Und doch fehlt das Leben, die Alten auf den Bänken, die spielenden Kinder, die pickenden Hühner und der vertraute Geruch. Die Misthaufen sind verschwunden, in den Ställen steht kein Vieh mehr. Neben manch einer Türe verweisen Schilder auf Fremdenzimmer. Simon scheint es, als habe der Ort kein Gesicht, keine Seele mehr, sondern trüge eine Maske, in makelloser Schönheit erstarrt.

Die drei schweren Wolken haben sich verzogen, den Regen mit sich getragen. Auf dem Boden versprenkelt kleine dunkle Tropfenflecken. Simon Weber fällt das Gehen schwer. Doch es treibt ihn weiter. Jene Menschen, denen er begegnet, sind ihm unbekannt, trotzdem grüßt er alle freundlich, so ist er es gewöhnt. Die meisten grüßen zurück, andere gehen stumm weiter. In jedem einzelnen Gesicht der älteren Menschen versucht Simon Vertrautes zu lesen. Es könnte der Schorsch sein, Franzerl oder jemand, dessen Namen Simon Weber vergessen hat, nicht aber, wie deren Aussehen in jungen Jahren war. Ein buckliges Weiblein, älter noch als er, schiebt einen Rollator vor sich her. Als sich ihre Blicke treffen, fragt Simon: »Kann es sein, dass wir uns von früher kennen?«

Sie zuckt mit den Achseln. »Zimmer 15, erster Stock.« Simon überlegt kurz, doch dann erklärt die Alte: »Kenn im Altersheim noch nicht alle, bin erst seit zwei Wochen da, weißt du, junger Mann?« Herr Weber lächelt. »Jung, na ja. Kommen Sie von hier?« Die Frau schüttelt den Kopf. »Regensburg. Und Sie?« – »Ich habe meine jungen Jahre hier verbracht.«

»Ach, die jungen Jahre«, die Alte erhebt sich, steht schwankend da. »Die sind so lange her, es waren schlimme Jahre dabei, der Krieg, Sie wissen«, sagt sie.

Simon Weber weiß es, das Vergangene ist ihm gegenwärtiger denn je. Deswegen ist er wieder hierhergekommen, ins goldene Dorf, die Vergangenheit lässt ihn nicht los, ihre Bilder erscheinen ihm in seinen Träumen. Schuldig oder nicht?, fragt die Vergangenheit.

Simon verabschiedet sich und zieht weiter. Als er an einer kantigen, neu erbauten Villa vorbeikommt, überlegt er, ob nicht hier einst der »König« Trachsler gelebt hat. Der Garten in dem das Gebäude steht, hat mit dem einstigen nichts mehr gemein. Die große Buche hatte man gefällt, stattdessen zwei japanische Ahornbäumchen gepflanzt. Der Rasen ist kurz rasiert, hellgrün, ohne Blumen, ohne Getier. Der Zaun, früher aus morschem Holz und in sich zusammengefallen, wurde durch Bambusbüsche ersetzt. *Ja, ja, gewiss,* denkt Simon, *im rechten hinteren Teil des Grundstücks stand damals das schwarze Haus des Alois Trachsler, der Warzen wegsprechen konnte und die einzigartigste Krone auf seinem Haupt trug, die ein Herrscher nur tragen konnte.* Simon lächelt, als er in Gedanken den kauzigen Alten vor sich sieht, eine Seele von König, das war er. Simon würde ihn so gerne besuchen, so wie er all die anderen jetzt gleich besuchen wird. Doch der König ruht woanders, wo, das kann man sich denken, wenn man die Geschichte kennt. Doch damals, als alles geschah, kannte sie niemand. Oder wollte sie nicht kennen, nicht hören und schon gar nicht sehen, diese verdammte Geschichte.

Simon erreicht den Friedhofsplatz. Die uralte Linde zeigt sich in vollem Saft, die Blätter zittern im lauen Wind. Die Bank unter ihr gibt es noch, wenngleich man sie durch eine neue, grün gestrichene ersetzt hat. Simon reibt mit dem Hemdsärmel die Sitzfläche trocken und nimmt Platz. Ein Bub auf einem Skateboard rattert vorbei und tippt mit der rechten Hand an seine Schiebermütze zum kurzen Gruß. Simon grüßt nickend zurück. 1935, so erinnert er sich, es war an einem Sonntag im August, als er mit seiner Mutter die Stadt verlassen hatte und hierherzog, da war er in etwa in dem Alter des Jungen, der jetzt mit wedelnden Armen und schwankendem Oberköper auf dem Brett steht und die Straße hinunterrattert. Es ist ein warmer Tag, ein schöner.

Der alte Mann atmet tief durch, erhebt sich schwerfällig und betritt den Friedhof. Langsam geht er die Grabreihen entlang: Viele bekannte Namen, die er dort liest. Bauer Sonnbichler, Familie Schwaiger, das Fräulein Briefträger. Vor dem großen Grab der Feistls bleibt er kurz stehen und betrachtet die gerahmten Fotos der Verstorbenen. Die schöne Bäuerin mit den traurigen Augen, die alte, runzlige Schwiegermutter, der Mann mit dem forschen Blick. »Sie begann bei euch, diese Geschichte. Ja, ja, sie begann bei euch«, murmelt Simon Weber und zieht weiter, der Kies knarzt unter seinen Füßen. Eine junge Frau steht am Brunnen und füllt die Gießkanne, ansonsten ist es auch hier menschenleer.

Es ist ein gepflegter Friedhof. Kein Grab wirkt verwildert oder achtlos behandelt. Selbst die Welt der Verstorbenen ist im goldenen Dorf mit Schönheit und Achtsamkeit versehen. So war es schon immer. *Doch das Gold war nur ein Schein*, denkt der alte Mann. *Damals zumindest. Und heute?*

Endlich ist Simon an seinem Ziel angelangt. Er holt eine Kerze aus dem Rucksack, stellt sie behutsam an den Grabstein und zündet sie an. Die drei Rosen legt er daneben.

»Servus, ich bin's, der Simmerl«, sagt er. »Mein Freund, ich hatte dir versprochen, dass wir zusammen deinen 90. Geburtstag begehen. Jetzt bist du oben im Himmel, ich unten im Dorf und blicke nur auf die schwarze Erde, die auf dir und den Deinen ruht.«

Simon zögert einen Moment, bevor er weiterspricht. »Hab nachgedacht all die Jahre, wo begann das Schicksal, wo die Schuld, dass alles so gekommen ist, ich noch hier bin, ihr so weit weg seid? Ich sag's euch, es begann, bevor wir geboren wurden. Und doch tragen wir die Schuld an dem, was passiert ist, alle miteinander, die noch Lebenden und ihr, die ihr hier ruht. Wisst ihr, es geschah vor ewiger Zeit. Es ist eine lange Geschichte, wie sie sich mir nach schmerzvollem Grübeln erschlossen hat. Wollt ihr sie hören?«

Die Toten geben keine Antwort. Nur ihre Namen glänzen in goldenen Lettern, der Mörder und zwei seiner Opfer tief unter der Erde vereint. »Es geschah im Sommer 1921«, beginnt Simon Weber zu erzählen.

Es geschah im Sommer 1921 droben, auf der Anhöhe im alten Schuppen. Währenddessen grasten nebenan die Kühe und schlugen mit den Schwänzen die Fliegen weg. Einige der Tiere dösten auf der Wiese, ihre Mäuler kauten gemächlich wieder. Während es geschah, leuchtete die Sonne hell am Himmel, Vögel zwitscherten auf den Ästen oder ließen sich durch die warmen Lüfte gleiten. In dieser Stunde, in der es geschah, hockte Alois Trachsler auf dem oberen Boden des Schuppens hinter einer Kiste und wagte keine Regung. Sonst wüssten die beiden Menschen, die es unter ihm trieben, dass ein Zeuge zugegen war.

Die meisten Familien des Ortes saßen zu dieser Zeit gemeinsam am Küchentisch; die Frauen sprachen über Alltägliches, über das, was sie beim Kirchgang oder im Landgraf'schen Laden erfahren hatten, die Männer tranken ihr Bier, nickten mit den Köpfen und ließen ihre Gedanken woandershin treiben.

Es war ein normaler Sonntag, während es geschah. Ein Sonntag in einem ruhigen Jahr, der Erste Weltkrieg war seit drei Jahren vorüber, die Armut noch quälend, die Trauer über die Gefallenen gegenwärtig. Einhundertvierzehn Männer des Ortes waren in den Kampf gezogen, nur jeder dritte zurückgekommen. Man hatte viel Leid zu überwinden.

Während oben auf der Anhöhe Heimliches geschah, deckte Mari Zinsmayer den Tisch und ärgerte sich, dass ihre Tochter Vroni um diese Zeit schon wieder aushäusig war. Deren Vater, Herbert Zinsmayer, hockte vor dem Haus auf der Bank und studierte seine Skizzen. Er war der Tüftler und geniale Erfinder im Ort.

Vierhundert Meter den Dorfbach aufwärts, dort, wo sich der Bauernhof mit der großen Kastanie befand, hängte Benedikt Feistl, ein ruppiger Bauer, seinen Sonntagsanzug in den Schrank, legte den Rosenkranz in die Schublade der Holzkommode und schnallte seinen Schmuckarm ab. Feistl massierte den Stumpf, der von seiner Schulter abging, ein nutzloses Teil, unbrauchbar für die Arbeit, hässlich, ein Stück Fleisch, das er hasste, das seinem Willen nicht mehr gehorchte, nichts anderes tat, als schlaff hinabzuhängen. Eine Granate hatte aus seinem rechten Arm einen blutenden Fetzen gemacht, Unterarm nebst Hand waren irgendwo auf dem Schlachtfeld zwischen den Leichen der Kameraden geblieben. Der Krieg war noch in Feistls Kopf, das Geschrei, der Tod, das Blut und diese verdammte Angst. Der Mann ging hinunter in die Küche, gab ein paar Holzscheite in den Ofen, stierte in die lodernden Flammen und grämte sich über sein Schicksal, einsam, ohne Weib, verkrüppelt, ständig Schmerzen verspürend und kein Geld in Aussicht, um diesen unerträglichen Zustand zu beenden.

Ein paar Häuser weiter bergauf, am oberen Rand des Ortes, stand das letzte Gebäude. Dort begann der Feldweg, der zu einem Pfad wurde, dann in einen Steig mündete, der Wanderer, Förster und Jäger hinauf auf den hohen Berg mit den zwei Zinnen führte. In diesem letzten Häuschen des Dorfes lebte das ledige Fräulein Briefträger mit fünf Katzen und der größten Briefmarkensammlung der ganzen Gegend. Frieda, so hieß die Postbotin mit richtigem Namen, war eine kleine pummelige Person mittleren Alters mit bereits ergrauten, gewellten Haaren. Außerdem war sie geschwätzig wie kaum jemand anderes und deswegen ohne Mann. Gleichwohl liebte man sie allerorts, denn sie hatte ein aufrichtiges, argloses Wesen.

»Dich stecke ich hierhin neben King George. Und dich, das Deutsche Reich? Vielleicht hierhin? Hmmm, mal sehen, was meinst du?«, murmelte sie in diesen Stunden am Sonntag vor sich hin, als wäre eine unsichtbare Person im Raum. Auf dem

Tisch lagen Schere, diverse Briefumschläge, Schnipsel, einzelne Marken aus aller Welt. Und ein Briefmarkenalbum, dessen Seiten Frieda derart behutsam umblätterte, als bestünden sie aus purem feinstem Blattgold.

Den Dorfbach wieder hinabgehend, gelangte man schräg unterhalb der Kirche zu einem großen Platz, der von fünf Bauernhöfen umringt war. Der größte und stattlichste von ihnen war der Schwaigerhof, in dem der gleichnamige Bauer mit seinem Enkel Anderl lebte. Der Altbauer zählte zu den Betagteren im Ort und genoss den ruhigen Abschnitt seines Lebens, denn er hatte den Hof dem Enkel übergeben. Der alte Schwaiger arbeitete nur noch, wenn ihm danach war. Das Gehöft lag in einem üppigen Garten voller Obstbäume. Schien die Sonne, sah man den alten Bauern vor dem Haus sitzen und eine langstielige Pfeife rauchen. Während der Qualm in die Luft stieg, beobachtete der Mann seine Bienen, die links und rechts gegenüber der Bank vor ihren Stöcken summten und tänzelten. Schräg gegenüber dem Schwaigerbauern befand sich der marode Sonnbichlerhof, in dessen Stall gerade eine Kuh ihr Kälbchen gebar. Bauer Korbinian stand barfuß hinter ihr und zog am Seil, das er an die Hinterläufe des noch nicht Geborenen gebunden hatte. »Na, komm schon raus da«, knurrte er. Seine Laune war schlecht, denn ihn quälte der verdammte Hunger. Nachdem die Kuh das Junge aus dem Leib gedrückt und abgeleckt hatte und das Kälbchen auf zittrigen Beinen die Euterzitzen der Mutter suchte, ließ Korbinian Sonnbichler die beiden allein. Wieder ein Leben mehr auf dem Hof, obwohl das Futter knapp war. Fürs Vieh, für ihn selbst, für seine junge Frau Reserl und die kleine Tochter Annamirl. Der Bauer war verschuldet, sein Hof gehörte lang schon einer »Judenbank«, und Korbinian Sonnbichler sah keinen Ausweg aus der Misere. Die Speisekammer war restlos geplündert, das Apfel- und Zwetschgenmus verspeist, die Kartoffelkiste inhaltslos, der letzte Speck verzehrt, im Brotkorb lagen ein paar Krümel, und es rumorte im Bauch vor Hunger. Mit dem frühen Tod der Mutter war auch das Leben aus dem Gemüsegarten hinterm Hof gewichen, denn Reserl hatte keine Zeit für das Pflanzen und Jäten, sie war tagein, tagaus mit dem Spinnen von Flachs beschäftigt, um ein wenig Geld hinzuzuverdienen. Und so wuchs nichts mehr im Garten, außer Unkraut, Brennnesseln und Löwenzahn. Daraus kochte Reserl Suppe für die Familie oder bereitete Salat. Jetzt stand sie in der Küche, schmeckte die Gemüsesuppe ab und verzog den Mund. »Etwas Salz noch«, murmelte sie. »Aber besser wird's dadurch auch nicht.« Dann deckte sie den Tisch, zog die Schürze aus und setzte sich. Die Hände im Schoß gefaltet, hockte sie regungslos da und sah zu, wie der Dampf dem Topf entwich. In der Stube roch es nach fader Brühe. Und in der Ecke in der Wiege schrie das Kind.

Während all dies geschah, liebkoste sich oben auf der Anhöhe, die über dem Dorf lag, das heimliche Liebespaar. Es lag ganz hinten in der Ecke des Schuppens in einem Heuhaufen. »Bist mein größter Schatz auf ewig«, flüsterte der Mann seiner Geliebten zu und streichelte ihr über die Brüste.

Zu dieser Zeit hatte die alte Kauffrau Lena ihren Laden selbstverständlich geschlossen, schließlich war Sonntag, der Tag des Herrn. Während Tochter Klara im Wohntrakt den Tisch für das Mittagessen eindeckte, stand die Ladeninhaberin hinter der Ladentheke und machte in den Regalen Ordnung. Das Butterschmalz stand falsch, Zucker, Dosen, Mehl, Schuhcreme, Wolle, alles war zu wenig geordnet. Lena schüttelte den Kopf. »Herrschaft, so a Durcheinander«, brummte sie. Zu Mittag, wenn sie alle am Tisch säßen, würde sie, die Chefin, ein paar ernste Worte an die Angestellten richten. Wie jeden Sonntag.

Die Glocken schlugen drei Mal, während oben auf der Anhöhe zwei Menschen voller Liebe füreinander waren, ihre Münder aufeinanderpressten, zuerst zärtlich, dann leidenschaftlich. Herzen vereinigten sich. Und Körper.

Und drunten bei den Zinsmayers warteten die Eltern am gedeckten Tisch vor ihren Suppentellern. »I hab's langsam satt mit der Rumtreiberin«, schimpfte Mari Zinsmayer. Herbert nahm den Löffel in die Hand. »Wir fangen jetzt an zu essen«, bestimmte er. Seine Frau betrachtete ihn von der Seite, im Gesicht ihre unverkennbare Zornesfalte. »Du tust immer so, als wär nix mit unserer Tochter, Herbert«, sie hieb mit der Faust auf den Tisch. »Noch was muss ich dir sagen. Die Vroni küsst ihn.«

»Wer küsst wen?«, fragte ihr Mann.

»Die Moni den Hiasl.«

»I weiß net, wovon du sprichst«, murrte Herbert Zinsmayer und begann, die Suppe zu löffeln.

»Vom Theaterstückl red ich. Ich hab's gelesen, und da küsst ...«

»Ja und?«, fragte er.

»Mein Gott, Mann, unsere Vroni spielt die Moni. Und der Binder Lorenz den Hiasl, weißt des net?« Mari Zinsmayer verschränkte die Arme vor ihrer Brust. »Niemand werd küsst, schon gar net unsre Vroni von dem Hallodri Lorenz.« Der Vater zuckte mit den Achseln. »Wennst meinst, Frau. Jetzt iss! Und weil des Vronerl schon wieder net da is, kriegt's halt nix zum Essen.«

1921 war das goldene Dorf noch ein normaler Ort. Und es war ein normaler Sonntag, während es droben im Holzschuppen auf der lauschigen Anhöhe geschah. Nichts Ungewöhnliches trat augenscheinlich auf, und doch geschah an diesem Tag etwas Besonderes: eine ungehörige Verschmelzung zweier Wesen, eine Schandtat fleischlicher, verbotener Gelüste zweier verliebter Menschen, die so jung waren, dass sie nicht ahnten, welche Folgen alles haben würde. Und wenn schon. Es wäre ihnen zu dieser Liebesstunde wohl einerlei gewesen.

Der König, denn für einen solchen hielt sich Alois Trachsler, lauerte immer noch oben in seinem Versteck, während es geschah. Er nahm sein Kreuz in die Hand und betete für die beiden Seelen, die es unter ihm trieben. Er hörte ihr Atmen, das Stöhnen, alles Ungehörige. Es war schrecklich für den alten Trachsler, der selbst nie erleben durfte, wie es war, einander nah zu sein.

Endlich gaben die Sündigen Ruhe, lagen im Halbdunkel, dicht nebeneinander und hielten sich an den Händen. Schweißperlen rannen über die verschwitzten Gesichter, das konnte Alois Trachsler durch die Ritzen der Holzbretter hindurch erkennen, denn ein schwacher Sonnenstrahl hatte sich durch den Fensterspalt quer über den Heuhaufen direkt auf die junge Frau gelegt. Jessas, die Zinsmayer Vroni und der Binder Lorenz, erschrak Alois Trachsler. Er überlegte, ob er einschreiten sollte, schließlich war das hier sein eigenes, geheimes Reich. Sein Reich! Dort hatte er zu grübeln. Allein und ungestört wollte er hier sein, und es gab für den König wahrhaft viel zu grübeln, denn bisweilen rasten die Gedanken in seinem Kopf derart durcheinander, von hier nach da, erbarmungslos und eigenwillig, dass es Alois Trachsler geradezu schwindlig wurde. Immer sonntags zwischen elf Uhr dreißig und dreizehn Uhr dreißig verzog sich der Mann hierher, denn nirgendwo ließ es sich so trefflich nachdenken, nirgendwo war er so ungestört wie hier auf dem oberen Boden des Schuppens, wo an den Wänden zwischen staubigen Spinnweben vergessene Heugabeln und ein paar stumpfe Sensen hingen und auf den Bodenbrettern drei hölzerne Melkschemel herumlagen. In einer Ecke befand sich Trachslers alte Kiste, in die er seine wertvollen Utensilien gepackt hatte: ein Kreuz, einen Kristallstein und eine weißlich schimmernde Meeresmuschel, die ihm seine Mutter vererbt hatte. Mutter Trachsler, die schon lange tot in der Grube lag, etwas außerhalb des Friedhofs, dort, wo man die Armen der Ärmsten begrub, hatte sie dem kleinen Alois geschenkt, als der noch ein Bub war. »Da, Loisl, wennst die Muschel ans Ohr hältst, hörst das Meer«, hatte sie ihm gesagt.

Die junge Frau im Raum unter Alois Trachsler richtete sich auf und zog den Unterrock über die Knie. Der Gefährte hatte die Augen geschlossen. »Lenzerl«, flüsterte sie, »bist eingeschlafen?«

Er schüttelte den Kopf und strich sich mit der Hand durch die Haare. »Ich hör den Blättern zu, wie sie rauschen, und denk nach.« Vroni Zinsmayer zupfte sich kleine Heuhalme aus dem Zopf und steckte eine Locke zurück ins Geflecht. »Ganz dreckig bin i«, seufzte sie. Sie erhob sich, ging ein paar Schritte zur Tür und öffnete sie. Der Sonnenstrahl wanderte über den Boden bis zur hinteren Wand, durchflutete den Raum, ein sanfter Windzug strömte herein, und das große Spinnennetz am linken Balken direkt unter der Decke zitterte ein wenig. Auch das sah der König. Draußen begannen die Kirchturmglocken zu läuten, erst die eine, tief und sonor, kurz daraufhin die andere, hell und mahnend zur Essenszeit. »Wird Zeit, dass ich heimgeh«, sagte Vroni, »aber ich mag net, will bei dir bleiben.« Sie lächelte, drehte sich zu dem Geliebten um und legte sich wieder neben ihn ins Heu. »Die Zeit anhalten, des wär's«, sagte Lorenz, »oder weit wegfahren, übers Meer, was meinst, Vronerl?« Sie nahm seine Hand und legte sie auf ihre Brust. »Weg, wohin?«, fragte sie.

»Amerika oder noch weiter«, schlug er vor. Sie atmete geräuschvoll ein. »Ach, Lenzi, du bist schon a Spinner, du, immer mit deinem Amerika. Schöner als bei uns im Dorf ist's nirgendwo.«

»Ich nehm dich mit, Vronerl«, sagte Lorenz mit zärtlicher Stimme. Sie schüttelte den Kopf. »Naa, naa, jetzt kommt erst mal das Theater dran, ich freu mich so. Bis zur nächsten Probe kann ich den ganzen Text auswendig. Ich versprech's dir.«

Die Glocken waren verstummt, eine Biene hatte sich verflogen, unruhig schwirrte sie im Schuppen umher, zog ein paar Kreise über den Köpfen der Liebenden, ließ sich kurz auf den Boden nieder, tänzelte nach rechts, nach links, surrte wieder in die Höhe und flog durch den Türspalt in die Freiheit. Der alte Trachsler lächelte zufrieden, schließlich gehörten auch die Bienen zu seinem Reich. »Lenz, wir sollten gehen, waren schon so lang weg«, warnte Vroni. Lorenz nickte, knöpfte die Lederhose zu und erhob sich. »Komm«, sagte er und reichte der Geliebten die Hand.

Als die beiden den Schuppen endlich verlassen hatten, legte Alois Trachsler das Kreuz sorgsam in die Schatztruhe zurück, kletterte die Leiter hinunter und sah durchs milchige Fenster dem Paar hinterher. Er schüttelte den Kopf, der einzige Zeuge der Liebe, die an diesem Sommersonntag 1921 geschah. Droben auf der Anhöhe.

* * *

Im Garten Eden lebten die Seligen, dort waren Wonne und Glück zu Hause. Einen Strom, der sich in vier mächtige Flüsse geteilt hat, soll es im Garten Eden auch gegeben haben, durch diese gedieh und wuchs die Natur voller Üppigkeit und Vielfalt. Es duftete nach Rosen, Lavendel, nach Flieder und vielem mehr. Die Augen schweiften über sattes Grün, Blumenteppiche, über pralle Fruchtbarkeit. Tiere waren auch zugegen, alle Wesen, die erschaffen wurden. Es gab weder Missgunst noch Feindschaft, keinen Streit, schon gar kein Töten und Morden. Das Glück der beiden Menschen, der ersten und einzigen auf dieser noch unschuldigen, jungfräulichen Welt, war groß. Das Paradies, der schönste Ort, den die menschliche Vorstellung geschaffen hat, lag weit von der Erde entfernt, hoch oben hinter den Wolken im Himmel, dachten die Menschen. Erleben konnte man das Paradies nur, wenn man daran glaubte, es nach dem Tode betreten zu dürfen.

Und doch konnte es auch auf Erden sein. Während Vroni durch die kleinen Straßen nach Hause schlenderte, war ihr so. Die Gefühle in ihrem Herzen ließen die Verliebte denken, ein Stückchen des Garten Edens sei vom Himmel gefallen, direkt hierher ins Dorf und habe es in goldene Farbe getaucht. Im echten Paradies gab es keine Häuser, aber hier, im sonnendurchfluteten, irdischen, säumten sie den Weg, der sich durch den Ort schlängelte: die Balkone prachtvoll mit Geranien geschmückt, die Wände mit Malereien versehen, die Gärten mit Hyazinthen, Narzissen, Feuerkelchen,

Rittersporn bewachsen. Im Herzen des Dorfes, auf der großen Angerwiese, kickten Buben einen Ball hin und her. In acht Wochen würden hier auf diesem Platz Bänke stehen. Ein Ausschank und eine Bühne gebaut und Stempen in den Boden geschlagen werden, zwischen die man als Kulisse bemalte Laken spannen wird. In wenigen Wochen würde auf dem Dorfanger eine große Aufführung stattfinden, und zwar das Theaterstück *Der Bayerische Hiasl* von Wilhelm und Ottilie Köhler. Vroni fieberte dem Tag entgegen, denn Lenz hatte ausgerechnet sie dazu auserkoren, die Rolle der schönen Moni zu übernehmen. Seit Anfang Mai lernte sie den Text auswendig, stand gestikulierend vor dem Spiegel, übte ihr Mienenspiel. Leidenschaft, Liebe, Verzweiflung, all das mache ihre Rolle aus, hatte Lenz Vroni erklärt. Er hatte die Vorführung auf die Beine gestellt, das Stück und die Schauspieler ausgesucht. Moni war die Geliebte des Hiasl. Und den Hiasl, den wilden Kämpfer für Gerechtigkeit, diese tragische Figur, die man später grausam hingerichtet hatte, spielte Lenz selbst. Im Dorf sagten die Leute, die Rolle des Rebellen würde zum Bäckerssohn Lorenz Binder bestens passen, denn der wäre immer schon besonders und aufmüpfig gewesen und hätte jetzt als wilder und rastloser Lebemann nichts als hochtrabende Ideen, Flausen und Weibersleut in seinem Kopf, anstatt sich der Arbeit und der Bäckerei zuzuwenden. Lenz selbst machte nie einen Hehl daraus, dass er den Bäckerberuf, der ihm aus Tradition heraus vorgegeben schien, verabscheute. Dem jungen Mann schwebte allerlei anderes vor: Mal wollte er Bierbrauer werden, mal Bildhauer, dann Musiker, Autor oder gegenwärtig ein großer Schauspieler auf den Brettern, die die Welt bedeuteten.

Ein Hahn krähte, und die Katzen sonnten sich auf der Hausbank. Auf ihrem Weg nach Hause grüßte Vroni fröhlich nach links, wo die Bäuerin strickend auf der Hausbank saß, grüßte nach rechts, rüber zum Lederer, der vor sich auf dem Gartentisch ein Bier stehen hatte. Hier im Dorf kannte man sich, fühlte sich miteinander verbunden, die Menschen lebten in einer Gemeinschaft, wie sie nicht enger und verbindlicher sein konnte.

Auf der schmalen Holzbrücke, die über den Dorfbach führte, blieb die Zinsmayertochter stehen und beugte sich übers Geländer. Sie sah die kleinen Strudel, die sich im Wasser bildeten, und in dem Moment wirkte selbst das Bächlein auf sie munter. Ihre Augen wanderten zwischen den Höfen hinüber zur Bäckerei. Dort hatte mit heftigem Herzklopfen und verstohlenen Blicken ihre heimliche Leidenschaft für Lenz begonnen. Und nichts fürchtete sie mehr, als dass irgendwer ihre Gefühle für den zwei Jahre älteren Bäckerssohn entdeckte. Der stattliche Mann mit seinem markanten Gesicht, den stahlblauen Augen, dem dunklen gewellten Haar schenkte Vroni das betörendste Lächeln der Welt, wenn er sie ansah und fragte, was sie zu kaufen gedenke. Stand die junge Zinsmayertochter im Laden direkt vor ihm, wagte sie kaum, ihn anzusehen, zu sehr fürchtete sie, ihre Wangen würden sich dann verräterisch röten. Gefühle, besonders die der Liebe, hatte man geheim zu halten, denn im Dorf tratschten die Leute gern, und in der Kirche predigte der gestrenge Pfarrer Keuschheit für Mann und Frau, solange diese den Bund der Ehe noch nicht eingegangen waren.

Vroni war es einerlei, was die Menschen über Lenz Binder tuschelten: Frauenheld, Tunichtgut, Hallodri. Aus der Theaterliebe Moni und Hiasl erwuchs alsbald die echte: Vroni und Lenz wurden zu einem heimlichen Paar, das sich versteckte, wenn es sich liebte, mal oben im Wald, mal unten am großen Fluss. Meistens aber trafen sie sich im Dunkel des Schuppens auf der Anhöhe, der früher mal ein Schafsstall gewesen war und jetzt als Lager für ausrangierte Dinge diente. Die Dachbalken hingen schräg, ein paar Bretter in der Wand fehlten, und es war nur eine Frage der Zeit, bis ein heftiger Windsturm das alte Teil zusammenbrechen lassen würde. Ein verlassenes Plätzchen, das niemand mehr betrat, dachten die Liebenden.

»Zu spät is, jetzt hilft kei Flucht mehr – Hiasl, wenn's dich fangen, ist's dein Tod und der meine auch.« Immer noch in Gedanken versunken stand Vroni auf der Brücke, murmelte jetzt Textfragmente vor sich hin. Sie hielt kurz inne und überlegte, wie es weiterging. Mit tiefer Stimme, denn im Text war es nun Hiasl, der redete, setzte sie die Szene fort: »Moni, du treue Seel! – I will leben – wegn deiner will i lebn.« An dieser Stelle sollte es passieren. Moni und Hiasl küssten sich, so zumindest schrieb es das Theaterstück vor. Vroni schloss die Augen, spitzte den Mund und beugte sich, den Kuss mimend, nach vorne. Plötzlich gewahrte sie jemanden hinter sich. Sie wandte sich um und blickte in die wässrigen Augen des alten Alois Trachsler. Sein zerfurchtes Gesicht war bleich, und die grauen Haare standen wirr nach allen Seiten. Wie so oft, sommers wie winters, trug er seinen langen dunklen Mantel. Im Dorf sagte man ihm nach, er sei ein Hexer, weil er Zaubertränke braute, und ein Spinner sei er zudem, wenn er mit hocherhobenem Haupt, auf dem er ein Kranzgeflecht aus Zweiglein und Blumen trug, durch den Ort stolzierte. Da er aber ansonsten friedlich in seinem Häuschen lebte und niemandem jemals etwas zuleide tat, mochten ihn die Menschen. Er war im Ort eine skurrile Selbstverständlichkeit, die keiner wirklich verstand. Trachsler lebte in einem kleinen baufälligen Häuschen, mittig am Leonhardiweg in einem verwilderten Garten gelegen. In der Behausung herrschte Schwärze, schwarz war die Küche, weil voller Ruß, dunkel die Stube, denn vor deren Fenster hatte sich ein dichter Hollerbusch breitgemacht. Und die Läden vor dem Schlafzimmer waren stets geschlossen und vom Efeu umrankt. »Jessas, Maria, der Trachsler, hast du mich erschreckt«, sagte Vroni, »was schaust mich so an?« Der Alte legte die Hand über seine schmalen, runzligen Lippen. »Verstehst?«, fragte er. Vroni schüttelte den Kopf. »Was meinst denn, Alois?« Er näherte sein Gesicht ihrem Ohr und raunte ihr zu: »Ich sag nix. Ich schweig. Ich versprech's dir.« Dann zog er sein Kreuz aus der Tasche und hielt es der jungen Frau kurz an die

Stirn. »Damit's kein Unglück bringt«, sagte er mit gedämpfter Stimme. Dann wandte er sich zum Gehen. »Bis ins Grab«, flüsterte er noch und schlurfte von dannen, einen Fuß hinter sich herziehend und in viel zu großen Stiefeln. Die hatte er von Vronis Vater vor Urzeiten geschenkt bekommen, übrig gebliebene Schuhe eines Knechts, der beim Holzfällen von einem Baum erschlagen worden war. »Nix sag ich, aber«, er hob den Finger in die Höhe, »aber Vronerl, des machst in meinem Reich nicht mehr, so eine Untat. Des mag er net, der König.«

Zwei Haflinger trabten des Weges, auf der Kutsche, die sie zogen, hockten ein paar Burschen und Mädels aus dem Dorf, der Josef, Peter, die Tini, die feistfesche Brigitte und einige mehr, alle in Tracht gekleidet, die Männer in Lederhose und Hüten mit Gamsbärten, die Frauen im Sonntagsdirndl. Neben Vroni brachten sie die Rösser kurz zum Stehen. »Servus, Zinsmayerin, wie schaut's aus? Drüben in Walding ist Dorffest, kommst mit auf a Maß?«, fragte einer der Burschen.

Vroni ließ ihren Blick über die ausgelassene Gruppe streifen, bis sie hinten links Lenz erkannte. Der thronte auf dem Wagen, keine sieben Meter von ihr entfernt, stolz und anziehend. Und in diesem Moment doch so fern mit seinem knappen Lächeln und kurzen Handgruß. »Servus, Vroni«, sagte er.

★ ★ ★

Heute ist der 18. August 1991.

Heute ist ein guter Tag, damit zu beginnen, so einiges mal aufzuschreiben. Es ist der Tag, an dem der liebste Mensch der Welt für immer fortgegangen und in der Erde verbuddelt wird.

Vater, Mutter und ihr anderen Menschen, die ihr mich kennt, ich erzähle euch meine Geschichte. Denn manchmal überkommt mich das Gefühl, dass irgendwann was passieren wird.

Ihr könnt euch dann später euren eigenen Reim daraus machen, ihr könnt die Zeilen, die ich schreibe, auch wegschmeißen, verbrennen, oder euch den Arsch damit abwischen. Wenn ihr sie nicht lest, dann ist es mir auch scheißegal.

Wie gerne wäre Vroni mitgegangen. Sie liebte das freudige Tanzen, das Poltern auf der Bühne, wenn die Burschen den Schuhplattler zeigten. Sie liebte die Ausgelassenheit, manchmal auch das unbeschwerte, leichte Gefühl, wenn sie ein paar Schlucke Bier aus dem Maßkrug getrunken hatte, heimlich natürlich, denn Mutter Zinsmayer meinte streng, Saufen sei nur was für Männer, eine ordentliche Frau habe dies tunlichst zu unterlassen.

Während Vroni am geöffneten Fenster ihres Zimmers stand und auf die Straße blickte, auf der entlang die Haflinger die jodelnde Truppe Richtung Dorffest gezogen und dabei ein paar Pferdeäpfel verteilt hatten, wurde sie wehmütig und zweifelnd zugleich. Es war ein schmerzendes Wanken in ihrer Seele, das eben noch höchste Glück schlug jäh in Zweifel und Wut um. Warum hatte Lenz eben nichts gesagt, als sie im Schuppen waren, warum nicht gefragt, ob sie auf das Fest mitkommen wolle. Groll richtete sich auch gegen die strenge Mutter, der neben dem Reichtum, den die Familie angehäuft hatte, nichts wichtiger war als der zweifellose Ruf ihrer Tochter, dem einzigen Kind der Zinsmayers. Niemals hätte sie erlaubt, dass Vroni ohne ihre Eltern auf ein Fest ging. Vom Vater war keine Hilfe zu erwarten, er sagte ohnehin meist nichts, hielt sich aus den Dingen, die im Haus stattfanden, heraus und arbeitete unermüdlich in seinem Säge- oder Elektrizitätswerk und grübelte in der Freizeit über seine diversen Erfindungen.

Vroni legte sich auf das Bett und hörte die Vögel singen. Der Nachmittag hatte begonnen, die Sonne stand hell am Himmel, der Vroni nun weiter weg erschien denn je. Sie war am falschen Ort, nicht bei der großen Liebe, die sie im Herzen klopfen spürte. Wenngleich sie ihm grollte, weil er sie übergangen hatte, vermisste sie Lenz, der jetzt fort war, drüben auf dem Fest wohl sicher eine andere Frau beim Tanz in seinen Armen hielt. Während Vroni dalag und wehmütigen Gedanken nachhing, bemerkte sie plötzlich die seltsame Stille im Haus, keine Stimme, kein Klappern von Töpfen, keine Tritte im Hof. Als sie sich vorhin auf leisen Sohlen durch den Gang die Treppe hinauf ins Zimmer geschlichen hatte, um dem gewohnten Ärger zu entrinnen, der bei jedem Zuspätkommen drohte, sah sie durch den Türspalt, dass ihre Eltern in der Küche saßen: ihre Mutter, Mari, heftig gestikulierend und laut schimpfend, ihr Vater, Herbert, wie immer schweigend. Streit zwischen den beiden gab es öfter, es ging um die Knechte, die Mägde, die der Mutter zu faul waren, vor allem ging es um das leidige Geld, das der Mutter nie genug war, auch wenn die Zinsmayers die reichsten Einwohner des Ortes waren. Oder die Eltern zankten sich wegen Vroni, weil sie nicht tat, was man von ihr erwartete. Meistens aber suchte Mari Streit schlicht und einfach des Streites wegen, und Vroni fragte sich dann, ob es jemals Liebe zwischen ihrem Vater und der Mutter gegeben hatte? So wie zwischen ihr und Lenz?

Über die Liebe sprach man nicht offen, weder in der Familie noch unter Bekannten, man empfand und lebte sie heimlich, insbesondere wenn man so jung wie die erst achtzehnjährige Vroni war, und unverheiratet. Liebe und Begehren waren für die Ehe bestimmt, und falls sie nicht da war, die Liebe, heiratete man trotzdem, wenn es die Familie so bestimmt hatte. Nein, ihre Eltern liebten sich nicht, sahen sich nie zärtlich an, sie stritten oder schwiegen, sie funktionierten. Liebe, ahnte Vroni, war für ihre Eltern die Erfüllung von Pflichten. Niemals wollte Vroni so leben, sie wollte den Schatz hüten, der in der Liebe lag. Für immer und ewig. Mit Lenz. Sie würde auf den Tag warten, an dem er um ihre

Hand anhielte, noch drei Jahre waren es bis zu ihrer Volljährigkeit, dann könnte sie sich vor der Kirche, vor den Eltern, vor allen Menschen im Dorf für den Mann entscheiden, den sie begehrte. Vroni erhob sich vom Bett, strich das Kleid glatt und lächelte. Sie schloss die Augen und stellte sich den Geliebten vor mit seinen schönen Augen, dem dichten Haar, dem Lachen, bei dem seine Zähne so weiß schimmerten. In Gedanken sah sie ihn, er stand direkt vor ihr, so nah, dass sie meinte, seinen Atem zu spüren. »Lenzerl«, sagte sie leise, »ich werd einmal dein Weib, wir könnten zusammen hier im Haus leben. Du könntest lernen, mit'm Holz und der Säg umzugehn. Dann musst nimmer in die Bäckerei. Ich mach den Garten, so wie im Paradies, Blumen kommen ans Fenster, und wir wer'n glücklich sein, für immer, Lenz, des weiß ich und des will ich.«

Festen Willens, stur, so schimpfte die Mutter stets, sei Vroni immer schon gewesen, trotzig, manchmal wild, meistens stolz. Ging die Zinsmayertochter durch den Ort, war ihr Haupt hoch erhoben, der Gang voller Anmut und Liebreiz. Schön, mit ebenmäßigem Gesicht und langen blonden Haaren, war sie überdies; eine gute Partie sei sie, sagte man im Dorf: reiche Eltern, einflussreicher Vater, ein ansehnlicher Besitz.

Die Schöne stand jetzt in ihrer Kammer, sprach in die Leere des Raums ihre Träume, voll jugendlicher Verblendung und dem Glauben, man könne die Zukunft selbst lenken, das Glück wählen und fest umklammert halten. Keine acht Wochen war es her, dass Lenz sie zum ersten Mal geküsst hatte.

»Vroooni, komm runter, muss mit dir reden«, hörte sie jetzt die Stimme der Mutter rufen.

Mari saß allein in der Küche, der Vater hatte sich verzogen. »Setz dich her«, befahl die Mutter der Tochter und klopfte mit der Hand auf einen Stuhl. Die Falte zwischen ihren Augen war furchig, die Lippen hatten sich zu einem schmalen Strich verzogen. Die Haare hatte sie wie immer zu einem festen Knoten gebunden, ein paar graue Strähnen schimmerten hervor. Die Finger waren knöchrig, wie alles an ihr. *Langsam wird sie alt und verbittert*, dachte Vroni, als sie Mari anblickte. Doch eine Mutter hatte man zu lieben und zu achten, egal wie sie war. Mehr liebte sie ihren Vater, den sanften, in sich gekehrten, den weisen, der nie sagte, was er dachte, dafür seine Augen sprechen ließ. Mutter Mari schob Vroni eine Teetasse zu und goss ein. Dann schraubte sie den Ehering über den Fingerknöchel nach oben und wieder zurück, eine Bewegung, die sie immer machte, wenn sie erregt war. Es roch nach Braten, der in einer Reine auf dem Herd vor sich hin simmerte, daneben ein Topf Soße. »Warst heut Mittag wieder net da«, begann die Mutter. »Wo hast dich rumgetrieben?« Vroni zuckte mit den Achseln. »Unterwegs mit ein paar Leut war ich, hab die Zeit vergessen.«

»Das ist jetzt der dritte Sonntag, Vroni, wo du net da warst. Ich hab's dir gesagt, heut Abend gibt's nix für dich zum Essen, wirst es schon noch lernen, dass du folgst, das sag ich dir. Ist eh net einfach mit dir, die ganzen Jahr net, seit du auf derer Welt bist. Machst dauernd, was du willst mit deinem Sturschädl, ich weiß net, woher der kommt.« Sie seufzte und schüttelte den Kopf. Sie nahm einen Schluck aus der Teetasse, stellte sie zurück, drehte wieder an ihrem Ring. »Da wär noch was«, fuhr Mari schließlich fort. Sie schob Vroni das Heftchen über den Tisch zu.

»I hab's gelesen, des Stück da«, sagte sie. »Über den boairschen Hiasl, will ja schließlich wissen, was ihr da mit dem Theater macht's. Du spielst die Moni, stimmt's?«

»Das hab ich dir doch schon gesagt, Mutter«, gab Vroni zurück. An einer Stelle des Heftchens war ein Einmerker in Form eines Stücks Papier zu sehen. Mari schlug es dort auf und las mit erboster Stimme vor: »Moni küsst Hiasl.« Sie blickte ihre Tochter scharf an. »Und der Hiasl, haben's alle gesagt, den spielt der Lorenz, der Lump. Des gefällt mir net. A schändliche Küsserei. Noch dazu vor alle Leut, auf der Bühne.«

»Ist doch nur a Theater, Mutter«, antwortete Vroni trotzig.
Mari Zinsmayer hieb mit der Faust auf den Tisch, dass Tee aus den Tassen schwappte. »Vroni, des is mir wurscht, i hab mit 'm Vater geredet, wir wollen des net, du machst da net mit, bei diesem Theater.«

Sie stritten sich, harsche Worte flogen hin und her, Vroni versuchte, sich zu erklären, es sei doch nichts dabei, man könne den Kuss auch wegfallen lassen, es wär doch alles nur auf der Bühne, Lenz würde sie als Schauspielerin dringend brauchen, denn es verblieben nur noch wenige Wochen bis zur Aufführung, sie habe sich so darauf gefreut, den Text gelernt, und Lenz meinte, sie sei eine gute Schauspielerin, außerdem könne sie ihn nicht einfach so sitzen lassen, bei seinem großen Traum, ein Stück zu inszenieren, zudem sei er doch ein ganz netter Bursche.

Nachdem Vroni all dies atemlos herausgesprudelt hatte, versetzte ihr Mari einen festen Schlag auf die Wange und schrie sie an: »Eine Ruh is!«. Draußen vor dem Fenster rauschte der Bach, zwitschernde Vögel waren auch zu hören und Stimmen von irgendwelchen Dorfbewohnern, die auf der Straße ein paar Worte wechselten. Der Nachbarsbub übte Trompete, spielte einen Walzer. Der Sonntag, der nicht schöner hätte sein können, wandelte sich, die Sonne glänzte nicht mehr, die Wärme verzog sich langsam, Mutter und Tochter saßen sich gegenüber und schwiegen. Das Paradies erschien auf einmal ferner denn je. *Und Lenz,* dachte die junge Frau in diesem Moment, *tanzt gerade ausgelassen im Ort nebenan.*

»Diesen Lorenz«, zischte die Mutter jetzt, »den mag ich net. Semmeln verkaufen und so a blödes Theater spielen. Außerdem ist er a Hallodri, a ganz a schlimmer, des weiß auch jeder im Ort.«

Vroni erhob sich von ihrem Stuhl. »Ich geh Zither spielen, Mutter«, sagte sie ruhig und verließ die Küche.

* * *

Die Tage zogen ins Land, auch ins goldene Dorf. Es waren Tage, die für die einen schnell vergingen, für die anderen unerbittlich langsam. Tage mit Routine, Gleichklang, Arbeit, aber auch Tage, in denen Pläne geschmiedet wurden, auf dass eine bessere Zukunft anstehen würde. Korbinian Sonnbichler hockte in seiner Werkstatt und drechselte Stäbe für Rechen. Mindestens dreißig von ihnen wollte er bis zum Herbstmarkt fertiggestellt haben, um sie dort zu verkaufen und von dem Geld Unterhosen und ein paar Schuhe zu erstehen.

Noch ließ es sich gut auf bloßen Füßen gehen. Die Sohlen waren schwielig und verhornt, sie schmerzten Korbinian nicht einmal, wenn er seine Kühe über steinigen Boden auf die Weide trieb. Erst mit der Kälte des Winters käme die Pein, weil der Bauer nichts anderes anzuziehen hatte als dicke Socken, mit denen er in löchrige, mit Filz und Schnüren halbwegs tragbar gemachte Stiefel schlüpfte. In denselben hatte er sich vor vier Jahren aus Belgien nahe Ypern aus dem Krieg zurückgeschleppt, gerade mal fünfundzwanzig Jahre alt, an der Ruhr erkrankt und bis auf die Knochen abgemagert.

Sein einziges noch intaktes, aber abgewetztes Paar Schuhe hat er für den Kirch- und Wirtshausgang vorgesehen. Es stammte aus der Zeit, in der seine Füße aufgehört hatten zu wachsen, und war ein Geschenk des Vaters, der jetzt zusammen mit der Mutter auf dem Friedhof ruhte. Nichts als Schulden und ein paar Kühe, die in einem maroden, renovierungsbedürftigen Hof mit undichtem Dach standen, hatten die Eltern ihrem Sohn vermacht. Die Wände des Hofes waren feucht und rissig, die Farbe blätterte ab. Zum Erbe gehörten überdies ein kleines Wäldchen, ein winziger Kartoffelacker und ein wenig Grund. Es reichte nicht, um den Hunger zu stillen, denn das Wenige, was die Sonnbichlers erwirtschafteten, unterlag auch noch der Zwangswirtschaft. Ständig kamen behördliche Kontrollen ins Dorf und nahmen den Bauern Milch, Fleisch, Eier, Kartoffeln. Es waren harte Zeiten, kurz nach dem

Ersten Weltkrieg, vor allem für die Stadtmenschen, die noch mehr hungerten als die Leute auf dem Land. Immer wieder tauchten sie bettelnd im Ort auf, versuchten Essbares gegen alles zu tauschen, was sie noch ihr Eigen nannten: Schmuck, Bücher, Kleidung. Dinge, die das Ehepaar Sonnbichler gerne besessen hätte, wäre der eigene Hunger nicht so groß gewesen. An manchen grauen Dämmerabenden geschah es auch, dass »Städterer« in den Äckern oder Gärten des Dorfes heimlich Kartoffeln ausstachen oder Salatköpfe rupften.

Immer noch war Sommer, die erste Mahd stand an. Es sollte keine gute Ernte werden, denn die Tage zuvor hatte der Himmel gegrollt, es donnerte, blitzte, und aus den Wolken brachen Wassermassen, die Flüsse traten über die Ufer, weite Teile der Felder lagen nach der Überschwemmung flach, es schien, als wären sie grüne Seen. Die Pferde auf den Weiden standen dicht beieinander, die Kruppen gen Wind- und Wetterseite gewandt, die Kühe stapften auf ihren Weiden knöcheltief im Matsch. Die Katzen verzogen sich in die Scheunen und rollten sich im Heu ein. Als dann endlich die Sonne kam und das Wetter wenigstens ein paar Tage zu halten schien, mähten die Bauern die geschundenen Felder, die Frauen rechten und wendeten das wenige Heu, das sie ernten konnten, Pferde zogen es zu den Scheunen.

Knapp acht Wochen waren vergangen seit jenem schönen Sonntagmittag. Alois Trachsler wollte von da an nicht mehr ins Versteck gehen, sein Ort der Stille war verdorben, voll des Lasters, der Lust, der Heimlichkeit und des Verbotenen. Der König verzog sich in sein dunkles Häuschen, nachdem er durch Wälder und über Wiesen gewandert war, um Kräuter, Tierreste, Knochen zu sammeln. Die mischte er, stampfte sie zu Brei oder Pulver und fertigte daraus im eisernen Kessel über dem Feuer Elixiere. Die füllte er danach in kleine Fläschchen, beschriftete sie und stellte sie alle sorgsam und wohlgeordnet ins Regal. Es waren unterschiedliche Gebräue des Vergessens. Sie bestanden aus allem, was der König als Vergänglichkeit deutete: wie Pflanzen, die verblüht, und Überreste von Tieren, die verendet waren, Rinden, die nicht mehr an den Bäumen hingen, sondern auf der Erde bald zu solcher werden würden. Frühmorgens, wenn der Tau die Wiesen glitzern ließ, stand Alois Trachsler mittendrin und sammelte auch noch Tropfen, die sich in den Kelchen der Blüten gesammelt hatten. Sie waren ebenso Zeugen der Vergänglichkeit, denn sie würden schnell verschwinden, sobald die Sonne sie verdunsten ließ. Vergängliches sammeln, es konservieren, um daraus eine Mixtur herzustellen, die, hat man sie zu sich genommen, das Vergessen in Körper und Geist zu bewirken vermochte. Es war eines seiner wirksamsten Mittel, fand der König. Ging es einem Menschen in Trachslers Reich schlecht, stellte sich der alte Mann vor sein Fläschchenregal und überlegte, welches Mittel am besten zu verordnen sei: Vergessen gegen Schmerz, gegen Trauer, gegen schlechtes Gewissen, gegen Sünden, gegen Missgunst, gegen Liebeskummer stand auf den Etiketten in Krakelschrift geschrieben. Sobald er wusste, was er zu verabreichen hatte, setzte Alois seine Krone auf, stapfte zu den trauernden Patienten. »Jeden Morgen auf nüchternen Magen einen kleinen Löffel«, verschrieb er ihnen. Bisweilen kamen die hilfesuchenden Menschen auch zu ihm ins Häuschen. Selbst wenn man allgemein im Ort sagte, der alte Mann sei nicht ganz dicht im Kopf, so hatte sich dennoch schnell herumgesprochen, dass trotz all seines Irrsinns auch Wahres mit dabei sei.

Während der vergangenen acht Wochen hatte sich Alois Trachsler um einen besonderen Sud bemüht, warf alles Mögliche, was er finden konnte, in den Kessel, doch nichts war ihm gut genug, es war zum Verzweifeln. Er blickte auf das Gläschen, das er bereits beschriftet, aber noch nicht gefüllt hatte: *Elixier des Verzeihens* hatte er darauf geschrieben.

Der Bäckerssohn Lenz Binder probte während dieser beiden Monate mit den Schauspielern des Ortes das Hiaslstück. Die

Mitwirkenden waren emsig, lernten ihre Texte und bemühten sich rechtschaffen, in die ihnen zugedachten Rollen zu schlüpfen. Zuvor, als es um die Auswahl des Stücks gegangen war, moserte so manch einer, es sei zu traurig, die jetzigen Zeiten seien ohnehin schwer genug, man hätte besser ein lustiges Stück wählen sollen. Doch Lenz blieb unbeirrt. »Leut, hier geht's um Gerechtigkeit, denkt dran«, erklärte er ihnen. »Hier geht's um die Bauern, um die Unterdrückten und um die Armen. Schaut's uns selbst an, ist grad mal zwei Jahr her, dass wir ein Freistaat Bayern geworden sind, wir haben keinen König mehr. Wir waren eine Räterepublik, weil wir uns erhoben haben gegen die da oben. Wir haben die gleiche Geschichte wie vor zweihundert Jahren, damals war der Hiasl der Rebell, in unsrer Zeit war's der Eisner. Und wie der Hiasl, ist auch der Eisner tot.«

»Mei, oh mei, du immer mit deine Rebellengschichten, alter Zeitungsleser mit deiner Politik«, murrte Benedikt Feistl. Er spielte im Stück den bösen kurfürstlichen Jäger, der dem Hiasl und seiner Liebe zur Moni Schaden zufügen wollte. Zu den Proben hatte er stets seinen feinen Sonntagsarm angeschnallt, darüber eine Joppe gezogen, sodass man nur noch die Kunsthand sehen konnte, die er, so oft es die Gelegenheit zuließ, mit seiner gesunden bedeckte. Benedikt Feistl konnte Lenz, den Frauenheld, nicht leiden, zu beliebt und fesch war der junge Kerl mit seiner fröhlichen Art. An dem Theaterstück wirkte Benedikt nur mit, um auf unverfängliche und einfache Weise Frauen zu treffen. Es stand dringend an, dass er sich mit seinen nunmehr dreiundvierzig Jahren um ein Weib bemühte. Jeder Hof brauchte eine Frau, auch der seine. Endlich hatte der Feistlbauer mit viel Mühe und Darben so viel Geld erspart, dass er seine sieben Geschwister auszahlen konnte, damit diese vom Hof verschwanden und Platz für ihn machten. Nur noch die alte Mutter war da, sie lebte im Austragshäusl nebenan. Benedikt zählte die Tage, bis auch sie das Zeitliche segnen würde. Die Alte war eine Last, immer noch streng, herrschsüchtig und argwöhnisch verhielt sie sich gegenüber allem, das sie umgab. War das Wetter schön, kroch sie aus ihrer kleinen Behausung, setzte sich auf die Hausbank und kontrollierte jede Bewegung, die ihr Sohn und die beiden Knechte taten, meist falsche, wie sie stets befand. Sie zeterte und wetterte auch über die Frauen des Dorfes, keine war ihr als mögliche Schwiegertochter recht. Schon gar nicht die hübschen Frauen, die, so befand die alte Feistlbäuerin, nicht zur Arbeit taugten, weil sie mit anderem, nämlich ihrer Schönheit, beschäftigt seien.

Dabei hatte Benedikt schon lange ein Auge auf die fesche Vroni geworfen. Anmutig, begehrenswert und gleichzeitig unerreichbar empfand er die junge Frau mit dem ebenmäßigen Gesicht und den blonden Locken. Als er erfuhr, dass Mari Zinsmayer ihrer Tochter verboten hatte, beim Theater mitzuwirken, verlor er fast die Lust am Spiel.

Lenz Binder hatte die Rolle der Moni kurzerhand an Brigitte gegeben, nachdem Vroni ihm unter Tränen vom Verbot ihrer Mutter berichtet hatte.

»Schad, mein Vronerl, wegen dem blöden Kuss darfst net?«, hatte er kopfschüttelnd gefragt. Und als sie wortlos nickte, versuchte er die Geliebte zu trösten. »Brigitte kann des mit der Moni auch, die ist a Schlaue, lernt die Rolle schnell, mach dir nichts draus, des Theater wird bestimmt ein gutes. Und küssen, des tun wir zwei uns sowieso, egal, wer was sagt.« Und dann nahm er sie in den Arm, hielt sie umschlungen und küsste sie.

Die Liebe zwischen Lenz und Vroni wurde heimlicher denn je. Die junge Frau gab gegenüber den Eltern vor, sie würde sich mit Freundinnen zum Stricken treffen, packte sogar Nadeln und Wolle in einen Korb, wenn sie das Haus verließ, und strickte am Schal, während sie und Lenz mit dem Pferdewagen in die Stadt fuhren. Das taten sie gelegentlich, schlenderten dort Hand in Hand durch die Gassen, stets darauf bedacht und achtsam, dass niemand sie erwischte. Sie standen an versteckten Orten und bedeckten sich mit Küssen, zündeten in der Kirche eine Kerze an, darauf hoffend, ihre Liebe würde ewig halten.

Zwar hegte Vroni ab und an Zweifel, wenn Lorenz seinen Arm um Brigitte legte, wie er es vor Kurzem beim Trachtenfest getan hatte. Vroni hatte es aus der Ferne genau beobachtet, während sie bei den Eltern am Tisch saß und Lenz mit ihren Blicken folgte. Der schwirrte mal hierhin, mal dorthin, näherte sich niemals dem Tisch der Zinsmayers, um Vroni zum Tanz aufzufordern; es wäre zu verräterisch gewesen, dachten die Liebenden. Und so tanzte er mit vielen anderen Frauen, meistens und besonders innig mit Brigitte. Vroni spürte darob einen Stich im Herzen, entsann sich dann aber all der schönen, liebevollen Momente und der zärtlichen Worte, die Lenz ihr stets ins Ohr geflüstert hatte. Sie nährten die Zuversicht, Brigitte sei nichts Ernstes für Lenz, denn eines Tages würde er um Vronis Hand anhalten. Sie würden dann endlich ihre Liebe verkünden: vor Gott und dem Pfarrer verkünden, vor all den Menschen. Und die würden es sehen und sagen: »Was für ein schönes, glückliches Paar.«

»Wir fahren in die Stadt, Vronerl«, sagte Lenz eines Sommertages, »heut überrasch ich dich, ich zeig dir ganz was Schönes, was du in deinem Leben noch nie gesehn hast.« Vroni schwindelte Mutter Mari einen Strickabend vor, wartete am Dorfausgang auf Lenz und saß kurze Zeit später neben ihm auf dem Kutschbock. Die Mähne des Pferdes flatterte im Wind, Hufeisen klapperten, es ging schnell dahin, manchmal etwas holprig, sodass die junge Frau den Korb mit den Stricksachen festhalten musste.

Als Vroni das Zelt betrat war ihr, als se sie in einer anderen Welt angekommen, schummrig schön, Kerzenlicht an den Wänden, die Decke bestand aus einem samtenen Stoff und am Piano spielte ein Mann im Frack ein lustiges Stück. Das Paar nahm in der dritten Stuhlreihe Platz, saß dort Hand in Hand und erblickte dann auf der Leinwand Menschen, die sprachen, deren Worte man aber nicht hörte. Was sie dachten, fühlten, verrieten die Klänge des Klaviers. Man zeigte den Film *Reise um die Welt in 80 Tagen.* Im Halbdunkel blickte Vroni verstohlen zu Lenz, bemerkte das Glänzen in seinen Augen, während er mit offenem Munde zusah, wie es woanders, weit weg von hier, aussah und zuging. Vroni spürte einmal mehr, wie sehr der Geliebte nach einem anderen Leben strebte.

Er sprach oft davon, weilte in Gedanken woanders, wenn sie zusammen durch die Wälder spazierten, am Fluss oder auf dem Gipfel des Zinnenberges saßen. Lenz wollte die Weite des Lebens begreifen, kaum einer kannte sich so gut darin aus, was im Lande und anderswo vor sich ging, wie er. Immer wenn Vroni den Laden betrat, saß der Bäckerssohn in der Ecke und las irgendeine Zeitung oder ein Buch, Oskar Maria Graf zum Beispiel. »Vroni, der Oskar kommt von net weit weg, vom Starnberger See. Und weißt, Vroni, der ist auch ein Bäckerssohn wie ich. Jetzt ist er in München, hat ein aufgeregtes Leben, ein Rebell ist er, ein Revoluzzer, weißt, der nimmt die Sachen net so, wie's kommen, der lebt sein eigenes Leben. Und kämpft für eine Sach, nämlich dafür, dass es net so weitergeht in Bayern wie jetzt.« Wenn sie ihn dann verständnislos anblickte und erklärte, es sei doch so schön im Dorf, lächelte er manchmal müde und entgegnete: »Mei, du, die Tochter von an Reichen, musst net hart arbeiten, musst net hungern, wie die Leut anderswo.« Dann strich er ihr über das Haar. »Aber schön, mein Schatz, so schön bist.« Vroni verstand Lorenz nicht, wenn er so sprach, sie erträumte sich mit ihm eine andere Zukunft, hier, in der Heimat.

Es war spät und dunkel, als sie sich von der Filmvorführung auf den Nachhauseweg machten, Lorenz trieb das Pferd zur Eile an. Das junge Paar schwieg. Am Himmel begannen die Sterne zu glimmen, die Nacht war kühl. »Mir ist so kalt«, klagte Vroni. Ihr Begleiter hielt an, stieg vom Bock und kramte hinten eine Decke hervor. Dann nahm er wieder Platz und legte ihr die Decke über die Schultern. Sanft war er dabei und ganz nah, Vroni roch seinen Atem, seine Haare, seine Haut. In diesem Moment breitete sich in ihr eine diffuse Übelkeit aus, stieg bis zum Hals, bis zum Mund, den sie fest geschlossen hielt, während sie zu würgen begann.

★ ★ ★

Vroni band sich ein Kopftuch um, legte die Schürze an und ging in den Keller, in dem die verschmutzte Wäsche in einem Regal geschichtet lag. Heute war der monatliche Waschtag vor dem Landgraf'schen Laden. »Vergiss die Kopfkissen nicht«, hörte sie die Mutter rufen. Vroni ließ sich im kühlen Raum auf einem Schemel nieder. Es roch modrig. Sie war schlapp, seit Tagen hatte sie kaum mehr essen wollen. Manchmal fühlte sie Schwindel in sich aufkommen. Nachts fiel sie nicht mehr so leicht in den Schlaf wie früher. Vielleicht hatte sie etwas Falsches gegessen, schlechtes Wasser getrunken, oder eine Grippe war im Anflug, sie wusste es nicht. Sie seufzte, es war keine leichte Zeit. Mutter Mari war strenger denn je. »Dir gehören die Flausen aus dem Kopf getrieben. Dauernd bist weg von daheim, arbeitest net so wie die anderen Mädels, denkst, die Mägde machen alles. Schluss mit der Faulenzerei und Rumtreiberei.« Und so schickte Mari ihre Tochter zum ersten Mal zum Wäschewaschen. »Mädel, was ist? Wo bleibst? Schaff die Wäsch rauf«, keifte die Mutter in den Keller hinab.

Vroni stieg die Treppe hoch, legte die Schmutzwäsche in den Handkarren, ging zurück, holte die nächste Lage. Drei, vier Treppengänge hinauf und wieder hinunter benötigte sie, um alles im Bollerwagen zu verstauen.

Auf ihrem Weg zum Landgraf'schen Laden begegnete sie dem Fräulein Briefträger. »Na, Vronerl, geht's zum Waschen?«, fragte Frieda, stellte ihre Posttasche direkt vor Vroni auf dem Boden ab und machte sich für ein Schwätzchen bereit. »Vronerl, weißt, was ich dabei hab? Bin ja schließlich die Souffleuse, habe es eigentlich immer dabei, weil ich es immer wieder durchlese, ich will ja gut vorbereitet sein, denn da läuft ja nichts ohne mich, denn wenn ich nicht wäre, könnte es sein, dass der ganze Abend schief läuft. Wenn jemand nicht mehr weiterweiß, dann spring ich ein und verrat ihm den Text, den les ich dann vor, da muss man sich genau konzentrieren und das Gefühl dafür bekommen, zu wissen, wenn jemand den Text vergessen hat«, sie machte einen tiefen Seufzer, »nicht einfach, weil man so gut aufpassen muss.« Sie stupste Vroni am Arm. »Aber das weißt ja auch, Vroni, als du noch mitgemacht hast, schade, dass du nicht mehr bei uns bist, du warst eine gute Moni, ehrlich, besser als die Brigitte, bei der muss ich dauernd den Text vorsagen, na ja, sie kann ja nichts dafür, hatte ja nicht so viel Zeit zu lernen. Warum bist du denn nicht mehr dabei? Hast keine Lust mehr gehabt?«

Vroni trat ungeduldig von einem Bein aufs andere. »Frieda, sei mir net bös, aber ich muss weiter, die Wäsch wascht sich nicht von allein.« Das Fräulein Briefträger hängte sich ihre Posttasche um, schwenkte die Uniformmütze durch die Luft und wandte sich zum Gehen. »Einen schönen Tag noch, liebe Vroni. Ah, da kommt ja der Beni Feistl persönlich daher, Gott zum Gruß. Hast deinen Text inzwischen besser gelernt, Meister? Ist nämlich allmählich anstrengend mit dir, vor allem im letzten Akt, weißt, an der Stelle, wo du immer den Anschluss vermasselst.« Der Bauer war wie aus dem Nichts aufgetaucht. Plötzlich stand er neben den beiden Frauen, den gesunden Arm vor der Brust, der künstliche hing steif nach unten. »Trag du lieber die Post aus«, erwiderte er schroff, »kommst ja von Tag zu Tag später durch den Ort, weil du immer ratschen musst.« Benedikt Feistl sprach zu Vroni: »Das gnädige Fräulein tut heut mal selbst arbeiten, sieh an«, spöttelte er. Sie lächelte gequält und wandte sich schnell von ihm und seinem lauernden Blick ab. Sie mochte seine Nähe nicht, Feistls Ruf im Ort war zweifelhaft, ein eigenartiger Mensch sei er, sagten die Leute, eine Mischung aus Unterwürfigkeit und Jähzorn. Die Männer erzählten von seinen Wirtshausbesuchen, wo er bisweilen ruppig auftrat, sobald er zu tief in den Maßkrug geschaut hatte. Und torkelte er abends zurück zu seinem Hof, ging man ihm lieber aus dem Weg.

»Feistl, ich muss zum Waschn«, sagte Vroni schmallippig und ließ den Mann stehen. Hastig lief sie, den Karren hinter sich herziehend, weiter und zuckte nur mit den Achseln, als der Mann hinter ihr herrief: »Wir sehn uns heut noch, Vronerl, ich bin bei deinem Vater zum Besuch, zum Reden!« Als sie weiterging, war ihr, als läge sein Geruch nach Stall, Mist und Schweiß in der Luft. An der Holzbrücke machte sie halt, beugte sich über das Geländer und erbrach sich. Sie wischte sich mit der Schürze den Mund ab und zog weiter. Vor der Bäckerei verlangsamte sie ihre Schritte und blickte durch die Fensterscheiben. Lenz war allein im Laden. Sein Kopf war nach unten gebeugt, wie immer schien er zu lesen. Vroni stellte den Karren vor die Wand und trat ein. »Servus, Lenzi«, grüßte sie ihn, »war grad auf dem Weg zum Waschn, da hab ich gedacht, ich besuch dich kurz.« Der Bäckerssohn legte die Zeitschrift weg, erhob sich von seinem Schemel und kam hinter der Theke hervor. »Mein Herzerl, schön, dass da bist, hab dich zwei Tag net gesehn, hab a Sehnsucht, wann treffen wir uns wieder?« Er nahm ihr Gesicht in seine Hände und lächelte. »Blass bist, aber immer noch so schön.«

»Mir ist net gut gewesen die letzten Tag«, sagte sie leise. »Sehn wir uns abends? Wir könnten raufgehn zu unserm Versteck, ist heut so a sonniger Tag«, schlug Lenz vor. Vroni schüttelte den Kopf. »Die Mutter ist streng geworden, ich war so viel weg die letzte Zeit, Lenzi, wir haben uns ja dauernd gesehn, des fallt auf.« Lorenz schüttelte den Kopf. »Du bist kein Kind mehr, Vroni, bist achtzehn, wird Zeit, dass du weißt, was du willst, sag das deinen Eltern. Wieso hast so eine Angst? Sag ihnen doch endlich mal, dass wir zusammen sind.« Vroni sah ihn lange an, stolz und glücklich. »Sind wir zusammen? So richtig, Lenz?«, fragte sie zögerlich. Lorenz nickte. »Wir sind zusammen, und es wird Zeit, dass wir mit diesen Heimlichtuereien aufhören.« Vroni lächelte zustimmend. »Wir sehn uns am Sonntag, droben in der Hüttn.« Dann gab sie ihm einen flüchtigen Kuss auf die Wange, nachdem sie sich versichert hatte, dass draußen niemand stand, der sie dabei hätte beobachten können.

Als sie am Landgraf'schen Laden ankam, waren die Frauen in ihren weißen Schürzen schon fleißig am Waschen. Man hatte einen schweren Kessel aufgestellt, ihn eingeheizt. Rauch stieg aus dem Schornstein des kleinen Ofens. Überall standen Kübel mit Waschbrettern herum, Wäschehaufen türmten sich, nach Farben sortiert, auf dem Boden und den Tischen. Die alte Lena gab das Kommando, kontrollierte die Temperatur des Wassers, schüttete Pulver hinein, schob Holzscheite in den Ofen. Brigitte war ebenfalls zugegen, auch die junge Reserl Sonnbichler, mager, mit gehetztem Blick. Vronis beste Freundin Klara stand am Kessel und rührte die Wäsche mit einer Holzzange. Klara war die Tochter der alten Kauffrau Lena, ein paar Jahre älter als Vroni und seit einem Jahr mit Hubert Landgraf verheiratet. Als Klara ihre Freundin sah, schwang sie die Holzzange und rief: »Vroni, du hier? Wie schön, komm her, gibt viel zum Erzählen!« Wringen, schruppen, bürsten, die Frauen wischten sich den Schweiß von der Stirn, es war ein heißer Tag. Dennoch wurde geplappert, geredet, gelacht, gefeixt. Nur die junge Reserl Sonnbichler fluchte, als sie das Laken auf dem Brett hin und her rieb: »Jedes Mal des Gleiche mit dene Laken, saudreckig an den Füßen, wird Zeit, dass Schuh für den Mann herkommen, kriegst ja net raus, den Dreck.« Brigitte plapperte die Texte der Moni vor sich hin, während sie Handtücher ins heiße Wasser tauchte: »Zu spät is! Jetzt hilft koa Flucht mehr – Hiasl, wenns di fangn, is dein Tod und der meine auch …«

Es waren noch wenige Tage bis zur Aufführung. Als sie Vroni sah, hielt sie kurz inne. »Servus, Vroni, bist mir net bös, dass ich statt deiner die Moni bin, oder?« Die junge Zinsmayerin schüttelte den Kopf. »Es ist, wie's ist.«

»Ist schon viel zum Lernen auf die kurze Zeit, jessas«, klagte Brigitte. Sie nahm ihre Hände aus dem Waschzuber und trocknete sie an der Schürze ab. »Wenn's die fangn, is dein Tod und der meine«, wiederholte sie die Textstelle, sah dann Vroni fragend an. »Weiß net weiter.« *Es kommt nicht von ungefähr, dass Brigitte genau diese Stelle wählt,* dachte Vroni grimmig. *Ein Miststück ist sie, hintertrieben mit ihren Unschuldsaugen.* »Was kommt dann, Vroni? Da sagt doch dann der Hiasl was drauf, oder?«

Vroni grinste mit zusammengekniffenen Augen. »Moni, du treue Seel – I will lebn – wegn deiner will i lebn.« Brigitte unterbrach sie. »Richtig, und danach küsst die Moni den Hiasl, hab ich recht, oder?« Brigitte klopfte sich mit der Hand an die Stirn. »Ich Depp, wie hab ich des nur vergessen können. Wo der Binder Lenz doch so gut küsst, ich mein, bei den Proben, des ist immer a echter Kuss, i sag dir, Zinsmayerin …« Schweigend packte Vroni die Wäsche aus dem Karren und trug die Laken Richtung Kessel. »Wann bin ich dran?«, fragte sie die alte Landgräfin. »Dauert noch, kannst inzwischen der Klara helfen, die sollt sich ein wenig schonen.« Vroni gesellte sich zu ihrer Freundin. »Du sollst dich schonen, Klara? Was ist? Bist krank?«, fragte sie.

Klara lachte. »Mei, Vroni, wir haben schon a Zeit lang nimmer reden können. Wie geht's dir mit'm Lenz? Die Leut im Ort ratschen schon, lang kannst die Beziehung nimmer verheimlichen.« Vroni errötete. »Wir sind zusammen, hat er grad gesagt, mir sind so richtig zusammen.«

Klara legte ihren Arm um die Freundin. »Endlich hat er's gesagt, nach vier Monat, so lang geht's schon, gell?« Vroni lächelte. »Weißt doch, bist die Einzige, der ich's gesagt hab.« Klara legte ihren Finger auf den geschlossenen Mund. »Und i hab niemandem was verraten, des weißt. Aber die Leut haben euch so oft zusammen gesehn, deswegen ratschen sie, kennst sie ja.« Sie sprachen noch übers Theater, sie redeten über die schadenfreudige Brigitte und deren großen Triumph, im Stück die Moni spielen zu dürfen. Und Vroni fluchte über ihre eigene Mutter: »Nur wegen dem Kuss hat sie sich aufgeregt«, und ein wenig schmunzelnd fügte sie hinzu: »Mei, wenn die wüsste, wie oft ich den Lenzerl schon küsst hab.« – »Und?« Klara schaute Vroni von der Seite an. »Und? War schon mehr zwischen euch?« Vroni fischte ein paar Kopfkissenbezüge aus dem Zuber, wrang sie aus und legte sie zum Spülen in einen anderen Bottich mit kaltem Wasser. Während sie den Stampfer in rhythmischen Schlägen auf die Wäsche stieß, um die Seife zu entfernen, antwortete sie leise: »Ja.«

»Erzähl«, bat Klara aufgeregt, »wie war's?« – »Mei«, gab Vroni zurück, »du kennst es ja. Aber jetzt erzähl endlich, warum du dich schonen musst, was hast?« Klara nahm Vronis Hand und legte sie auf ihren Bauch. »Des da hab ich. Bin schwanger, Vroni.«

»Du? Jetzt schon? A Kind? Wir waren doch grad selbst noch Kinder, bist ja erst neunzehn, naa, naa, Klara.« Sie nahm ihre Freundin in die Arme. »Aber schön ist's trotzdem, ich freu mich für dich.« Dann setzte sie ihre Arbeit fort, tauchte das nächste Wäschestück ins Wasser. »I könnt mir des jetzt noch net vorstellen, a Kind, mein Gott, später ja, aber naa, jetzt ist zu früh«, sagte Vroni kopfschüttelnd.

Die Frauen schufteten unablässig. Ihre Bewegungen wurden langsamer, die Rücken krummer, die Arme schmerzten vom Heben, Bürsten und Pressen. Die Wäscherinnen schleppten alles von der Waschstelle zum Bach, spülten dort die Seife aus, brachten es dann auf die nahe gelegene Wiese, breiteten die Laken, Handtücher und was sie sonst noch gewaschen hatten, in der Sonne zum Bleichen aus, gossen hin und wieder Wasser über die Stücke. Schneeweiß sollte alles werden. Buntes hängten sie über die Wäscheleinen, die die alte Landgräfin zwischen den Apfelbäumen hatte spannen lassen.

Vroni tat sich schwer mit der Arbeit, immer wieder wurde ihr schwarz vor Augen. Sie machte oft Pause, wischte sich Schweißperlen von der Stirn und trank Wasser aus dem Krug, den man für die Wäscherinnen bereitgestellt hatte. Ihre Brotzeit, etwas Käse und Speck, zwei Scheiben Brot, ließ sie in der Dose. Die Übelkeit wollte nicht vergehen.

Gegen Nachmittag tapste Alois Trachsler vorbei, auf dem Rücken trug er einen Sack. Vor den Frauen blieb er stehen, kramte ein paar Bürsten hervor und hielt sie in die Höhe. »Frische, gute Borsten für eine gute, saubere Wäsche!«, rief er. Die alte Lena kaufte ihm fünf Stück ab. »Heut hast ja deine Krone gar net auf, Aloiserl, was is'n los mit dir?«, lachte sie und verteilte die erworbenen Bürsten an die Wäscherinnen. Der alte Trachsler bedankte sich, indem er die Arme über der Brust kreuzte, sich verneigte und leise antwortete: »Ein Herrscher sollt auch mal Demut zeigen, und heute bin ich nichts anderes als ein Verkäufer, denn ich muss auch von was leben. Dank dir schön, Landgräfin.« Er warf einen kurzen, mahnenden Blick zu Vroni, schüttelte den Kopf und zog weiter. Die Frauen feixten, nicht hämisch, keinesfalls spöttisch. »Ist schon ein Spinner, unser Alois«, sagte Klara schmunzelnd. »Vroni, wer weiß, was in dem seinem Schädel vor sich geht. Aber eine gute Medizin macht er, hab's selbst ausprobiert.« Sie flüsterte Vroni ins Ohr: »Ist vielleicht ein Hexer, wer weiß das schon.«

»Dann ist er aber kein böser, sondern ein guter, ich mag den Alois«, antwortete Vroni.

Als das Sechsuhrleuten erklang, war die Arbeit getan, die Wäsche, in der Hitze schnell getrocknet, wurde zusammengelegt und in die Handkarren verstaut. Gemeinsam leerten die Wäscherinnen den Kessel aus, fegten die Asche weg, Zuber, Bretter wurden aufgeräumt. Für all das sammelten sie ihre letzten Kräfte. Dann ging es heimwärts. Die Bäckerei hatte schon geschlossen, als Vroni an ihr vorbeikam. Matt und müde ging sie den Bach entlang. Heute

Abend wollte sie etwas Haferschleim zu sich nehmen, den aufgewühlten Magen beruhigen, und wenn das nicht helfen würde, plante sie, Alois Trachsler aufzusuchen und ihn um ein Mittel zu bitten.

Als sie die Türschwelle zum elterlichen Hof betrat, war es schon still im Sägewerk. Der Tag klang aus, und die Sonne verzog sich langsam hinter dem Berg.

Während Vroni die saubere Wäsche in den Schrank schichtete, packte oben auf dem Feistlhof der Bauer Benedikt ein Buch in die Joppentasche, schnallte den schönen Ausgeharm an, fuhr sich mit dem Kamm durchs Haar und gab etwas Pomade darauf, damit es nicht gar so zerzaust aussah. »Mutter, ich geh zum Zinsmayer, wird später!«, rief er durchs Fenster des Austragshäusls. Dann machte er sich auf den Weg nach unten. »Herrgott, mach, dass alles gut wird«, murmelte er, während er durch den Ort stapfte.

* * *

Ihre Hände waren wund und schmerzten. An den Fingern hatte sie Blasen. Waschtage waren für die Frauen die anstrengendsten Tage im Jahr. Vor allem für Vroni, deren Hände das harte Arbeiten nicht gewöhnt waren, schließlich gab es auf dem stattlichen Anwesen der Zinsmayers genug Mägde und Knechte. Vronis einzige Arbeit bestand darin, Mutter Mari zur Seite zu stehen, die Mägde zu beaufsichtigen und zu lenken, Zwietracht zwischen ihnen zu befrieden, darauf zu achten, dass sie keine Lebensmittel aus der Speisekammer stahlen, ordentlich und sauber gekleidet waren, saubere Fingernägel hatten und sich sittsam verhielten. Das vor allem. Mari duldete keinerlei Liebesbeziehungen auf dem Hof. Ansonsten nähte und stickte Vroni noch, stopfte Socken, und abends, bevor sie ins Bett ging, spielte sie die Zither.

Jetzt stand die junge Frau in ihrem Zimmer, schlüpfte aus der verschwitzten Kleidung, wusch sich an der Waschkommode und zog ein sommerliches Kleid an, jenes, das sie damals getragen hatte, als sie sich zum ersten Mal mit Lenz liebte. Erinnerungen an die Liebkosungen wurden wach, die Berührungen, die Unsicherheit, die sie trotz der Liebe gespürt hatte, Erinnerungen auch an den Schmerz beim ersten Mal, den die Hand des Geliebten linderte, indem sie ihren Körper zärtlich umspielte. Vroni löste ihren Haarkranz, bürstete die langen Locken, während sie sich im Spiegel betrachtete. Sie war bleich, die Wangen etwas eingefallen, die Augen müde. Sie hatte Sehnsucht, ein Gefühl, das sich nicht einstellen ließ, egal, mit welcher Macht sie dagegen ankämpfte. »Wir sind beinander«, sagte sie zu ihrem Spiegelbild. »zusammen sind wir, der Lenzerl und ich.« Sie wollte es der Mutter sagen, dem Vater, allen. Doch sie fand den Mut nicht dafür. Sie fühlte sich schuldig, sie betrieb Heimlichkeiten, log, und sie hatte sich beflecken lassen.

»Die Leut im Ort tratschen«, hatte Freundin Klara sie gewarnt. Sicher ahnten auch die Eltern von der verbotenen Liebe, anders ließ sich nicht erklären, warum die Mutter sie zu immer mehr Arbeit antrieb, die sie ans Haus fesselte und ihr die Zeit für Lenz raubte.

Der Magen grummelte, Übelkeit stieg wieder auf. Vroni band ihre Haare zu einem Zopf, wandte sich von ihrem Spiegelbild ab und ging in die Küche. Dort kochte sie in einem kleinen Topf Haferschleim, um den Magen zu beruhigen. Ihre Mutter war fort, wie immer montags gegen Abend, denn da ging sie hinüber zur Nachbarin, einer Bäuerin, bei der die Zinsmayers stets die Milch holten. Die älteren Frauen trafen sich dort einmal in der Woche, schließlich gab es einiges zu bereden: Die Wirtshausgänge der Männer, die Predigten des Pfarrers, die reichen Sommerfrischler, die immer häufiger das Land aufsuchten, um dort zu wandern, die armen Stadtleute, die auch zwei Jahre nach dem Krieg noch zum Betteln und Hamstern kamen. Besonders echauffierten sie sich über die Unsittlichkeit der Stadtfrauen mit den immer knapperen Röcken, dem hässlichen kurzen Haarschnitt, der sich Bubikopf nannte.

Vroni saß am Tisch, vor sich den Brei stehend, und ließ ihre Blicke durch die Küche schweifen. Im Ofen knisterte das Feuer und an der Wand tickte die Uhr. Es gab frische Blumen in der Vase, Gladiolen aus dem Garten. Das konnte die Mutter: das Haus schön und gemütlich halten. Die Wände waren weiß gekalkt, das Kruzifix im linken Eck fortwährend mit schönen Bergblumen geschmückt. Die Töpfe über dem Herd waren geschrubbt und auf Glanz poliert, die Teller im Regal bunt sortiert, der Holzboden immer blank gewienert. Es war ein schönes Zuhause, trotz der mütterlichen Strenge.

Lustlos begann sie, den Brei zu löffeln, und überlegte nebenbei, ob und wann sie den Eltern ihre Liebe zu Lenz gestehen könnte.

»Ach«, seufzte Vroni und schob den vollen Teller angeekelt von sich. Aus der Stube ertönten Männerstimmen. Ihr Vater hatte offenbar Besuch gekriegt, und Vroni erkannte schnell, wer gekommen war: Benedikt Feistl. Sie huschte auf den Gang und presste das Ohr an die Tür.

»Hab's mir a bisserl angeschaut, Beni«, sprach der Vater, »naa, naa, ich weiß net, ob ich dir helfen kann. Schaut komplizierter aus als so ein Elektrizitäts- und Sägewerk zusammen. Die Prothese muss leicht sein, lange halten, sicher befestigt sein und so weiter. Für den Haken und den Fassring brauchst ja jetzt den Federdruck, Benedikt.«

»So ganz versteh ich net, was du meinst, Herbert«, meinte der Feistlbauer.

»Hmmmm«, seufzte der. Dann war Ruhe in der Stube, ein Stuhl wurde auf dem Boden gerückt, Vroni hörte Schritte. Eilig huschte sie zurück in die Küche, zog den Teller Brei zu sich heran und aß einen Löffel. Dann stand ihr Vater hinter ihr. »Brauch ein Bier fürn Benedikt Feistl und mich, holst eins aus'm Keller?«

Als Vroni mit den Flaschen in die Stube kam, saß Benedikt Feistl halb nackt, mit bleicher haariger Brust auf dem Stuhl. Er hatte Joppe und Hemd ausgezogen, der Stumpen hing welk von der Schulter. Auf dem Tisch lagen zwei Kunstarme, einer aus Holz, an dem ein Haken die Hand ersetzte, der andere war mit Leder überzogen, an dessen Ende eine nachgebildete Hand zu sehen war. Daneben befanden sich ein dickes Buch und allerlei Skizzen, die offenbar ihr Vater angefertigt hatte. »Ah, die Vroni«, sagte der Feistl leicht verlegen. Schnell warf er seine Jacke über die entblößte Schulter.

»Servus, Benedikt«, erwiderte Vroni knapp, stellte Gläser auf den Tisch und schenkte beiden Männern das Bier ein. »Beni, da geht es net nur um die Mechanik, da geht es auch um Chirurgie, verstehst«, erklärte Vater währenddessen, »die Mechanik könnt ich vielleicht hinkriegen, wenn i genau weiß, wie's geht. Nachbauen geht immer irgendwie. Aber ein Chirurg, naa, naa, der bin ich net. Da musst zum Spezialisten.« Er tippte dem Feistl an seinen Stumpen. »Der da, der muss erst lernen, sich wieder zu bewegen, dann kannst die Muskelbewegungen bis runter an die Hand übertragen, mei, oh mei. Beni, des ist alles net so einfach.« Er wandte sich an Vroni: »Machst uns noch eine Brotzeit vom guten Speck.« Dann setzte er sein Gespräch mit dem Feistlbauer fort, sprach über ein Krüppelheim in Singen und einen Arzt namens Sauerbruch. Als Vroni kurze Zeit später mit der Brotzeit in die Stube trat, war ihr Vater gerade dabei, den Stumpen zu messen. Sie blieb wie angewurzelt an der Türschwelle stehen, so sehr grauste ihr beim Anblick des Feistlbauern. Ihr Vater beugte sich über den Stumpen und hielt ein Metermaß daran. »Ist länger als zehn Zentimeter. Des passt. In dem Buch da steht, du kriegst dann Massagen, Gymnastik und Reizstrombehandlungen, bevor's dich operieren.«

»Stromschläge, spinnst jetzt?«, antwortete Feistl entrüstet. Als er bemerkte, wie Vroni ihn anstarrte, warf er sich wieder die

Jacke über. »Was ist?«, herrschte er sie an. »Schau dir net die Augen aus, hast noch nie an Krüppl gesehen, Vroni? Ha?« Seine Stimme wurde zornig. »Also, was ist, Meister Zinsmayer, hilfst mir jetzt oder net? Ich brauch keinen Arm, so einen komplizierten mit Muskelbewegungen und so einen Schmarrn, ich brauch einen, der net so weh tut, der net immer so knackst, wenn ich ihn beweg. Und ich will einen, der besser ausschaut als die beiden Scheißdinger da, verstehst, Herbert?« Der schüttelte den Kopf. »Des ist für mich leider net zu machen.« Vroni stellte den Männern schnell die Brotzeit auf den Tisch und wollte sich gerade zum Gehen wenden, da hieb Benedikt Feistl mit der Faust auf den Hakenkunstarm. »Hast des gehört, Vroni? Sagt mir dein Vater doch tatsächlich, dass er mir nix Gscheits bauen kann, dabei kann er sonst alles, was er will.« Er tippte sich auf die Brust und brüllte: »Ich hab's Vaterland verteidigt, während ihr da faul rumgehockt seid.« Zinsmayer versuchte ihn zu beschwichtigen. »Komm, wir essen jetzt den Speck und trinken ein Schnapserl dazu«, schlug er vor. Doch Benedikt Feistl packte beide Prothesen, klemmte sie sich unter den gesunden Arm. »Herbert, zum Sauerbruch nach Singen willst, dass ich geh«, polterte er, »monatelang im Krüppelheim Stumpfgymnastik machen, dass ich net lach.« Er schüttelte den Kopf und stierte zuerst Vroni, dann ihren Vater an. »Wer zahlt des alles? Ha? Wisst ihr, was des kostet? Du hast genug Geld, Zinsmayer. Ich net, des wisst ihr genau.« Benedikt Feistl bebte am ganzen Körper. Und als er mit einem lauten Knall die Stubentür hinter sich zuwarf, hob Herbert Zinsmayer beide Hände entschuldigend in die Höhe. »Ich hab's versucht, so a Prothese zu bauen, aber es geht net«, sagte er und faltete die Skizzen zusammen. »Vronerl, der Mann meint's net bös, ist arm dran, der Beni. Und jetzt geh.«

Über dem Dorf zogen die Wolken den Himmel entlang, rastlos, schnell, sich gegenseitig überholend. Sie verschmolzen ineinander oder drifteten auseinander. Draußen begann es zu dämmern, für viele schlug die Stunde des Alleinseins.

Vater Zinsmayer hockte allein und grübelnd in der Stube. Allein und barfüßig saß Korbinian Sonnbichler im Heu und sah dem Kälblein beim Trinken zu, dessen Schwänzlein zuckte, so gierig trank es. Die Milch, die der Bauer für den Abendbrei gut hätte brauchen können, tropfte in feinen Fäden aus dem Kälbermaul. *Es gibt keinen Ausweg raus aus der Armut*, dachte Korbinian. Und verbarg das Gesicht hinter seinen geschundenen Pranken.

Klara, die junge schwangere Landgräfin, fand am Abend noch die Zeit, in den Speicher zu gehen. Dort stand sie nun, allein, und betrachtete die Wiege, in die sie bald ihr kleines Kind legen würde. Sie war glücklich, in ein paar Monaten wenn es so weit war, würde sie das Bettchen, in dem sie einst selbst gelegen hatte, herunterholen, von den Spinnweben befreien und säubern. Und ins eheliche Zimmer stellen.

Alois Trachsler, der ebenfalls allein war und gar nichts anderes kannte, legte die Bürsten, die er nicht hatte verkaufen können, zurück in eine Truhe. Er lächelte ein wenig und setzte sich die Krone auf. Jetzt war er wieder der König im schwarzen Reich. Schweigend hockte er auf seinem Schemel und starrte ins Feuer, folgte dem Rauch, wie er im Schornstein verschwand. Dann gönnte er sich einen kleinen Schluck seiner Medizin. Um zu vergessen, wie anders das Leben sein könnte, hätte Gott ihn nicht zum König wider Willen gemacht.

Keine zweihundert Meter entfernt, saß Vroni allein in ihrem Zimmer an der Zither, die Hände im Schoß. Ein Windzug bewegte die Vorhänge sachte und schickte Abendkühle in den Raum.

★ ★ ★

Ich sag es euch allen, ich sage es euch mit den Zeilen, die ich soeben zu schreiben begonnen habe: Nicht Omama, die da vor euch im Sarg lag, sollte tot sein, sondern ihr alle miteinander, die ihr da wart. Sie hat den Tod nicht verdient, aber ihr, denn ihr seid die Schuldigen an ihrem Schicksal gewesen. Und an meinem.
Ich habe mich genau umgesehen und beobachtet, wie ihr in der Kirche auf den Bänken gehockt habt, ihr verdammten Heuchler. Ihr habt rumgeheult und scheinheilig für sie gebetet.
Und du, Herr Pfarrer, hast schon wieder die gleichen Worte gedummsülzt, von Gott, von Vergebung, ich konnte es nicht mehr hören, dein Geschwafel, dass wir alle Kinder von dem Herrn da oben sind. Denn du und deine Kollegen von früher, auch ihr habt eure verfickte Schuld, dass alles so geschehen ist. Ihr gebt uns allen vor, wie wir sein sollen, damit wir dem Meister im Himmel gefallen. Aber ihr habt null Durchblick. Einen Scheiß will ich dem gefallen, ich will niemandem gefallen, nicht mal mir. Ich hasse mich selbst, denn wer bin ich schon?
Ein Versehen bin ich, ein lästiger Nachzügler, ein blöder Zufall in einer schwachen Stunde, in der du, Mutter, und du, Vater ..., ich will gar nicht dran denken, ja, ihr wart mal wieder zusammen im Bett, kann ja nicht anders gewesen sein, sonst wäre ich nicht hier. Ich wünschte, es wäre anders gekommen, dann wäre mir viel erspart geblieben, glaubt mir.
Allerliebste Omama, du liegst jetzt in deinem dunklen Sarg. Ganz allein und heimlich hast du dich aus dem Leben geschlichen. Ich fand dich in der Küche, auf dem Boden liegend. Neben dir ein zerbrochener Krug, lauter Wasser und Blumen, die du vorher gepflückt hast. Da

wusstest du noch nicht, dass der Tod lauert. Das weiß man nie. Nur ich weiß es, weil ich es bestimmen werde.

Omama, ich werde dich vermissen, jetzt fange ich sogar an zu heulen, aber schlucke die Tränen runter, wie immer. Das habe ich schon früh gelernt. Weißt du noch, als ich ein kleiner Bub war? Du hast mich oft auf deinen Schoß gehoben und mir über den Kopf gestreichelt. Ich mochte das, deine Berührungen waren die einzigen, die ich bekommen habe. Du hast immer so gut gerochen, nach Küche, nach gutem Essen oder nach einer guten Seife. Du warst meine Heimat, mein Schutz. Du und dein Küchentisch mit der großen Tischdecke. Unter dem konnte ich mich verstecken, wenn die böse Traudl mich mal wieder gesucht hat. Die Alte liegt jetzt auch schon unter der Erde, ist sicher schon längst verfault. Sie war ja ohnehin nur Haut und Knochen. Eine dürre kleine Böse, die einen nur genervt hat. Im Himmel wirst du die Alte nicht treffen, eher in der Hölle, denn da soll die Giftspritze schmoren. Aber da wirst du nicht landen, in der Hölle.

Die Hölle hattest du schon hier auf Erden, hier in diesem scheißverlogenen Ort.

Ich saß in der zweiten Reihe, ein paar Meter vor mir stand dein Sarg, ein einfacher, passend zu deinem Leben, aber verdient hast du mehr. Einen goldenen, das sag ich dir, liebe Omama. Hätte ich Geld, ich hätte dir einen goldenen Sarg gekauft. Vor mir hockten in der ersten Reihe deine Kinder. Neun Stück hast du großgezogen, Wahnsinn. Du hättest sie alle sehen sollen, meine Mutter vor allem, wieder mal typisch, zeigte keine Regung. Eisige Visage. Nur die Kontrolle nicht verlieren. Ich glaube, sie hat keine Gefühle, sie ist ein Eisberg, ein Stahlgebilde, ein Wesen mit einem Eisenherz, mir fallen keine passenden Wörter ein.

Ich schluckte meine Tränen runter. Wenn ich gekonnt hätte, wie ich wollte, hätte ich losgeschrien, so richtig, dass allen Arschlöchern der Welt Hören und Sehen vergangen wär.

Es war eine tiefdunkle Nacht, der König träumte wirr. Dort sah er, wie er sich einem schwarzen Gespenst gleich gen Mitternacht erhob, über den Boden nach draußen schwebte. Er folgte dem Ruf der Unglücksvögel, die vor seinem Häuschen auf der großen Buche saßen und krächzten. Sie flatterten von Ast zu Ast, schlugen mit den Flügeln und hackten sich mit den Schnäbeln gegenseitig ins Gefieder. Der König schwebte ganz hoch auf den Gipfel des Baumes, der ein schwarzes Gewand trug. Die Blätter bewegten sich nicht im Wind, sondern hingen starr, sie leuchteten nicht grün wie sonst, waren nur dunkle Schatten. Die schmale Sichel am Himmel schimmerte matt. Die Sterne waren verschwunden, auf Erden herrschte jetzt das Reich tiefer Trauer. Ein Käuzchen saß auf dem größten Ast, blickte stumm um sich, seine Augen funkelten gelb und drohend.

Der König wälzte sich unruhig auf seiner Strohpritsche herum, bis er schließlich aus dem Traum erwachte. Er stand auf, machte Feuer und setzte einen Kessel Wasser auf, brühte einen Kräutertee. Durchs Fenster kroch zaghaft der erste Lichtstrahl. Der König spürte, es würde ein besonderer Tag werden, denn alle Untertanen werden sich auf dem Dorfanger zum Schauspiel versammeln. *Der König sollte zugegen sein*, dachte Alois Trachsler, nahm seinen schwarzen Mantel vom Haken und bürstete den Dreck ab. Er ging zu dem Holzregal, in dem all die Federn sorgsam nebeneinanderlagen, die er gesammelt hatte: Hühnerfedern, die von Raben, Elstern, Amseln und von Käuzchen, den Vögeln, die die Seelen sammeln. Von diesen nahm er sieben Stück und steckte sie seitlich an den Hut.

Die Sonne wachte auf, ließ alles erstrahlen, und der Himmel leuchtete tiefblau dazu. Das goldene Dorf zeigte sich in all seiner Pracht, die Blumen hatten ihre Blüten weit geöffnet, die Lindenbäume verströmten ihren süßlichen Duft, die Bienen summten, und überall zwitscherten die Vögel.

Vroni zog ihr schönstes Dirndl an, flocht das Haar zu einem wundervollen Kranz und fuhr mit einem feuchten Lappen sachte über die dunklen Augenringe, in der Hoffnung sie würden verschwinden. Die Übelkeit war immer noch da, das Gesicht fahl und glanzlos. Sie war spät dran, zu lange stand sie schon vor dem Spiegel. Noch einen Hauch Rot auf die Lippen, die silbernen Ohrringe und das bestickte Kropfband anlegen, Margeriten, die sie vorher im Garten gepflückt hatte, in den Haarkranz stecken … es war viel zu tun, um die Schönheit, die Vroni ansonsten zu eigen war, zurückzuholen. »Kommst endlich, Vroni!«, hörte sie die Mutter rufen. Hastig schlüpfte sie in die Schuhe, legte ein seidenes Fransentuch über die Schultern und lief die Treppe hinunter. Zusammen mit den Knechten und Mägden eilten die Zinsmayers durchs Dorf hinauf zur Angerwiese, wo sich bereits zahlreiche Zuschauer auf den Bänken niedergelassen hatten. Allein und in der hintersten Reihe saß Alois Trachsler. Wie ein schwarzer Paradiesvogel wirkte er mit seinem schlappen Sonntagshut, an dem lauter Federn steckten. Die Sonnbichlers waren auch gekommen, Konrad in seinen Sonntagsschuhen, das hohlwangige Reserl wie immer schlicht gekleidet, die zarte Annamiri an der Hand. Klara Landgraf stand mit ihrem Mann und Mutter Lena unter dem Baum und winkte Vroni zu. Die Zinsmayers nahmen in der vorletzten Reihe Platz. »Weilst so lang braucht hast, hocken wir da hinten und sehn nix«, murrte Mari.

Die Blasmusik spielte, noch war der Vorhang, zwei zusammengenähte Leintücher, auf die man das bayerische weiß-blaue Rautenmuster gemalt hatte, zugezogen. Neben der Bretterbühne standen Birkenbäumchen und an den seitlichen Stangen hatte man

Efeugirlanden hochgezogen. Alles war geschmückt, auch die Zuschauer selbst, die ihr feschestes Gewand trugen: Die Männer ihre Hüte mit Gamsbärten, die Westen mit schönen, wertvollen Knöpfen aus Silber oder Horn versehen. Die Frauen allesamt im Dirndl, feine bunte Blumen ins Dekolleté oder Haar gesteckt.

Die Sonne warf lange Schatten, bis sie, einem Feuerball gleich, hinter dem Berg versank. Es ging dem Abend zu, *Der Bayerische Hiasl* konnte beginnen. Ein Tusch der Bläser, und Lenz trat vor den Vorhang, stolz, attraktiv und verwegen war er, im Gesicht sein Strahlen. Auf dem Kopf trug er einen speckigen Wildererhut, in der Hand ein Gewehr.

»Ihr Leut, erinnerts euch an den Kneissl? Den Räuber Kneissl?«, begann er. »Die Älteren gewiss, er hat hier bei uns im Dorf gelebt und gearbeitet, fleißig war er, stimmt's Zinsmayer? Du hast es immer gesagt, fleißig und gut war er. Und du musst es wissen, weil er ja bei dir gearbeitet hat. Heut noch könnt er leben, der arme Kneissl, er könnt hier auf einer der Bänke hocken und zuschaun, oder mitspielen, des hätt er auch können.« Die Zuschauer begannen zu tuscheln und drehten sich zu den Zinsmayers um. »Was soll denn des werden?«, zischte Mari ihrem Mann zu.

»Ich selbst kann mich net an den Kneissl erinnern«, fuhr Lenz fort. Ich war ja erst drei Jahr alt, wie er aus unserm Dorf vertrieben worden ist. Von uns, von euch.« Er machte eine kurze Pause und blickte auffordernd in die Reihen. »Warum habt's ihr den armen Mann vertrieben, frage ich euch, und ihr solltet es euch auch fragen.« Die Zuschauer schwiegen. Lenz reckte das Gewehr in die Höhe. »Ich sag's euch. Weil er net reingepasst hat in unsere saubere Welt. Ein Zuchtler war er, weil er im Gefängnis war, und als man ihn wieder rausgelassen hat, hat man mit'm Finger auf ihn gezeigt. Einmal Zuchtler, immer Zuchtler, haben alle gedacht. Menschen, die anders sind, anders reden, eine andere Vergangenheit gehabt haben, die wollt's ihr net. So ist des.« Fragende Blicke, erbostes Geraune und Kopfschütteln auf den Bänken, bis einer

von den Zuschauern aufstand. »Lenz, spinnst jetzt? Du immer mit deinem Schmarrn. Wir sind net gekommen, um uns des anzuhören, wir hocken da wegen dem Hiaslstück, also, fang endlich an.«
»So ist's!«
»Anfangen!«
»Was hat der Hiasl mit dem Kneissl zu tun?«, begannen nun auch die anderen zu rufen.

Lenz legte das Gewehr auf den Boden und bat um Stille. »I sag's euch, es geht um Gerechtigkeit, um Armut und Reichtum, um den Tod, wenn man für eine gute Sache kämpft. Der Krieg ist vorbei, aber da draußen wird trotzdem kämpft, um Gerechtigkeit zwischen Mann und Frau, zwischen arm und reich. Wir sollten net wegschaun, unser Leben so dahinleben. So tun, als ob alles in Ordnung ist, wie wir die Sachen machen. Ein jeder tut, was von ihm verlangt wird, auch ich. Bin a Bäcker geworden, weil ich net selbst bestimmt hab, was ich will.«

Mutter Zinsmayer flüsterte Vroni ins Ohr: »Ich hab's gesagt, der Lenz ist ein gspinnerter Revoluzzer, kannst froh sei, dass ich dir verboten hab, da mitzuspielen.« Vroni blickte starr geradeaus. Sie war stolz auf Lenz, wie er vor all den Menschen stand und den Mut fand, in so einem schneidigen Ton zu sprechen. Niemandem gegenüber hatte er zuvor erwähnt, warum er ausgerechnet den Hiasl als Stück gewählt hatte. »An letzten Satz noch, ihr lieben Leut. Es müssen andere Zeiten kommen, weil gerecht geht es net zu in derer Welt.« Er blickte lange auf die Zuschauer und lächelte. »Verzeiht's mir die offenen Worte. Mehr hab ich net zu sagen, ich wünsch euch einen schönen Abend mit dem Hiasl«, beendete Lorenz seine kurze Ansprache. Der Vorhang wurde aufgezogen, die erste Szene begann.

Die kleine Holzbühne wurde zur Kulisse einer vergangenen Zeit, zurück ging es ins achtzehnte Jahrhundert. Auf der Wiese des Dorfangers entstand Hiasls Welt mit Machtkämpfen, Männerbündnissen, Intrigen, Treue, Missverständnissen, vergeblicher

Liebe, Tränen, Verzweiflung und einem langen Kuss, bei dem Vroni unweigerlich die Augen senken musste.

In der letzten Szene war eine Gefängniszelle zu sehen, Laken, auf die man neben einem vergitterten Fenster eine eiserne Tür gemalt hatte. Links auf der Bühne stand eine mit Stroh bedeckte Holzpritsche.

Mittlerweile war die Nacht hereingebrochen, Fackeln beleuchteten die Szene, unheimlich und düster war die Stimmung.

Lenz, der Hiasl, ging unruhig auf und ab, seine letzte Stunde hatte geschlagen. Er hatte mit seiner Wilderei und dem Kampf für Gerechtigkeit sein Leben verwirkt. Er sollte »… zur Richtstatt geschleift werden, daselbst mit dem Rade durch Zerstoßung seiner Glieder von oben herab vom Leben zum Tode gerichtet werden, alsdann der Kopf von dem Körper getrennt, der Körper in vier Stücke zerhauen an den Landstraßen aufgehangen, der Kopf hingegen auf den Galgen gesteckt werden.« So lautete das Urteil von Maximilian III. Joseph, Kurfürst in Bayern. Man führte den Hiasl ab, der Pfarrer begleitete ihn auf seinem letzten Gang. »Komm Hiasl«, sagte er. »In Gottes Namen«, antwortete der zum Tode Verurteilte mit hängendem Kopf. Hinter der Bühne ertönte ein Trommelwirbel, und als der Vorhang fiel, hörte man in der Ferne die Totenglocke läuten.

Beklemmende Stille lag über dem Dorfanger, Ergriffenheit in den Herzen der Zuschauer. Vroni knetete die Hände im Schoß, schluckte Tränen hinunter.

Als die Darsteller zur Verbeugung auf die Bühne kamen, klatschten alle eifrig Beifall. Brigitte lachte, Lorenz legte den Arm um sie und sagte: »Ein Dankeschön an die guten Schauspieler, an Dank an euch, ihr lieben Leut.«

Dann begann fröhliche Musik zu spielen, der Wirt schenkte Bier aus, und heftig diskutiert wurde auch. Ein trauriges Stück sei es gewesen, meinten die Leute, aber spannend. Ein ungewöhnlicher Abend, das erste Theater im Ort, dem Lenz Binder zu verdanken, ja, der könne so was, aber trotz allem sei er ein Verwegener, denn die Worte zuvor hätte er sich sparen können. Auch das mit dem Räuber Kneissl, der hier zwei Jahre lebte.»Ich bleib dabei«, sagte der Bürgermeister,»ein Zuchtler hat bei uns nix zum Suchen gehabt. Denn wir leben in einem anständigen Ort.« Lenz saß zusammen mit den Schauspielern an einem Tisch. Ausgelassen und glücklich wirkte er, das Bier schien ihm gut zu schmecken, beobachtete Vroni, die fernab auf einer Bank saß und dem Treiben zusah. Klara Landgraf hockte sich neben sie.»Vronerl, was ist? Hat's dir gefallen?«, fragte sie und legte ihrer Freundin die Hand auf die Schulter.

»Hätt gern mitgespielt«, antwortete Vroni schlapp.»Und findest net auch, dass der Lenz die Brigitte zu lang küsst hat?«

Klara lehnte sich zurück und betrachtete ihre Freundin von der Seite.»Also, bist am End doch eifersüchtig?«

»Ach, man weiß nie, was in den Köpf derer Männer so zugeht«, antwortete Vroni und knöpfte sich die Jacke zu.»Kalt wird's.« Klara holte tief Luft.»Schau mir mal in die Augen, mit dir stimmt was net, des hab ich mir schon am Waschtag denkt. Du bist blass, hast dunkle Ringe unter den Augen und schmal bist auch geworden, isst net genug? Hast Sorgen, etwa mit dem Lenz?«

Vroni winkte ab.»Is nix, kann net so gut schlafen die letzte Zeit, und mir ist net gut im Magen, hab was Falsches gegessen, des is ois.« Klara stupste Vroni an und schmunzelte.»Was Falsches gegessen also, sag mal, hast schon was gehabt mit dem Binder Lenz? Du weißt schon, was ich mein.« Vroni schüttelte energisch den Kopf.»Herrje nein, Klara, was denkst denn von mir? Ich werd doch net vor der Hochzeit sündigen.«

»Wennst meinst«, antwortete die Freundin. Eine Weile saßen die jungen Frauen schweigend auf der Bank. Sie blickten zum Himmel, der in dieser Nacht ein funkelnder Sternenteppich war. Die Musikanten spielten noch einen Walzer, danach ein letztes Prosit. Man sammelte die Bierkrüge ein, die Leute machten sich auf den Weg nach Hause. Auch die Mitwirkenden des Stücks. Lorenz hatte seinen Platz den ganzen Abend über kein einziges Mal verlassen. Bevor er ging, umarmte er seine Bühnengeliebte Brigitte, warf danach Vroni noch einen verstohlenen Gruß zu, indem er kurz die Hand hob. Dann verschwand er leicht wankend in der Dunkelheit. Auch die Eltern Zinsmayer gingen, nicht ohne ihre Tochter vorher noch ermahnt zu haben: »Kommst jetzt auch gleich heim, Vroni.« Der Platz leerte sich, zurückblieb Alois Trachsler, der am Feuer saß, das man in einem ausgehöhlten Baumstamm entfacht hatte. Er starrte in die Flammen und murmelte irgendetwas vor sich hin. Zurückblieben auch ein paar Betrunkene, die lauthals feixten und grölten. »Zeit zu gehen«, sagte Vroni zu Klara, und so machten sich auch die beiden jungen Frauen auf den Nachhauseweg. Als die Straße sich zweigte, Klara nach links, Vroni nach rechts abzubiegen hatte, drückten und herzten sie sich, und Klara sagte zum Abschied: »Vronerl, denk drüber nach, ob'st net schwanger sein könntest.« Vroni lachte hell auf. »Nie und nimmer!«

Im Haus war es schon still, als die Zinsmayertochter ihr Zimmer betrat. Die Knechte und Mägde schliefen, auch die Eltern hatten sich bereits in ihre Schlafkammer verzogen. Leise schloss Vroni die Tür, entkleidete sich, schnürte sich das drückende Mieder vom Leib. Sie hängte das Dirndl in den Schrank, verstaute die restlichen Kleidungsstücke in der Kommode. Dann löste sie ihr Haar und bürstete es, lange, langsam, in Gedanken versunken. Ihr Blick fiel auf das Nachttischchen, wo die Kerze flackernde Schatten an die Wand warf. Neben ihr lagen die Bibel Gottes und die Bibel des Frauenlebens. Auf deren braunem Umschlag stand: *Das Hauswesen,* verfasst von Marie Susanne Kübler, 1850. Fast jeden Abend las Vroni darin, das war ihre Pflicht, so hatte es ihr die Mutter befohlen und sie täglich nach dem Erlernten abgefragt. »Wennst mal eine Frau bist, eine richtige, ein Eheweib, dann musst vorbereitet sein.«

Das Hauswesen war bereits Maris Buch gewesen, sie hatte seinen Inhalt verinnerlicht, nahezu auswendig gelernt und sich daran gehalten. Deswegen lief alles so gut auf dem Hof. Er war stets sauber und gepflegt, die Blumen, das Obst und Gemüse gediehen, die Hühner hatten schönes, glänzendes Gefieder und legten ausreichend Eier. Die Küche war gewienert, in ihr wurde wunderbar, wenn auch gleichsam sparsam gekocht, so wie es die mageren Zeiten eben vorgaben. Die Stuben waren rein, alles hatte seine Ordnung, auch die Schränke und Truhen konnten sich sehen lassen, in ihnen lag alles sauber und ordentlich gefaltet.

Inzwischen hatte sich Vroni in dem Buch bis Seite 94 vorgearbeitet. Im ersten Kapitel lernte sie, was der Frau zu anerkannter Zierde verhalf: ihre unermüdliche Tätigkeit, das lebendige Gebet zu sein, dessen vier materielle Gesetze: Arbeit, Ordnung in Raum und Zeit, Reinlichkeit, Sparsamkeit waren. Der richtige Umgang mit Knechten und Mägden stand im zweiten Kapitel: ein gutes Beispiel für die Bediensteten sein und frühmorgens aufstehen, um Anordnungen zu erteilen. »Die Dienstboten sind nicht mehr das, was sie früher einmal waren, hier steht's auf Seite 11«, hatte Mari gestöhnt. Sie blätterte im Buch herum und las laut vor: »Es ist eine Veränderung mit dieser Klasse vorgegangen, nachteilig wirkend sowohl für sie als für die Herrschaften.« Sie klappte das Buch zu und seufzte. »Is so, die Mägde und Knechte haben immer mehr Ansprüche, stehlen mehr, sind arbeitsscheu, gedankenlos und unredlich. Vroni, da musst gut drauf achten bei uns am Hof.«

Es folgten die Kapitel über Haushaltungsgeld, Einrichtung von Küche und Speisekammer, Kenntnisse über Gartengemüse sowie Kräuter.

Vroni öffnete das Fenster, beugte sich hinaus und atmete die Frische des Nachtwindes ein. Die Lichter in den Häusern erloschen, eines nach dem anderen. Bis Dunkelheit herrschte. Nur der Mond stand halb und mit mattem Schleier am wolkenlosen Himmel.

Es war Zeit, der Sache nachzugehen. Vroni legte sich ins Bett, rückte das Kissen im Nacken zurecht und griff nach dem braunen

Buch. Ihre Hände zitterten, als sie hastig zwischen den vielen Seiten jenes Kapitel suchte, das zu lesen sie bis heute noch nicht bereit gewesen war. Sie blätterte von vorne nach hinten, immer weiter, weiter. Seite 546. Da stand es, im schwachen Flackern der Kerze kaum zu erkennen:

Noch geht ans Erdenweib des Engels Ruf:
Wenn immer Scham und Liebe dich durchglühte,
Und dich, geläutert, neu aus Flammen schuf,
Bist du jungfräulich rein tief im Gemüte.

Vroni seufzte. »Jungfräulich rein ... oh mei«, flüsterte sie in die Stille. Ihre Augen überflogen die Zeilen, bis sie fand, was sie kaum zu lesen wagte.

Wenn der Schöpfungsengel mit seinen Fittichen leise und geheimnisvoll die junge Gattin berührt und sein Werde spricht, entfaltet sich die Mutterliebe, die dem unter dem Herzen ruhende Kinde von der Allliebe gleich ... Ein ziemlich sicheres Kennzeichen der beginnenden Mutterschaft ist das Ausbleiben der monatlichen Reinigung, ebenso sind sehr oft Übelkeit und Erbrechen Anzeichen.

Vroni klappte entsetzt das Buch zu und warf es auf den Boden.

Wie glücklich war sie gewesen, als es oben zum ersten Mal geschah, vor zwei Monaten auf der Anhöhe im dunklen Schuppen, im Liebesrausch, ohne Gedanken, die hätten mahnen können.

Vom Paradies, in dem sie gesündigt hatte, vertrieben, war sie nun zur Hölle verflucht. »Komm mit, komm mit.« Die Käuzchen, die Seelenfänger, die Boten des Todes, begannen in der Nacht zu rufen.

★ ★ ★

Omama, als der Trauergottesdienst zu Ende war, fuhren sie dich auf einem Gestell zum Grab. Ich folgte dir, ich erstarrte, als sie dich in die Tiefe ließen. Ich habe mir auf die Lippen gebissen, weißt du noch, das habe ich immer gemacht, wenn ich nichts sagen konnte, die Unterlippe zwischen die Zähne genommen und draufgebissen, manchmal hat sie dann geblutet und du hast den Kopf geschüttelt. »Mein Bub, mach des net«, hast du dann gesagt.

Ich nahm eine Schaufel, schüttete Erde auf dich und warf die Rose auf deinen Sarg. Ich habe sie heute früh aus deinem Garten geholt, die Schönste von allen habe ich rausgesucht.

Man hat ein hölzernes Kreuz in die Erde gesteckt, darauf sieht man dich, als du etwas jünger warst. Ich mochte deine Augen, sie waren schön. Du warst schön, unglaublich schön, weißt du das? Ich habe dich in dem Fotoalbum gesehen, als du so alt warst, wie ich jetzt bin, vierundzwanzig oder so. Deine Haare hattest du zu einem Kranz gebunden, dein Gesicht zeigt die ersten feinen Falten, du hattest zu diesem Zeitpunkt schon viel Leid erleben müssen. Mit einundzwanzig Jahren, das sagtest du mir, hat es begonnen. Vorher kanntest du nur das Paradies. Du hast es verloren, man hat es dir entrissen.

Als dann alles vorbei war, haben wir dich verlassen, und du bist allein im kalten Grab zurückgeblieben. Aber das hast ja zur Genüge gekannt, liebe Omama: dieses verfickte Verlassenwerden, das Dunkle und Kalte im Leben.

Ich bin dann nach Hause gegangen und hab mich in mein Zimmer verkrochen. Endlich mal wieder so richtig geflennt. Und dann habe ich begonnen alles aufzuschreiben, meinen Hass und meinen Plan.

★ ★ ★

Wenn morgens um sechs Uhr die Glocken läuteten und die Gemeinde ins Gotteshaus riefen, steckten die Leute ihre Gebetbücher ein und zogen durch die Gassen zur Kirche. Man hörte Gemurmel, das Schleichen von Schritten, der Kies knirschte. Zu dieser Zeit war der Tag jungfräulich, die Sonne noch nicht erwacht, und auf den Feldern waberte der Nebel wie huschende Gespenster. Im Reich Gottes brannten die Kerzen, hinter den Mosaiken der Fenster ahnte man im Kircheninneren das Morgengrauen.

Die Bewohner des Ortes benetzten sich am Eingang mit Weihwasser und nahmen dort Platz, wo sie immer saßen. Sie klappten im Schein der kleinen Kerzen die Gebetbücher auf, der Pfarrer trat vor den Altar. Es war so wie immer, wie jeden Morgen. Es galt, Gott zu huldigen, für die Menschen zu beten, die man liebte, der Toten zu gedenken und auf einen guten Tag zu hoffen, dabei zu geloben, jedweder Sünde fernzubleiben und den Allmächtigen allzeit im Herzen zu tragen. Sie murmelten das Vaterunser, nahmen den Segen entgegen, die einen dankbar und gläubig, die anderen waren nur zugegen, weil es sich so gehörte. Und während sie zusammen vor Gott ihren Glauben und ihre Treue bekundeten, hingen viele der Anwesenden ihren eigenen Gedanken nach, glücklichen oder bekümmerten. Die von Vroni waren von Verzweiflung zersetzt. Seit sie die Gewissheit hatte, in ihrem Leib ein Kind zu tragen, schlief sie kaum mehr, war fahrig und vergesslich. Ratlosigkeit und Angst ließen sie nahezu verstummen. Wann immer sie konnte, zog sie sich in ihr Zimmer zurück, um ihren

Tränen freien Lauf zu lassen. Ein paar Mal hatte sie Klara getroffen und versucht, der Freundin ihr Herz auszuschütten, doch es fehlten stets Mut, Kraft und die richtigen Worte. Und befand sie sich gequält und gepeinigt im engen, dunklen Beichtstuhl, kam ebenfalls kaum etwas über ihre Lippen außer »Hab nix zum Beichten, Herr Pfarrer.« Jetzt saß, drei Reihen rechts vor ihr, Lenz, ebenfalls scheinbar ins Gebet vertieft. Woran er wohl dachte? An Amerika? Revolution? Brigitte? Am Ende an sie, Vroni, denn das hatte er schließlich gesagt: »Wir sind ein Paar.« Er war, noch ohne davon zu wissen, der Vater des Kindes, das in ihr reifte. Immer, wenn sie sich heimlich trafen, sich küssten, liebten, die Hände hielten, stockte ihr der Atem und sie überlegte fieberhaft, wie es zu sagen sei. »Lenzerl, bin schwanger von dir; Lenz, ich hab dir was ganz was Schönes zu sagen, werst Vater, ich Mutter; Lorenz Binder, Geliebter, heirat mich, denn ich bin schwanger; Lenz, bist immer für mich da? Ich brauch dich, weil ich dein Kind unterm Herzen trage.« Doch die Angst, der von der Ferne träumende Mann würde sie zurückweisen, war zu mächtig.

Als das Paar vor ein paar Tagen im Wald spazieren ging, dann in einer Blumenwiese lag und dem Wolkentreiben zusah, dachte Vroni, es wäre so weit. Ihre Hände wurden feucht vor Schweiß, der Mund trocken, und mit klopfendem Herz begann sie zögerlich: »Lenz, liebst mich wirklich?« Er küsste sie und antwortete: »Was meinst denn, meine Vroni.« Zaghaft folgten die zwei Worte »weil ich«, doch dann schüttelte sie heftig den Kopf. »Naa, naa, ist nix Wichtiges, Lenzerl.«

Die Kirchgänger erhoben sich von ihren Bänken zum Vaterunser. Und später, als die Glocken das Ende des Gottesdienstes ankündigten, wusste Vroni, dass wieder ein Tag vergehen würde, an dem sie mit ihrem Geheimnis der Sünde und Unzucht zu leben hatte. Gott im Himmel würde sie bestrafen und verdammen. Auf ewig.

Die Wochen vergingen, es wurde Herbst. An den Bäumen färbten sich die Blätter bunt, Herbststürme wehten sie hinfort. Die

Ernte war eingefahren, die Menschen hackten Holz und stapelten die Scheite in die Höhe. Die Männer schlachteten die Schweine, beizten das Fleisch in Fässern oder hängten es zum Räuchern in die Kamine. Die Frauen kochten das Obst für den Winter ein, Pflaumen, Äpfel, Birnen, Kirschen, alles, was der Garten hergab. Die Beete wurden für den ersten Schneefall vorbereitet. Vorbei die Zeiten, in denen das Vieh durchs Dorf auf die Weiden getrieben wurde. Kühe und Pferde blieben in den Ställen. Nur noch die Schafe waren draußen, mähten mit ihren Mäulern die Wiesen glatt. Oben auf der Anhöhe, im dunklen Schuppen, in dem der verbotene Liebesakt vollzogen worden war, versteckten sich die Mäuse. Die Kiste des Alois Trachsler trug eine dicke Staubdecke, seit jenem Tag war er niemals mehr dort gewesen, am befleckten, unreinen Ort.

Der Sonnbichlerbauer und seine Frau saßen allabendlich in der Küche, Annamirl schlief in ihrem Bettchen. Reserl strickte Socken, Korbinian zählte Münzen und die wenigen Scheine, die sie besaßen, und wusste nicht, wie sie die kommende Winterzeit überleben sollten, ohne nochmals zur Bank zu gehen und dort um ein weiteres Darlehen zu bitten. Das Kälblein hatten sie verkaufen müssen. Der Schuldenzettel bei der alten Lena umfasste bereits mehrere Seiten, und es war einzig ihrer Güte zu verdanken, dass die Sonnbichlers irgendwie über die Runden kamen.

Benedikt Feistl begann zu dieser Zeit sein Doppelleben. Frühmorgens schuftete er im Stall. Danach frühstückte er mit seiner alten, grimmigen und wortkargen Mutter, schuftete weiter, und abends, sobald die Alte sich endlich in ihr Häusl nebenan zurückgezogen hatte, öffnete er den Wandschrank, in dem die Dose für Erspartes lag und entnahm ihr einen Schein. Dann galt es, die Arme zu wechseln, der Sonntagsarm wurde angeschnallt, die Lederhand gewienert, das Fahrrad aus dem Schuppen geholt. Bei jedem Wetter, bei Wind und Regen stieg er auf und fuhr in den Nachbarort, dort bis ans Ende eines kleinen Weges, wo ein unscheinbares Häuschen stand. Er versteckte sein Rad hinter einem Busch, ging zum Hintereingang und klopfte sein Kennwort an die Tür: poch, poch, poch, Pause, poch poch. Die Tür öffnete sich und Benedikt Feistl betrat eine andere Welt, die ihn alles vergessen ließ.

Stunden später machte er sich auf den Nachhauseweg. War die Nacht klar, leuchteten Mond und Sterne, sah er Rehe auf den Feldern äsen, Füchse oder Dachse schleichen, Hasen davonhüpfen. Manchmal machte Benedikt an der Brücke, die über den großen Fluss führte, halt und stierte, eine Zigarette rauchend, ins sprudelnde Wasser. Er fragte sich, wie oft er diesen Weg zu dieser Stunde wohl noch entlangfahren würde, denn das Geld neigte sich allmählich dem Ende zu, verhurt hatte er es, um Frust und Trauer zu bekämpfen und Wollust sowie kurze Momente vermeintlicher Zuneigung zu erleben. Meist war es sehr spät, wenn er das Heimatdorf erreichte, jeder ruhte schon in seinem Bett, die Lichter waren erloschen. Nur der Dorfhund Beppo und der alte Trachsler im schwarzen Mantel waren ab und an in den Gassen unterwegs. »Servus, Alois«, sagte Benedikt dann zu dem Rastlosen. Der hob stets die Hand zum Gruß und stapfte weiter. Irgendwohin.

Klara Landgraf hatte inzwischen einen kleinen Sohn auf die Welt gebracht. Vinzenz wurde er genannt. Kurz nach der Niederkunft besuchte Vroni die glückliche Mutter und wiegte den Säugling in ihren Armen. Ihre Augen wurden dabei feucht, weil sie eine innige Liebe zu dem kleinen Wesen spürte, gleichzeitig eine leise Angst vor dem hatte, das sie selbst in sich trug. Denn es war das Resultat von Unzucht, Sünde und Scharde. Sie hätte sich in diesem Moment der Freundin anvertrauen können, stattdessen streichelte sie dem winzigen Vinzenz zart über den Flaum, den er auf dem Köpfchen trug. Und schwieg.

Allabendlich stand Vroni vor dem Spiegel, betrachtete ihren entblößten Bauch, der von Woche zu Woche wuchs. Noch presste die Schwangere die verräterische Wölbung mit einem engen

Mieder zurück, bis auch dieses nicht mehr passte. Danach trug sie eine dicke Jacke, die locker über den Leib fiel. Wochenlang suchte sie nach einem Ausweg, in ihrer Verzweiflung nahm sie sogar in Kauf, dass dieser den Tod des ungeborenen Lebens bedeuten könnte. Sie heizte im Baderaum den Kessel ein, heißer Dampf stieg auf, als sie das Wasser in die Wanne ließ. Vronis Haut brannte wie Feuer, die Wangen glühten und von der Stirn rann der Schweiß, während sie in dem heißen Wasser lag, darauf hoffend, das Kind würde diese Prozedur nicht überleben. Ein anderes Mal führte sie unter Tränen eine Stricknadel in sich ein, bis sie einen stechenden Schmerz spürte. Oder sie geriet in Versuchung, dem alten Alois Trachsler einen Besuch abzustatten, vielleicht hatte er ein Mittel, Gift, irgendwas, was ihren Zustand beendete. Dann aber hätte sie einen Mitwisser, unberechenbar, was der Irre dann im Dorf herumerzählte. Und so versuchte sie es auch mit Beeren, von denen sie wusste, dass sie giftig waren. Sie würgte, erbrach sich, doch das Kind in ihr gedieh unerbittlich weiter.

Vronis Tage waren von Ratlosigkeit und Verzweiflung durchdrungen, die Nächte von Albträumen. Liebe zu dem Ungeborenen wechselte sich mit Hass auf das Leben ab, so wie es zur Zeit war, und irgendwann wusste die werdende Mutter, es gab kein Entrinnen mehr.

Eines Morgens betrachtete Mari Zinsmayer ihre Tochter mit langen, forschenden Blicken. »Mein Kind, was ist mit dir? Hast dich verändert, schaust anders aus.«

Am selben Tag schrieb Vroni auf ein Stück Papier: *Muss dich dringend treffen, morgen um sieben abends im Schuppen. Bitte, bitte komm!!!!* Kleine Zettel waren die heimlichen Boten zwischen den Liebenden, wenn sich in der Bäckerei Kunden befanden. Dann schoben sich Lenz und Vroni bei Übergabe und Empfang der Ware die zwischen Geldscheinen versteckten Nachrichten über die Theke gegenseitig zu. Ein Hin und Her von Liebesbeschwörungen sowie von Uhrzeit und Ort der heimlichen Begegnungen.

Jetzt lief Vroni geschwind zur Bäckerei, in der Lorenz gerade Semmeln und Brezen in eine Tüte steckte und sie der Kundschaft über die Theke reichte. Vier weitere Personen standen Schlange. Lorenz' Vater, der alte Binder, sortierte frisch Gebackenes in die Auslage.

Als Vroni endlich an der Reihe war, kaufte sie eine Zuckerschnecke. Während sie Lenz die Botschaft unterschob, wagte sie nicht, ihm in die Augen zu blicken. Hastig und mit pochendem Herzen verließ sie den Laden.

Dieser Tag, an dem sie mit dem Vater ihres werdenden Kindes und der Liebe ihres Lebens sprechen wollte, war kühl und ungemütlich. Der Himmel über dem Dorf trug tristes Grau, aus den dunklen Wolken fielen dichte Tropfen. Vroni spannte den Schirm auf, nahm den Strickkorb und verabschiedete sich von ihren Eltern. »Geh zur Freundin stricken, komm zum Abendessen zurück«, versprach sie. Sie hastete den Weg hoch zur Anhöhe. Die Schuhe waren durchnässt, und Vroni zitterte vor Kälte und Aufregung, als sie die Tür des Schuppens öffnete. Hinten im Eck auf dem Heuhaufen, in dem sie sich zu lieben pflegten, wartete Lenz bereits. Er streckte ihr die Arme entgegen. »Mein schönes Mädel, freu mich so, dass wir uns endlich wiedersehn, hast nie Zeit ghabt für mich, komm, setz dich her zu mir, bist gar so nass.«

Vroni ließ sich neben ihm nieder, nahm seine Hand und wandte das Gesicht ab, weil Tränen in ihre Augen traten. »Geh, was hast?«, fragte Lenz sanft. Er zog ein Taschentuch aus der Jacke und wischte ihre Wangen ab. »Gell, des sind Freudentränen, mein Vronerl, bist auch so froh, dass wir uns wiedersehn?« Sie nickte. »Unendlich«, flüsterte sie. Sie öffnete ihren Korb und holte ein paar dicke Wollhandschuhe hervor. »Hab ich für dich gestrickt, für'n Winter.« Lorenz zog sie an, nahm Vronis Gesicht in seine Hände und küsste Mund, Nase, Augen, den Hals, das Dekolleté. Sanft drückte er sie ins Heu, küsste die bedeckten Brüste. »Hab di so vermisst«, sagte er und blickte sie liebevoll an. »Bist anders geworden, bist noch schöner denn je, so weich, so rund«, flüsterte er ihr ins Ohr, während er das Kleid hochschob. Seine liebkosenden Worte, die zärtlichen Hände, die Innigkeit der Körper weckten in Vroni die Gewissheit, alles werde gut. *Wir werden heiraten, eine Familie sein und glücklich werden. Wir, der Vater Lenz, die Mutter Vroni und das Kind, das in meinem Leib reift,* dachte sie voller Freude und Erleichterung.

»Lenzerl«, sagte sie schwer atmend, als sie später ermattet nebeneinanderlagen, »Geliebter, ich muss mit dir reden.« Er wandte ihr seinen Kopf zu. »Sprich«, antwortete er.

»Du liebst mich, und wir sind zusammen, hast gesagt«, begann sie zögerlich. Er strich ihr mit dem Finger übers Haar. »Hab ich gesagt, so ist es.«

Sie richtete sich auf, blickte in seine Augen und nahm wieder seine Hand, drückte sie sanft. Und als er sein zärtliches Lächeln aufsetzte, überwand sie sich und holte tief Atem: »Lenzerl, ich tät dich heiraten wollen, gleich, jetzt, hier am liebsten, aber des geht net. Aber bald, wennst mit'm Vater und der Mutter geredet hast und um meine Hand angehalten hast. Lenz, ich weiß, des fragt ein Mann die Frau und net umkehrt, aber ich will nimmer warten, keine Heimlichkeiten mehr, ich will Tag und Nacht mit dir verbringen. Ich will für immer dein Weib sein.«

Lorenz drehte seinen Kopf weg, entwand sich dem Druck ihrer Hand und verschränkte die Arme über der Brust. Er blickte starr an die Decke zu den Spinnweben. »Vroni«, sagte er schließlich mit kühler Entschlossenheit. »Du bist erst achtzehn Jahr alt, ich bin zwanzig. Wir sind zu jung, wir sollten vor der Ehe noch was erleben, und außerdem weißt du doch, ich will nach Amerika, die weite Welt sehn.«

»Lenzerl, ich brauch dich da, hier, wo wir sind. Bitte, ich brauch dich, alles wird gut, wenn wir zusammenbleiben. Lenzerl, ich fleh dich an.« Der Mann zupfte Heuhalme von seiner Jacke, küsste

Vroni kurz auf die Stirn und erhob sich. »Wenn die Zeit kommt, reden wir, jetzt aber ist die Zeit noch net, glaub mir.«

»Liebst mich net?«, fragte Vroni bang, sie überschüttete ihn mit flehenden Worten, ihre Stimme zitterte und versagte schließlich gänzlich, als Lenz sich zum Gehen wandte. »Vronerl, ich muss los.« Er öffnete die Tür. Durch den Spalt sah Vroni die nahen Berge und den herbstlich bunten Baumteppich, der sie kleidete. Die sonnige, warme Jahreszeit war vorüber, alles war vorüber, alles, was den strahlenden Sommer ausgemacht hatte, die Liebe, die Hoffnung, das Paradies.

»Lenzerl, wart!«, rief sie verzweifelt. »Lenz, ich bin schwanger. Von dir. Wir kriegen ein Kind.«

Lorenz Binder blieb an der Türschwelle stehen, regungslos für einen Moment. Sein Körper ein dunkler Schatten. Bald würde er verschwinden. Nur ein Wort wollte sie von ihm hören, ein einziges Wort.

Doch der Mann blieb stumm, drehte sich nicht einmal mehr um zu ihr. Er trat ins Freie, seine Schritte wurden schnell, weiter ging er, immer weiter, bis er Vronis Blickfeld entschwunden war.

* * *

Für Menschen, die Unrecht tun, ist kein Platz auf dieser Welt. Aus dem Herzen kommen die bösen Gedanken und mit ihnen Unzucht und einiges mehr. Was die menschliche Selbstsucht hervorbringt, ist offenkundig, nämlich: Unzucht, Verdorbenheit und Ausschweifung. Damit keine Unzucht betrieben wird, soll jeder Mann seine Ehefrau haben und jede Frau ihren Ehemann.

Überall in der Bibel war es zu lesen. Die Zeilen verschwammen vor Vronis Augen, die Tränen wollten nicht versiegen. Es fröstelte die werdende Mutter, gleichzeitig waren die Bettlaken vom Schweiß durchnässt.

Die letzten Stunden mit Lenz hatten sie krank werden lassen.

Lange noch, nachdem er einfach so gegangen war, wortlos, entschlossen, hatte sie der Schock über seine unwirsche Reaktion reglos im Schuppen sitzen lassen. Sie legte ihre Hand schützend auf das Ungeborene in ihrem Bauch. »Jetzt sind wir allein, du und ich«, hatte sie leise zu ihm gesagt. Dann ging sie langsam zurück durch den Ort nach Hause, ihre Füße schwer wie Blei, jeder einzelne Schritt eine Qual. Sie wich den Blicken und Grüßen der Menschen aus, die ihr begegneten. Bald würde sie eine Aussätzige hier sein, man würde sie verachten, mit dem Finger auf sie zeigen. Hure, würden sie hinter ihrem Rücken tuscheln. Am ganzen Leib schlotternd, schlich sie sich ins Haus, hoffte darauf, niemandem zu begegnen. Sie zog sich das Treppengeländer nach oben, entkleidete sich, streifte das Nachthemd über und suchte unter der Decke Wärme und Trost. Abends, nachdem die Knechte und Mägde sich zurückgezogen hatten, öffnete Mutter Mari die Kammertür. »Vronerl«, sagte sie, »was ist? Hab gar net gewusst, dass da bist. Haben dich vermisst beim Essen, wieder mal. Warum liegst so früh im Bett? Ist noch net dunkel.« Sie setzte sich an den Bettrand und fühlte Vronis Stirn. »Fieber hast, mein Kind, hast dich verkältet? Kein Wunder, wennst so lang draußen bist bei dem Wetter. Ich mach dir einen Tee und eine Hühnerbrühe.« Mutter Mari, so streng sie meistens auch war, konnte manchmal auch Fürsorge und Herzlichkeit zeigen. Vroni war dankbar dafür, sie ahnte, es würde für lange Zeit das letzte Mal sein, dass die Mutter ihr Zuneigung schenkte. Denn bald müsste die Sündige ihre Tat gestehen: »Vater, Mutter, vergebt mir, ein Bastard kommt auf die Welt, weil der Vater kein Vater sein will. Und mein Mann will er auch net sein.«

Zehn Tage lang lag Vroni malad in ihrer Kammer, schlürfte Suppe und Tee. Sie weinte unerlässlich, wurde schwächer und schmaler, nur der Bauch wölbte sich, der abendliche Blick in den Spiegel verriet, dass nicht länger verborgen bleiben konnte, was sie getan hatte.

Als die ahnungslose Mari schließlich den Arzt kommen lassen wollte, protestierte Vroni: »Mutter, es geht viel besser, brauch keinen Arzt.« Sie quälte sich aus dem Bett, warf ein langes Wolltuch über die Schultern, um den Bauch zu verbergen, und schlenderte hinaus in den Garten, wo die letzte Herbstsonne etwas Wärme spendete. Der Oktober zeigte sich eine Woche lang golden und milde, feine Spinnweben schwebten in der Luft, während die Vögel am Himmel gen Süden zogen, ruhig, in schöner Formierung vereint. Vroni saß auf ihrer Schaukel, die der Vater zu Kindeszeiten zwischen zwei Apfelbäumen für sie aufgehängt hatte. Die Seile waren grau und faserig, so wie das Holzbrett, auf dem sie sich hin- und hertragen ließ. Die Äste wippten im Takt des Schaukelns, und die Ringe, an denen die Seile befestigt waren, knarzten. Vroni erinnerte sich an ihre Kindheit, wie unbeschwert war sie gewesen, es hatte ihr an nichts gefehlt, sie spielte mit den Nachbarskindern, Verstecken im Wald, Räuber und Gendarm, Blinde Kuh, Seilhüpfen. Einen kleinen Hasen hatte sie auch, Stupserl hieß er und hatte weißes weiches Fell.

In ihren Erinnerungen sah sich Vroni als Kind jeden sonnigen Tag auf der Schaukel hin- und herschwingen, um sie herum war alles, was ihr Heimat bedeutete: Die Maschinen im Sägewerk ratterten, die Knechte eilten geschäftig umher, Pferde schleppten Stämme herbei, Mutter Mari gab Anleitungen, die Mägde klopften Teppiche aus, hängten Wäschestücke auf, kehrten den Hof und gossen die restlichen Blumen, die noch in den Töpfen blühten. Vater Herbert trieb sich im Elektrowerk herum, um die Pumpe zu reinigen. Menschen kamen des Weges, Kutschen ratterten vorbei, um jemanden vom Bahnhof abzuholen oder Waren zu transportieren wie Mehl, Holz, Wolle und vieles mehr.

Dann verschwanden die Bilder der Vergangenheit und Vroni sah nun Brigitte vorüber schlendern, wie immer umwerfend anzuschauen mit ihrer Wespentaille, der rosa Bluse, dem langen dunkelroten Rock. Die Haare trug sie mittlerweile schulterlang, sie glänzten in der Sonne. »Servus, Vroni«, rief sie gut gelaunt, »bist ja noch unter den Lebenden! Hab dich schon lang nimmer im Dorf gesehn.« Brigitte öffnete die Gartentür und kam zur Schaukel. »In der Kirch warst auch net, was ist mit dir?«, fragte sie.

»Hab die Grippe«, antwortete Vroni schlapp, »ansonsten ist alles gut.« Brigitte stupste die Schaukel an und sah zu, wie Vroni mit dem wehenden Schal hin- und herschwang. »Bist mir eigentlich bös wegen dem Theater, weil ich die Moni gespielt hab?«, fragte Brigitte schließlich. »Geh weiter«, sagte Vroni und benetzte sich die Lippen. »Ist lang schon vergessen, kannst ja nix dafür.« Brigitte grinste. »Ich dacht schon, weil du und der Lorenz, also, ich mein, ihr seid's ja ...«

»Was meinst?«, unterbrach Vroni die Neugierige. »Na ja, dass ihr ein Paar seid, merkt doch ein jeder.« Vroni schüttelte energisch den Kopf. »Vergiss es.«

»Hmmm«, meinte die ungebetene Besucherin und strich sich eine Locke aus dem Gesicht. »War grad beim Sonnbichler Reserl«, lenkte sie dann ab. »Hat dauernd geheult, die Arme, jetzt ist sie ganz allein auf'm Hof.« – »Warum des?«, fragte Vroni. Brigitte erzählte ihr darauf von einem Bund Freiwilliger, dem sich der Sonnbichlerbauer angeschlossen hatte, um gegen irgendwelche Revolutionäre in den Kampf zu ziehen. Doch Vroni winkte ab, was interessierte sie der Konrad Sonnbichler, er war schon immer einer, dem nichts recht war. Sie hatte eigene Sorgen wegen sich selbst, der Familie, vor allem dem ehemaligen Geliebten. Denn ehemalig, das war Lenz Binder für sie nach seiner Zurückweisung, die ihr Herz mehr peinigte als alles andere in ihrem Leben. Während Brigitte unbeirrt weiterplapperte, wanderten Vronis Gedanken zu dem Kuss, den Lenz Brigitte auf der Bühne gegeben hatte. Sie waren ein schönes Theaterpaar, musste sich Vroni neidvoll eingestehen ... vielleicht waren sie es auch im wirklichen Leben ... vielleicht hatte Lenz deswegen ...

»He, Vroni, hörst mir überhaupt zu?«, fragte Brigitte. »Ich muss rein«, entschuldigte sich Vroni schnell. Sie sprang von der Schaukel. »Servus, Brigitte«, verabschiedete sie sich.

»Na dann, gute Besserung«, lächelte Brigitte. Bevor sie sich zum Gehen wandte, sagte sie noch schnell: »Ich arbeite übrigens jetzt in der Bäckerei, weil der alte Binder nimmer so viel Kraft hat. Gefällt mir, die Arbeit mit dem Lenz.«

»Ach ja?«, entgegnete Vroni trocken. »Dachte, du wüsstest es, weil ...« Brigitte legte den Kopf schief. »Lass mich«, fuhr es aus Vroni heraus, heftiger als gewollt. Brigitte zuckte mit den Achseln und schlenderte gemächlich durch den Garten zurück. Als sie das Türchen schloss, winkte sie nochmals kurz, dann verschwand sie endlich, stolzierte dahin, mit den Hüften wippend.

Nach knapp zwei Wochen begann Vroni endlich, Hof und Garten zu verlassen, machte Ausflüge in die Wälder oder an den Fluss. Mittags saß sie wieder mit allen zusammen am Tisch und löffelte die Suppe. Da trug sie dann ihr weitestes Kleid, den Oberkörper stets mit dem Schal verhüllt. Sie war schweigsam, die Trauer um Lenz und die Sorgen wegen der Zukunft machten sie sprachlos.

Eines Nachmittags, Vroni lag gerade auf ihrem Bett, las dabei im braunen Buch, wie man sich als werdende Mutter zu verhalten habe (sich ruhig verhalten, nichts Schweres schleppen, gesunde Speisen zu sich nehmen), als sie unten im Hausflur jemanden an die Stubentür klopfen hörte.

»Komm rein!«, rief Vater Herbert. »Servus, Zinsmayer«, antwortete eine Männerstimme. Vroni erkannte sie sofort. Augenblicklich klappte sie das Buch zu, wagte kaum zu atmen, und ihr Herz begann zu hüpfen: Lenz war gekommen.

Von unten drangen dumpf einige Gesprächsfetzen zwischen den Männern nach oben, die einzelnen Worte waren unverständlich.

Lenz, warum in aller Welt war er hier? Um über irgendein Geschehnis im Ort zu reden, um Holz zu ordern, denn das machten die Bäcker, 25 Ster pro Jahr. Oder um zu verkünden, dass er keinesfalls der Vater jenes Kindes sei, von dem hier noch niemand wusste? Vroni stand auf, stellte sich kurz vor den Spiegel, bearbeitete ihr Haar, kniff sich in die bleichen Wangen, um zarte Röte in sie zu zaubern. Der Schal durfte nicht fehlen, das Kleid wurde glatt gestrichen und sie fand sich halbwegs ansehnlich. Vorsichtig huschte sie die Treppe hinunter. Auf der vorletzten Stufe hielt sie an und setzte sich. Durch den offenen Türspalt sah sie Lenz am Tisch hocken, ihm gegenüber und Vroni den Rücken zugewandt, saßen Vater Herbert und Mutter Mari.

Lenz war gut gekleidet, Lederhose, weißes Hemd, seine ansonsten wilden Locken akkurat zurückgekämmt. Im Raum herrschte jetzt beklemmendes Schweigen. »Magst das wiederholen?«, fragte Vater Herbert schließlich. »Des traut er sich nicht«, bemerkte Mari spöttisch. Lenz lächelte, blickte die beiden Zinsmayers an, mal den Vater, mal die Mutter. »Ich wiederhol des gern. Es ist so, wie ich es gesagt hab.«

In Vronis Kopf wirbelten die Überlegungen durcheinander, sie wusste nicht, was das alles bedeutete, um was ging es, was meinte der Vater, auf was bezog sich die Mutter?

Die Stimmung in der Stube war angespannt, Mari erhob sich, ging unruhig auf und ab, Lenz verfolgte sie mit Blicken, ruhig und besonnen und immer noch ein Lächeln auf dem Gesicht.

»Sie ist achtzehn«, sagte der Vater nun, »achtzehn, verstehst. Und du, wie alt bist?«

»Zwanzig, des weißt genau, Herbert.« Lenz richtete sich auf und verschränkte die Arme vor der Brust. »Ich weiß, wie alt dass du bist«, sagte Mari spitz, »und ich weiß auch, was für einer du bist. Ein Hallodri, ein jeder weiß des im Ort, mein Lieber.«

»Was gewesen ist, ist gewesen, mei, die jungen Jahr halt, Herbert des kennst doch selbst«, Lenz hob die Hände entschuldigend in die Höhe, »aber jetzt ist alles anders geworden.«

Der Vater schenkte sich und seinem Gast ein Glas Bier ein, das die Mutter bereitgestellt hatte. »Bist immer noch jung, Bub. Prost, Lenz«, sagte er. Mari stemmte die Arme in die Hüften. »Was gibt's jetzt zum Anstoßen, Herbert? Mit dem Luftikus da, der es wagt, der es wagt, uns so was zu fragen.«

»Geh Weib, beruhig dich, lass uns reden, in aller Ruh«, wollte der Vater beschwichtigen. »Nix da mit reden, gar nix is mit reden. Meine Tochter hat was anders verdient als so einen Mann, wie du einer bist.« Sie tippte Lenz an die Brust. »Und jetzt raus mit dir und wag es nie mehr, dieses Haus hier zu betreten.«

Langsam erklärte sich Vroni alles, und sie lächelte beseelt, als sie erfasste, dass Lenz um ihre Hand angehalten hatte.

Nun stand auch der Vater auf. Er legte Lenz die Hand auf die Schulter. »Wart, bis die Vroni einundzwanzig ist, dann reden wir noch einmal, aber bis dahin lässt die Finger vor meiner Tochter, verstehst?«

Lenz erhob sich ebenfalls. »Vroni und ich können net länger warten, geht net, das bin ich ihr schuldig«, entfuhr es ihm.

Mutter Mari sah erst ihren Mann an, dann Lenz. »Wie meinst des, schuldig?« Weil der Bäckerssohn schwieg und seinen Blick senkte, ging sie auf ihn zu und schüttelte ihn. »Red, Lenz, was willst sagen?«

Es war so weit, der Augenblick, vor dem sie sich so gefürchtet hatte, ließ keine weitere Sekunde des Aufschubs zu. Vroni wurde es kurz dunkel vor Augen, als sie sich am Treppengeländer in die Höhe zog und Richtung Stube schlich. Langsam öffnete sie die Tür, stand auf der Schwelle zu ihrer Zukunft, zum Ende des Geheimnisses, zur Beichte.

»Mutter«, sagte sie leise, »Vater.« Dann begann sie zu weinen und bedeckte ihr Gesicht. Sie ging zu Lorenz, stellte sich neben ihn und nahm seine Hand in die ihre. »Ich will den Lorenz, ich mag ihn, lange schon. Wir sind zusammen und wollen zusammenbleiben.«

»Vronerl«, sprach ihr Vater nun liebevoll, »alles hat seine Zeit, in drei Jahren bist volljährig, dann siehst, ob du den Lenz noch liebst.« Und ihre Mutter fügte schnell hinzu: »Gibt andere Männer, bessere Männer, glaub mir.«
Lenz legte seinen Arm um Vroni. »Wir können net warten«, sagte er bestimmt. »Mir reichts«, zischte Mutter Mari in den Raum, »was für ein Theater, geheiratet wird net, ihr zwei, und jetzt schleich dich, Lorenz Binder.« Es war nicht zu ändern, es musste gesagt werden, hier und jetzt. Langsam zog Vroni den Schal von den Schultern und ließ ihn zu Boden gleiten. Sie strich das Kleid über ihrem Bauch glatt, fuhr über die Wölbung. »Mutter, Vater, schaut's her, da drin wächst ein Kind. Des vom Lenz.«
Erstarrung und eisige Ruhe herrschten jetzt in der Stube. Auf dem Tisch standen die Blumen, leuchtend schön. Und wäre der Zeiger an der Wanduhr nicht weitergerückt, hätte man meinen können, die Zeit stünde still, das Leben habe den Raum verlassen, ein Ort der Lähmung war es nun. Und des Hasses.

★ ★ ★

Heute mal was Schönes. Ich schreibe das für dich, Omama, auch wenn du im Himmel hockst. Na ja, so ganz glaub ich ja nicht an den Himmel. Das Religionszeugs ist ja nicht meins, das weißt, deswegen hast mich immer geschimpft. »Bub, Gott hilft«, hast immer gesagt. Na ja, mir hat er nie geholfen, egal.

Heute mal was Schönes also. Richard verkauft mir den schwarzen Golf GTI, rote Sitze, sieht aus wie neu. Vorne hat er einen Spoiler und hinten im Kofferraum Monsterboxen mit einem krassen Sound. Die sind so groß, dass es einen wegbummert, wenn man die Musik volle Kanne aufdreht. Ich krieg den Wagen für 4500 Mark, hat Richard gesagt. Ist fast geschenkt. Ich verkaufe dafür meinen alten VW, der ist eh mehr als peinlich. Ich habe 1200 Mark angespart, schieb jetzt im Laden Überdienste, denke, in zwei Monaten ist es so weit. Vielleicht darf ich das Auto auch schon vorher fahren, mal sehen. Richard, du weißt, wen ich meine, nämlich den Typen vom Dorfangerhaus, hat einen Porsche geschenkt bekommen. Stell dir das vor, einfach so, zum Geburtstag. Einen Porsche, in Silber. Ich habe mich mit Richard angefreundet. Er ist ganz nett zu mir, obwohl er es nicht nötig hat, sich mit mir abzugeben. So viel Geld, wie der hat.

Ich war jetzt ein paar Mal in dem Haus, in dem er wohnt. Du hast ja so oft von dem Grundstück gesprochen, erinnerst dich?

Ich meine den Dorfanger, wo ihr einmal Theater gespielt habt. Da warst du noch eine junge Frau, Omama, und durftest nicht mitspielen. Muss Scheiße gewesen sein. Ich weiß, wie es ist, wenn man wo nicht mitmachen darf. Durfte ich ja auch nie. Ist jetzt aber ein anderes Thema.

Was du damals schon kanntest, ist die hohe Mauer, die um das Haus steht, mehr sieht man als normaler Mensch ja nicht. Ich war aber drinnen, du ahnst es nicht. Ehrlich, es ist der Wahnsinn, am liebsten würde ich auch so wohnen. Weißt du, was es da gibt? Es sieht da im Sommer aus wie in der Karibik, also, so wie man es von Filmen her kennt. Das Haus steht in einem riesigen Garten mit echten Flamingos, die über den Monsterrasen stolzieren. Der ist so was von grün und jeder Halm auf die gleiche Höhe geschnitten. Einen großen Pool gibt es auch, um den stehen so gefranste Schirme, auch eine Bar mit Hockern im Wasser, da kannst dann hocken und einen Erdbeerlimes trinken. Das Haus selbst ist mit jedem Luxus eingerichtet, den du dir vorstellen kannst. Von der Küche hättest du nicht mal träumen können, alles elektrisch, nicht so wie bei dir mit dem alten Holzofen, den man ständig anschüren musste. Die Kohle dafür werde ich aber nie haben. Hinter den Mauern findet ein anderes Leben statt, Hammerluxus. Und das mitten im Ort. Der Vater von Richard ist Multimillionär, macht angeblich irgendwas mit Waffen, so genau weiß man das nicht. Neulich stand er sogar in der Zeitung, habe ich gehört. Im SPIEGEL, den lese ich ja nicht, aber gesagt haben es die Leute, dass der was mit Gaddafi und Krieg zu tun hat. Krumme Geschäfte, sagt man. Mir ist das egal, soll er halt Waffen verschieben, Hauptsache er lebt und ist ein guter Vater.

Den hätte ich auch gerne gehabt.

Bevor ich meinen Plan durchführe, kaufe ich mir also noch den GTI, das habe ich mir in den Kopf gesetzt. Mit dem GTI mache ich das, was ich am liebsten tue: heizen bis zum Umfallen, die Autobahn rauf und runter, über 200 schafft das Teil. Wenn ich noch ein wenig nachhelfe, dann sogar mehr. Ich werde zusammen mit Richard in seiner Werkstatt, die auch auf dem Grundstück steht – ja, eine eigene Werkstatt für die vielen Wagen haben die auch –, also mit Richard werde ich aus dem Gefährt alles rausholen, was ich kann. Vielleicht sterbe ich dann in diesem Auto, knalle gegen eine Wand oder gegen ein anderes Auto. Dann wäre es sofort aus. Es wird einem schlagartig schwarz vor Augen, und man ist weg. Aber der Tod hat was, der langsame, es wäre eine

Vergeudung, das nicht mitzubekommen. Angeblich zieht dabei das bisherige Leben an einem vorbei, alle Erinnerungen. Das hätte ich gerne, ich stell mir das wie einen Film vor. Da sitzt man da stirbt langsam vor sich hin und sieht sich selbst im Film. Es wäre ein echter Horrorfilm.

In diesem Winter, denn der war inzwischen mit Macht ins Land gezogen und hatte alles unter einem großen weißen Teppich begraben, wusste Alois Trachsler, dass schwere Zeiten bevorstanden. Wenn der alte Mann im schwarzen Mantel durch sein Reich schlenderte, spürte er schmerzvoll, dass er großen Kummer zu bekämpfen hatte. Das Leid zweier Frauen quälte ihn besonders, für die eine von ihnen rührte er gerade ein Mittel an. Für die andere Frau kam ihm kein Rat in den Sinn. Wie helfen? Was tun? Seit Wochen grübelte der König schon.

»Ein guter Herrscher hat sich um sein Reich zu kümmern. Er sollte jeden Winkel seines Imperiums kennen, jedes Haus, jeden Bewohner, jedes Tier, all die Pflanzen. Er sollte um die Sorgen und Ängste seines Volkes wissen, für Hilfe und Freuden sorgen, auf dass die Untertanen glücklich sein mögen«, murmelte Alois Trachsler vor sich hin, während er mit dem Holzlöffel im Kessel rührte. Der König wollte dem leidenden Reserl Sonnbichler ein Fläschchen des Vergessens bringen und damit ihr Bangen um den Mann, der sich im Kampf befand, mindern.

Als er dann Stunden später durch den Schnee zum Sonnbichlerhof stapfte, standen in den Fenstern der Häuser Wachsengel. Es duftete nach Vanillekipferln, Zimtecken und Christstollen. Die Auslage des Landgraf'schen Ladens war mit Tannenästen, Strohsternen und Kerzen geschmückt.

Trachsler steckte seine kalten Hände in die Manteltaschen und fühlte rechts das Fläschchen seines »Vergessenstrunks« und links die hölzerne Ratsche gegen das Böse.

Die junge Sonnbichlerin hockte allein in der schummrigen Stube an der Spindel und drehte den Flachs zur Schnur. »Ach, Alois, wie schön, kommst mich besuchen«, sagte sie, als Trachsler eintrat. Er zog den Mantel aus und legte ihn auf das zerschlissene Sofa.

Die beiden saßen eine Weile zusammen, dann weinte Reserl, weil Korbinian in der großen Not keinen anderen Weg mehr gesehen hatte, als sich Kriegsmännern anzuschließen, die gegen die linken Revolutionäre kämpften. Alois Trachsler blickte die Sonnbichlerin an und verstand nichts von all dem, was sie sprach, zu weit fort war das Geschehen für ihn, Revolution, Thule-Gesellschaft, Räterepublik, es verwirrte ihn. Dennoch nickte er wiederholt, so etwas tat ein weiser König, wenn er den Kummer seiner Untergebenen in sein Inneres ließ.

Groß war sein Herz und schwer in diesen Wintertagen, denn es herrschte Unruhe im Dorf. Man tuschelte, warf böse Blicke, man verachtete, verurteilte, nahm gehässige, schreckliche Wörter in den Mund. Die Luft, so klar sie in den kalten Tagen auch war, schien vergiftet zu sein, voller erzürnter Seelengeister. So fühlte es der König. Er musste Ruhe stiften gehen, schnell.

Feierlich überreichte er jetzt dem Reserl seine Gabe. »Einen Löffel am Abend, dann geht's dir besser«, sagte er zur ihr, zog seinen Mantel an und ging wieder. Draußen holte er die Ratsche aus der Tasche und drehte sie, es galt, die Geister aus dem Dorf zu vertreiben. Schneeflocken umtanzten den alten Mann, während er die Gassen hinunter wanderte. Der König überquerte die Brücke des Bächleins, dessen Rand feine Eisschichten bedeckten. Weiter ging es, dorthin, wo dem Trachsler das Elend am größten erschien: zur Dulderin all der bösen Stimmen. Am Zaun des großen Hauses blieb er stehen, steckte die Ratsche zurück in die Tasche und blickte ins obere Stockwerk, linkes Fenster. Jeden Abend stand er hier, seit Wochen schon, stets hinter dem Busch versteckt, damit niemand ihn beim Erspüren störte. Die Vorhänge waren noch geöffnet, der alte Trachsler sah die traurige Frau, wie sie am Fenster stand, lange und unbeweglich. Sie trug wieder ihren Schal um die Schultern, hatte die langen Haare gelöst. Der König spürte ihr Leid, er wusste, dass sie weinte, auch wenn ihr zartes Gesicht zu weit entfernt war, um die Tränen zu sehen. Sie war verzweifelt, ausgestoßen von allen, von Vater, Mutter und all den anderen Menschen hier im Ort. Der König blieb ratlos, wie jeden Abend, wenn er hier stand und einen Ausweg suchte, jetzt rollten auch ihm Tränen über seine faltigen Wangen.

Die Schneeflocken verdichteten sich, Tausende wirbelnde Pünktchen im Dunkel der Nacht, denn die hatte sich inzwischen ins Dorf geschlichen. Die Frau zog die Vorhänge zu, in ihrem Zimmer flackerte Kerzenlicht. Auf dem Tisch stand ihre Zither, über die sie ihre Finger gleiten ließ. Das Kind im Bauch liebte Musik, die Mutter fühlte es strampeln, sobald die Töne erklangen. Jeden Abend spielte sie für das Ungeborene. Es spendete Trost, ließ sie für einen Moment vergessen, was aus ihrem Leben geworden war.

Eingesperrt war sie wie in einem Gefängnis, seit Monaten schon, seit dem Zeitpunkt, an dem die Wahrheit ans Licht gekommen war. Und die unerbittliche Wahrheit hieß: Vroni Zinsmayer ist eine Sünderin, eine Unzüchtige, eine schandhaft Befleckte, eine Dirn, die sich aus fleischlicher Wollust hingegeben hat, ohne Scham und Anstand. Als sich ihr Bauch nicht mehr unter dem Schal oder dem weiten Rock verbergen ließ, hatte es sich schnell im Dorf herumgesprochen. Und man rätselte nicht lange, wer der Vater sein könnte. Die Familie Zinsmayer schwieg sich über den schändlichen Vorfall aus. Die Tochter hatte die meiste Zeit im Haus zu bleiben, fern von den abwertenden Blicken der anderen, fern vor allem von Lorenz Binder. Dieser, so hatten die Eltern an jenem Tag, an dem er um Vronis Hand anhielt, bestimmt, durfte sich nie wieder der Tochter nähern.

Seitdem hatte Vroni den Geliebten nur noch in der Kirche gesehen, aus der Ferne, denn sie saß stets in der hintersten Reihe, betrat das Gotteshaus als Letzte und verließ es als Erste, um sich dem Getratsche, dem Getuschel und den verächtlichen Blicken zu entziehen. Der Gang zur Kirche war eine Qual. Nach der schrecklichen Beichte beim Pfarrer, die ihr die Mutter aufgezwungen hatte, fühlte sich Vroni schuldiger denn je und gleichzeitig vom Geistlichen im Stich gelassen. »Selbstsüchtig hast dich an deinem eigenen Körper vergangen, mein Kind«, tadelte der Pfarrer im dunklen Beichtstuhl durch die Gitterstäbe hindurch. »Wisse, wer Unzucht betreibt und ein ausschweifendes Leben führt, so wie du, Vroni Zinsmayer, für den ist kein Platz in der neuen Welt, in der Christus zusammen mit Gott herrschen wird. Gott will, dass der Mensch heilig ist. Jede sexuelle Handlung, die nicht der Fortpflanzung dient und die außerhalb der Ehe stattgefunden hat, ist unreine und lieblose Gier, mein Kind. Weißt du, was man früher mit solchen schändlichen Weibsbildern getan hat? Sie kamen in den Kerker, lebten von Wasser und Brot, und den Bastard, den diese Sünderinnen auf einem Strohsack zur Welt brachten, nahm man ihnen. Nie wieder sahen sie ihr Fleisch und Blut, denn sie hatten kein Recht darauf. Diese Zeiten sind vorbei, aber trotzdem wirst auch du, du gefallene Unschuld, zur Strafe verdammt sein.« Nach diesen qualvollen, nicht enden wollenden Minuten entließ der Pfarrer sie mit der Auferlegung einer schweren Buße und bescherte ihr für die Nacht einen entsetzlichen Traum.

Denn als Vroni nach diesem Beichttag nachts die Augen schloss, träumte ihr, sie befände sich unter der großen Linde am Kirchplatz. Es war ein Sonntag, die Glocken läuteten zum Gebet. Jeder Bewohner des Ortes sollte die Sünderin sehen, wie sie barfuß und das Haupt gesenkt im Büßerhemd auf dem Boden kniete, der schadenfreudigen Gafferei freigegeben. Die Schaulustigen zogen an ihr vorbei, tuschelten, lachten, spotteten, als wäre sie eine grausige Missgeburt, die man auf dem Jahrmarkt ausstellte.

Und als die Glocken zu läuten aufhörten, die Menschen in der Kirche auf ihren Bänken saßen, so träumte Vroni weiter, öffnete sie das große Portal, trat ein und schleppte sich barfüßig zum Altar. Sie blickte zu Jesu Christi, der leidend am Kreuz hing und sie schmerzlich ansah. Ihre Blicke wanderten zum Pfarrer, der einen nackten bleiernen Säugling in Händen hielt, der sich zur Mumie wandelte und schließlich als schwarzes Pulver durch die Hände des Pfarrers zu Boden rieselte. »Oh mein Gott!«, rief der Pfarrer und streckte die Arme in die Höhe, »gedenke nicht der Sünden meiner Jugend und meiner Übertretungen. Vergib in Gnaden alle Sünde und Schuld, womit ich deine heilige Ordnung übertreten habe.« Die Heiligen und die Irdischen um sich versammelt, antwortete Vroni: »Vergebt mir, denn ich habe mich schuldig gemacht, eine Hure bin ich, eine zu Fleisch gewordene Sünde.« Während sie diese Worte tat, sah sie all die Menschen auf den Bänken sitzen: Lenz, Klara, die Freundin, die Eltern, den alten Feistl, alle, die gekommen waren. Keiner von ihnen regte sich, leblos saßen sie da wie hindrapierte Puppen mit leeren Augen, einem abscheulichen Gemälde gleich.

Seit diesem Traum war die Gegenwart des Pfarrers für Vroni durchsetzt mit Angst und Abscheu. Der Geistliche suchte nun regelmäßig die Zinsmayers auf. Es gälte nun, die Gefallene auf den rechten Weg der Tugend zurückzugeleiten, erklärte er den Eltern in Vronis Beisein. Eines Tages, sie waren alle um den Stubentisch herum versammelt, erzählte der Pfarrer von Einrichtungen des Katholischen Fürsorgevereins, wohin man Frauen, die so tief gefallen waren wie Vroni, bringen könnte. »Da lernen sie die Liebe zum Kind und die Fürsorgepflichten. Sie lernen Arbeitsamkeit, Tugendhaftigkeit, Demut und Liebe zum Kind, all das ist für unsere Vroni wichtig«, erklärte er den Zinsmayers. Zudem gäbe es auch Heime für Ziehkinder, dorthin könne man die Bastarde bringen, damit sie geistig und körperlich gut wachsen und fort sind von den leichtsinnigen, mit geistigen und moralischen

Defekten durchdrungenen Müttern. »Denn es besteht die Gefahr«, raunte der Pfarrer, »dass solche Mütter das Schadhafte an die Kinder weitergeben.« Mari Zinsmayer hörte sich die Warnungen und Ratschläge des Geistlichen an, nickte zwischendurch, als bekundete sie Einverständnis. »Das könnte man sich überlegen, die Vroni eine Zeit lang wegzuschicken, bis das Kind da ist und sie gelernt hat, was ihre Pflichten sind.« Vroni verbarg ihr Gesicht hinter den Händen. »Mutter, was redst? Sag so was net, ich bitt dich«, sie begann zu schluchzen. Der Pfarrer legte Vroni die Hand auf die Schultern. »Glaub mir, es wäre zum Besten für dich, für deine Eltern und für die Leute im Dorf. Und dein Kind hätte eine gute Fürsorge, ein braves Kind, gottergeben und nicht so wie die Bastarde, die verwahrlost als Landstreicher, verbrecherisch oder geisteskrank durch die Straßen ziehen und zu keinen wertvollen Mitgliedern der Gesellschaft werden, sondern teure Sorgenkinder. Es herrscht keine Moral und Sittlichkeit mehr in unserem Lande, vor allem in den Städten. Ja, so ist es, Frauen geben sich dem Alkohol hin, rauchen, geben sich leichtfertig den Männern hin, gebären Kinder, die im Leben nichts verloren haben, weil es keine Familie für sie gibt.«

Vronis Vater blieb lange stumm, stierte mit leerem Blick in den Raum, als ginge ihn das alles nichts an. »Herbert, hörst überhaupt zu? Was meinst? Ein Heim für die Vroni?«, fragte Mari ihn. Vater Zinsmayer stopfte ruhig seine Pfeife, zündete sie an und lehnte sich im Stuhl zurück. Während er den Rauch in die Luft blies, zwirbelte er an seinem langen Bart, das tat er immer, wenn er nachdachte oder angespannt war. Die Stille, die jetzt in der Stube lag, war schwer zu ertragen. Vroni hob den Kopf und sah ins obere Eck des Raumes, wo das Kruzifix hing, unter das sie heute Morgen erst frische Rosenzweige gesteckt hatte, verbunden mit ihrem täglichen Gebet, der Herr möge Gnade zeigen. Doch es kam keine Antwort von ihm, kein Zeichen, kein Trost, sondern nur Stille, genauso wie jetzt hier in der Stube, in der alle schwiegen. Herbert Zinsmayer stopfte Tabak nach, nahm einen Schluck Tee, den Vroni vor dem Besuch des Pfarrers aufgetischt hatte, eine Mischung aus getrocknetem Salbei und Minze, und begann endlich zu sprechen. Seine Stimme klang bestimmt und ungewöhnlich hart. Wer ihn gut kannte, wusste, dass er, der stets besonnene und ruhige, freundliche Mann, seinen Unmut selten nach außen trug. »Weib«, sprach er zu Mari. »Hier im Haus hab ich das Sagen, ich besorg das Geld, und ich schau, dass es allen gut geht. Ich misch mich net ein in deinen Haushalt, deinen Umgang mit den Mägden. Jetzt aber, bestimm ich, was hier geschieht, auf meinem Hof.« Er wandte sich dem Pfarrer zu. »Vergelt's Gott, dass Sie sich ums Wohl meiner Tochter, das meiner Familie und um das ihrer Gemeinde kümmern. Ich versteh, dass a Mädel wie meine Vroni kein einfaches Leben haben wird hier im Dorf. Aber lassen Sie sich sagen, verzeihn Sie, wenn ich so spreche: Meine Tochter hat weder einen moralischen noch einen geistigen Defekt. Sie hat einen Fehltritt gemacht, gewiss. Aber sie hat uns, ihre Eltern, Vater und Mutter, gell, Weib, auch dich, an ihrer Seite. Und wir werden die Sache zu richten wissen.« Seine Blicke wanderten weiter zu seiner Tochter, die gekrümmt auf ihrem Stuhl saß. »Vronerl, wir alle wissen, es war net gut, was du gemacht hast. Aber das Leben geht weiter, ich weiß auch schon wie. Ich sag's dir, wenns so weit ist.« Jetzt blickte er in die Runde, streng, ernsthaft und entschlossen. »Ich sag's, wie's ist und wie's bleibt, denn so bestimm ich es. Die Vroni ist meine Tochter, die gehört daher auf diesen Hof. Und da bleibt sie. Bis sie heiraten wird. Und eine weitere Diskussion über diese Sache will ich net. Aus und Amen!«

Es sollte dies der letzte Besuch des Pfarrers gewesen sein, dennoch sprach Vater Herbert für die Sündige strengere Regeln aus als je zuvor:

Sie durfte das Haus nur dann verlassen, wenn es absolut nötig war; musste der Mutter und den Mägden helfen, soweit es der körperliche Zustand zuließ; durfte weiterhin keinerlei Kontakt zu Lenz haben; keine Einkäufe in der Bäckerei machen; kein Jammern und Klagen, sondern Demut und Reue zeigen. Vergebens hatte Vroni ihre Eltern angefleht, doch einer Ehe mit Lenz zuzustimmen, doch je mehr sie insistierte, desto wütender wurde vor allem Mutter Mari. Nachdem diese den Schock über den schändlichen Fehltritt ihrer Tochter halbwegs überwunden und Vroni alles geheißen hatte, was die Sprache hierfür hergab: Luder, Dirne und vieles mehr, strafte die alte Zinsmayerin die Schwangere mit dem Gefühl, ein Nichts und Niemand mehr in der Familie zu sein. Sie sprach kaum mehr mit der Tochter, und wenn, kamen nur knappe Befehle über ihre schmalen Lippen, die Augen waren kalt und verächtlich – wenn sie ihre Tochter überhaupt noch eines Blickes würdigte. Vater Zinsmayer verhielt sich milder, seine Liebe zur Tochter durfte oder konnte er jedoch nicht zeigen, es hätte Ärger mit seiner streitlustigen, keifenden Frau bedeutet. Und nichts fürchtete er mehr als das.

Vronis einzige Freiheit, weil vom Arzt verordnet, bestand in Spaziergängen. Die jedoch durften auf Geheiß von Mari nur zu vorgegebener Zeit stattfinden, und so schlich sich Vroni, um möglichst wenigen Menschen zu begegnen, entweder frühmorgens oder am späten Nachmittag aus dem Haus, überquerte eilig die Straße, um auf den Waldweg zu gelangen, der hinunter in die wilden Auen führte. Auf schmalen Pfaden durchstreifte sie das Dickicht, bis sie an ihre geheime Stelle am Fluss gelangte. Dort saß sie stundenlang auf einem Stein, blickte ins schäumende Wasser oder auf die Brücke, die sich rechts von ihr über den Fluss erstreckte. Darüber zogen Pferde Kutschen oder mit Mehlsäcken, Holz, Heu und Stroh beladene Wagen. Leute mit Handkarren gingen dort, oder es beugten sich Kinder über das Geländer, warfen Stöcke und Steine ins Wasser. In den Morgenstunden trieb manchmal der Schäfer seine Herde von der einen Seite des Flusses zur anderen. Und abends, meistens um die gleiche Uhrzeit, so gegen neunzehn Uhr, sah Vroni den Feistlbauer auf dem Rad über die Brücke fahren, mit der linken Hand den Lenker haltend, den rechten Arm steif nach unten gestreckt. Jedes Mal, wenn sie ihn erblickte, wenn auch nur von Weitem, lief ihr ein Schauer über den Rücken.

Vroni hoffte insgeheim, Lenz würde sie eines Tages hier am Fluss finden. In Gedanken innigster Verbundenheit schickte sie ihm den Pfad zu der Stelle, an der sie immer saß. Doch der Geliebte blieb fern, hörte ihr stilles Rufen nicht, ahnte ihr banges Warten nicht. Er suchte sie nicht, vielleicht liebte er sie nicht mehr, fürchtete Vroni.

»Vergiss den Lenz, der beschert dir nix als Kummer«, hatte Freundin Klara ihr vor einigen Tagen vergebens geraten.

Die junge Landgräfin war eine der wenigen im Ort, die der Schwangeren treu blieben. Jeden Samstagnachmittag kam sie mit dem kleinen Vinzenz im Kinderwagen zu Besuch, brachte gute Ratschläge für die werdende Mutter und Tratsch aus dem Dorf, während Vinzenz auf ihrem Schoß saß und freudig juchzte. Einmal hatte Klara Lenz einen Zettel zugeschmuggelt, auf den Vroni die Botschaft geschrieben hatte, sie hoffe trotz der schlimmen Umstände auf gegenseitige Treue, sie bete für eine wunderschöne Hochzeit mit ihm, sobald sie einundzwanzig sei, und wünsche sich ein ewig gemeinsames Leben mit ihm und dem Kind, das bald auf der Welt sei. Zu diesen Zeilen legte sie getrocknete Rosenblätter und besprühte das Papier mit dem Duft, den sie immer trug, wenn sie sich getroffen hatten. Doch Lenz hatte nicht geantwortet, keine Nachricht, kein Lebenszeichen. Jeden Samstag, wenn Klara mit dem kleinen Vinzenz kam, schüttelte sie den Kopf. »Wieder nix von ihm, tut mir so leid, hat kein Sinn mit dem Lenz, Vroni, erspar dir des ganze Leid.« Dann legte sie ihrer weinenden Freundin Vinzenz in die Arme. »Halt ihn mal, so a Kleins tut dem Herzen gut.« Vroni sah das Baby zärtlich an, drückte es an sich, küsste seine Wange, strich ihm über das Köpfchen. Sie roch seine Haut und dachte währenddessen liebevoll an das Kind, das in ihrem Leib wuchs.

Jetzt, da inzwischen der Winter ins Land gezogen, der Stein am Fluss schneebedeckt und die Pfade tief verschneit waren, blieb Vronis Fluchtort verwaist. Zudem fiel der jungen Zinsmayerin das Gehen immer schwerer. Ihr Bauch hatte sich zu einer großen Halbkugel gerundet. Das kleine Leben in ihr war in Bewegung, es regte sich, mal heftig, dann schlief es wieder. Das Ungeborene war alles, was die junge Frau noch hatte, ein Zeugnis der Liebe auf der Anhöhe, als es noch warm und sonnig im Ort war. Und in ihrem Leben.

Vroni legte die Zither beiseite, es war spät geworden, im Haus musste um diese Zeit Ruhe herrschen. Ein jeder lag in seinem Bett, Vater, Mutter, Knechte und Mägde. Vroni streifte das Nachtgewand über und kroch unter die Decke. »Bald bist da«, flüsterte sie dem Ungeborenen zu. »Ich werd dir eine gute Mutter sein, die beste auf der Welt. Einen Vater wirst auch haben, ich versprech's dir, wirst kein Bastard werden, auf den die Leut mit dem Finger zeigen.«

Sie rückte das Kissen zurecht und schlug das braune Buch auf. Dort stand für die werdende Mutter geschrieben, ein kräftiger Körper und ein gutes Nervensystem wären für die gesunde Entwicklung des Wesens in ihr unerlässlich. *Heiterkeit, froher Mut der Seele, Vermeidung aller Überreizungen, sowohl des Körpers als auch der Seele. Heftige Gemütserregungen, Kummer, Schrecken üben einen höchst nachteiligen Einfluss auf das Nervensystem der Mutter aus und teilen sich auch dem des Kindes mit, das durch allzu große Angst und Schrecken oft augenblicklich getötet werden kann.*

Vroni ließ das Buch auf die Bettdecke sinken. *Glücklich muss ich werden*, dachte sie, *darf keine Trauer mehr in mir tragen. Für dich, mein Kleines, nur für dich.*

Sie löschte das Licht und wartete auf den Schlaf, sich einen schönen Traum erhoffend, der die Sorgen und Nöte für eine Nacht vergessen ließ.

Die Schneeflocken wirbelten immer noch, als sich Alois Trachsler auf den Nachhauseweg machte, er schlotterte heftig, sah seinen kalten Atem vor sich aufsteigen. Auf den Schultern lag Schnee, und an den Haaren, die unter dem Hut hervorspitzten, klebten winzige Eiszäpfchen.

Die Herzen vieler Untertanen waren erkaltet, es fehlte ihnen an Mitgefühl, das spürte der König. Sie waren grausam gegenüber einer Frau, die aus Liebe Schändliches getan hatte. Indessen, es war Liebe, das hat der König mit eigenen Augen gesehen, es war Liebe, damals im Sommer.

Aber jetzt herrschte im Land ein harter Winter. Im Sommer hätte der alte Trachsler gewusst, was zu tun gewesen wäre. Er hätte die Blüten jener Blumen gesammelt, die Liebe bedeuteten, Rosen, Lilien, Gerbera, Vergissmeinnicht, er hätte daraus einen Sud gebraut und all seinen gehässigen Untertanen, die böse über die arme Vroni sprachen, davon zu trinken gegeben. Nun aber war alles weiß, die Bäume standen nackt, die Pflanzen waren blüten- und blätterlos tief unter der weißen Decke begraben.

Als das Licht in Vronis Zimmer erlosch, machte sich der König auf den Nachhauseweg. In seiner dunklen Küche zündete er ein Feuer an, um nachts ein wenig Wärme zu spüren. Er streckte sich auf seinem Strohbett aus und zog die Felldecke über sich. »Herr, lass Blumen vom Himmel fallen, die schönsten, die du hast«, murmelte Alois Trachsler, bevor er in tiefen Schlaf fiel.

Als er am nächsten Morgen aufwachte, sich einen Tee brühte und mit seiner Tasse ans beschlagene Fenster trat, sah er sie in ihrer Pracht: Die schönsten Blumen der Welt klebten am Fenster, filigrane Verästelungen, feinste Adern, die edelsten Kristalle, ein Geflecht atemberaubendster Schönheit, die der Winter hervorbringen konnte.

Zart und vorsichtig schabte der König die Eisblumen vom Glas, sammelte sie in einem kleinen Gefäß, sah sie zu klaren Tropfen schmelzen und füllte die Flüssigkeit in ein Medizinfläschchen.

Auf das schrieb er: *Wasser der Liebe*
Verabreichung: an alle im Dorf, die böse reden
Dosierung: zehn Tropfen sonntags ins Weihwasser

★ ★ ★

Wohin mit einem Leben, das nichts wert ist?
Ich habe lange nachgedacht, um einen anderen Weg zu finden, glaubt mir. Ich hätte fortgehen können, weit weg, aber irgendwas hielt mich hier an diesem verfickten Ort. Er ist schließlich meine Heimat, und wenn man was lieben sollte, dann wohl die. Glaube ich.
Deswegen bin ich noch hier, außerdem hätte ich eh nicht gewusst, wohin. Ich kenne ja niemanden von weiter weg, wie auch, so eingesperrt wie ich in eurem Leben und Alltag war und immer noch bin.
Ich war mein Leben lang in eurem Scheißalltag und euren Erwartungen gefangen, in eurem Zwang, in diesem Es-ist-nun-einmal-so, in eurer Scheißmacht, die ihr immer über mich hattet. Also, weggehen, das habe ich gleich mal ausgeschlossen, denn es kam mir nicht mal ins Hirn. Wisst ihr, ich mag meine Heimat, auch wenn sie mich nicht mag. Ich mag den Zinnenberg, den Fluss, in dem ich oft allein schwimmen gehe, wenn er nicht reißend ist. Ich werde dann ganz ruhig, wenn ich unter mir die dunkle Tiefe habe und das weiche Wasser auf meiner Haut spüre, ich spüre ja sonst nichts außer Leere und Hass. Und das immer mehr.

Den Plan, der das Schicksal in eine finstere Richtung weisen würde, hatte man schon geschmiedet, bevor man nach der Hebamme rief, Wasser auf dem Herd erhitzte, saubere Tücher vorbereitete und das Bettlaken richtete, damit es die Gebärende rein und ordentlich hatte. Als der kleine Franzerl geboren wurde, spitzten auf den Feldern die ersten Schlüsselblumen und Krokusse hervor, die Boten des Frühlings, Wachsens und Gedeihens waren gekommen. Und die des Unheils ebenso. Unbemerkt und heimlich.

In den Schattenlagen am Waldesrand lag noch Schnee, doch auch er schmolz langsam dahin. Das Bächlein führte reichlich Schmelzwasser mit sich, es sprudelte und plätscherte nicht wie sonst dahin, sondern toste, mit Schaumkronen auf der grauen Oberfläche. Die Frauen nahmen die Tannenzweige aus den Blumenkästen und verbrannten sie in den Öfen. Der Winter verabschiedete sich, es gab keine Eisblüten mehr an den Fenstern, statt Schnee fiel Regen, meistens aber schien die Märzensonne, und die alten Leute, die nicht mehr auf den Feldern, in den Ställen oder sonst wo zu arbeiten hatten, setzten sich auf die Hausbänke, badeten sich in Licht und Wärme. Jetzt, da das Landleben wieder hell und freundlich geworden war, trieb es auch die Sommerfrischler hinaus. An den Wochenenden kamen sie zu Scharen mit den Zügen zu dem nahe gelegenen Bahnhof, und die Pferde hatten viel hin und her zu traben, um die Landlustigen dort hinzubringen, wo die Welt so heil schien, so unverbraucht, friedlich und glücklich: ins goldene Dorf. Hier gab es weder Hektik noch

Lärm, dafür reine, würzige Luft, kleine Gassen entlang prächtiger Höfe, dahinter der formschöne, majestätische Zinnenberg.

Vroni sah die Stadtleute in den Kutschen herbeiströmen, wenn sie mit Franzerl auf dem Arm am Fenster stand, wohin sie jedes Mal eilte, sobald sie von Weitem Hufgetrappel hörte. Es waren die wenigen Momente, in denen sie Lenz erblicken konnte, wenn er, die Peitsche schwingend und seinen gewohnten Trachtenhut auf dem Kopf, die Haflinger am Zinsmayer'schen Hof vorbeitrieb, ohne ein einziges Mal den Blick dorthin zu richten. Immer noch war jeglicher Kontakt zwischen den Liebenden verboten, selbst jetzt, da Lorenz Binder Vater eines Sohnes geworden war. »Er ist net der Vater, er ist nur ein Erzeuger und der hat hier nix zum Suchen«, hatte Mutter Mari gesagt. Ihrer Tochter gegenüber zeigte sie sich noch immer herzlos, die Schmach, die Vroni über die Familie gebracht hatte, konnte die auf Anstand bedachte Zinsmayerin ihr nicht verzeihen. Dem kleinen Kind gegenüber, Franz hatte man es leise und unfeierlich getauft, zeigte sie sich jedoch liebevoll. Sie herzte den Säugling und bereitete ihm jeden Tag die Wiege zum Schlaf vor, und wenn Vroni das Baby mit der Zither in den Schlaf spielte, sang Mari den Liedtext dazu.

Der Klausner hockt auf der Stieagn
Hilft seiner Altn's Kind einwieagn
Sing, Eia popeia,
Schlaf mein herzigs Kindelein
Und wann i stirb, ghört Klausn dein
Drum tua no net so schreia.

In diesen Momenten der Gemeinsamkeit fühlte Vroni einen Hauch von Glück, weil sie hoffte, Mutter Mari würde sie trotz allem doch ein klein wenig mögen und irgendwann Erbarmen zeigen.

Die kommenden Monate waren für die junge Mutter voller Zärtlichkeit, sie hielt ihr Kind in den Armen, wann immer sie konnte, sie spürte sein winziges Herz schlagen, sie liebkoste seine Händchen, das weiche Gesicht, sie sah mit Entzücken, wenn es im Schlaf lächelte, dabei vergaß sie die Zukunft, die einer Sünderin mit einem Bastard bevorstand. Die Eltern Zinsmayer sprachen nicht über das, was kommen würde. Nur mit Lorenz Binder hatten sie die Vereinbarung getroffen, er habe vorerst keinen Unterhalt zu zahlen, vorausgesetzt, er hielte sich von Vroni und dem Kind fern. »Vronerl, wir haben das mit dem Lenz so ausgemacht, halt dich dran, sonst wird's teuer für den Bindersohn«, hatte der Vater ihr gesagt.

Klara Landgraf, die, treu und fürsorglich, wie sie war, immer noch samstags auf einen Besuch vorbeikam, meinte jedes Mal: »Schaut ganz so aus wie der Lenz, dein kleines Franzerl.« Irgendwann fragte sie, was Vroni nun zu tun gedenke, falls sich die Eltern Zinsmayer nicht umstimmen ließen. Mit Bestimmtheit in der Stimme antwortete Vroni: »Ich werde bald neunzehn, danach muss ich noch zwei Jahr warten und dann kann ich heiraten, wen ich will. Denn dann entscheid ich über mein Leben, Klara. Und weißt, was ich dann tu?« Klara sah sie erwartungsvoll an, und Vroni lächelte versonnen, als sie antwortete: »Der Lorenz und ich heiraten, dann hat der Bub einen Vater, ich einen Mann, dann wird alles gut, Klara, ich spür ganz tief in mir drinnen, dass der Lenz auf mich und das Franzerl wartet. Ich kenn ihn, denn auch wenn wir uns net sehn dürfen, weiß ich, wir sind zusammen und des bleiben wir.« Klara nahm ihre Freundin in die Arme. »Ich wünsch's dir so, so sehr, mein Vronerl.«

Der Sommer kam, und mit ihm all die Pracht, die die Natur zu bieten hatte. Es grünte und blühte allerorts, Hummeln und Bienen tanzten von Blume zu Blume, mit dem Vergehen der Zeit kam das Vergessen des Geschehenen. Die Gemüter im Ort schienen sich zu beruhigen, und der König, der jeden Sonntag vor der Messe ein paar Tropfen seines Liebestranks ins Weihwasser geträufelt hatte, spürte, sein war Werk nahezu vollbracht. Langsam verließen die gehässigen Geister, die Böses einflüsterten, den Ort. Im Dorf schien es fast wie immer im Sommer zu sein. Frühmorgens wurden die Kühe auf die Weide getrieben, bepackte Heumännchen standen auf den gemähten Feldern, Ochsen trotteten über die Äcker und zogen Pflüge hinter sich her, die Frauen wuschen und bleichten vor dem Kolonialwarenladen die Wäsche, und wenn sie dabei tratschten, fiel kaum mehr ein Wort über die junge Zinsmayerin. Mittags zogen die Schulkinder mit ihren Ranzen die Wege entlang, spielten nachmittags auf dem Dorfanger Fußball. Am frühen Abend trieb man das Vieh zurück in den Stall, molk die Tiere, aß zu Abend, legte sich in die Betten, um dem nächsten Tag entgegenzuschlafen.

Doch mitten im Ort, direkt neben dem Landgraf'schen Laden, vollzog sich in diesem Sommer die erste Wandlung, unumkehrbar und eine neue Zukunft einleitend. Denn eines Tages kamen Metzgersleute in den Stall des Sonnbichlerbauern, lösten die Tiere: drei Kühe, ein Kälblein von ihren Ketten und trieben sie zusammen mit den beiden Schweinen ins Freie. Reserl hockte mit Annamirl weinend in der Küche, Korbinian stand, barfuß wie immer, unter dem Torbogen, auf dem die Inschrift 1773 stand, und sah dem Sterben seines Hofes zu.

Etwas Neues musste geschehen, hatte er gesagt, als er sein Vieh zum Verkauf anbot, unmittelbar nachdem er aus dem Kampf zurückgekehrt war. »Mein liebes Reserl«, entschied er morgens beim Tee, »so geht's nimmer weiter. Die Schulden fressen uns auf, das Vieh ernährt uns nimmer, wir haben zu wenig Weide, es geht nimmer. Und niemand weiß, wie's weitergeht.« Die Zeiten waren zu verwirrend, selbst für ihn, jeder kämpfte gegen jeden, linke Revolutionäre gegen Konterrevoluzionäre. Zu denen hatte er gehört, denn er wollte die alte Ordnung zurückgewinnen, auch wenn sie Armut für ihn bedeutete. Man hatte eine Verfassung erlassen, sprach von der Weimarer Zeit, von Demokratie, was war das schon? Und wer wusste überhaupt, was daraus werden würde. In solch einer Zeit allgemeiner Verwirrung suchte Korbinian irgendwann Schutz beim Vertrauten: bei den Seinen, bei der Familie, in den eigenen vier Wänden, und so zog es Korbinian Sonnbichler vom Kampf zurück zu Weib und Kind, zurück auf seinen maroden Hof, auf dem er, sein Vater und sein Urgroßvater aufgewachsen waren, ein Zuhause, das nicht länger so existieren konnte wie noch ein Jahrhundert davor. Nachdem man die Tiere zum Schlachter getrieben hatte, reinigte Korbinian den Stall, setzte sich zwischendurch auf den Melkschemel, um zu rasten, und wischte sich mit dem Hemdsärmel über die feuchten Augen.

Wenige Tage später erzählte er Reserl von seiner Idee, an der er lange gefeilt hatte. »Aber weißt, wir haben's schön da, mitten im Ort, da kommen immer die Stadtleut her und schaun auf den alten Hof, denen gfällt des da. Wir streichen die Wänd, richten die Zimmer her ...«

Es dauerte nicht lang – der Sonnbichlerhof sah mit seinen bunten Geranien auf den Balkonen und der frischen Farbe, zumindest auf den ersten Blick recht ordentlich aus –, da hämmerte Reserl ein Schild neben die Eingangstür. *Feriengäste willkommen. Wir vermieten Zimmer auf dem Bauernhof,* stand darauf geschrieben.

Es waren die ersten Fremdenzimmer im goldenen Dorf, geboren aus Not und Verzweiflung, von vielen Tränen und Opfern begleitet und dem Verlust der alten Tradition, ein Landwirt zu sein. Schnell sprach sich im Ort herum, dass Korbinian Sonnbichler aufgegeben hatte, und man fragte sich kopfschüttelnd, ob so etwas wie Fremdenzimmer in einem derart alten Hof für die an weit größeren Komfort gewöhnten Stadtmenschen überhaupt verlockend sei.

»Armes Reserl, und der Korbinian tut mir auch leid«, sagte Klara samstags darauf. Sie und ihre Freundin, Vroni, saßen zusammen im Garten, Klara hatte Zitronenlimonade zubereitet, Vroni einen Erdbeerkuchen. Vinzenz versuchte, sich auf wackeligen Beinchen am Stuhl seiner Mutter hochzuziehen und erste Schritte zu unternehmen, oder krabbelte durchs Gras und rupfte Löwenzahnblüten von den Stängeln, Franzerl schlief in seinem Kinderwagen. »Vronerl, du weißt ja gar nicht mehr, wie's bei uns im Dorf ausschaut, musst mal raus aus deinem Haus. Schau mal wieder bei uns im Laden vorbei, dann siehst auch, was die Sonnbichlers Schönes mit dem Haus gemacht haben.« *Es stimmt, dachte Vroni, es ist an der Zeit, denn so kann es nicht mehr weitergehen, nur auf dem Hofgelände auf und ab spazieren mit dem kleinen Franzerl auf dem Arm, hinüber zum Sägewerk gehen, den Arbeitern bei der Holzarbeit zusehen, im Garten ein wenig Unkraut jäten oder der Mutter und den Mägden in der Küche helfen.*

Von Tag zu Tag wuchs in ihr der Mut, endlich die Mauern einzureißen, hinter denen sie sich versteckte. Sie fühlte sich wie in einem Käfig, dessen Gitterstäbe nicht aus Eisen bestanden, sondern, wie sie fürchtete, aus bösen Blicken und üblem Gerede.

Eines schönen Sommertages legte sie ihren Säugling in den Kinderwagen, verließ den Hof und ging zunächst jene Wege, auf denen sie hoffte, niemandem zu begegnen. Sie schob Franzerl über Wald- und Feldwege, rund um den Ort.

Einmal zerrte sie den Wagen über Wurzeln und Steine jenen versteckten Pfad entlang, den sie früher zur Anhöhe gegangen war, um Lenz zu treffen. Als es irgendwann kein Weiterkommen mehr gab, ließ sie den Wagen stehen, nahm das Kind in den Arm und kämpfte sich weiter durchs Dickicht, bis sie zum hinteren Teil der Anhöhe gelangte, auf der der alte Schuppen stand. »Franzl, jetzt schaust mal, deine Mutter zeigt dir was.« Vorsichtig öffnete sie die Tür der kleinen Hütte und trat ins kühle Dunkel. Das Heu in der Ecke war inzwischen in sich zerfallen, bröselig und staubig. Es roch lange nicht mehr so gut wie damals, als sie sich darin liebten. Dennoch nahm sie dort Platz, wiegte das Baby hin und her, dachte und sehnte sich nach Liebe und hoffte, die Zeit würde schneller vergehen, viel schneller. »Noch zwei Jahr, Franzerl, dann hast dein Vater, wir sind dann eine ehrbare Familie und du kein Bastard mehr. Ein jeder wird dich liebhaben, mein Bub, du bist zu früh kommen, aber jetzt bist halt da.« Lange noch saß sie mit dem Kleinen im Arm im Schuppen und träumte sich eine schöne Zukunft herbei. Es wurde kühl, denn die Sonne wanderte allmählich wieder hinter den Berg und tauchte den Schuppen in dunklen Schatten.

Irgendwann wagte Vroni auch, durch das Dorf zu gehen. Franzerl im Kinderwagen vor sich herschiebend spazierte sie, anfangs noch unsicher und ängstlich auf den Wegen, die den Höfe säumten, das Bächlein hoch, am Dorfanger vorbei, wo erst im vergangenen Sommer das Theaterstück stattgefunden hatte, hoch Richtung Zinnenberg, wo die Mühlen standen, an der Kirche und dem Sonnbichlerhof vorbei. Dort saßen vor dem Haus zwei Fremde, offenbar ein Paar aus der Stadt, die Frau mit kurzen Haaren und in ein Kostüm gekleidet, der Mann trug einen Anzug aus feinem Zwirn. Reserl kam gerade aus der Haustür, trug Kaffee und Tassen auf einem Tablett. Freundlich winkte sie Vroni zu, die lächelte dankbar zurück. Auf dem weiteren Weg durch den Ort begegneten ihr viele Blicke, manche verächtlich, andere kühl und böse. Doch es gab auch viele Menschen, die die junge Zinsmayerin grüßten, ja sogar solche, die einen kurzen Plausch mit ihr hielten und einen Blick in den Kinderwagen warfen, wo Franzerl mit den Beinchen strampelte und jedes Gesicht mit fröhlichem Glucksen begrüßte.

Fortan sah man Vroni mit ihrem Kinderwagen fast täglich durch den Ort spazieren, von Mal zu Mal aufrechter und stolzer, und für jeden, dem sie begegnete, ein Lächeln auf den Lippen.

Eines Sonntags, das Wetter konnte nicht schöner sein, Vroni hatte ein schönes Dirndl angezogen und die Haare wundervoll gesteckt, traf sie auf ihrem Spaziergang zufällig Lenz. Er brachte gerade ein paar Touristen mit der Kutsche in den Ort. Als er Vroni mit dem Kinderwagen sah, hielt er die Pferde an, zögerte einen Moment, blickte sich vorsichtig um, und weil niemand in der

Nähe war, der bezeugen könnte, dass er Verbotenes tat, sprang er vom Bock und kam näher. »Vronerl, endlich, hab so lang gewartet auf den Moment. Ich weiß, ich darf net zu dir«, raunte er ihr zu, »aber ich muss dich und den Kleinen sehn. Ich kann net anders. Schnell, schnell.« Er drückte Vronis Hand und beugte sich über den Wagen. »Mei, Franzerl, unser Franzerl«, sagte er zärtlich lächelnd, »so ein schönes Kind.« Dann wandte er sich schnell um, sprang auf den Bock und schwang die Peitsche. »Hüa, weiter geht's!«, rief er und verschwand hinter der nächsten Kurve. Lange noch blieb Vroni auf der Stelle stehen, das Herz schlug heftig, und sie glaubte, alles werde einen guten Weg nehmen.

Just am Abend dieses Tages, Vroni hatte den Kleinen gebadet, mit frischen Windeln versehen, gestillt und in die Wiege gelegt, klopfte es unten an der Eingangstür. Während Franzerl bei den Klängen der Zither die Augen zufielen und er in den Schlaf glitt, die Mutter beseelt sein Gesichtchen betrachtete und die Töne leiser und langsamer werden ließ, öffnete sich im Zimmer unter ihr die Stubentür.

Das Kind atmete ruhig, sein Körper zuckte ein wenig, vielleicht ein schöner Traum, dachte die Mutter und sang ein letztes Abendlied. Aus der Stube drangen Männerstimmen, so leise und dumpf, dass kein Wort zu verstehen war.

Vroni stellte die Wiege dicht an ihr Bett, legte ihre Hand auf die Brust des Kindes und spürte, wie sie sich langsam hob und senkte, friedlich und ruhig.

Es war spät, als der Gast den Zinsmayerhof wieder verließ. Er rückte den Hut zurecht, stieg aufs Rad und grinste zufrieden. Der unheilvolle Plan stand fest. Das Schicksal war besiegelt.

Ihr alle solltet eines wissen: Ich hatte mal einen großen Traum. Von klein an sah ich mich eines Tages in einem Ferrari sitzen und über die Straßen brettern. So wie Michael Schumacher sein, das wär's gewesen. Ich finde diesen Typen krass, habe in meinen Schubladen lauter Poster von ihm und Kartenspiele. Zuerst vom Team Benetton und seit ein paar Jahren vom Team Ferrari. Ihr werdet diese Sachen alle finden, bei den vielen Fragen, die ihr haben werdet, sehe euch schon in meinem Habseligkeiten herumschnüffeln. Ihr werdet meine Schubladen öffnen, ihr werdet mein Regal auseinandernehmen und euch anschauen, womit ich mich die letzten Jahre beschäftigt habe, nämlich mit meinem unerfüllten Traum, irgendwas mit Autos zu tun zu haben. Ihr werdet meine Matchboxautos sehen und die vielen Bücher über Autos. Es war ja klar, dass ich nie ein Rennfahrer werden konnte, Mann, was hätte das an Kohle gekostet. Das hatten wir nicht, angeblich hatten wir nie Geld, zumindest nicht genügend. Vater, Mutter, ihr habt die Kohle wie Gold behandelt, gesammelt, gehortet, gespart und dauernd gejammert, obwohl ihr so einen großen Laden habt, der auch ganz gut läuft. Aber eben nie gut genug, es war ja sowieso nie etwas gut genug für euch. Ich auch nicht.

Außerdem wären Rennen viel zu gefährlich gewesen für euren kleinen Bub. Oh Mann! Aber ich hätte zumindest was mit Autos machen können, Ingenieur werden, Autos bauen und so. Aber auch das wolltet ihr nicht. Ich durfte nicht aufs Gymnasium, weil ihr gemeint habt, das bräuchte es nicht. Meine Schulnoten würden das sowieso nicht hergeben, die waren nämlich tierisch schlecht. Gymnasium, das war übrigens auch ein Traum von mir, der sich nicht erfüllt hat. Ich blieb auf der Hauptschule hier im Dorf, der Erfolg war übelst, scheiß Deutsch. Und danach? Ich hätte KFZ-Mechaniker werden können. Und ihr? Was habt ihr mir aufgezwungen? Ein Scheißeinzelhandelskaufmann sollte ich werden. Weil wir ja eine Familie sind, und da hat es Tradition, im eigenen Laden zu stehen und irgendeinen Scheiß zu verkaufen, der einen nicht interessiert, mich schon gar nicht. Ich musste deswegen sogar ein Schwein und andere Tiere schlachten, in ihre Körper Messer stoßen, das Blut riechen und die Kadaver auseinandernehmen, damit ich später bei euch im Laden hinter der Wursttheke stehen und Gelbwurst abschneiden kann.

Ich wollte anders werden als ihr. Ich glaube, weil ich euer Sohn war, mochte mich niemand. Ich hatte nie Freunde, weil alle über mich lachten. »Na, der Maxi, der Feigling, der blöde Arrogantling und was sie sonst noch alles gesagt haben.«

Ach ja, da fällt mir an dieser Stelle noch ein anderer Traum ein, den ich immer hatte: Mal wegfahren, Urlaub machen. Hey, ich kann mich kein einziges Mal daran erinnern, dass wir fortgefahren sind. Ihr hattet nie Zeit, ihr Eltern. Ihr wart nur auf eurem scheiß Egotrip. Und angeblich war auch keine Kohle da, haha. Ein einziges Mal waren wir in Jesolo, da habe ich das Meer gesehen, ich glaube, ich war da fünf oder so. Ich erinnere mich, dass ich als einziges Kind den ganzen Tag mit Schwimmflügeln rumlaufen musste, auch wenn ich nicht ins Wasser gegangen bin, sondern eine Sandburg gebaut habe. Wie ein Kleinkind kam ich mir vor mit diesen albernen Plastikdingern an den Armen. Aber die Flügel mussten sein, es hätte dem Bub ja sonst was passieren können.

Klar, es kann immer was passieren im Leben, damit muss man rechnen, ihr vor allem!

★ ★ ★

Noch heute erzählen die Leute von diesem Samstag, er ist nicht vergessen. Es hätte ein schöner Tag werden sollen, ein Fest der Freude, der Liebe und des Tanzes.

Tags zuvor, am Freitag gegen zwölf Uhr, hatte Mari Zinsmayer ihrer Tochter eine Suppe ins Zimmer getragen. Sie stellte den Teller auf das Nachtkästchen und räumte das unangetastete Frühstück weg. »Vronerl, so geht des net, musst was essen.« Sie zog die Decke zur Seite. »Steh endlich auf und richt dein Zeug zusammen.« Vroni lag mit angewinkelten Beinen, wie ein Embryo zusammengekrümmt, im Nachthemd da, die Haare hingen ihr ins Gesicht. Sie blieb regungslos und stumm. »Herrje«, schimpfte Mari und schlug die Decke zurück über Vronis Körper. »Hast den Franzerl schon gewickelt und ihm Brei gegeben?«, fragte sie. Kein Wort, keine Regung. Mari hob den kleinen Buben aus dem Bettchen und trug ihn fort. »Dann macht des eben die Oma, gell, Franzerl?«, sagte sie.

Die Hektik dieses Freitags zog an Vroni vorbei wie ein Albtraum, in dem sie regungs- und tatenlos zusehen musste, wie die Welt um sie herum zerbrach. Sie hörte die Geräusche, das Hin- und Herhasten schlurfender Füße auf dem Gang und das Getuschel der Mägde, während sie den Schrank mit Wäsche und Laken einrichteten. Die Kutsche wurde in den Hof gezogen, man reinigte, schrubbte und schmückte sie. Man wusch die Pferde, schamponierte ihre Mähnen, das Leder von Zaumzeug und Kummet wurde eingeölt.

Dieser Freitag endete spätnachts mit einer Horde Trunkener, die durch die Gassen des Ortes zogen, unter ihnen Benedikt Feistl, der so stramm war, dass er sich kaum noch auf den Beinen halten konnte.

Um Mitternacht schlug die Glocke erst vier helle, dann zwölf dunkle Schläge. Vroni löste sich aus ihrer starren, zusammengekrümmten Haltung, schlug die Decke weg und schlich ans Fenster. Es war dunkel im Ort, kein einziges Licht brannte mehr. Sie kleidete sich an, unter dem Bett befand sich der Rucksack, den sie mit Wurst, Käse, Milch, Wasser und etwas Brot gepackt hatte. Sie wickelte Franzerl in eine warme Wolldecke und band ihn sich mit einem Tuch stramm an den Rücken. Bevor sie ging, warf sie einen letzten Blick in die Schlafstube, die sie in den vergangenen vierzehn Tagen kein einziges Mal verlassen hatte. Am Schrank hing das schwarze Festtagsdirndl, Schürze und Bluse waren gewaschen und gebügelt, auf dem Boden standen die gewienerten Sonntagsschuhe. Man hatte alles vorbereitet für morgen, den Samstag, der eigentlich schon begonnen hatte, denn Mitternacht war vorbei.

»Scht, scht, scht«, flüsterte sie dem Säugling ins Ohr, »darfst niemand wecken, Franzerl.«

Zweifel, Angst und Unsicherheit ließen Vroni einen kurzen Augenblick an der Tür verharren.

Dann drückte sie die Klinke nach unten.

Die Leute sagen, an jenem Samstag im Oktober 1922 lag ein schwerer Himmel über dem Land. Obwohl die Wolken drohend wirkten, fiel kein einziger Tropfen aus ihnen, und so meinte es wenigstens das Wetter halbwegs gnädig mit dem rabenschwarzen Festtag.

In der Küche des Wirtshauses brodelte Rindersuppe, die Köche formten kleine Knödel und gaben sie in die dampfende Brühe. Die Tische im Saal hatte man bereits eingedeckt, überall standen Vasen, in denen Rosenblüten steckten. Inzwischen trafen auch die ersten Musikanten ein und packten die Instrumente aus.

Bald würden sie hier alle versammelt sein, nahezu jeder im Ort war geladen, auch Alois Trachsler.

Der alte Mann suchte gerade in seiner rußigen Wohnung nach dem einzigen Hemd, das er besaß. Er fand es schließlich in der Truhe unter der Stiege. Weiß, wie es der Anlass gebot, konnte man das Hemd nicht mehr nennen, aber es war heller als alles, was der Trachsler sonst so am Leib trug. »Seh nix«, murmelte er, vor dem Spiegel stehend, der matt, rissig und mit schwarzen Flecken übersät, nur ein undeutliches Bild von ihm zurückwarf. Er blickte an sich hinab und stellte fest, dass drei Knöpfe fehlten. Zudem war ihm das Hemd viel zu groß geworden, kein Wunder, er hatte es erstanden, als er noch jung, stattlich, kräftig und klar im Kopf gewesen war, ja, das war er mal. Nun befand er sich längst schon im Schrumpfalter, in dem sich alles zusammenzog, der Körper, die Muskeln, nur die Nase und die Ohren nicht, die wuchsen und wuchsen. Schön war er nicht mehr, der Alois, dafür ein König, der jetzt die fehlenden Knöpfe durch Sicherheitsnadeln ersetzte. *Heute ist der Tag der Tauben, Vögel des Friedens,* dachte er und steckte an den Hutrand vier Federn, die er unter dem Taubenschlag des Feistlbauern aufgelesen hatte. Ausgerechnet dort, als hätte der König damals schon das herannahende Übel geahnt.

Alois Trachsler war nicht besonders glücklich mit diesem Samstag, ihn quälte fürchterliches Magengrimmen, etwas stimmte nicht an dieser ganzen Geschichte, die sich gerade zutrug. Immerhin hatte er es mit seinem Liebeswasser im Wehwasserbecken geschafft, dass die bösen Zungen im Ort schwiegen und halbwegs wieder Frieden ins Dorf einkehrte. Vroni war mit ihrem Kleinen die vergangenen Wochen fröhlich durch den Ort gegangen. Doch in letzter Zeit hatte Trachsler sie nicht mehr gesehen. *Kein gutes Zeichen,* dachte er.

Für den heutigen Tag wollte er gewappnet sein, deswegen nahm er ein Leinentuch, ging damit ums Haus, pflückte die jungen, zarten Brennnesseln, die unter dem Brunnen wucherten, wickelte sie ins Tuch und steckte alles in die Jackentasche. Die Kirchturmuhr schlug neun Uhr, Zeit war's für den König, zum Fest zu gehen. Bevor er sein Häuschen verließ, holte er aus einem Holzkästchen noch die große Meeresmuschel und steckte sie in die andere Jackentasche.

Es lief alles nach Plan, auch Benedikt Feistl war bereit. Noch einmal ging er durch die Räume seines Hofes, man hatte alles zu seiner Zufriedenheit bereitet, der Holzboden war geschrubbt, die Teppiche ausgeklopft, die Schneiderinnen hatten helle Vorhänge genäht und aufgehängt, in der Küche blitzten die Töpfe, die Speisekammer war gut gefüllt. Und das Bett hatte man mit frischem neuem Leinen bezogen. Auch der Stall befand sich in einem guten Zustand, die Knechte und Mägde, die während seiner viermonatigen Abwesenheit den Hof versorgten, hatten beste Arbeit geleistet. Ja, es verlief alles so, wie es ausgemacht worden war. Der neue Arm passte, schmerzte nicht, wenngleich die vielen Wochen, die er hierfür in Singen hatte verbringen müssen, mühselig gewesen waren: dauernd Gymnastikübungen mit dem Stumpf machen, schmerzhafte Massagen über sich ergehen lassen und vieles mehr. Was für ein Segen war es für ihn, als er zum ersten Mal einen echten Sauerbrucharm angeschnallt bekam und nach und nach lernte, wie dieser zu bewegen war. Ein neuer Mensch war Benedikt Feistl nun, bereit für ein neues Leben. »Was is, kommst jetzt endlich?«, rief seine Mutter von draußen. Dort wartete sie mit der gesamten Familie, allen Geschwister, deren Ehegatten, und ein paar Kinder waren auch dabei. Benedikt setzte den Hut auf, warf einen letzten schmunzelnden Blick in den Spiegel. Nun war er, der Feistlbauer, an der Reihe, sein Versprechen im großen Handel einzuhalten. Nichts tat er lieber.

Vroni lugte durch einen winzigen Vorhangschlitz auf das Treiben, das unter ihr auf dem Zinsmayer'schen Gehöft stattfand.

Stallburschen banden Buchsbaumästchen in die geflochtenen Mähnen der Pferde, Knechte bestückten den Brautwagen mit einem Bett, Nachtkästchen, Stuhl und dem Schrank, in dem sich zusammengefaltete feine Tücher und bestes Leinen befanden. Hinzu kam die Wiege, in der Vroni als Säugling gelegen hatte, ein Spinnrad, ein Butterfass, und, in einem Lederkoffer gut verstaut, Vronis Zither. In den Körben lag diverses Geschirr, auch dieses packte man auf den Wagen.

Vroni hörte jemand die Treppe heraufeilen, es waren mehrere Personen, laute Schritte, ein Durcheinander von Stimmen. Sie legte Franzerl behutsam auf das Bett und hielt sich die Ohren zu. Es war so weit, es gab kein Entrinnen mehr, nicht in der vorangegangenen Nacht und jetzt erst recht nicht mehr. Ihre Eltern hatten den weiteren Verlauf von Vronis Leben besiegelt. Als hätten sie die geplante nächtliche Flucht ihrer Tochter geahnt, hatten sie irgendwann am Abend zuvor Vronis Schlafkammer von außen zugesperrt.

Sie war jetzt eine Gefangene, deren einzige Möglichkeit darin bestand, alle Möbel, die im Raum standen, vor die Tür zu schieben, in der Hoffnung, Gott oder die Eltern würden ihre Verzweiflung spüren und das Schicksal von ihr abwenden. Als die Leute vor der Tür merkten, dass diese von innen verrammelt war, begannen sie zu klopfen. »Vroni, hab dich net so!«, rief die Mutter. Kurze Pause, kurze Stille, Vroni setzte sich zu Franzerl auf das Bett und nahm seine kleine Hand in die ihre. »Du bist alles, was ich hab, alles«, flüsterte sie ihm zu, »bitt mit mir den Herrgott, dass er uns hilft.« Dieses Mal wurde an die Tür geschlagen. »Vroni, mach auf, ich hol sonst den Vater, dann kannst was erleben«, kreischte Mutter Mari jetzt.

Schließlich warf sich jemand gegen die Tür, die allmählich nachgab, Zentimeter für Zentimeter rückte die Kommode und alles, was sich auf ihr befand, weiter in den Raum. Franzerl begann zu weinen. »Sch, sch, sch«, versuchte Vroni, das Kind zu beruhigen. Dann sprang sie auf und warf sich mit all ihrer Kraft gegen die Tür, ein verzweifelter, sinnloser Kampf. Bald standen alle im Raum, ihre Mutter, die Nachbarin, eine Magd und zwei Knechte. Mari lief zum Bett, hob Franzerl in die Höhe und reichte den Buben an die Magd weiter. »Raus mit dem, schnell.« Der Kleine schrie noch lauter, streckte seine Ärmchen zu Vroni. Doch die war machtlos, so sehr sie sich auch wehrte, denn man hielt sie fest umklammert. »Hörst endlich auf damit«, brüllte Mari und schlug ihr ins Gesicht. Vroni ließ sich zu Boden sacken, die vielen Hände, die sie packten, zerrten sie wieder in die Höhe. Die Magd entkleidete sie, schnürte ihr das Mieder, zog ihr die Strümpfe an, stülpte ihr das Dirndl über, band die Schürze, während die anderen Menschen Vroni so fest gepackt hielten, als wäre sie in einen Schraubstock gespannt. Man zwang sie auf einen Stuhl, wo sie sich wand. Tränen tropften auf den Boden. Unten, in der Küche, schrie der kleine Sohn, oben schrie die Mutter, all das Kämpfen half nichts. Vroni schloss die Augen, während man ihr das Haar kämmte, der Kopf schmerzte, so fest umklammerten ihn starke Hände, während die Locken zu einer Festtagsfrisur gebunden wurden. Die Glocke schlug neun, man war spät dran, die Mutter fluchte und brüllte: »Reiß dich endlich zusammen, Vroni.«

Die junge Frau öffnete jetzt die Augen, sah sich im Spiegel, elendig, mit dunklen Ringen unter den verweinten Augen, die Bluse und Schürze hatten feuchte Stellen, und die Tränen liefen weiter. Von draußen rief der Vater, die Pferde seien angeschirrt, man warte auf die Braut.

Vroni riss sich los, lief zum Fenster und schrie nach draußen: »Ich will net, lass mi dableiben«, und als man sie wegzuziehen versuchte, klammerte sie sich am Fensterkreuz fest. Mari rief nach ihrem Mann und einigen Knechten, gemeinsam zerrten sie an Vroni, die nicht losließ und deren Hände zu bluten begannen, bis sie irgendwann nachgaben. Man schleifte die junge Frau aus dem

Zimmer, setzte sie gewaltsam auf die Kutsche und fuhr zum Wirtshaus.

Weinend betrat Vroni den Wirtssaal, wo schon alle beinandersaßen, und die Tränen flossen weiter, während die unglückliche Baut vor der Hochzeitssuppe saß und sich nicht rührte. Kurz vor elf Uhr riefen die Glocken zur Kirche. Mit gesenktem Haupt saß Vroni auf dem Hochzeitswagen, neben ihm spielten die Musikanten ein fröhliches Lied, die Leute vom Dorf standen Spalier, riefen der Braut zu, erst fröhlich, dann immer verhaltener, bis jeder von der Trauer ergriffen war, die die weinende Braut in ihrer schwarzen Tracht verbreitete.

Es sollte eigentlich ein Festtag werden, doch die dunklen Wolken am Himmel wurden von Stunde zu Stunde düsterer.

Durch die Kirchenfenster drang kaum mehr ein Lichtstrahl, als Vroni vor dem Altar stand, ein Häufchen Elend das zum heiligen Bündnis der Ehe gezwungen wurde. Der schmale Körper zitterte, und immer noch flossen die Tränen in feinen Rinnsalen. Vroni hielt den Kopf gesenkt und sah zu, wie die Tropfen vor ihren Füßen auf dem Steinboden Muster bildeten und sich zu einem dunklen Fleck verbanden. Sie wäre am liebsten in dieser kleinen Pfütze versunken, einfach in der Erde verschwunden. Und sie wünschte, ihr Herz würde aufhören zu schlagen, als sie spürte, dass der Mann neben sie getreten war und sich ihre Arme kurz berührten. Der Chor begann sein Lied, die Orgel spielte dazu. Weit weg von ihr, allein in seiner Wiege, lag der kleine Franzerl und schrie. Doch niemand hörte ihn. Die Mutter sollte ihr kleines Kind von diesem Tag an für immer verlieren. So hatte man es im Handel bestimmt.

Die Menschen in der Kirche erhoben sich von ihren Bänken und falteten die Hände zum Gebet. Die Braut spürte in ihrer Brust eine beängstigende Enge, ihr Atem ging schnell, vor ihren Augen flimmerte es, mal war alles dunkel, dann wieder hell. Wo war Lenz? Warum stand er jetzt nicht neben ihr und hielt ihre

Hand? Und Gott, die Heilige Jungfrau Maria und all die anderen, zu denen sie gerufen hatte? Wo waren sie? Wo die Barmherzigkeit, wo das Herz der Mutter, wo die Milde des Vaters? Wo der Weg fort von hier? Und zu wem und wohin? Was würden die Leute denken, wenn sie jetzt, in diesem Moment, einfach fortliefe? Auf ewig verdammt wäre sie, bei all denen, die hier saßen und zusahen, auch bei ihrem Vater und ihrer Mutter, ewig ausgestoßen aus dem Dorf, aus der Heimat. Sie, die vor dem Altar jämmerlich schluchzte, war endgültig eine Gefangene der erzwungenen ehelichen Liebe, der Moral, der Gebote und der Ordnung.

»Mein Vater, ich überlasse mich dir; mach mit mir, was dir gefällt«, sprach der Pfarrer für die weinende Vroni, auch er hatte sie verlassen, er hatte sie verraten, er segnete diesen unheilvollen Bund. »Was du auch mit mir tun magst, ich danke dir. Zu allem bin ich bereit, alles nehme ich an. Wenn nur dein Wille sich an mir erfüllt und an allen deinen Geschöpfen, so ersehne ich weiter nichts, mein Gott. In deine Hände lege ich meine Seele.«

Gesänge, Gebete, Weihrauch umkreisten die Braut, drangen nicht ins Herz, es war ihr, als wäre es dem Körper entschwunden. »Bist du hierhergekommen, um nach reiflicher Überlegung und aus freiem Entschluss mit deinem Bräutigam den Bund der Ehe zu schließen?«, fragte der Pfarrer.

Jeder sah zu, wollte oder musste Zeuge sein von diesem Bund, im Gotteshaus herrschte Stille. Man wartete auf die Antwort, die alles beschließen würde.

»Das ist net gut, das ist net gerecht«, flüsterte Klara mit Tränen in den Augen ihrer Nachbarin zu. Die nickte. »Schad um die Vroni, sie war immer so lustig und lieb, aber wenn man halt sündigt ...« Reserl Sonnbichler bekreuzigte sich und faltete die Hände. »Eine Schande ist des«, murmelte sie vor sich hin. Vater Zinsmayer saß starr in der ersten Reihe, aschfahl und steinern im

Gesicht. Nie zuvor hatte er seine Tochter so leiden gesehen. Er trug die Schuld, um der Ehre willen und in dem Glauben, das Beste für sie getan zu haben. Schließlich besaß der Feistlbauer viel Grund, der nach dem Tod der alten Mutter einen wohlhabenden Mann aus ihm machen würde. Mari Zinsmayer drückte seine Hand. »Wird schon, Herbert«, sagte sie leise.

Den falschen Mann an der Seite, den Pfarrer vor sich, die Hochzeitsgeladenen im Rücken, Vroni wandte sich ihnen kurz zu, erkannte die Menschen, die da saßen, kaum, so sehr trübten die Tränen ihren Blick. Niemand half ihr, niemand erhob sich, sie hockten alle auf den Bänken, wurden langsam unruhig, nervöses Hüsteln und Rascheln war zu hören.

»Ich frage dich nochmals, Vroni Zinsmayer, willst du ...«, wiederholte der Pfarrer. Sie war eine Marionette, deren Fäden die hier versammelten Menschen in ihren Händen hielten, sie öffneten der Braut den Mund, zwangen sie zu sprechen, während der Mann an ihrer Seite die Lippen zusammenkniff.

»Ja, ich will.« Es war gesagt, was gesagt werden musste.

Die Ringe wurden gesegnet, dem Brautpaar übergeben. »Vor Gottes Angesicht nehme ich dich an als meinen Mann. Ich verspreche dir Treue in guten und in bösen Tagen«, murmelte Vroni, ergriff die Hand des Mannes und steckte ihm den Ring an, während Tränen über ihre Wangen rannen. »Ich will dich lieben, achten und ehren alle meine Tage.«

Als sich das Paar zum Trauungssegen niederkniete, holte hinten, in der letzten Reihe, der König das Tuch aus der Tasche und breitete es samt Brennnesseln auf dem Schoß aus. »Geh, Trachsler, was machst denn schon wieder?«, tuschelte sein Nachbar Simon. »Siehst du nicht, was da geschieht?«, gab der König zurück. Simon, der Hufschmied des Ortes, zuckte mit den Schultern. »Mei, ist halt a so, wer rumhurt, wird verkauft. Hab gehört, dass der alte Zinsmayer 60 000 Reichsmark zahlt hat. »Besser hat's net kommen können für die Vroni«, mischte sich jetzt Simons Frau ein, »ehrhaft ist sie ja jetzt wieder.« – »Pst!«, zischte da jemand. Und der König nahm die Brennnesselstängel und knüpfte sie zu einem Band. »Jetzt sag einmal«, Simon stupste den Trachsler an, »warum die Brennnesseln? Ist das am End dein Hochzeitsgeschenk?«

Der König nickte und legte die geknüpften Brennnesseln vor sich neben das Gebetbuch. »Ist für den Frieden zwischen ihr und ihm.«

Vronis Tränen wollten nicht versiegen, sie weinte auch noch abends auf dem Brautwagen, der sie ins neue Heim fuhr, einen knappen Kilometer vom elterlichen Hof entfernt. Sie weinte, als sie durch die Eingangstür in den Flur trat, und sie schrie verzweifelt, als sich dort die Tür hinter ihr schloss.

Es war spät, als Benedikt Feistl zu Hause in der Küche am Tisch saß. Er hatte viel getrunken, wie am Vorabend schon. Sein benebeltes Hirn konnte nicht entscheiden, ob es gut oder schlecht war, was er getan hatte. »Kann man Glück erzwingen?«, brabbelte er vor sich hin. Angestrengt lauschte er in die Stille. Kein Schreien, kein Jammern mehr, kein Wimmern. Endlich Ruhe. Gut so. Er gönnte sich einen weiteren Schnaps, dann noch einen, heute sollte schließlich ein Festtag sein, dem eine noch festlichere Nacht folgen sollte. »Von wegen ein schönes Fest«, brummte er und goss sich noch einen Schnaps ins Glas. Wie stand er denn jetzt da? Vor allen Leuten? Wie ein Depp, wie ein Monster, ein Ungeheuer. Es war ein beschissener Tag. Der Mann betrachtete seinen neuen, edlen und teuren Kunstarm, den ihm der Handel eingebracht hatte. Für das, was er vorhatte, ein wenig Vergnügen, taugte dieses Kunstglied, so gut es seine Dienste auch sonst verrichtete, nicht, denn es spürte nichts. Leicht wankend zog sich der Feistlbauer am Geländer die Stiegen nach oben. In der Schlafstube roch es nach Lavendel, das Licht war gelöscht. Benedikt öffnete das Fenster und stierte in den Himmel, von dem sich die Wolken verzogen hatten. Der Mond schien, fernes Funkeln kleiner Sterne, wirres Kreisen winziger Punkte vor Feistls Augen. Er wandte sich um. Mattes, kühles Licht fiel in die Kammer, wo die Vermählte lag, den Kopf auf das Kissen gebettet, die Augen geöffnet, den Blick starr an die Decke geheftet. Nur der Brustkorb unter der Decke hob und senkte sich, sonst hätte man fast meinen können, der Tod habe Vroni erlöst von dem, was kommen würde.

★ ★ ★

»Prost, Benedikt«, sagte Korbinian Sonnbichler und hob den Bierkrug. Er und der Feistlbauer saßen beim Wirt in der Stube, das taten sie ab und an mal, schließlich kannten sie sich seit ihren Kinderjahren. Bisweilen sprachen sie auch über das, was sie bewegte, aber erst dann, wenn der Alkoholpegel genügend gestiegen war. Auf diese Weise hatte Korbinian auch von der Dirne Mitzi erfahren. »Wenn ich mal ein Geld hätt, wär die auch was für mich«, sagte er seufzend und neidisch zu Benedikt Feistl, »mein Reserl mag net so recht, hat dauernd etwas, Kopfweh und so weiter. Mei, Feistl, du bist schon zum beneiden, hast ein junges, fesches Weib. Ist die Vroni denn auch fleißig? Taugt sie was als Weib?« Der Feistlbauer setzte den Bierkrug an und leerte den restlichen Inhalt mit einem Zug. »Noch einen!«, rief er der Bedienung zu. »Mei«, setzte er an und unterbrach sich selbst mit einer langen Pause. Was hätte er jetzt sagen sollen und können und wollen?

Eigentlich hatte Benedikt Feistl gedacht, sein Leben sei erfüllt, sobald er ein Weib an seiner Seite hätte, eine tüchtige, hingebungsvolle Frau auf seinem Hof. Und einen neuen Arm. Er hatte jetzt beides, dennoch nagte in ihm noch immer die Schmach, die ihm Vroni Zinsmayer mit ihrem Geheule vor dem Pfarrer und den Hochzeitsgästen angetan hatte. Nein, Glück konnte man nicht erzwingen, Liebe schon gar nicht. Still und in sich gekehrt war die Frau, in ihren Augen standen stets Tränen. Nachts rollte sie sich in die Decke ein. Sobald sie ihren ehelichen Pflichten nachkommen sollte, wurde ihr Körper starr wie der einer Toten. *Sie ist bekanntlich keine Jungfrau mehr, weiß genau, wie das mit dem Lieben geht,* dachte Benedikt Feistl und nahm sich Nacht für Nacht, was ihm zustand, anfangs versuchte er es durchaus mit Zärtlichkeit, später, weil alle Liebkosungen unerwidert blieben, bisweilen mit ohnmächtiger Wut. War er wider Willen grob zu seiner jungen Frau, hasste er sich und seinen hässlichen Stumpen mehr denn je. *Man muss sich schließlich auch vor ihm grausen,* dachte er, wenn er morgens in den Spiegel sah, bevor er sich seinen Arm anschnallte. Gelegentlich kam er in Versuchung, mit dem Rad über den Fluss zum Nachbarort zu fahren, denn der Hure Mitzi dort war es egal, dass man sie nur mit einer Hand bediente. Doch er ließ es bleiben, weil er fürchtete, seine Ehefrau könnte seine längere Abwesenheit nutzen, um fortzulaufen. Dazu sei sie leider fähig, hatte Vronis Mutter Mari ihn gewarnt und ihm erzählt, dass man Vroni eine Nacht vor der Hochzeit in ihrer Kammer eingesperrt hatte, weil man ihren Plan zu fliehen, beim Kontrollgang in die Speisekammer entdeckt hatte. Denn dort fehlte allerhand, zudem befand sich der Rucksack von Herbert Zinsmayer nicht mehr an seinem gewohnten Platz.

Immerhin war dieser Kindsvater, dieser Lorenz Binder, nicht mehr im Dorf, beruhigte sich Benedikt Feistl. Wohin genau der gegangen war, wusste niemand so recht, man munkelte, er sei irgendwo in München oder noch weiter weg. Lorenz' Vater, der Bäckermeister, hüllte sich ins Schweigen. »Was geht's mich an, wo er sich rumtreibt, ist schließlich kein Kind mehr«, murrte er beständig, sobald man ihn nach seinem Sohn fragte. Zinsmayers Mägde oder Knechte tratschten jedoch herum, Vroni habe in der Nacht vor ihrer Hochzeit wohl geplant, mit Lorenz und Franzerl den Ort zu verlassen.

Seine Frau würde diesen Mistkerl vergessen, dessen war sich Benedikt Feistl gewiss, und welch ein Triumph würde es für ihn sein, wenn sich Vroni, die Hübsche, eines Tages fügen würde und ihm eine demutsvolle Frau wäre. Noch zeigte sie sich störrisch, tat die Arbeit, die er und seine Mutter ihr auftrugen, zögerlich, ungeschickt und widerwillig. Es gab Ärger und Streitereien zwischen der alten und jungen Bäuerin. »Sei froh, dass du noch einen Mann gefunden hast«, brüllte die Mutter Feistl ihre Schwiegertochter an, »wenn dein Vater net so viel für dich zahlt hätt, damit er so eine Hure wie dich loswird, wärst net hier auf'm Hof. Denn so eine wie dich, wer will die schon?« – »Und wer wollt schon deinen Sohn haben? Neaman«, gab Vroni zurück. So ging es bisweilen hin und her, bis der Herr des Hauses mit der Faust irgendwo gegenschlug und brüllte: »Eine Ruhe ist!«

Wenn sie zusammen bei Tisch saßen, erklärte die alte Feistlbäuerin der jungen, wie es auf dem Hof zu laufen habe. Währenddessen stierte Vroni nur aus dem Fenster und schien das Gesagte an sich vorbeiziehen zu lassen, als wäre sie taub. Meistens antwortete sie nicht einmal. *Bockiges Schweigen ist die Strafe für das, was man ihr angetan hat*, dachte Benedikt Feistl, und für ihn stand fest: Es war der Bastard, der zwischen ihnen stand. Tagelang hatte Vroni ihn angefleht, er möge ihr erlauben, den Franzerl zu sich zu nehmen. Feistl war hin- und hergerissen zwischen der Hoffnung, die Liebe seiner Frau zu gewinnen, wenn er zustimmte, und dem Hass auf sich selbst, denn was war er schon anderes als ein alter einarmiger Mann, den man, egal was er tat, ohnehin nicht lieben konnte. Und genauso verhielt er sich auch, war wechselnder Stimmung, mal poltrig, laut, schimpfend und fluchend, mal brachte er Vroni Blumen mit oder ein kleines Geschenk. Was Franzerl anging, blieb Benedikt jedoch hart und unerbittlich.

Die Wochen vergingen, auf dem Feistlhof herrschte schneidende Kälte.

Korbinian Sonnbichler zündete sich eine Zigarette an und sah Benedikt Feistl erwartungsvoll an. »Und? Kommt noch eine Antwort? Läuft's mit der Vroni?«

Die Bedienung stellte einen weiteren Krug frisch Gezapftes auf den Tisch. »Passt schon mit der Vroni«, antwortete Benedikt schließlich. Korbinian klopfte seinem Freund auf den Rücken. »Wennst erst mal ein Weib bei dir hast, kommt die Liebe irgendwann schon. Oder auch net. Dann hast immerhin ein Weib, das dir einen Hoferben schenken kann und fleißig arbeitet.« Korbinian zwinkerte mit einem Auge und stupste den Feistlbauern an. »Und wenn dir danach ist, fahrst eben wieder rüber zur Mitzi.« Die beiden Männer stießen ihre Krüge aneinander. »Aber des werd mit der Vroni kein Problem sein, schwanger werden kanns ja ...« Sonnbichler lachte. »Lass gut sein, Korbinian«, wollte Benedikt nun das Thema beenden, doch der andere blieb beim Thema Frauen, jetzt bei der eigenen.

»Wenn wir schon über die Weiber reden, Beni ... Mein Reserl hat sich verändert, seitdem die Fremdengäste bei uns im Haus wohnen. Sie hat sich mit denen angefreundet, sitzt öfters mit dieser Petra Diener zusammen am Tisch, liest Modezeitschriften, und stell dir vor, sie hat sogar mal an einer Zigarette gezogen!« Sonnbichler schüttelte den Kopf. »Des gfällt mir gar net. Am Wochenend, wenn die Städter da sind, seh i mein Weib gar nimmer«, murrte er, »hängt dauernd bei diesen Dieners rum und redet komisches Zeig daher, dass Frauen woanders anders leben. Die Diener ist eine Fotografin, er, der Herr, so was wie ein Architekt, die beiden kommen jedes Wochenend, und weil's immer einen Besuch haben, wolln's jetzt a noch mehr Zimmer bei uns mieten. Na ja, mir solls recht sein, auch wenn's net grad viel zahlen, weils bei uns so einfach ist. Haha, einfach, weils kein Bad haben und keine gscheide Heizung. Mei, oh mei.« Er kramte eine kleine Blechdose Schnupftabak aus der Hosentasche und zog erst eine Prise ins eine Nasenloch, dann ins andere.

»Ach, Benedikt«, fuhr er schniefend fort, »was bedeuten unsere Schicksale eigentlich in dieser Welt? Ob ich mein Vieh und die Landwirtschaft hab aufgeben müssen, weil der Hof den jüdischen Geldleut gehört und die Zinsen mich auffressen, ich deswegen immer noch kaum Geld hab, oder ob du eine Frau geheirat hast, die dich net mag. Gibt Größeres auf dieser Welt als dich und mich.« Korbinian Sonnbichler beugte sich über den Tisch seinem Kumpel entgegen, um ihm etwas ins Ohr zu flüstern. »Ich sag dir, Feistl, was viel Größeres wird kommen. I hab ihn gesehn und gehört.« Lächelnd lehnte er sich in seinem Stuhl zurück und verschränkte die Arme vor der Brust. »Der Mann, i sag's dir, der hat's verstanden, um was es geht in Deutschland. Du weißt ja, wem ich's zu verdanken hab, dass ich den Hof vielleicht ganz verkaufen muss: diesen verflixten Juden. Mein Vieh ist eh schon weg, hab nur noch die Feriengäst, aber's Geld reicht hint und vorn net.« Das vierte Bier wurde getrunken. Korbinian Sonnbichler legte jetzt so richtig los, seine Stimme wurde lauter und lauter, bis schließlich jeder in der Wirtsstube verstummte und ihm zuhörte. »Ich war selbst da, in München, im Bürgerbräukeller, ich sag's euch, dieser Herr Hitler, des is unser Mann, der macht Schluss mit dem Saustall in unserm Land. Weg mit diesen Juden, hat der Adolf gesagt. Die einzige Arbeit der Judenschweine besteht darin, verschuldete Menschen auszubeuten, Bauern vor allem, solche Leut, wie ich einer bin.« Er drehte sich um und blickte die anderen, die in der Stube saßen, der Reihe nach an. »Ich sag's euch, ohne die Juden tät mein Hof noch mir gehören und net so einer dreckigen Judenbank, weg mit diesem Gschwerl, des sind Parasiten in unserm Land.«

Irgendeiner rief Korbinian Sonnbichler zu, er möge endlich die Klappe halten, bei dem Unsinn, den er erzählte, dieser Hitler sei immerhin verhaftet worden, und das nicht umsonst. Korbinian zuckte mit den Achseln. »Sei's drum, ihr werdet schon sehn«, knurrte er. Benedikt Feistl spendierte seinem Freund ein weiteres Bier. »Sauf lieber, als so ein Zeugs daherzureden«, schlug er vor.

Während sich die Männer Unbeschwertheit ins Hirn tranken, passte die alte Feistlbäuerin auf die Schwiegertochter auf. Wachsam und scharf wie ein Deutscher Schäferhund verfolgte sie jeden Schritt von Vroni. Das bucklige Weib hockte im Stall auf dem Schemel, sah zu, wie die Jungbäuerin die Kühe und Pferde mit Heu und Gerstenbruch fütterte und in die Schweinetröge eine Mischung aus Heublumen, Kleie, Kartoffeln und Milch füllte. Nach dem Melken, auch dabei kontrollierte die Altbäuerin jede Bewegung ihrer Schwiegertochter und murrte, wenn es ihr nicht gut genug erschien, hatte Vroni die Kuhfladen auf den Schubkarren zu schaufeln und diesen dann zum Misthaufen zu schieben. Danach mussten Laub und Sägemehl eingestreut werden, die Hennen mit getrockneten und zerriebenen Eierschalen und in Milch eingeweichtem Brot gefüttert werden.

Vronis Arbeitstage hätten härter nicht sein können: Stall, Haushalt, die Betten ausschütteln, die Waschtische reinigen, einmal wöchentlich die Böden schrubben und einölen, die Leuchter reinigen, Speisen zubereiten und diese pünktlich servieren. »Männer wie mein Benedikt dulden keine Verspätung, ansonsten sind sie grimmig, wenn sie hungrig am Tisch hocken«, mahnte die alte Feistl nahezu täglich. Nach dem Essen galt es, Tisch und Geschirr zu reinigen, den Boden zu fegen, im Herd auf genügend Brennmaterial zu achten, dann ein Mal die Fenster putzen, ein anderes Mal die Wäsche waschen, Socken flicken und vieles mehr. Auf Befehl ihres Mannes hatte Vroni ein Einnahmen- und Ausgabenbüchlein zu führen, in dem sie jeden einzelnen Betrag festhielt, den sie beim Landgraf oder sonst wo ausgegeben hatte. Einmal in der Woche kontrollierte die alte Feistl dieses Heft, meckerte, schimpfte, fluchte, wenn ihr Vroni nicht sparsam genug war.

»Des kannst auf deinem Hof bei deinen reichen Eltern machen, aber net bei uns, hier wird gespart!«

Die strenge Kontrolle der alten Bäuerin bezog sich nicht nur auf die Arbeit und das Geld, sondern vor allem auf Vroni selbst, dass diese nur ja auf keine unguten Gedanken käme und sich unerlaubterweise vom Hof entfernte, während der Ehemann aushäusig war. Seit Wochen schon betrieben Mutter und Sohn eine Rundumbewachung der jungen Ehefrau.

Heute jedoch hatte Benedikt Feistl eine Ausnahme gemacht, ihm war nach Abwechslung, endlich mal raus aus dem Hof, nicht jeden Abend mit dem schweigsamen Eheweib verbringen, und so hatte er sich mit seinem alten Freund Korbinian getroffen. Der Abend mit ihm dauerte länger als geplant, die beiden Männer tranken ein Bier nach dem anderen und einiges an Schnäpsen hinterher. Nachdem der Wirt seine letzten Gäste hinauskatapultiert hatte, torkelten die Freunde, sich gegenseitig stützend, durch die dunklen Gassen. Sonnbichler grölte ein Lied in die Nacht:

Ich hatt einen Kameraden,
einen besseren findst du nit.
Die Trommel schlug zum Streite,
er ging an meiner Seite
im gleichen Schritt und Tritt.

Ein paar Hunde bellten, und von irgendwoher schrie jemand: »Ruhe, ihr Besoffenen!« Was für eine leichte, befreiende Nacht. Keine Sorgen, keine Plag, kein Grübeln, kein Streit, nur Gesang, Gesang, Gesang ... und Konzentration, wie die Füße zu setzen seien, erst links, dann rechts, geradeaus, den Oberkörper aufrecht, nicht nach vorne, nicht nach hinten kippen. Bis der Feistlbauer irgendwann mit einem »Hoppla« zu Boden glitt. Sonnbichler prustete: »Passt zur zweiten Strophe, alter Feistl«, und lallend weitersang:

Eine Kugel kam geflogen:
Gilt's mir oder gilt es dir?
Ihn hat es weggerissen,
er liegt vor meinen Füßen,
als wär's ein Stück von mir.

Irgendwie, wie genau, wusste Benedikt nicht mehr, gelangte er nach Hause. Er erinnerte sich noch daran, dass seine Mutter in der Stube im Schaukelstuhl saß. Ihr Kopf ruhte seitlich an der Lehne, die Teetasse war ihrer Hand entglitten und lag auf dem Boden. Es war ihm egal, der Mann schwankte die Stiegen hinauf und fiel quer über das Bett, die Arme links und rechts ausgestreckt, den Kopf in der Decke vergraben. Erst am nächsten Morgen, als er aus dem Rausch erwachte und mit suchender Hand das Bett nach seinem Eheweib abtastete, bemerkte er:

Vroni war fort.

★ ★ ★

Bevor sie dem Traum, der so schön war, so hell und heiter, friedlich und voller Farben, endgültig entglitt, durchdrangen ihn noch kurz vertraute Geräusche. Klänge, Laute, Stimmen, die sie liebte. Etwas regte sich auf ihrem Bauch, ihre Hand wurde ergriffen und ihre Wange berührt. Einen kurzen Moment noch hielt der Traum an, in dem sie sich selbst sah, wie sie auf der Brücke stand und ins plätschernde Wasser blickte. Ein junges Mädchen war sie, verliebt und unbeschwert.

»Sag mal, Vroni, spinnst jetzt?«, platzte eine Stimme in den paradiesischen Traum. »Was machst da? Bist abgehaun? Weiß dein Mann, wo du bist? Ich glaub's net, wirst auch net gescheiter Kind, aufwachen, aufstehen, aber schnell.« Bevor Vroni in ihrer Schlaftrunkenheit das Gesagte und was gerade geschah, sortieren konnte und wusste, wo sie war, was nun folgen würde und zu tun sei, nahm Mari Zinsmayer ihr den kleinen Franzerl vom Bauch, rief nach der Kindsdirn und befahl:»Wickeln und füttern und hol den Vater. Und einen Tee für uns drei.«

Zum letzten Mal saßen sie an diesem Tisch wie eine Familie. Vroni an ihrem gewohnten Platz neben dem Fenster, ihr gegenüber die Mutter, rechts der Vater. Die Eltern musterten die Tochter. Lange und schweigend. Vroni hoffte, in den Blicken Erbarmen zu sehen. Ihr Vater verschränkte die Arme und seufzte: »Oh mei, Mädel.«

Die Kindsdirn brachte den gewickelten Franzerl zurück, gab ihn Vroni und holte aus der Küche den Tee.»Groß ist er in den letzten Wochen geworden«, lächelte Vroni und küsste ihren Kleinen auf Kopf, Nase und beide Ohren.»Franzerl, hab dich so vermisst«, sagte sie kaum hörbar.»So lang hab ich dich nimmer gesehn.«

Die Magd brachte Tee und schenkte ein.»Danke, kannst jetzt gehn, und mach die Tür zu, wir haben was zum Reden«, befahl die Mutter.

»Vronerl, wie geht's dir? Warum bist kommen?«, wollte ihr Vater wissen. Sie schüttelte den Kopf.»Vater, ich kann nimmer, ich halt's net aus da droben. Ich will zurück, wieder heim. Ich will bei euch sein, bei meinem Franzerl, will sehn, wie er groß wird, mein Bub. Ich hab doch nur ihn.«

»Zurückwillst? Wie stellst dir des vor? 60 000 Reichsmark hat die ganze Gaudi deinen Vater gekostet. Du bist jetzt dem Feistl sein Weib, dem gehörst jetzt. Und aus ist«, herrschte Mutter Mari die Tochter an.»Ich könnte mich scheiden lassn, wenn ich volljährig bin«, antwortete Vroni zaghaft, »bis dahin bleib ich mit'm Franzerl bei euch, und ich arbeite wie eine Magd, tu alles, was ihr wollt's, ich bin fleißig, werdet sehen.« Sie drückte Franzerl fest an sich.»Gell, Bub, des willst auch, deine Mutter bei dir haben.«

»Du hast ihn auf die Welt bracht, Vroni, minderjährig, deswegen hast kein Recht auf'n Bubn, des weißt«, langsam verlor die Mutter die Geduld. »Außerdem bist im Angesicht Gottes geehelicht worden, so ein Bündnis darf niemand trennen.« Mari blickte ungeduldig auf die Stubenuhr. »Es wird Zeit, dass'd gehst, Kind.«

»Ich bitt euch, lasst mich da, ich sterb da droben«, flehte Vroni verzweifelt. »Ist dir der Feistl kein guter Mann net?«, fragte die Mutter. Ihre Stimme klang kühl. »Du weißt doch, dass ich an Feistl nie mögen hab. Warum habt's des mit mir gemacht, mich ihm als Frau gegeben?«, erwiderte Vroni.

»Mei, Madl, du werst erst später sehn, dass des nur zu deinem Besten war. Der Feistl hat viel Land ...«, hob der Vater gerade an zu erklären, als Mari ihn unterbrach. »Mei, Herbert, das haben wir ihr schon tausendmal gesagt.« Sie stand auf, ging zum Eckschrank und zog das braune Buch hervor. Sie blätterte suchend die Seiten hin und her. »Vronerl, ich hab gedacht, du hast des alles gelesen und gelernt«, sagte sie und begann mit lehrerhaftem Ausdruck im Gesicht vorzulesen: *Möge der Mann der Gebieter sein, die Frau ihm untertänig. Dem Schicksal sollte sie sich fügen, nicht uneigennützig denken, darüber hinaus die Launen des Mannes ertragen, seine Fehltritte entschuldigen.* Eine Ehe, so sagte sie dann, bedeute für die Frau, und das gälte auch für Vroni, Opfer zu bringen, feinfühlig zu sein, den Mann in all seinen Bedürfnissen zu unterstützen. »In der Duldsamkeit liegt die wahre Liebe, mein Kind«, fügte Vater Zinsmayer hinzu.

»Und in Fleiß, Sparsamkeit, Reinlichkeit, Selbstbeherrschung und Hochherzigkeit«, belehrte sie Mari. »Mein Vronerl, ohne all dem geht's net, du musst des lernen. Ehe ist net die Liebe, Liebe net die Ehe, nur wenn man Glück hat, kommt beides zusammen. Und du hast halt Pech gehabt, aber wennst all des beherzigst, was ich dir gesagt hab, kommt die Liebe vielleicht noch. Du musst es nur wollen.«

Nur wollen, hallte es in Vroni nach. Den Mann mit dem Stumpen, den Alten, den Groben, denjenigen, der sie täglich in den stinkenden Stall zwang, der sie wie eine Magd behandelte, der sie im Haus wie eine Gefangene hielt. Ausgerechnet den sollte sie lieben lernen? »Ich will des net, i will den net lieben lernen, i werd des nie können«, flehte sie.

Die Eltern schwiegen. Ihr Vater zuckte mit den Achseln, als wolle er der Tochter damit bedeuten: Füge dich, hör auf, dich zu wehren, dreh und wende es, wie du willst, du wirst nichts ändern, mein Kind. Die Mutter goss Tee ein, nahm einen Schluck, tat einen tiefen Atemzug und sagte: »Und jetzt gehst, Vroni. Und kommst erst wieder, wenn's der Mann erlaubt.« Sie stand auf, wollte Franzerl nehmen, der seine Ärmchen um Vronis Hals geschlungen hatte. »Mutter, ich bitte dich so sehr, lass ihn mir, wenn ich sonst schon kein Glück mehr auf derer Welt hab«, bat Vroni inständig. »Franzerl gehört dir nimmer, er gehört zu uns, hier auf'n Hof ist sein Daheim. Er ist ein Bastard, und du hast kein Recht auf ihn. Wir sind jetzt die rechtlichen Eltern, des weißt, Vroni. Und wir ...«

Da klopfte es an der Tür, Benedikt Feistl trat ein. Übel sah er aus, ungekämmt, unrasiert, das Hemd zerknittert. Er stank nach Alkohol.

Es gab für die junge Frau keine Rückkehr ins alte glückliche Leben, da half kein Weinen, Schreien, Betteln und Flehen. Und so nahm alles seinen weiteren Lauf, seinen endgültigen, nachdem die Eltern Zinsmayer ihrer Tochter gedroht hatten, sie würden Franzerl in ein Heim geben, wenn Vroni nicht das tat, was eine gute Ehefrau zu tun hatte.

Fortan existierte Vroni, ohne sich lebendig zu fühlen. Sie atmete, aß, trank, schlief, sie sprach gelegentlich, vorausgesetzt, man forderte sie dazu auf. Und sie begann, wie ein Arbeitstier zu schuften, von der Angst gepeitscht, man würde Franzerl ansonsten fortbringen.

Vroni spürte, dass sie das Vergangene hinter sich lassen musste, nicht mehr an das verlorene Leben oder die entschwundene Liebe denken durfte, auch hatte sie Franzerl zu vergessen, der nicht mehr der Ihre war. Verdrängen, was schmerzte, all die Pein im Gehirn ausschalten, daraus bestand jetzt ihr Dasein.

Mit den kommenden Wochen und Monaten sollten sich die letzten Regungen verflüchtigen. Tränen versiegten, Sehnsüchte erstickten. Nachts wurden Ekel und Ängste in einem tiefen Loch vergraben, wenn der Mann seine Rechte einforderte. Es gab keinen Trotz mehr, oder Widerworte, wenn die alte Feistlmutter herumkeifte. Alles, was in Vronis Leben noch existierte, war der getaktete Tagesablauf, immer der gleiche, keine Änderung, immer vorhersehbar, stets zu Hause, meistens in der Küche, im Stall oder Garten. Morgens in der Dunkelheit, lange, bevor der Tag zu dämmern begann: aufstehen, in den Stall gehen, später den Ofen einheizen, Wasser aufsetzen für Tee und Kaffee, Brot, Käse und Speck schneiden, Butter aus der Kammer holen, Tisch decken, schweigend zusehen, wie der gehasste Ehemann und dessen Mutter ihre Anwesenheit mehr duldeten als schätzten. Im Sommer auf dem Feld das Heu rechen, buttern, Butter zu Schmalz sieden, Käse machen, Brot backen, im Herbst die Äpfel von den Bäumen klauben. Keine einzige Sekunde gab es, in der Vroni ruhen konnte, sie hastete durchs Leben, bekämpfte mit Erschöpfung ihre Sehnsucht und Liebe, versuchte, ihren kleinen Sohn zu vergessen.

Dennoch konnte sie nicht umhin, in jeder freien Minute in die gute Schlafstube zu eilen, die man für Gäste eingerichtet hatte. Dort befand sich das gemütlichste Bett, es hingen die schönsten Bilder an den Wänden, dort stand Vronis Hochzeitsschrank mit all dem edlen Leinen, bis jetzt unangetastet. In der Mitte des Raums stand die Wiege, in der der kleine Franzerl die ersten Wochen gelegen hatte. Manchmal ging Vroni zum Fenster, vor dem der kleine Bach gluckste, jener, der durchs Dorf führte und weiter unten am elterlichen Hof vorbeifloss. Dann brach sie von dem Spalier-Apfelbaum, der außen an der Wand um das Fenster rankte, Zweiglein oder Blätter ab, versah sie mit Küssen und lieben Gedanken, warf sie ins Wasser und sah zu, wie sie davonwirbelten. *Vielleicht,* so dachte sie, *steht zur gleichen Zeit ja mein Franzerl am Bach und erkennt die Zeichen seiner Mutter.*

So verbrachte sie die ersten Monate in der neuen, von ihr verabscheuten Heimat, bis ihr Bauch zum zweiten Mal an Umfang zulegte, der Atem kurz und flach wurde. Da wies Benedikt, der werdende Vater, seine Frau an, sie möge kürzertreten, sich ab und an eine Pause oder gar ein Nickerchen gönnen, schließlich könne es sich bei dem Baby um einen Sohn und somit um einen Hoferben handeln. Während das Kind in ihrem Leib heranreifte, wuchs bei Vroni auch der Ekel. Des Feistls Samen in sich eingepflanzt zu wissen, gezwungen zu sein, etwas von diesem Mann in sich zu tragen, was sie hasste, quälte sie mehr als alles andere. Es war ein Fremdkörper, nie und nimmer würde es ein geliebtes Kind werden, es war nichts anderes als eine Folge von Gehorsam und Fügsamkeit in die ehelichen Pflichten.

An einem stürmischen Herbsttag im Jahr 1923, die Fensterläden klapperten, der Regen trommelte an die Fensterscheiben, und die Bäume beugten sich dem Wind, pressten lange und schmerzvolle Wehen ein kleines unschuldiges Wesen hinaus in eine kalte Welt.

Cäcilia ward geboren.

★ ★ ★

Gestrüpp sei auf seinem Kopf. Gestrüpp hatte die fremde Frau gesagt! Der König war ungehalten.

»Herr Trachsler, ich bitte Sie, das sieht etwas albern aus«, sagte diese Frau aus der Stadt, die sich als Petra Diener vorgestellt hatte. Sie stand hinter der Kamera, blickte durchs Objektiv und wedelte mit dem Arm. »Jetzt nehmen Sie bitte mal das Gestrüpp von Ihrem Kopf. Und schauen Sie doch etwas freundlicher, Sie wollen doch gut aussehen, oder?«

Ein Buch sollte es werden mit lauter schönen Bildern vom Dorf und seinen Menschen, hatte Reserl Sonnbichler ihm erklärt. »Das Buch kann man dann überall kaufen – auch in Berlin. Oh wei, stell dir das mal vor, Alois«, sagte Reserl schwärmerisch. Die Leute in den großen Städten sollten sehen können, wie wundervoll die Welt auch dann sein konnte, wenn man sich mit Wenigem zufriedengab und mit der Natur lebte, meinte Frau Diener. Die Stadtfrau sei eine berühmte Fotografin, käme aus Berlin und habe zusammen mit ihrem Mann im Sonnbichlerhof ein Ferienzimmer gemietet, hatte Reserl ihm erzählt. Der alte Trachsler fand es gar nicht gut, dass die Bewohner und Häuser seines Reiches auf Fotografien festgehalten wurden. Man sollte nichts im Leben festhalten, fand der König. Zeit war etwas Vergängliches, man sollte sie ziehen lassen. Wozu sonst mischte er ständig den Trunk des Vergessens, verabreichte ihn seinen Patienten und merkte mit Freuden, wie gut er ihnen tat.

»Das ist kein Gestrüpp«, erwiderte Alois Trachsler. Trotzig hockte er auf dem Schemel an seiner Feuerstelle in der schwarzen Küche und überlegte, ob er dieser Städterin weiterhin seine wertvolle Zeit schenken sollte. Es gab Wichtigeres zu tun, das Wetter war hervorragend, die Kräuter wuchsen und warteten darauf, von ihm geerntet zu werden. Die Gebräue gingen langsam aus, vor allem das des Vergessens. »Ich fürchte, es ist hier zu dunkel, aber ich würde gerne noch den rußigen Herd fotografieren und das Regal dort mit den ganzen Fläschchen«, sagte die Fotografin nun, überlegte einen Moment und nahm das Blitzlicht aus der Tasche. Zack, machte es im Reich des Königs, dem das grelle Funkeln in den Augen schmerzte. »Sehr, sehr schön«, murmelte Frau Diener zufrieden. »Jetzt hätte ich gerne noch ein Foto von Ihnen vor Ihrem netten Häuschen, Herr Trachsler.« Der schüttelte den Kopf und blickte in die Ecke, wo Reserl stand. »Keine Zeit mehr für euch, Reserl, leider«, maulte er.

»Geh, Trachsler, nur noch ein Foto unterm schönen Baum, was meinst?«, bat Reserl. Aber der König blieb stur. Es war ohnehin schon eine Ehre, dass er diese Frau Diener in sein Reich gelassen hatte. »Geh, Alois, du gehörst doch zu unserm Ort dazu wie die Kirche und das Wirtshaus, du musst mit ins Buch, wirst stolz sein nachhert.« – «Bin auch ohne Buch stolz«, grummelte Alois Trachsler und verschränkte die Arme. Reserl wandte sich der Fotografin zu und sagte: »Wenn der Alois net mag, mag er net, komm, wir gehn weiter.«

Der König begleitete die beiden Frauen zur Tür, verneigte sich, wusste zwar nicht, warum, aber er tat es einfach, und als sie endlich gegangen waren, murmelte er zu sich selbst: »Nichts ist so, wie es scheint.« Dann packte er den Kräuterkorb und machte sich auf den Weg Richtung Zinnenberg, wo die Arnika blühte.

Als Reserl zusammen mit der Fotografin durch den Ort ging, um ihr zu assistieren, indem sie mit den Bewohnern sprach und diese zu einem Foto überredete, war sie unsagbar stolz. Frau Diener, die besondere Frau aus Berlin, aus der Hauptstadt, aus der Stadt, in der das Leben gefeiert wurde, wie Frau Diener immer sagte, nicht ohne gleich hinzuzufügen, dass sie das beschauliche Landleben mindestens genauso schätzte, war einfach bewundernswert, denn sie war so anders als alle anderen Frauen, die Reserl kannte.

In den letzten Monaten verbrachte die Stadtfrau immer mehr Zeit auf dem Land, meistens kam sie ohne ihren Mann in einem schwarzen Auto vorgefahren, das sie dann im Stall parkte. Ihr Mann sei ein berühmter Architekt und müsse in Mühldorf ein großes Bauprojekt planen, hatte sie Reserl erklärt. Sie hingegen bräuchte für ihre Arbeit Ruhe und Beschaulichkeit. Und mehr Platz. Und so mieteten die Dieners zwei weitere Räume im oberen Stockwerk, den einen nutzte die Fotografin als Dunkelkammer, in dem anderen breitete sie all ihre Fotoarbeiten auf einem großen Tisch aus, untersuchte sie mit einer Lupe auf Perfektion und ordnete sie danach in Kisten und Mappen.

Immer wenn Frau Diener den Hof verließ, trug sie einen Hut und ein maßgeschneidertes Kostüm, entweder in Schwarz oder Weiß. Ihre Haare waren leicht gewellt und zu keinem langweiligen Kranz oder Dutt gebunden, wie es alle Frauen im Ort trugen. Frau Dieners Haar war kinnlang und offen.

Einmal in der Woche hatte Reserl die Zimmer der Stadtleute zu reinigen, die Bettwäsche zu wechseln, den Boden zu schrubben und Staub zu wischen. Das Ehepaar, wenn der geschäftige Herr Diener überhaupt einmal anwesend war, schlenderte währenddessen durch den Ort oder machte irgendwo in der Landschaft ein Picknick. Meistens verbrachte Reserl zwei Stunden in den Gästezimmern, eine fürs Reinigen, eine fürs Anschauen und Bewundern der Bildbände und Fotos, die Frau Diener gemacht hatte.

Es waren vor allem Fotos aus der Hauptstadt, große, prächtige Gebäude, mächtige Straßen, auf denen Autos fuhren, die Menschen waren vornehm gekleidet, trugen schicke Hüte und flanierten Arm in Arm an großen Schaufenstern entlang. Es gab Fotos von tanzenden Frauen in Badeanzügen an einem See. Wannsee stand unter dem Bild. Eine ganze Reihe anderer Bilder stammte aus einem Lungensanatorium mit dem Namen Beelitz-Heilstätten, in großen Sälen reihten sich dort die Betten dicht aneinander, in denen die Patienten lagen. Auf dem Nachttisch von Frau Diener befand sich ein Bildband, der das Nachtleben Berlins zeigte, Frauen mit Federboas, die Beine schwingend, und Männer, die lachend zusahen. Was für eine faszinierende Welt in ihrer Andersartigkeit, fand Reserl, und immer mehr wurde in ihr der Wunsch geweckt, diese Stadt wenigstens ein einziges Mal in ihrem Leben sehen zu dürfen.

Frau Diener war nicht nur eine elegante und interessante Frau, sie war auch nett. Schnell nach ihrem Einzug hatte sie Reserl angeboten, sich doch zu ihr zu setzen, wenn diese den Kaffee servierte. Die ersten Gespräche drehten sich zunächst um das Wetter, dann um das ehemalige Leben hier auf dem Hof, als es noch Tiere gab. Sie erzählten sich gegenseitig von ihren verschiedenen Welten. Irgendwann hockten die beiden Frauen auch abends gelegentlich in der Küche und tranken Wein, den Frau Diener mitgebracht hatte. Und bald wurde aus Frau Diener die Petra und aus Frau Sonnbichler das Reserl. Die beiden Frauen, die nicht unterschiedlicher hätten sein können, waren dennoch durchdrungen von Respekt vor dem jeweiligen Leben der anderen. Reserl, die bescheidene und mittellose, Petra, die weit gereiste, weltgewandte, moderne Frau, die Zigaretten rauchte, gerne Wein trank und auch alleine unterwegs sein durfte, ohne dem Ehemann dienlich zu sein. Die Worte »frei sein« erhielten nun Dimensionen, von denen Reserl bislang nichts geahnt hatte.

Petra erklärte ihr auch, was es mit all den vielen Nacktfotos auf sich hatte, eine neue Art von Freiheit nämlich. »Die Kolonie Monte Verità, benannt nach der Anhöhe in der Schweiz, war der Ort einer Bewegung gegen das gewöhnliche Bürgertum, zurück zur Natur, hin zum Frieden.«

»Freie Liebe? Und Drogen? Und warum nackt?«, hatte Reserl gefragt, nachdem Petra ihr Näheres über den sogenannten Hügel der Wahrheit erzählt hatte. »Wenn du es mal selbst erlebt hast, verstehst du es besser«, hatte Petra geantwortet.

»Ich so was selbst erleben?«, hatte Reserl gelacht. »Eher sterb ich.«

Während die beiden verschiedenen Frauen gemeinsam durch den Ort schlenderten, um dessen Bewohner vor die Kamera zu bitten, dachte Reserl nach, wie es wohl wäre, wenn man ein selbstbestimmtes Leben führen könnte, so wie Petra es tat. Gewiss, ihr eigener Mann Korbinian war in letzter Zeit immer seltener zu Hause, ständig gab es irgendwo Besprechungen oder Treffen der

NSDAP, in der er inzwischen Mitglied geworden war, Reserl hatte somit ihre Freiheit, dennoch würde sie es nie wagen, einen anderen Weg zu beschreiten, als den, den sie ging: Den Weg einer zugewandten Gattin, einer fürsorglichen Mutter für Annamirl, einer guten Köchin und sorgenden Hausfrau. Um dennoch ihre tiefe Verbundenheit, ja, fast schon Verehrung und Bewunderung für Frau Diener zum Ausdruck zu bringen, ging sie eines Tages zu einer Freundin, die mit der Schere gut umgehen konnte, und ließ sich die Haare auf Kinnhöhe kürzen, zudem mit der Brennschere ondulieren. Und als sich Reserl dann im Spiegel betrachtete, fühlte sie sich ein klein wenig besonders, modern und vor allem mutig, da sie wusste, ihr Mann würde über diesen Wandel den Kopf schütteln. Bestenfalls.

Gute zwei Wochen waren die beiden Frauen nun im und um den Ort herum unterwegs. Nahezu jeder ließ sich fotografieren; im Gegenzug dafür einen Abzug des Bildes zu erhalten, war für alle verlockend. Petra fotografierte die Ortsbewohner in ihren schönen Stuben, vor den Häusern, auf den Feldern, nach dem Kirchgang, wo auch immer es sich gerade anbot. Sogar die Postbeamtin Frieda ließ sich abbilden. Auf Frau Dieners Geheiß setzte sie sich beim Dorfanger auf eine Bank, stellte ihre große Ledertasche voller Briefe neben sich und verschränkte die Arme. »Bin noch nie fotografiert worden«, sagte Frieda aufgeregt und rückte ihre Dienstkappe zurecht. »Ein Fräulein Briefträger muss ordentlich ausschauen, weil die Menschen ihr vertrauen müssen. Wissen Sie, Frau Fotografin, wie viele Geheimnisse in dieser Tasche da stecken?«, sagte sie triumphierend und blickte mit hocherhobenem Kopf in die Kamera. Doch bevor Petra Diener den Auslöser der Kamera bedienen konnte, wedelte Frieda mit der Hand in der Luft. »Halt, halt, ganz vergessen, Frau Fotografin.« Sie öffnete die Posttasche, zog ein grünliches abgegriffenes Buch hervor, auf dessen Einband zwischen braunen Ornamenten *Schwaneberger Briefmarkenalbum* stand. »Das muss mit drauf«, sagte Frieda, »es ist mein Schatz, so was hat keiner hier im Ort.« Sie klappte das Album auf, ließ die Seiten hin und her tanzen, sodass man die Vielfalt der dort hineingeklebten Briefmarken sehen konnte. »Aus aller Welt, Frau Fotografin, hier, aus Frankreich, da aus England, Schweden, und Russland ist auch dabei, und ... warten Sie, gleich hab ich sie gefunden, ah ja, da ...« Sie fuhr mit dem Finger über drei kleine Briefmarken, eine hellgrüne, eine dunkelrote, eine lilafarbene, »Correos de Costa Rica« stand darauf. »Wirklich, ich habe sogar Briefmarken aus Costa Rica. Einen Brief von da habe ich sogar selbst ausgeliefert, stellen Sie sich vor, von so weit weg bis hierher ist der Brief gewandert, direkt in meine Hände.« Sie wandte sich Reserl zu. »Weißt, bei der Klara Landgraf hab ich den abgegeben, und da hab ich mich gefragt, warum die Post aus Costa Rica bekommen hat, aber die hat gesagt, es ist wegen dem Laden, wegen einem neuen Gewürz. Außerdem ist es auch einerlei, ja, und die anderen, die hat mir der Sepp geschenkt, der liefert in der Stadt aus, und weil er weiß, dass ich Briefmarken sammle, hat er ...« Frau Diener wurde ungeduldig. »Gut, gut, Fräulein Briefträger«, unterbrach sie die aufgeregte, geschwätzige Postbotin. »Jetzt machen wir aber mal das Foto, einverstanden?«

Stunden später stand Reserl mit ihrer neuen Freundin gemeinsam in der Dunkelkammer, tauchte bei Dämmerlicht das Fotopapier in Schalen mit unterschiedlichen Lösungen und hängte sie danach zum Trocknen an einer Wäscheleine auf.

Später breiteten die Frauen all die Fotos auf dem Stubenboden aus und betrachteten gemeinsam das Werk. »Unser Dorf, und wir alle miteinand. Jetzt sind wir irgendwie für die Ewigkeit, na ja, solang die Fotos halten«, sagte Reserl ehrfurchtsvoll. »Und des wird jetzt dann ein Buch, und ein jeder kanns sehn? Auch die Leut in Berlin?«, wollte sie wissen. Petra nickte lächelnd. »Jetzt sortieren wir erst mal die besten Bilder aus, die wir dafür brauchen könnten, was meinst, Reserl?«

Die beiden Frauen begannen, die schönen von den weniger ansprechenden Bildern zu trennen und sie jeweils auf zwei Haufen zu schichten.

»Ich weiß nicht mehr, wer wer ist, Reserl«, klagte Petra kopfschüttelnd, »wenn du mir einen Gefallen tun willst, nimmst den Stift hier und schreibst hinten auf das Bild eine Nummer und hier«, sie legte ein kleines Heft auf den Tisch, »da schreibst zu jeder Bildnummer was auf, Name, Alter in etwa, ein wenig über die Arbeit und die Namen der Höfe und all der Orte, die wir besucht haben. Machst du das für mich?«

Reserl nickte eifrig. Sie begann die ausgewählten Fotografien durchzugehen und schrieb:

Nummer 1: Dorfanger mit Buben, die Fußball spielen. Auf dem Dorfanger treffen sich die Leut zum Ratschn oder um Spiele zu spielen, im Winter gibt es da eine Eisstockschießbahn. Wir sagen alle, der Dorfanger ist unser Herzstück.

Nummer 2: Herbert und Mari Zinsmayer mit Enkel Franzerl vor dem Elektrizitätswerk. Herr Zinsmayer ist Sägewerksbesitzer und gibt uns den Strom. Wir sind ihm dafür sehr dankbar.

Nummer 3: Das ist unsere Kirche, in der sieht man den heiligen Sankt Vitus, den man in siedendes Pech geworfen hat, als er zwölf Jahre alt war.

Nummer 4: Unser kleiner Bach, an dem es viele Sägewerke und Mühlen gibt.

Nummer 5: Vor dem Kolonialwarenladen Landgraf, der kleine Vinzenz fährt dort immer Dreirad. Er ist der Sohn von Hubert und Klara Landgraf, der Tochter der alten Kauffrau Lena.

Nummer 6: Alois Trachsler, kennt sich gut mit Kräutern aus, im Kopf spinnt er etwas, aber er ist immer zu allen sehr nett.

Es folgten weitere achtunddreißig Fotos.

Das letzte Bild, zu dem Reserl etwas schrieb, zeigte ein scheinbar glückliches Paar, einen älteren Mann und eine weitaus jüngere, attraktive Frau, die ein Dirndl trug, Gänseblümchen in den

Haarkranz gesteckt hatte und ein kleines Mädchen im Arm hielt. Die junge Frau lächelte, der Mann hatte seinen Arm um ihre Schulter gelegt.

Reserl schrieb:
Die Bauersleut Vroni und Benedikt Feistl und ihr Kind Cäcilia. Sie ist einundzwanzig, er sechsundvierzig Jahre alt. Cäcilia dürfte hier ein halbes Jahr alt sein, so genau weiß ich es leider nicht. Mehr kann ich zu den beiden nicht sagen, die Vroni sieht man kaum im Ort, und der alte Feistl, mei, der ist, wie er ist, immer der Gleiche.

★ ★ ★

Omama, du bist seit Langem tot. Wie hat sich dein letzter Atemzug angefühlt? Warst du erleichtert, dass nun alles vorbei ist? Bei dem Leben, das du geführt hast, kann ich mir vorstellen, dass es dir nicht schwergefallen ist, diese Scheißerde für immer zu verlassen. Mit vierundachtzig Jahren kann man sich schon mal verabschieden, da war man lange genug auf dieser Welt, vor allem, wenn sie so war wie die deine. Ich habe mir das immer gedacht, wenn ich mir das Foto angeschaut habe, weißt du, das, als du noch eine ganz junge Frau warst, und schön warst du auch. Du sitzt auf einer Bank, hinter dir steht Opa, den ich nie kennengelernt habe, dafür ist er zu früh gestorben oder ich zu spät geboren worden. Ich habe mir dieses Foto oft angeschaut, es hing bei uns im Wohnzimmer neben vielen anderen Bildern unserer werten Familie, du weißt doch, an der Wand, wo unser Esstisch stand. Mein Platz war direkt gegenüber, sodass ich immer, wenn ich an diesem Tisch hockte, auf das Bild geschaut habe. Ich starrte auf dieses Foto, wenn die ganze Familie beim Essen saß und ein jeder vor sich hin geschwiegen hat, was in der Regel der Fall war. In diesem Foto liegt die Wurzel, glaube ich, und weißt du warum, Omama? Es sind deine Augen und dein Lächeln. Ich habe da so ein eigenartiges Gefühl und kann auch nicht erklären, warum ich es habe. Aber ich fühle es mit dir mit. Deine Augen verraten die Wahrheit, sie sind traurig, sie sind so schwermütig.

Inzwischen hängst du nicht mehr an der Wohnzimmerwand, du bist verblasst, man hat dich in der Abstellkammer in einen Karton geknallt. Achtlos ist man mit dir umgegangen, so wie mit mir auch. Ich habe das Foto an mich genommen, unter mein Bett gelegt. Da wird man es bald wiederfinden und vielleicht wegschmeißen, in die Tonne – scheißegal.

Dieses Foto galt als Zeugnis dafür, dass alles durchaus in Ordnung war, so wie man es damals bestimmt hatte. Es war doch eigentlich eine gute Familie, denn jeder, der Mann, die Frau, sogar das kleine Mädchen, das auf dem Schoß der Mutter saß, lächelte. »Glückliche Bauernfamilie« schrieb man unter das Foto.

Erst hing es in der guten Stube des Feistlhofs, direkt über dem Fenstererker, sodass der Besucher es sofort zu Gesicht bekam, sobald er den Raum betrat. Reserl Sonnbichler hatte es vorher in einen schönen Holzrahmen gepackt, den sie mit zartem Blau bepinselte. »Des Foto ist für dich, Vronerl, des hat mir die Frau Diener für dich gegeben. Und den Rahmen, den hat der Korbinian für dich geschnitzt, schön, gell?«, meinte Reserl, als sie es feierlich der jungen Feistlfrau überreichte. Die nickte lächelnd, um Dank zu zeigen, und schweigend, weil es zu diesem Foto nichts weiter zu sagen gab. Allenfalls, dass es in dieser Form nie hätte entstehen dürfen.

Es war das erste Foto der Familie: Ehemann Feistl, Gattin Feistl, geborene Zinsmayer, und die kleine Tochter Cäcilia, zwölf Monate war die Kleine gerade alt.

Das Foto ist ein Zeugnis von Glück, dachten die meisten Leute, auch jene, die es Generationen später betrachteten. Man kann alles Schlimme überwinden, Tragisches wie die Hochzeit wider Willen vergessen und sich dem Leben, dem Schicksal und dem Mann fügen, wenn man nur will. Und wenn man nicht mehr anders kann. Es geht immer weiter im Leben, auch in Vroni Feistls Leben, nachdem sie auf den Feistlhof gezwungen worden war.

Dieses Foto wurde 1924 an einem späten Herbsttag gemacht, so gegen fünfzehn Uhr dreißig dürfte es gewesen sein, denn die Sonne stand günstig am Himmel, ihr Licht zeichnete die harten Konturen der Gesichter weich. Der wilde Wein, der am Haus emporrankte, hatte sich bunt gefärbt, seine Blätter zitterten, wenn ein Windhauch sie durchfuhr.

Vroni saß auf der Hausbank, spürte die Kunsthand ihres Mannes auf der Schulter, schwer, hart und kalt. Schweißperlen standen ihr auf der Stirn, und das schwarze Festtagsdirndl, in das sie sich für diese besondere Gelegenheit hatte zwängen müssen, drückte und nahm ihr die Luft zum Atmen. »Ist es so richtig, Frau Fotografin?«, fragte Benedikt Feistl. »Oder soll ich mich nicht lieber zum Weib auf die Bank setzen?« – »Siehst gut aus, wennst stehst, find ich«, antwortete Reserl und blickte zu Petra Diener. Die nickte. »Hast recht, Reserl, Herr Feistl, bleiben Sie da ruhig genauso stehen. Vielleicht den Kopf ein wenig anheben, damit der Hut keinen Schatten wirft. Ehrlich, ein schönes Paar seid ihr, wenn ihr jetzt auch noch lächeln würdet, wäre alles bestens fürs Foto. Ich bin noch nicht so recht zufrieden mit der Kameraposition, und Reserl, kannst bitte den Fall des Dirndls etwas richten, und die Strähne sollten wir der Vroni aus der Stirn tun, dann sieht man besser das schöne Gesicht.« Reserl kniete sich vor Vroni und begann, den langen Rock glatt zu streichen. »Schau net so traurig, Vronerl«, flüsterte sie. »Bist so eine schöne Frau, wennst lachst.«

Vroni lächelte müde, einen kurzen Moment nur, dann blickte sie auf das Kind, das auf ihrem Schoß hockte und mit den Beinchen strampelte. Es trug einen weißen Sonnenhut und ein Spitzenkleidchen, schließlich sollte es ein besonderes Foto werden. Auch der Kindsvater, der Mann hinter ihr, trug quer über dem Latz der Lederhose das Charivari mit den Silbertalern seines Vaters und Großvaters, die jene zu einer Zeit gesammelt hatten, als der Feistlhof noch auf eine bessere Zukunft blicken konnte. Auf dem Kopf hatte der Bauer einen Trachtenhut mit einem respektablen Gamsbart.

Brauchst nur kurz lächeln, dachte Vroni gequält und beobachtete, wie die merkwürdige Fremde aus der Stadt ihre Kamera nach hinten rückte, durchs Objektiv schaute, den Kopf schüttelte und das Gerät dann ein paar Zentimeter nach links schob. »Hmm«, murmelte Frau Diener, »ist noch nicht so ganz das, was ich mir vorstelle.«

Das Mädchen auf Vronis Schoß drehte seinen Oberkörper, hob die Ärmchen in die Höhe, die kleinen Finger griffen nach den Haaren der Mutter und zogen daran. »Cäcilia, lass des«, schimpfte Vroni. Wie fremd und fern war ihr das nervende Wesen, das sie jetzt im Arm halten musste. Nie hatte Vroni auch nur einen Anflug liebevoller Empfindungen für dieses erzwungene Kind gespürt, weder als es sich in ihrem Bauch befand, noch später, als man es ihr gewaschen und gewickelt zum ersten Mal in den Arm legte. Es gab keine Regung, kein Springen des Herzens, als Cäcilia zum ersten Mal die Augen öffnete und die Mutter ansah. Und schrie die Kleine einmal, dann schrie sie eben, bis sich eine Magd ihrer erbarmte oder Benedikt Feistl Vroni anherrschte, sie möge sich endlich um das Kind kümmern. Cäcilia lächelte selten, aber tat sie es, war Vroni weder willens noch in der Lage, ihr ein Lächeln zurückzuschenken. Jetzt stellte sich das Mädchen auf seine Beinchen und schlang die Ärmchen um Vronis Hals. »Ach nein«, seufzte Reserl, »gleich hätten wir es gehabt, ich hab euch so schön hergerichtet.« Vroni versuchte, das Kind wieder auf ihren Schoß zu setzen, doch es klammerte sich fest und tippelte dabei aufgeregt von einem Fuß auf den anderen. *Hoffentlich ist das hier alles bald vorbei,* dachte Vroni ungeduldig, dann könnte sie wieder in die Küche gehen, sich des Kindes entledigen und des Mannes, der hinter ihr stand. Der löste sich schließlich aus seiner steifen Haltung. »Es reicht jetzt«, fluchte er, »dauert hier sonst noch eine Ewigkeit.« Er trat vor Frau und Kind, packte die kleine Cäcilia, gab ihr einen Klaps auf den Po und drückte das brüllende Kind zurück auf den Schoß der Mutter. »Da bleibst jetzt ruhig,

Herrschaftszeiten«, knurrte er. Die alte Feistlbäuerin in ihrem grauen Kleid hockte im Abseits auf der Bank unterm Baum und beobachtete alles regungslos und streng wie immer. Ihre dünn gewordenen Zotten hatte sie für den heutigen Tag nicht wie gewöhnlich zu einem Dutt, sondern zu einem Kranz gebunden, der, dem Alter geschuldet, spärlich und armselig aussah. Eine böse arglistige Spinne im Netz. Der Anblick der alten unnachgiebigen Frau wurde für Vroni von Tag zu Tag quälender: die krumme Gestalt, die schmalen Lippen und das lichte graue Haar, die frostigen Blicke, das wandelnde Böse und Herzlose in einem knochigen Körper vereint.

Seit zwei Jahren war Vroni nun schon auf dem Feistlhof. Heimat wollte sie das Gehöft nicht nennen, auf dem sie, dessen war sie sich gewiss, auch nie etwas anderes fühlen würde als Fremdes und Herzloses. Es bedeutete für sie nur eine erzwungene Durchgangsstation vom alten schönen Leben auf dem elterlichen Anwesen in ein hoffnungsvolles Dasein, irgendwo. Mit Lenz und dem Franzerl. Immer noch vermisste sie schmerzlich ihren kleinen Buben, der die dunklen Locken seines Vaters geerbt hatte, und, so erzählten es Klara und Reserl, meistens fröhlich vor sich hin trällernd auf der Schaukel hockte und jedem zuwinkte, der am Zinsmayerhof vorbeikam.

Das Einzige, was die Jungbäuerin seit ihrem Einzug ins Feistlhaus für ihre neue Familie empfand, waren Pflicht- und Schuldgefühle. Schuld, weil sie Cäcilia nicht liebte, nie streichelte, nicht tröstete, ihr keine Abendlieder vorsang, ihre Blicke mied und Ekel empfand, wenn sie das Kind zu wickeln hatte.

Und die Pflicht? Erbarmungslos peitschte diese Vroni nächtens aus dem Bett, um das Kind zu stillen, trockenzulegen. Es quälte so sehr, wenn der Hahn den ersten Schrei tat, lange bevor es hell wurde, und Vroni wusste, es würde wieder ein Tag wie jeder andere werden. Stall, Küche, Kind, Garten, Waschen, ihre Träume hinter Disziplin und Ergebenheit verbergen. Sie beugte sich den Anordnungen der alten Feistl und des Mannes, auch wenn sich an den Händen Schwielen bildeten, der Rücken schmerzte, die Knie wund wurden, wenn sie die Böden schrubbte. Aber er war noch jung und hielt viel aus, dieser Körper, gerade mal einundzwanzig Jahre alt war er inzwischen. Zwei Kinder hat er auf die Welt gebracht, eines der Liebe, eines des Hasses.

Während Frau Diener am Objektiv herumschraubte, zwischendurch eine Zigarette rauchte, um sich besser konzentrieren zu können, dann Reserl erklärte, sie wolle noch dies und das geändert haben, und während Cäcilia am Daumen lutschte, der Feistlbauer ungeduldig von einem Bein aufs andere trat und stöhnte, wanderten Vronis Gedanken fort, wie so oft, wenn sie Dinge tat, die ihr selbstverständlich von der Hand gingen, beim Kochen, Bügeln, Fegen oder, wie jetzt, beim Stillstand der Gegenwart.

In solchen Momenten verließen die Bilder in ihrem Kopf das Hier und Jetzt und zogen Vroni mit auf eine weite Reise, fern von Ort und Zeit.

Bald, so glaubte die junge Frau, würde sich ihr Schicksal zum Guten wenden, denn es war etwas geschehen, das sie wieder hoffen ließ, obwohl sie das Mädchen auf die Welt gebracht hatte und ein zweites Kind vom Feistlbauer seit drei Monaten in ihrem Bauch wuchs und sie dabei genauso viel Ekel fühlte wie bei Cäcilia. Gott allein hätte es in der Macht gehabt, dieses vermaledeite Schicksal von ihr abzuwenden, doch er hatte sie verlassen, sie verhöhnt, als sie weinend vor dem Altar stand und zuließ, dass sein williger Diener, der Pfarrer, trotz all ihrer Tränen, erbarmungslos den ewigen Bund der Ehe besiegelte. Und später, als der Pfarrer regelmäßig auf dem Feistlhof erschien, um nach dem Rechten zu sehen und sich zu versichern, dass Vroni dem Mann eine gute Frau und ein geläutertes Mitglied der Gemeinde war, saß er am Küchentisch, trank den Kaffee, den Vroni für ihn brühen musste, und durchdrang die junge Feistlfrau mit seinen stechenden Augen. Meistens schwieg er zu Beginn seines Besuchs, die lange Zeit der Stille im Raum war seine Komplizin im bösen Spiel und schürte bei Vroni die Angst, Gott könne seinen Diener in ihr Herz blicken lassen. Das sündigte nämlich jede Nacht und jeden Tag, denn es schlug immer noch für einen anderen Mann als den geehelichten. Manchmal legte der Pfarrer während seines Schweigens seine bleiche, fleckige Hand auf die ihre, bevor er begann, irgendwelche Bibelstellen zur Ehe zu zitieren: »Ihr Frauen, ordnet euch euren Männern unter wie dem Herrn. Denn der Mann ist das Haupt der Frau, wie auch Christus das Haupt der Gemeinde ist.« Aber diesem Gebot folgte sie ohnehin. Sie war ihrem Mann untertan, sie beugte sich seinem Willen. Vroni sagte kein Wort, wenn Benedikt nachts, irgendwann zu später Stunde in die Schlafstube kam, sich entkleidete und mit einem schweren Seufzer neben ihr ins Bett fiel, dann flüsterte: »Geh her, Weib, mich verlangt nach dir.« Sie schwieg, wenn seine Hand über ihren Körper strich wie ein ekelerregendes Insekt, kein Laut kam ihr über die Lippen, wenn der Mann in sie drang, immer wieder, bis seine welke Haut vor Anstrengung feucht wurde. Kurz vor dem Einschlafen hielt er die Hand seiner Frau so fest, dass es sie schmerzte, doch Vroni wagte auch da nichts zu sagen, in der Hoffnung, der ungeliebte Mann würde baldmöglichst einschlafen. Dann endlich konnte sie sich unter ihre eigene Decke verziehen und von einer fernen, hellen Welt voller Unbeschwertheit träumen. Der Mann, der neben ihr lag, verschwand dann im Dunkel der Nacht, in dem kein Schnarchen mehr zu hören war, sondern das Schlagen der Meereswellen, so wie Vroni es hören konnte, wenn sie die große Meeresmuschel ans Ohr hielt, die ihr Alois Trachsler zur Hochzeit geschenkt hatte.

Trotz alldem, was sich tags und nachts auf dem Feistlhof abspielte, reifte in Vroni Zuversicht. Denn es hatte sie ein Brief erreicht, der eine weite Reise hinter sich gebracht hatte, einmal übers Meer geschippert worden und dann von Hamburg aus quer durch Deutschland gewandert war, bis er schließlich hierhergelangte und vom Fräulein Briefträger bei Klara Landgraf zugestellt wurde. Die steckte ihn in die Tasche ihres Kittels, eilte nach oben zum Feistlhof und verkündete freudig: »Endlich, schau, a Brief aus Costa Rica ist gekommen, der Lenz hat dir geschrieben.« Vronis Hände zitterten, als sie den Brief in Empfang nahm. »Ich hab's gewusst, Klara, ich hab's immer gewusst.« Sie umarmte ihre Freundin mit feuchten Augen. »Er hat an mich gedacht, er hat ...« Die Stimme versagte ihr, und mit den Tränen lösten sich die Angst und Verzweiflung darüber, Lenz könne sie für ewig verlassen haben. Der Brief auf dünnem, knittrigem Papier, die schwungvolle Schrift, das Foto mit dichtem Palmenwuchs und Meer mit weißen Schaumkronen, einem Lenz mit entblößtem Oberkörper und mit jenem Hut auf dem Kopf, den er stets schwang wenn er im Dorf auf dem Kutschbock gesessen hatte. Jetzt stand er hüfthoch in den Wellen und lachte in die Kamera. Ihr Herz klopfte, während sie las, wie Lenz sein neues Leben beschrieb: Zuerst weilte er in New York, wo er Englisch lernte, Tellerwäscher war, dann eine bayerische Trachtengruppe ins Leben gerufen hatte, sein Geld mit Folkloretänzen verdiente, bis ihn die Sehnsucht nach Natur, das Land verlassen ließ und er gen Süden reiste ins mit Urwald überzogene Costa Rica. »Da arbeite ich jetzt in einer Bierbrauerei, stell dir vor, das Bier schmeckt sogar«, schrieb er. Hastig las Vroni seine Zeilen, schnell wendete sie die Seiten, ihre Augen rasten über die Buchstaben, suchten nach Worten, die seine Liebe verrieten oder in Aussicht stellten, er würde sie zu sich holen, in den Dschungel, ans Meer, in die Wellen, in die Freiheit. »Ich hoff, es geht dir gut, sei stark und mach das Beste aus deinem Leben. Ein Stück von meinem Herzen bleibt immer bei dir und dem kleinen Franzerl auf ewig. Dein Lenz.« Unter diesen letzten Zeilen hatte der ferne Geliebte eine Blume mit zarten roten Blättern geklebt.

»Und?«, fragte Klara erwartungsvoll, nachdem Vroni zu Ende gelesen hatte. »Ach, Klara«, lächelte sie, »wird sich alles ändern, ich werd net dableiben, der Lenzerl und ich gehören zusammen. Ach.« Sie ließ sich auf einen Stuhl sinken und blickte nachdenklich auf den Brief.

Später, als sie allein im Bett lag, Benedikt noch irgendwo unterwegs war, zündete sie die Kerze an und ließ die Zeilen vor ihren Augen tanzen. Sie nahm die Worte mit in den Schlaf, dann in den Traum, den seit Langem einzig schönen, denn es tauchten keine schwarzen Geister, dunkle Schattenmänner und Folterer mehr in ihm auf, sondern Beglückendes voller Liebe und Leben. Sie sah den grünen Urwald vor sich, hörte das Brüllen der Affen, das Quaken riesiger Frösche und das Zirpen der Zikaden, die, so hatte Lenz geschrieben, »einen solchen Mordskrach machen, dass man net schlafen kann.«

Nicht das ganze Herz hatte er ihr zu Füßen gelegt, hatte nicht geschrieben, er würde sie lieben oder auf sie warten, ihr Geld zukommen lassen, damit sie mit Franzerl über das Meer fahren konnte, doch selbst die Zurückhaltung in seinen Worten vermochten Vronis Träume nicht zu zerstören. Stattdessen trug sie die Vorstellung in ihrem Herzen, sie würde irgendwann einmal ihre Sachen packen, sich aus dem gehassten kalten Haus schleichen und leise die Tür hinter sich schließen. Der verlassene Ehemann würde währenddessen schnarchend irgendwelchen Träumen nachgehen, in denen er einen dieser neumodischen Traktoren kaufte, von denen er immer sprach, wenn er überhaupt einmal in Gegenwart von Vroni etwas sagte.

Den ganzen Sommer über trug Vroni den Brief, winzig gefaltet, am Herzen, wo sie ihn unter dem Büstenhalter versteckte. Inzwischen war das Geschriebene kaum mehr lesbar, denn der Schweiß der vielen Arbeit auf dem Feld ließ die Schrift verschwimmen.

Die kleine Cäcilia auf dem Schoß begann leise zu wimmern. Petra Diener blickte zu Reserl: »Meine Güte, wie schade, ausgerechnet

jetzt heult das Kind wieder, wo alles fast perfekt gerichtet war.«
Vroni sah gedankenverloren in die Ferne, vernahm das Traben eines Pferdes und das Rollen der Räder, Geräusche, die sie früher stets ans Fenster hatten eilen lassen, denn es war oftmals der Geliebte, der mit Reisenden vorbeifuhr. Klack, klack, klack, das Schlagen der Hufe wurde leiser. Dann war nur noch der Bach zu hören, der am Hof vorbeifloss, im Baum sang eine Amsel. Cäcilia saß wieder ruhig da, denn die alte Feistlin hatte ihr ein Stück Brot in den Mund geschoben. »Net einmal eine gute Mutter ist des Weib«, knurrte sie Vroni an, die währenddessen geistesabwesend mit den Knien auf- und abwippte.

»Sag mal, Frau, wo bist denn? Hörst denn gar net zu? Lächeln, hat die Frau Fotografin gesagt, Vroni, ist doch net so schwer«, hörte sie jetzt ihren Mann schimpfen. Sie zuckte kurz mit dem Mund, presste dann die Lippen wieder zusammen. Wie so oft in ihren Tagträumen huschte sie durch die Gassen des Orts, eilte von Dunkel zu Dunkel, die Lichtkegel der Laternen umgehend. Wie ihr eigener Schatten rannte sie Richtung Dorfende, bis sie vor dem elterlichen Hof stand. Dort packte sie den schlafenden Franzerl in eine dicke Jacke, um mit ihm zusammen in die Nacht zu laufen. Es ging flussabwärts, immer weiter und weiter, bis zur großen Stadt. Die Fliehende spürte keinen Schmerz in den Füßen, auch keine Angst, dafür das Gefühl, auf Wolken zu schweben, weit fort, bis sie vor dem mächtigen Schiff stand, in dessen Rumpf sie und Franzerl verschwanden, um übers Meer getragen zu werden. Den großen, weiten Atlantik, den musste man überqueren, wenn man nach Costa Rica wollte.

In diesen schönen Gedanken sah sie Lenz vor sich stehen – winkend, am Meer, ein Strahlen in den Augen – und lächelte versonnen.

Klack, machte es vor ihr, klack und nochmals klack. »Na endlich, Sie können ja so schön lächeln, Frau Feistl«, sagte Frau Diener zufrieden. Sie nickte Reserl zu. »Das wird ein besonders schönes Foto, glaub mir.«

Irgendwann hatte das Foto den Feistlhof verlassen. Man wickelte es in Papier und schenkte es weiter. Sein Platz befand sich fortan im Wohnzimmer über dem Tisch der darauffolgenden Generation. Mit den Jahren verlor es an Bedeutung, es begann zu verblassen, die Farbe des Rahmens blätterte ab, im Holz zeigten sich ein paar Löcher, der Holzwurm hatte ihn befallen. Nun, da es nicht mehr so ansehnlich war, hängte man es schließlich ab, trug es aus dem Flur in die Rumpelkammer und legte es dort in eine Schuhschachtel zu sonstigen alten Gegenständen, die keiner mehr brauchte, vornehmlich waren es alte Fotos und ein paar Briefe, deren Verfasser und Empfänger bereits gestorben waren. Noch immer in der verstauben Schuhschachtel gelangte dieses Bild in die dritte Generation, bis schließlich ein junger Mann namens Maximilian Landgraf das Bild an sich nahm und unter sein Bett legte.

★ ★ ★

Hat es euch Eltern jemals interessiert, was in uns Kindern vor sich geht? Ich lebte bei euch, und doch gab es mich nicht. Ihr habt mich nie gefragt, wie es mir geht, auch dann nicht, wenn ich mal extrem schlecht drauf war. Falls ihr mal gesprochen habt, dann gab's Meckereien über meine Tischmanieren, oder die Traudl hat eines auf den Deckel gekriegt, weil ich ein dreckiges Hemd anhatte. Ich erinnere mich an die Abende und die Nächte, als ich noch klein war. Es gab keinen Gutenachtkuss, kein Geschichtenerzählen. Wenigstens gab es die zwei Wörter: Schlaf gut. Also, ab und zu mal.

Ich hatte Angst in der Nacht. Draußen schien die Straßenlaterne, das war meine Rettung, denn sie leuchtete bis in mein Zimmer. Dunkelheit hasse ich nämlich. Ich erinnere mich, wie ich die Augen so lange wie möglich offen gelassen habe, damit es nicht dunkel wird um mich. Ich hatte Angst vor der Nacht, weil ich meistens schlecht geträumt habe. Und weil ich dann ins Bett gepinkelt habe, wenn ich aus den Träumen nicht aufwachen konnte. Meine Eltern waren immer weg, egal, was ich in den Nächten gesehen habe, früher waren es wilde Tiere und Ungeheuer, später kamen die Mörder und blieben bis heute. Krasser Horror. Wenn ich mal nachts schrie, bist du, Vater, an mein Bett gekommen, hast das Nachttischlämpchen angemacht und »sch, sch, sch« gesagt. Da merkte ich, dass du mich mochtest, denn du hast mir auch mal über meine Haare gestreichelt und mich ab und zu in den Arm genommen. Aber mehr konntest du nicht tun. Ich weiß auch warum, du hast dich gefügt. Du hast dich und deine Familie aufgegeben.

Die Nächte also, ich hasste sie mehr als alles andere. Das tue ich auch heute noch. Jetzt habe ich einen Computer. Ich zocke Spiele, bin *irre gut darin. Ich bin verdammt schnell, kann gut schießen, gewinne fast jeden Kampf, und ich krieg einen Kick, wenn das Blut des Feindes spritzt, wenn ich ihn niedergeschossen habe. Richard, mein Freund, hat zwar Geld und Autos und einen Vater, der ihm alles kauft. Aber er kann nicht so gut spielen wie ich. Da bin ich einfach der King. Was für ein geiles Gefühl!*

★ ★ ★

K önig Trachsler war ein Kind des Winters, geboren in einer kalten Nacht, hier in diesem Reich, in dieser Hütte, von der jeder glaubte, sie würde die nächsten Monate nicht überstehen. Alois Trachsler wusste nicht genau, in welchem Jahr seine Mutter ihn in diese Welt entsandt hatte, zu lange her war ihr Tod. Auch der des Vaters, einem Köhler, dessen schwarze Lunge ihn früh sterben ließ. Es muss doch eine Urkunde geben, einen Pass, den braucht doch jeder, sagte man dem König, doch es interessierte ihn nicht. Ein König brauchte sein Reich, kein Dokument. Fragte man den alten Trachsler nach seinem Alter, antwortete er nicht in Jahren, sondern in Wintern. »Bin zweiundsiebzig Winter alt oder älter. Jünger, glaub ich nicht.« Stets schlug der König an jenen Tagen, an denen das erste Mal im Jahr Schnee vom Himmel rieselte, sein Büchlein auf und schrieb das neue Jahr hinein, und war der Schnee endgültig geschmolzen, irgendwann im Frühjahr, notierte der Trachsler die Freundlichkeit oder Härte der Winterszeit: Schien die Sonne oft? Glitzerte der Schnee wie Kristalle? Konnte man noch die Latten der Zäune sehen? Klebten Eisblumen an den Fenstern?

In der Kälte und im tiefen Weiß eines erbarmungslosen Winters herrschten manchmal Starre und Stille. Der Schnee schluckte die Laute, die Hufe der Pferde klapperten nicht auf dem Boden, man hörte kein Rollen der Kutschräder, nur die Glöckchen am Pferdegeschirr bimmelten. Viele Menschen, befand der alte Trachsler, hatten Ehrfurcht vor dem Winter, bisweilen auch

Angst, wenn er allzu hart war und schier nicht enden wollte. Sie befürchteten, sie könnten erfrieren, wenn die Glut im Ofen erlosch, sie könnten verhungern, denn es reifte keine Nahrung heran. In der Kälte und im Schnee waren so manche Handwerksdinge nicht zu erledigen, und so könnte ihnen auch das Geld ausgehen. Nur die Kinder in ihrer Unbeschwertheit zogen die Schlitten hinter sich her oder schnallten die Skier an und sausten die weißen Hänge hinab.

Alois Trachsler, in seiner Seele ein Kind, fürchtete den Winter nie, er lebte mit und in ihm wie der Fisch im Wasser.

Nur der denkwürdige schicksalhafte Winter, der die Jahre 1928 und 1929 miteinander verband, dieser Winter blieb dem alten Mann im Gedächtnis. Dieser Winter, so spürte der König, war richtungsweisend.

Es war der kälteste und härteste Winter in Bayern seit Langem, der Schnee wollte bis zum Juni nicht weichen. Der Frost ließ den großen Fluss zufrieren, die Tiere in den Wäldern standen im Schnee aufrecht und starr, bei minus 32 Grad zu Tode gefroren. Die eisige Kälte schnürte auch den Menschen den Atem und die Kraft ab. Dieser Winter machte mürbe, viele verloren ihre Arbeit, es fehlte an Geld, an Hoffnung, auch im Reich des Königs. Der alte Trachsler bemerkte es mit Sorge und Gram. Jene, deren Vorratskammern nicht ausreichend gefüllt waren, begannen zu hungern und zu frieren, denn auch das Holz ging zur Neige.

Als dann schließlich im späten Frühjahr endlich die ersten rosa, violetten und weißen Alpenveilchen, bunte Krokusse und leuchtend gelbe Schlüsselblumen auf den aperen Wiesen erblühten, das Weiß und die eisige Kälte der wärmenden Sonne wichen, setzte sich Alois Trachsler an den Küchentisch, zog aus der Schublade sein Notizbuch und dachte nach. Schließlich kritzelte er fünf Zeilen mit diesem Wortlaut hinein:

Ungefähr dreiundsiebzig Winter alt ist der König jetzt.
Der Frühling ist im Land, es wachsen die Blumen.
Aber in den Herzen meiner Untertanen ist Kälte.
Das ist schlecht.
Sagt der König.

Seufzend klappte er das Heft wieder zu, um sich an die Arbeit zu machen. Er ging hinter sein Häuschen zu dem Brunnen und sammelte die Weidenzweige ein, die er dort Stunden zuvor gewässert hatte. In der Stube gab er noch ein paar Scheite Holz aufs Feuer und setzte einen Kessel Wasser für Tee auf. Dann breitete er im schwachen Licht der Petroleumlampe die Zweige auf dem Tisch aus, sortierte sie sorgfältig nach Dicke und Länge und begann sie zu flechten, so schön er konnte. Ein kleines Ästlein über das andere, dann ineinander verschlingen, schließlich alles an den Enden mit einem dünnen Draht zusammenbinden. Nach und nach holte er die kleinen Frühlingsblumen aus der Vase, die er extra gepflückt hatte, und steckte sie in das Geflecht. Fertig war das Blumenherz. Nun galt es, ein weiteres herzustellen, Äste sortieren, binden, bestücken. Dann noch eins, noch eins, bis Alois Trachsler meinte, es würde fürs Erste reichen.

Er legte alle Herzen nebeneinander und beleuchtete sie einzeln mit der Lampe. Er war stolz, alle waren sie gelungen, schöner hätten sie nicht werden können. Der König murmelte in die Stille:
»Ihr seid die schönsten Herzen im Reich.«

Mit zarten Fingern legte er sie in einen Korb, nahm seinen Hut und ging ins Freie.

Sein Weg führte ihn zuerst zum Sonnbichlerhof, der verwaist wirkte. Im oberen Stockwerk, wo das Ehepaar Diener gewohnt hatte, waren die Fensterläden geschlossen. Der Winter war den Dieners zu kalt geworden, und so kündigten sie. Zudem, so wusste man im Ort, hatte Herr Diener ein eigenes Haus geplant: im Herz des Dorfes, auf dem Dorfanger.

Durch das Küchenfenster sah Trachsler, wie Reserl am Herd stand. Die kleine Annamirl saß mit einem Löffel in der Hand auf einem Kinderstühlchen. »Armes Reserl«, murmelte der König. Die Not bei den Sonnbichlers war größer denn je. Korbinian Sonnbichler hatte die letzten Bäume seines kleinen Wäldchens gefällt und die Stämme zerkleinert. Er hackte sie zu Scheiten und zog schließlich mit einem kleinen Wagen durch den Ort, um seinen letzten Besitz zu verkaufen. Doch was war das alles noch wert? Nicht viel. »Drüben beim Sager gibt's billigeres Holz, kommt aus Russland, Sonnbichler, kostet nur die Hälfte, nächstes Jahr vielleicht«, lehnten die meisten dankend ab. »So geht's net weiter«, antwortete Sonnbichler wütend jenen, die nichts kauften, nicht mal eine kleine Schubkarrenladung voll und hielt ihnen eine Zeitung hin. »Lies des, *Illustrierter Beobachter*, dann wisst's, mit wem ihrs bald zu tun haben werdet.« Und in diesem Winter, denn Sonnbichler kam mit seinem Karren auch beim alten König vorbei, der seinem Untertanen im Tausch gegen selbst gebrannten Schnaps etwas Holz abnahm, erfuhr Alois Trachsler zum ersten Mal von diesen merkwürdigen fünf Buchstaben, die eine neue Partei bezeichnen sollten, NSPAD oder war es NPSDA, NDSAP er konnte es sich den Namen nicht merken. Aber so garstig, wie der Sonnbichlerbauer über die Menschen des Landes schimpfte, die er Juden nannte, schwante dem König Unheilvolles. Hassdurchtränkte Worte vergiften das Gemüt. Und was und wer waren diese Juden überhaupt? Er kannte sie nicht, wusste nicht, wie sie aussahen und was genau sie zu ungutten Menschen machte. Der alte Trachsler sorgte sich um den eigenartigen Zustand des Sonnbichlers, nicht nur seiner bösen Worte und kalten Blicke wegen, ihn irritierte auch die merkwürdige neue Art, Grüß Gott zu sagen: Heil Hitler, wer in aller Welt war dieser Hitler, und warum sollte sein Volk statt Gott dem Unbekannten Heil wünschen? Und dabei die Stiefel klacken lassen, zackig-steif dastehen und den rechten Arm ruckartig in die Luft halten? Dies alles beunruhigte den König. War der Sonnbichler noch ganz richtig im Kopf?

Alois Trachsler legte das Herzgeflecht vor die Tür, so behutsam, als hinterließe er dort etwas lebendig Zartes, flüsterte einen Spruch und ging dann weiter zu den anderen Untertanen, von denen er meinte, dass ihnen das Herz abhandengekommen sei.

Schließlich stand er vor dem Feistlhof, in dem sein Sorgenkind lebte, die Vroni. Es wollte ihr einfach nicht besser gehen mit dem Mann, den Kindern, dem Leben im Allgemeinen, das beobachtete der König. Sie blickte meist so kummervoll ins Leere, war kaum mehr ein Mensch, nahezu leblos erschien sie ihm. »Ein Herz für die Feistls, möge es helfen«, flüsterte er, als er das letzte Weidengeflecht vor die Tür legte und sich bekreuzigte. Dann ging er los: Hinaus über die Felder, hinein in den Wald, den Weg hoch Richtung Zinnenberg, weiter und weiter, bis der alte Mann am Gipfelkreuz stand und auf sein Reich blickte, das nicht mehr lange so bleiben würde, wie es war. So verharrte er, bis sich der Himmel schwarz färbte, der volle Mond als helle Scheibe emporstieg und über die Landschaft einen matten Schein warf. In den Häusern flackerten die Lichter, und dem alten Mann schien es, als glitzerten unter ihm Sterne in einem weiten schwarzen See.

Die Menschen bereiteten zu diesen Stunden das Abendbrot, gedachten Gott im Gebet und hofften auf bessere Zeiten.

Auf der anderen Seite des Flusses, in dem kleinen Häuschen am Ortsrand mit den roten Vorhängen und dem dunkelschwarzen Ruf schloss Benedikt Feistl seine Augen, bevor er sprach: »Mitzi, wie ist das mit eurer Liebe, spürt ihr da überhaupt was drinnen, im Herzen, ihr Weibsbilder?«, fragte er die Frau, die neben ihm lag, die Beine angewinkelt, eine Hand auf dem nackten Busen. »Was fragst mich das?«, antwortete Mitzi. Feistl setzte sich auf den Bettrand und zog sein Hemd an.

Es war Freitag, Benedikts Tag, an dem er sich Liebe kaufte. Im Raum brannten die Kerzen, das Radio spielte leise Musik. Die Fenster waren geöffnet, und die tiefroten Vorhänge wehten sanft hin und her. Das Parfum der Frau roch süßlich schwer. Sie rollte sich auf die Seite, legte die eine Hand unter den Kopf, strich mit der anderen über den behaarten Rücken ihres treuen Kunden, von oben nach unten, von links nach rechts, dorthin, wo der Stumpen hing, und diesen hinunter bis zum schlaffen Ende. Sie musterte den Mann, der mit wenigen Unterbrechungen seit Jahren zu ihr kam, nie Fragen stellte, nie über sich sprach. Von einigen ihrer Kunden wusste sie, dass der Bauer seit etlichen Jahren verheiratet war und drei Kinder hatte, ein kleines Mädchen und zwei Buben. Über seine Ehefrau Vroni wusste, abgesehen vom tragischen Tag der Hochzeit und dem unehelichen Franzerl, den böse Leute einen Bastard nannten, niemand Genaues zu berichten. Die junge Feistlbäuerin verließ selten den Hof, gelegentlich traf man sie in der Bäckerei, im Kramerladen und sonntags in der Kirche. »Frag das doch deine Frau«, antwortete Mitzi. Benedikt stand auf, schnallte sich den Arm an den Stumpen. »Wir sind jetzt schon a Zeit lang verheiratet, und ich kenn die Vroni immer noch net.« Mitzi ging entblößt, wie sie war, quer durch das Zimmer zum Schrank, wo sie einen rosaroten Morgenmantel vom Bügel nahm und sich über die Schultern legte. Benedikt folgte ihr mit den Augen. »Beni, aber mit der Liebe klappt es doch bei euch, ihr habt drei Kinder, die können ja nicht entstanden sein ohne …, na ja, du weißt schon«, sie goss zwei Gläser billigen Schaumweins ein und reichte eines ihrem Kunden. Feistl nahm einen Schluck, betrachtete lange das Glas, als könnte er darin eine Antwort finden. Schließlich sagte er: »Naa, naa, Mitzi, des hat nix mit Liebe zu tun, gar nix. Das, was wir hier machen, wir beide, du eine Dirn, ich ein Ehebrecher, das ist mehr Liebe als das, was zwischen mir und meinem Weib ist.«

Viel hatte sich in dem unglücklichen Ehemann aufgestaut, damals die demütigenden, abweisenden Blicke, als die junge Zinsmayerin noch ledig war, am Hochzeitstag dann all das Weinen und Schreien, später ihre Flucht ins Elternhaus und die ganze Ehezeit hindurch Lieblosigkeit und Zurückweisung. »Außer dem Nötigsten spricht die Vroni net, mit keinem, net mal mit den Kindern. Mitzi, ich sag's dir, es ist, als wär sie net auf dieser Welt, als wär's verschwunden aus'm Leben.« Benedikt leerte das Glas. Dann suchte er in seiner Hosentasche nach ein paar Münzen und warf sie auf den Tisch. »Ich zahl alles, den Sekt da, und die Zeit, wo'st mir zuhörst, Mitzi, tut gut, wenn jemand dich anschaut und versteht, was'd meinst.« Er setzte sich in den tiefen Sessel und erzählte von der Qual, die die Ehe für ihn bedeutete. Mitzi ging zu ihm und strich ihm tröstend über das Haar. »Sag's ehrlich, Frau. Bin ich ein Monster? Ein grausiges Wesen, das man net anschaun kann?«, fragte er.

»Mei, Beni«, antwortete die Dirne. »Kannst Liebe nicht erzwingen, nur darum kämpfen. Verstehst? Komm, trinken wir noch einen Schluck.«

Es war tiefe Nacht, als Benedikt Feistl im fahlen Mondeslicht zurückfuhr. Er stellte das Rad in den Schuppen, setzte sich auf die Hausbank und zündete sich noch eine Zigarette an. Es war kühl, im Stall hörte er sein Vieh, das Klirren seiner Ketten und das leise Grunzen eines Schweins. Bald war der Zeitpunkt gekommen, ein paar Tiere zu schlachten, überhaupt, es wartete viel Arbeit: säen, Kartoffeln setzen, die Zäune richten, die Weiden von Unkraut befreien, die Felder kalken. Das Jahr hatte sich aus der winterlichen Starre gelöst, war noch jung, er, der Feistlbauer hingegen wurde immer älter, im Herzen starrer. Was hatte das Leben noch mit ihm vor, grübelte er und erhob sich. Bevor er die Türklinke nach unten drückte, entdeckte er auf dem Fußabstreifer ein Blumenherz. Er bückte sich, hob es auf und nahm es mit ins Haus. Von wem kam es? Was hatte es zu bedeuten? fragte er sich einen kurzen Moment, dann legte er es achtlos auf den Küchentisch.

Es war Zeit, schlafen zu gehen, müde stieg er die Stufen hoch, betrat die Schlafkammer und entkleidete sich. Als er die Decke anhob, bemerkte er, dass das Bett leer war.

Unschlüssig und ratlos blieb er eine Weile stehen, dann kleidete er sich wieder an, Wut kam in ihm auf, brachte sein Blut in Wallung: »Weib, oh Weib.« In diesem Moment öffnete sich die Tür, Vroni stand an der Schwelle, den Schal um sich gewickelt und eine Lampe in der Hand. »Wo warst?«, herrschte Benedikt Feistl seine Frau an. »Hab vom alten Leben Abschied genommen, Benedikt.« Sie nahm seine Hand und drückte sie kurz. »Weil ab jetzt fangt des Neue an.«

* * *

Achtung, an alle Verklemmten in meiner Familie: Hier geht es um Sex! Ja, lest alle nur weiter, haltet euch nicht die Augen zu und sagt pfui Deife. Haha. Ich erlaube mir das jetzt.

Omama, ich erinnere mich noch, wenn wir manchmal zusammen ferngesehen haben bei dir in der Stube. Musikantenstadl und so was hast du gemocht. In den Spielfilmen wurde dir zu viel geküsst, und du hast dir jedes Mal die Augen zugehalten, wenn solche Szenen kamen. »Pfui Deife«, hast du immer gesagt. Aber du musst ja selbst Sex gehabt haben, und das nicht wenig, bei den vielen Kindern, die du bekommen hast. Neun Stück! Und die kommen nicht zustande, ohne dass du Sex mit deinem Alten gehabt hast.

Aber über Sex wird nicht geredet, kein Thema bei uns. Berührungen sind ebenfalls tabu, Küsse auch, Streicheln sowieso. Ich habe das zumindest nicht erlebt in unserer Familie. Gefühle, die gibt es nicht, ich meine jetzt mal die schönen, die dem anderen zeigen, dass man ihn mag.

Ich jedenfalls würde gerne noch mal Sex haben, am besten, wenn Liebe dabei ist. Frage ist nur, mit wem?

Es ist leider so, dass mich die Mädchen nicht anschauen, obwohl ich doch eigentlich normal aussehe. Weiß ja niemand, was sich in meinem Kopf herumtreibt. Ich bin jetzt fünfundzwanzig Jahre alt und hatte erst ein Mädchen. Da war ich neunzehn. Es hat nicht so richtig geklappt. Es gibt da zurzeit eine Frau, die mir gefallen würde. Die sehe ich manchmal von Weitem, ich habe nur leider null Ahnung, was ich machen soll, denn sie tut so, als wär ich Luft. Das tun viele, behandeln mich, als wäre ich nichts und niemand. Das ist wahrscheinlich mein Schicksal von klein an gewesen. Ich bin es nicht wert, dass ich gesehen werde, wie ich bin.

Alles kam so und war ein dummer Zufall.
Fräulein Briefträger Frieda hatte es nicht böse gemeint. Sie war arglos, als sie Klara Landgraf ihre jüngste Errungenschaft gezeigt hatte: Eine neue Briefmarke aus Costa Rica, die sie über einen Kollegen bekommen hatte, der Briefe in der Stadt austrug. Nach einigem Hin und Her und vielen Fragen gelang es Klara, an die Adresse und den Namen der Empfängerin zu gelangen: Fräulein Weber, wohnhaft Ziehgasse 6, in der keine zwanzig Kilometer entfernten Stadt.

Aber mehr hatte das Fräulein Briefträger mit all dem, was folgte, nicht zu tun.

Tage später machte sich Klara auf den Weg, um neue Ware im Großmarkt zu inspizieren, so hatte sie es ihrem Mann und den Angestellten jedenfalls gesagt. Derweil schlenderte sie die Ziehgasse auf und ab, beobachtete das Haus Nummer 6, Stunde um Stunde, nachdem sie bei Weber geklingelt und niemand geöffnet hatte. Als es zu kühl wurde, dem Abend zuging, setzte sich Klara ins gegenüberliegende Café, bestellte einen Kakao. Rastlos ließ sie ihre Blicke umherschweifen. »Frau Weber, wo bist du? Wer bist du?«, murmelte sie. Kurz vor achtzehn Uhr kam sie endlich um die Ecke, es war *die* Frau Weber, Klara hatte es befürchtet, die Locken tanzten auf ihren Schultern, der Gang war schwingend, wie eh und je. Die Frau hielt einen kleinen Jungen an der Hand. Hastig legte Klara ein paar Münzen auf den Tisch, erhob sich und trat auf den Bürgersteig. Frau Weber stand jetzt vor ihrer Eingangstür, kramte in der Tasche nach dem Schlüssel, während

Klara die Gasse überquerte, sich dicht hinter sie stellte und ihr die Hand auf die Schulter legte. »Servus, Brigitte, nach so vielen Jahren seh ich dich mal wieder.« Brigitte Weber drehte sich um und starrte Klara an. »Geh weiter, dass ich dich hier treff?«, antwortete sie überrascht. »Ja, was für ein Zufall, war grad hier im Café, da hab ich dich gesehen.« Klara zeigte auf den Jungen, der dunkel gewellte Haare und strahlend blaue Augen hatte. »Wie heißt du denn, junger Mann?«, fragte sie. »Ich bin der Simmerl Weber«, antwortete der Kleine artig.

»Ah, der Simmerl, wie alt bist denn schon?«

»Sieben bin ich.«

»So, so, sieben.« Klara wandte sich wieder Brigitte zu. »Warum hast dich die ganzen Jahre nie mehr bei uns im Ort blicken lassen? Du bist einfach so verschwunden, hast dich nimmer gerührt, keinen mehr besucht, was war denn los?« Brigitte zuckte mit den Achseln. »Hat seine Gründe gehabt.« Sie erzählte noch schnell, sie sei hier als Schneiderin im Konfektionshaus Adler tätig, vorher in Regensburg als Verkäuferin in einem Schuhladen. Und nun wohne sie hier im Haus Nummer 6, habe es aber leider eilig und müsse sich schnell verabschieden. »Sag der Klara Landgraf Servus«, befahl sie ihrem Sohn. Und wandte sich zum Gehen. Post aus Costa Rica, die gleichen dunklen Haare wie Lenz, damals die unverhohlenen Liebeleien des Mannes mit Brigitte, die jedem im Dorf aufgefallen waren, nur Vroni nicht. Vom Alter her würde es passen, dass Lorenz Binder der Vater von Simmerl war. »Zwei Frauen geschwängert, dann abgehauen, Lenzerl, oh Lenzerl, des schaut dir gleich. Aber nix ist gewiss«, murmelte Klara vor sich hin.

Als sie sich Tage später mit ihren Freundinnen Vroni und Reserl zum Kaffee traf, war sie hin- und hergerissen, was mit dem Geheimnis, das sie in sich trug, zu tun sei. Inzwischen hatte sie vom Bäckermeister Binder nach langem Insistieren bestätigt bekommen, dass sein Sohn tatsächlich ein weiteres uneheliches Kind gezeugt hatte. Wo genau es lebte, wusste Lenz' Vater nicht oder wollte es nicht verraten. »Wie sollte und könnte ich darüber reden, wenn vielleicht net mal der Lenz selbst weiß, dass er noch ein uneheliches Kind hat. Darüber wird geschwiegen, des hab ich der Mutter geschworen. Für immer«, hatte er gesagt.

Die drei Freundinnen saßen bei Klara in der Wohnstube. Vinzenz, inzwischen knapp sieben Jahre alt, und Cäcilia, ein Jahr jünger, bauten in der Ecke des Raums hohe Türme um die Wette. Schorsch, Cäcilias kleiner Bruder, patschte mit seiner Hand auf das Erbaute und quietschte vor Vergnügen, wenn alles in sich zusammenfiel. »Wie schön unsre Kinder immer zusammen spielen«, freute sich Klara. Das älteste der Kinder, Reserls Tochter Annamirl, saß auf einem Schaukelpferd und flocht ihrer Puppe die Haare. Vroni nickte. »Schee spielens«, antwortete sie gleichmütig. Das Baby, Vronis drittes Kind vom Feistlbauern, lag auf der Bank hinter dem Ofen und schlief. Klara verteilte Kuchen auf die Teller. Es gab immer etwas zu essen bei ihr, den Landgrafs ging es trotz des harten Winters vergleichsweise gut. Der ehemals kleine Laden florierte, inzwischen hatte man sogar zwei Wände zu den Nebenräumen eingerissen, um Platz für das neue Sortiment zu schaffen. Für den örtlichen Zusammenhalt ließ die alte Lena im hinteren Teil des Ladens einen großen Tisch und Stühle aufstellen, wo jeder, der wollte, vor oder nach dem Einkauf etwas Tee oder Limonade bekam. Bald war dieser Ecktisch ein beliebter Treffpunkt im Ort für einen kurzen Austausch der neuesten Geschehnisse.

Klara schob Reserl einen Teller Kuchen hin. »Iss, so viel du kannst, brauchst mehr Fleisch auf den Rippen.«

Die junge Sonnbichlerin war dünner und blasser denn je, man sah ihr den Hunger nach diesem Winter an, auch, dass Petra Diener sich nicht mehr bei ihr einmietete und Geld, Ideen, Lebensglück und Visionen ins Haus brachte. Reserl wirkte in sich zusammengefallen, mut- und lustlos und hatte dunkle Augenringe, denn vier Mal in der Woche kellnerte sie nun beim Wirt bis spät in die Nacht hinein. »Dein Mann sollt sich besser um dich kümmern«, meinte Klara, »und net dauernd unterwegs sein bei diesen blöden Kundgebungen und Demonstrationen. Ich kann mit dem Hitler net viel anfangen. Und mit derer SA, wo dein Mann sich wichtigtut, hab ich auch nix am Hut.« Reserl wiegte den Kopf nachdenklich hin und her. »Ich weiß auch net, was aus ihm geworden ist, in der Schlafkammer hat er lauter so Fahnen und Anstecker, Hakenkreuze. Und seine Uniform, die er jedes Mal anzieht, wenn er fortgeht, ist ihm heilig.« Sie seufzte: »Aber ich denk mir, es wird sich schon ändern, wenns ihm mal mit dem Geld wieder besser geht. Vielleicht können wir wieder Ferienwohnungen vermieten, aber dafür müssen wir alles malern und a bisserl herrichten, oh mei, keine Zeit, kein Geld. Und so jemand wie die Frau Diener wird eh nimmer kommen.« Reserl vermisste ihre Freundin, die ihr vermittelt hatte, wie es jenseits der Orts-, Gau- und bayerischen Landesgrenze zuging. Und jenseits der Grenzen, die von Konventionen, Regeln und Erwartungen errichtet wurden. Leider waren die Fotografin und ihr Mann jetzt nur noch gelegentlich im Ort, um nachzuschauen, welche Fortschritte ihre Baustelle am Anger machte. Den meisten Menschen im Dorf war das Ehepaar suspekt, reiche Stadtleute, die meinten, sie könnten mit ihrem Geld alles machen, was sie wollten. Allen voran im Schimpfen und Lästern war ausgerechnet Reserls Mann: Korbinian Sonnbichler. Die Dieners, hetzte er im Dorf umher, seien sicher Juden, die sich hier breitmachten. Dabei betonte er stets, wie froh er sei, dass dieses Pack endlich aus seinem Haus war.

»Was meinst, Reserl, sind das Juden?«, fragte Klara jetzt. Die Freundin schluckte das letzte Stück Kuchen hinunter und zuckte mit den Achseln. »Was weiß ich schon von diesen Juden.«

Vroni war stille Zuhörerin, wie meistens, wenn sich die Frauen trafen. Nur einmal, nachdem Post aus Costa Rica für sie gekommen war, hatte sie sich für kurze Zeit von der verschlossenen Frau in die alte Vroni zurückverwandelt, wie man sie von früher her kannte, voller Glück und Lebendigkeit. Das war etwa vor fünf Jahren gewesen, erinnerte sich Klara, nach dem einzigen Brief aus der Ferne, den das Fräulein Briefträger Klara, der Vermittlerin übergeben hatte, und sie ihrerseits dann Vroni. Eine einzige Nachricht in einem halben Jahrzehnt! Gleichwohl war Vroni anzumerken, dass sie Lenz Binder immer noch nicht vergessen hatte.

»Der Franzerl hat bald Geburtstag«, meinte Vroni jetzt und betrachtete ihre Handflächen. »Ich weiß gar nimmer so recht, wie er spricht, kenn seine Stimme nimmer, seh ihn doch immer nur von der Weiten.«

»Vroni, ihm geht's gut. Besser, du hörst endlich mal auf, dran zu denken«, erwiderte Klara.

Die Landgräfin beobachtete ihre Freundin stumm und dachte nach. Es war an der Zeit, die Wahrheit ans Licht zu bringen. Als sich die Besucherinnen mit den Kindern auf den Nachhauseweg machen wollten, hielt Klara ihre Freundin am Arm fest. »Vronerl, bleib bitte noch. Ich muss noch mit dir reden. Alleine. Ist wichtig!«

An diesem Abend, an dem Vroni endgültig Abschied nahm von ihrem Traum, hockte sie starr am Küchentisch. Die Kinder hatte sie zu Bett gebracht, Benedikt war fort, die alte Feistlin drüben in ihrem Häusl.

Vroni blickte auf das, was sie dem einst so geliebten Mann in all den Jahren der Trennung wert gewesen war: Ein Fetzen Papier mit hohlen Worten. Tränen der Wut, Hass und Trauer hatten sich inzwischen verflüchtigt, jetzt fühlte die Betrogene nichts anderes mehr als Leere. »Warum hast das mit mir gemacht, Lenz?«, fragte sie in die Stille.

Als die Kirchturmglocken acht Mal schlugen, wischte sie sich trotzig über das Gesicht, zerknüllte den Brief und steckte ihn in die Jackentasche. Im Dämmerlicht verließ Vroni den Hof, den Schal um den Kopf geschlagen und tief ins Gesicht gezogen. Sie wollte mit niemandem sprechen, keinen sehen, vermied die Hauptstraße durch den Ort und lief schnellen Schrittes die kleinen Wege zwischen den Höfen entlang. Als sie den schmalen Pfad, der zur Anhöhe führte, erreichte, stand am Himmel der erste Stern.

Die Hütte war nur noch in ihren Umrissen zu erkennen. Man hatte sie dem Verfall überlassen, das Holzdach war vom heftigen Schnee des vergangenen Winters auf der linken Seite eingedrückt. Die Tür stand leicht geöffnet, fast einladend, als bedeutete sie Vroni: Tritt ein und beende, was hier begonnen hat. Dahinter war Finsternis. Das einzige Fenster, das es gab, hatte man mit Holzlatten zugenagelt. Vroni zündete die Petroleumlampe an und sah sich um. Es war feucht, der letzte Regen war noch nicht lange her und war durch das marode Dach getropft. Vroni stellte die Lampe hin. Es war so weit, nach ach so vielen Jahren des Wartens und Bangens. Sie holte das zerknäulte Papier aus der Tasche und hielt ein Streichholz daran. »Verschwind aus meinem Kopf, Lenz«, sagte sie in das Züngeln der Flammen hinein, »verschwind aus meinem Leben.«

Dann lehnte sie sich an die Wand, atmete schwer. Lange blieb sie so stehen, bis es draußen Mitternacht schlug.

Im Schein des mitgebrachten Lichts kehrte sie zurück zu ihrem Hof, der jetzt ihr endgültiges Zuhause war, das sie nicht liebte, zurück zu dem Mann, den sie nicht liebte, heim zu den Kindern, die sie nicht liebte.

Die Zeit wird alles richten, dachte sie seufzend, als sie die Klinke zum Schlafzimmer drückte, in dem ihr Mann auf sie wartete.

Sieben Jahre noch blieb es droben auf der Anhöhe so wie immer, ein verschlafener, friedlicher Platz. Im Sommer grasten dort die Kühe, im Herbst kamen Schafe und stutzten das Gras zu einem gleichmäßigen Teppich, im Winter schnürten Füchse und hoppelten Hasen über den Schnee.

Fünf Jahre später, nachdem Vroni hier von der Liebe Abschied genommen hatte, zählte man das Jahr 1934. Der Schuppen auf der Anhöhe fiel gänzlich in sich zusammen, erst bröckelte das Dach ins Innere, zerbrach dabei die Truhe des Königs, dann drückten Stürme die maroden Wände ein und zu Boden. Gräser, Brennnessel und allerlei Gestrüpp wucherten über die morschen Balken, die langsam mit der Erde verschmolzen.

Im Frühjahr dieses Jahres stand eine Frau mit ihrem Ehemann an diesem Platz. »Philipp, mein Liebling«, sagte sie zu dem Gatten, der ihre Hand hielt. »Genau hier soll es sein.«

Und so kam es dann auch.

Im Sommer entfernte man, was sich hier vorher befunden hatte: die Bäume, die Weidezäune, die Reste der kleinen Hütte. Bagger rissen die Erde auf, Lastwagen brachten Kies, Maurer legten Ziegel aufeinander, Zimmerer hämmerten und errichteten das Dach, Gärtner ließen die wunde Erde wieder erblühen.

An einem Sonntag im Jahr 1935 saßen dann die glücklichen Bewohner dieses schönen Fleckchens Erde auf der Terrasse des herrschaftlichen Gebäudes und blickten über das Tal. Herr und Frau Bouhler hatten im goldenen Dorf ihre Heimat gefunden.

Die Sonne schickte ihre schönsten und hellsten Strahlen auf den Ort, die Luft war mild und roch würzig, Schmetterlinge tanzten in der Luft, Bienen summten, ein Stückchen Paradies.

Annamirl Sonnbichler kam aus der Verandatür. In ihren Händen hielt sie ein Tablett mit Tee und Gebäck darauf. Auf dem Kopf trug sie ein Häubchen, über dem Kleid eine weiße Spitzenschürze. Sie servierte sorgsam und fragte: »Darf's sonst noch was sein, die Herrschaften?« – »Danke, nein«, antwortete die Hausherrin und blätterte, ohne aufzublicken, weiter in ihrer Modezeitschrift.

Der Hausherr schwieg, er schien in seine Notizen vertieft zu sein, die er in ein Heft schrieb, für ein Buch vielleicht, eine Rede, oder er arbeitete an seinem unheilvollen Plan.

Annamirl tat einen Knicks, so tief, wie die Herrschaften es sie gelehrt hatten, und zog sich geräuschlos zurück in die Küche. Sie blickte auf die Wanduhr, die leise tickte. Die Zeit schritt voran.

★ ★ ★

TEIL ZWEI
Simmerl

Simon Weber, der alte Mann, steht immer noch am Grab, tief versunken in die Geschichte, wie sie sich ihm erschlossen hat, nach all dem, was er wusste, selbst erlebt hatte und was die Leute von damals berichteten. Nur, die Geschichte tauchte ins Jahr 1935, als Simon Weber selbst die Bühne des Geschehens betrat. Denn in diesem Jahr zog er ins goldene Dorf, in dem eine neue Generation heranwuchs, zu der auch er zählte. Junge Menschen ohne Argwohn, offen für das Leben, die meisten noch unverwundet.

»Wisst ihr«, sagt er zu den Ruhenden, »ich bin dankbar, dass ich im Kopf noch so wach bin, auch wenn mein Körper mir nicht mehr so gehorchen mag. Jetzt tun mir die Beine und Füße vom Stehen weh, ich würde mich am liebsten irgendwo ins Gras legen und einen Halm kauen, die Vögel und den Wolkenzug beobachten. Mein lieber Freund, erinnerst dich? Das haben wir oft getan. Und manchmal haben wir dabei keine Grashalme im Mund gehabt, sondern Zigaretten. Das war verboten, mein Gott, was haben wir nicht alles getan, das verboten war. Wir dachten dann, wir seien stark, würden unsere Freiheit fordern, indem wir uns den geltenden Regeln widersetzten.« Simon Weber schüttelt den Kopf. »Warum haben wir das aufgegeben? Warum haben wir irgendwann begonnen, das zu tun, was andere von uns erwartet haben? Deswegen seid ihr hier, ihr drei. Nur deswegen.«

Der Mann blickt sich suchend nach einer Sitzgelegenheit um, seine Gedanken, die diese Geschichte formen, machen seinen Körper schlaff, Beine und Füße bleierner als sie ohnehin schon sind. Die nächste Bank ist nicht weit entfernt, nur wenige Meter. Der Alte zieht sein Jackett aus und nimmt Platz. Es ist schwül geworden, in der Ferne des Himmels türmen sich dunkle Wolken auf. Man sieht das Gewitter nahen, und Simon weiß, bald wird der Sturm beginnen. »Ich erinnere mich«, spricht er in Richtung Grabstätte, »wie gut wir damals im Vorhersehen waren. Wenn es um das Wetter ging. Genau da, wo jetzt alles schwarz ist, in dem kleinen Kessel zwischen den entfernten Bergen, da liegt das Dunkel. Noch ist es windstill, doch wir wussten, dass in dieser Stille die Gefahr lauerte, mein Freund. Wir setzten uns dann auf unsere Fahrräder, verließen den Fluss, wo wir gerade angelten, oder stiegen eilig den Berg hinunter, auf dessen Gipfel wir heimlich ein Bier getrunken hatten, denn es dauerte nie lang, bis dann Sturm, Regen und Gewitter über uns hereinbrachen. Wir mochten den Donner nicht. Wir waren starke Jungs, aber wir fürchteten das Grollen in der Ferne. Wir wollten nicht in den Regen geraten, wollten nicht vom Sturm gepeitscht oder vom Hagel getroffen werden. Deswegen gaben wir acht auf das, was am Himmel geschah.«

Simon Weber lehnt sich zurück und wartet eine Weile, bevor er weiterredet. »Ja, ja, wir sahen, was da oben geschah. Aber hier unten, im Dorf, das wir das goldene nannten, weil es für uns nichts Schöneres gab, da waren wir blind. Wir sahen nicht das Unheil, das aufzog. Ich meine jenes, das damals über Deutschland schwebte und die ganze Welt durcheinanderwirbelte. Wir waren damals unbefangen, erfahrungslos, arglos, vielleicht zu einfach gestrickt. Ebenso wenig sahen wir die Bedrohungen, die über unseren eigenen Leben schwebten. Man hätte ihnen ausweichen können. Aber du, mein Freund, hast dich mitten unter sie gestellt. Und ich ließ dich dort stehen, weil wir beide beschlossen hatten, dass sich unsere Wege trennen.

* * *

Es war früher Morgen am 11. August 1935, ein Sonntag.

Während Simon Weber seinen Koffer packte, weinte er still.

Seine Mutter Brigitte stand im Türrahmen und betrachtete ihren Sohn, sie war bleich im Gesicht, auch sie hatte Tränen in den Augen. »Glaub mir, es wird dir gefallen, Simmerl.« Durch das geöffnete Fenster ertönte laute Marschmusik, man hörte Menschen, viele Menschen, im Gleichschritt durch die Straßen marschieren. Mit ihren schweren Stiefeln donnerten sie durch die Stadt.

»Simmerl, schick dich, zieh die Schuh an, damit wir rechtzeitig losgehen, bei dem Tumult da draußen kommen wir nicht so schnell zum Bahnhof«, mahnte die Mutter, während sie ihren Koffer schloss und den Mantel vom Haken nahm.

Brigitte strich dem Jungen über das dichte Haar. »Wir werden es gut haben auf'm Schwaigerhof, kriegst jetzt dein eigenes Zimmer und ein bisserl Geld kannst auch verdienen neben der Schule her. Schau, kannst froh sein, dass du bei den Landgrafs mithelfen darfst.« Sie kniete sich vor dem Sohn hin und sah ihn lange an. »Bub. Fesch bist, sehr fesch. Die Mädels werden sich alle mal nach dir umdrehn.«

Da stand er, mitten im vertrauten Zimmer, auf dem Bett lag der Bär, den er von seiner Oma zur Geburt geschenkt bekommen hatte. Simmerl, wie ihn seine Mutter und all seine Freunde nannten, wäre jetzt am liebsten hier in diesem Raum festgewachsen, untrennbar von seinem alten Leben gewesen. Er hätte losheulen wollen, aber das tat ein Junge mit dreizehn Jahren nicht, also lächelte er. Dann nahmen Mutter und Sohn ihre Koffer, sahen sich ein letztes Mal um und verließen die Wohnung, in der Simmerl seine Kindheit verbracht hatte. Sie war nun zu Ende, endgültig begann nun, was die Erwachsenen immer »den Ernst des Lebens« nannten. Er hatte nie verstanden, was genau sie damit meinten.

Als sie vor die Haustür traten, erschien Simmerl die Stadt feierlich und beängstigend zugleich. Überall an den Masten und Hauswänden hatte man rote Fahnen mit Hakenkreuzen aufgezogen, die unzähligen Menschen auf den Straßen trugen Wimpel in den Händen, kleine Mädchen schwenkten Blumensträuße. Mutter und Sohn bahnten sich ihren Weg durch die Massen. Kurz bevor sie den Bahnhof erreichten, traf Simmerl noch einen ehemaligen Klassenkameraden auf der Straße, er war uniformiert, am Arm trug er eine Binde. Seit einem Jahr war er bei der Hitlerjugend und sprach von nichts anderem mehr als vom Führer und dem, was kommen würde. »Falsche Richtung, Kamerad, wo willst denn hin?«, fragte er Simmerl nun erstaunt.

»Zum Zug.«

»Wieso das denn? An so einem Tag kann man doch nicht wegfahren.«

»Wir haben keine Zeit«, antwortete Brigitte und zog Simmerl am Ärmel weiter Richtung Bahnhof.

»Jeder anständiger Bürger sollte jetzt hier sein. Man sagt sogar, der Führer selbst wird heute in die Stadt kommen, eine Rede halten, und da wollt ihr nicht dabei sein?« Der Junge blickte verständnislos drein. »Heil Hitler«, salutierte er dann mit hocherhobenem Kopf und marschierte Richtung Innenstadt, wo sich das Volk versammelte, um den Führer zu feiern.

Der Zug fuhr pünktlich in den Bahnhof ein, nahm die Reisenden auf und ratterte im weißen Dampf, den die Lok ausspie, aus der Stadt heraus, von Ort zu Ort, bis er eine knappe Stunde später sein Ziel erreichte und Simmerl mit seiner Mutter ausstieg.

Nach einem längeren Fußmarsch über Feldwege und einen großen Fluss sah er von Weitem das Dorf. Aus ein paar Schornsteinen stieg Rauch auf, Simmerl hörte das Bimmeln von Kuhglocken und einen Hund bellen. »Kann sein, dass die Leut noch in der Kirche sind«, erklärte Brigitte. »Dann setzen wir uns halt auf die Bank unter der Linde, die steht direkt gegenüber vom Kirchausgang. Da warten wir so lange, bis der alte Schwaiger und sein Enkel rauskommen. Der Rest ergibt sich dann von allein.« Simmerl nickte. Es war ein warmer, sonniger Tag, die Farben bunt und leuchtend. Als Mutter und Sohn durchs Dorf schlenderten, schien es menschenleer, niemand war auf der Straße zu sehen, keiner saß auf den Hausbänken, dem Ort war anzumerken, dass sich seine Bewohner im Gotteshaus befanden. Die beiden Ankömmlinge gingen Richtung Dorfmitte. Als sie die Bäckerei passierten, nahm Brigitte ihren Sohn an der Hand und hielt an. »Bub, schau da rein, in dem Laden werd ich ab morgen wieder sein. So wie früher. Weißt, bei dem Bäcker hab ich gearbeitet, viele Jahre lang, hab's Brot und die Semmeln verkauft.« Sie seufzte. »Mei, Bub, des war eine Zeit. Der Bäcker Binder ist ein alter Mann und ein ganz ein netter. Komm, weiter geht's.« An einem Brunnen machten sie halt, Simmerl trank etwas Wasser, Brigitte benetzte ihr verschwitztes Gesicht. »Das hab ich im Sommer jeden Tag gemacht, an dem Brunnen gestanden und mich frisch gemacht, wenn's heiß war«, erinnerte sich Brigitte. Dann wies sie auf einen großen, alten Bauernhof, der aus grauem Gestein gebaut war. Alles an ihm wirkte ordentlich, sauber und aufgeräumt. Die Balkone waren mit blauer Farbe gestrichen, an ihnen schlängelte sich sattgrüner Efeu empor. Zwei Paar Stiefel standen links neben der Eingangstür. Ein paar Hühner liefen pickend über die Wiese, und auf der Hausbank sonnte sich eine schwarzweiße Katze. »Schau Bub, das ist der Schwaigerhof. Hier war deine Oma Magd, und ich bin hier aufgewachsen. Das linke Fenster oben, mit den blauen Vorhängen, siehst das? Da hab ich gewohnt all die Jahr, bis ich fortgegangen bin und du auf die Welt gekommen bist. Gefällt's dir? Da werden wir jetzt wohnen für eine Zeit.« Simmerl nickte. »So ganz anders als das Haus, in dem wir vorher gelebt haben.« Die Tür war geschlossen, es öffnete auch niemand, als Brigitte klopfte. »Ich hab's mir gedacht, die sind in der Kirche, Simmerl, komm, wir gehn hoch zur Linde und warten da.« Sie stellten ihre Koffer in einen Schuppen, der links im Garten stand, und machten sich auf den Weg. »Das da ist das Geschäft, in dem du ab morgen helfen wirst«, erklärte Brigitte, als sie an dem Gebäude der

Kaufmannsfamilie vorbeikamen. Simmerl fand, dass es das prächtigste, größte und schönste Haus war, das er bislang in diesem Ort gesehen hatte. Es mutete fast herrschaftlich an mit der verspielten und farbenfrohen Lüftlmalerei. An den Ecken ragten kleine Erker hervor, und die drei Balkone waren von kunstvoll geschnitzten Geländern umgeben. Der Laden umfasste das gesamte Erdgeschoss. »Kolonial- und Lebenswaren« stand in verschnörkelter Schrift über der Eingangstür. Daneben hingen allerlei Tafeln. Auf ihnen stand geschrieben: *Maggi, Wurstwaren, Wein und Flaschenbiere, beste aller Milchschokoladen, Zigarren, Erdal Froschkönig, Kurzwaren und vieles mehr.* In der Auslage hingen Würste, standen Körbe mit Wolle und gestrickten Socken, in der linken Ecke befanden sich Kerzen aller Größen sowie Petroleumlampen, in der rechten ein paar Weinflaschen, mittig eine Kiste mit diversem Werkzeug. Simmerl hatte den Eindruck, als gäbe es in diesem kunterbunten Geschäft so ziemlich alles, was man zum Leben brauchte. »Die sind aber geldig, die Landgrafs, stimmt's?«, fragte der Bub ehrfurchtsvoll. Brigitte schmunzelte. »Reicher als wir auf jeden Fall.« – »Sind das die Reichsten im Ort?«, wollte Simmerl wissen. »Oh nein, da gibt es noch den Zinsmayer am Anfang des Dorfes, erinnerst dich, da sind wir vorbeigekommen. Der hat ein Säge- und Elektrizitätswerk. Und er hat einen Enkel, der ist fast so alt wie du. Franzerl heißt er. Den wirst auch noch kennenlernen, überhaupt, bald wirst das ganze Dorf kennen.« Sie erreichten den Kirchplatz, setzten sich unter den Schatten spendenden Baum und warteten schweigend. Sie sahen dem Lufttanz der Mücken zu, hörten Amseln singen und in der Ferne Pferdegewieher. Ein Hund schlich um die Ecke, setzte sich hin und kratzte sich mit der Hinterpfote hinterm Ohr. »Ganz anders ist es hier als in der Stadt«, sagte Simmerl jetzt enttäuscht, »nur Viecher, sonst nichts. Mutter, wie lange müssen wir hierbleiben? Ich will am liebsten wieder zurück.«

»Simmerl, bis der alte Schwaigerbauer mich nimmer braucht«, antwortete Brigitte und faltete ihre Hände im Schoß. »Außerdem kannst froh sein, dass du nach der Schulzeit so eine gute Lehrstelle haben wirst wie die bei den Landgrafs.«

Die Glocken kündigten das Ende des Gottesdienstes an. Die Pforte öffnete sich, die Gläubigen strömten heraus und versammelten sich vor der Kirche zum kurzen Sonntagstratsch. Ganz am Rand all dieser Grüppchen stand ein alter Mann, ganz in Schwarz gekleidet. Als sich seine und Simmerls Blicke zufällig trafen, setzte er sich langsam in Bewegung und steuerte direkt auf die Linde zu. »Jessas, der Alois Trachsler«, flüsterte Brigitte ihrem Sohn zu. »Das ist ein ganz Spezieller, a bisserl komisch im Hirn, aber ganz ein Lieber.« Der Mann hockte sich neben Simmerl auf die Bank. Er roch nach Rauch. »Wer bist du, mein Freund?«, fragte er mit kratziger Stimme. »Ich kenn dich nicht, hab dich noch nie gesehen in meinem Dorf.«

»Ich bin der Weber Simon, aber alle sagen Simmerl zu mir.« – »So, so«, nickte der Mann.

»Servus, Trachsler, kennst mich nimmer? Hab ich mich so sehr verändert?«, fragte Brigitte lachend.

»Die Brigitte, die Brigitte, jetzt weiß ich es wieder, die Brigitte, ja, ja.« Der Trachsler zog seinen Schlapphut vom Kopf und verneigte sich. »Auch du bist willkommen hier.« – »Bleibt ihr im Ort wohnen?«, fragte der Mann den Buben. Simmerl nickte. »Wir wohnen erst mal auf dem Schwaigerhof. Erst geh ich noch ein Jahr in die Schule hier, und dann fang ich eine Lehr an, im Kolonialwarenladen. »Gut, gut«, der alte Mann erhob sich schwerfällig. »Ich bin der Alois Trachsler«, sagte er, »wenn dich Sorgen plagen oder was schmerzt, kommst zu mir, frag nach dem schwarzen Haus, da wohn ich. Servus, Brigitte, servus, Simmerl.« Dann humpelte er, irgendwas vor sich hin murmelnd, davon. Mittlerweile blickten immer mehr Leute hinüber zu Simmerl und seiner Mutter, einige von ihnen begannen zu tuscheln. »Ich geh mal zu den Leuten, die erkennen mich nimmer, glaub ich. Und dann such ich den alten Schwaiger, bleib derweil hier hier, Bub«, sagte sie. Als sie auf die Menschentraube zuging, hörte Simmerl erstaunte Rufe: »Na, geh, des gibt's doch net, die Brigitte ist wieder da. Du bist es doch, oder?«

Der Hund näherte sich Simmerl, schnupperte an der Bank und war gerade im Begriff, das Bein zu heben, als ein Junge gelaufen kam. »Lass das, Beppo, schleich dich!«, rief er. »Beppo ist der Dorfhund, meint immer, ihm gehört alles, die ganze Welt muss markiert werden«, sagte er grinsend zu Simmerl und stellte sich ihm als Vinzenz Landgraf vor. Er war ein schlaksiger Kerl mit braunen Augen, kurz geschnittenen dunkelblonden Haaren und schmalem, hochgeschossenem Körper. Seine langen Arme ragten aus zu kurzen Hemdsärmeln, die Hose reichte ihm nicht einmal bis zu den Knöcheln. »Bist du der Sohn von Brigitte?« Er fuhr sich mit seinen Händen durch das Haar. Simmerl nickte. »Hab gehört, dass du in den Ferien bei uns mithelfen willst, komm, da vorn sind meine Eltern. Ich stell dich denen mal vor.«

Als Simmerl seiner neuen Chefin gegenüberstand, war er erleichtert, sie hatte ein freundliches Lächeln mit Grübchen in den Wangen und ihr Mann einen sanften, bestimmten Händedruck und mild dreinblickende Augen. »So, so, Simmerl, ab morgen kommst ja zu uns zum Helfen«, sagte Klara Landgraf, und ihr Mann fügte hinzu: »Und wenn es dir gefällt und du uns gefällst, hast nächstes Jahr eine Lehrstelle bei uns. So haben wir es mit deiner Mutter ausgemacht. Freust dich?« Simmerl nickte. »Ihr wohnt ja jetzt beim Schwaiger, das ist gut«, meinte Frau Landgraf. »Weißt was, Simmerl, wennst dich in deinem Zimmer eingericht hast, kommst auf einen Sprung bei uns vorbei, der Vinzenz zeigt dir dann alles, und wir besorgen das Nötigste, damit du morgen in der Früh gleich anfangen kannst. Einverstanden?« Simmerl nickte. Inzwischen hatte sich Brigitte dazugesellt, sie wechselte ein paar Worte mit den Landgrafs, bedankte sich für alles und zog Simmerl dann zu einem älteren Mann, der eine Pfeife im Mundwinkel hielt.

Es war der Schwaigerbauer, neben ihm stand sein Enkel, Anderl. Der Alte hatte tiefe Furchen im Gesicht, seine Haut war vom Wetter braun gegerbt. »Schön, dass ihr da seid's, kommt mit, wir gehen zum Hof.« Anderl, der um einige Jahre älter war als Simmerl, ihn um zwei Köpfe überragte und doppelt so breit war, verschränkte die Arme vor der Brust. »Der Opa hat gesagt, ihr kommt's aus der Stadt, da bin ich ja gespannt, ob du hier auf'm Land zu gebrauchen bist«, feixte er und drückte Simmerls Oberarm. »Wo sind denn die Muskeln? Da wirst auf jeden Fall noch etwas zulegen müssen.« – »Fangen wir doch gleich einmal mit Weißwürsten an«, schlug der alte Schwaiger vor. »Und Brezen haben wir auch, extra gekauft für euch.«

Gemeinsam gingen sie den Bach entlang, hinunter zum Hof. Rupert Schwaiger befahl der Magd, den Topf auf den Herd zu stellen und die Würste zu erhitzen. Währenddessen begleitete er Brigitte zu ihrem Zimmer, das ein Stockwerk über dem von Simmerl lag. Anderl, der sich unter dem niedrigen Türstock bücken musste, als er Simmerl in sein Zimmer führte, erklärte:

»Das da ist ab heute dein Reich, Simmerl von der Stadt.«

Es war eine winzige, aber gemütliche Kammer, in der ein Bett stand, ein Holztisch und ein Schrank. Auf dem Fußboden lag ein Fleckerlteppich, am Fenster baumelten bunt karierte Vorhänge. Die Wände waren liebevoll dekoriert, ein kleiner Spiegel hing dort, ein paar Bilder vom Ort, wie er früher ausgesehen hatte: klein, beschaulich. »Und?«, fragte Anderl und sah Simmerl von der Seite an. »Was sagst?«

Der nickte. »Schön ist es bei euch.«

Anderl knuffte Simmerl in die Rippen. »Heute ist ein besonderer Abend bei uns im Ort. Wir haben Dorffest, musst mitkommen! Ich geh am späten Nachmittag hin, ist immer lustig dort, Musik, tanzen, kaltes Bier und die schönsten Mädels aus der ganzen Gegend«, sagte er grinsend, bevor er ging.

Simmerl legte den Koffer auf das Bett und klappte ihn auf, er räumte seine Kleidung in den Schrank, in dem es nach Mottenkugeln roch. Durch das Fenster schien die Mittagssonne, in ihren Strahlen tanzten winzige Staubkörnchen. Der Junge öffnete das Fenster und beugte sich nach draußen. Schräg gegenüber von ihm sah er einen alten Bauernhof, der ziemlich in die Jahre gekommen war, der Putz samt Wandfarbe war an manchen Stellen abgeblättert und legte Ziegelsteine frei. Die Fensterläden wirkten morsch, und die Latten der Bank, auf der ein älterer Mann in Uniform hockte und rauchte, waren seitlich abgebrochen. Simmerls Blick wanderte die Straße weiter hinunter. Dort, wo sie endete, stand das Wirtshaus des Ortes, im Schatten seiner großen Kastanien hockten die Gäste, eine Bedienung im Dirndl eilte hin und her.

Simmerl setzte sich auf das Bett, die Matratze war weich, die Bettwäsche aus Leinen roch frisch gewaschen. *Hier also werde ich die nächsten Jahre über bleiben,* dachte er.

Ein paar Fliegen verirrten sich ins Zimmer, segelten brummend um die Lampe und suchten wieder das Freie. »Ganz ein schönes Zimmer hast, mein Simmerl«, sagte Brigitte, die an der Tür stand. »Komm, Weißwürste gibt's. Aber wasch dich vorher und kämm dein Haar.«

Als dann alle am Tisch saßen und die Würste aßen, wusste keiner so recht etwas zu sagen.

Draußen zog der Trachtenzug vorbei, gen Waldlichtung. Man spielte einen fröhlichen Marsch, es war der Auftakt zum Fest. Ganz vorne hielten Burschen die Fahnen mit den Insignien des goldenen Dorfes in die Höhe. Hinter den Musikanten, den Trompetern, Klarinettisten und Flötenspielern stolzierten die Trommler. Es folgte die freiwillige Feuerwehr, dann der Schützenverein. Dahinter, der Größe nach von klein nach groß sortiert, die Burschen und Mädels vom Trachtenverein.

Ausgelassenheit und Fröhlichkeit schwebten über dem Zug, und während alle auf der Waldlichtung eintrafen, wo bereits bunte Lampions flackerten, die Bänke sich füllten, Bier ausgeschenkt wurde und die Trachtler ihre Tänze begannen, huldigte zur gleichen Zeit, keine zwanzig Kilometer entfernt, die euphorische Menschenmenge ihrem unheilbringenden Führer.

* * *

Als Philipp und Helene Bouhler, die bei Hitlers Kundgebung in der Stadt zugegen waren, an diesem denkwürdigen Sonntag abends von ihrem Chauffeur zurück zu ihrem Anwesen gefahren wurden, konnte die Zufriedenheit nicht größer sein. Der Tag in der Kleinstadt war glorreich gewesen, der Führer nah am Volk, das ihm im Freudentaumel dankte. Dem Land stand ein großer Wandel bevor, danach sah alles aus. Und Philipp Bouhler würde als getreuer Reichsleiter der NSDAP und Chef der Reichskanzlei in Bälde das Seinige dazu beitragen, um die großen Visionen und Pläne des Führers umzusetzen. Der schwarze Wagen rollte gemächlich durch den Ort, hie und da tauchten im Scheinwerferlicht die heimkehrenden Festbesucher auf, manche von ihnen singend, andere schwankend und sich gegenseitig stützend.

Kurz vor dem Bouhler'schen Einfahrtstor lag rechts unter einem Baum ein Junge regungslos auf dem Boden. Doch der Wagen fuhr weiter, die Auffahrt hoch.

Annamirl Sonnbichler stand am Fenster ihres Zimmers, hatte den Vorhang beiseitegeschoben und sah den schwarzen Mercedes der Herrschaften näher kommen. Schnell zog sie ihre Schürze an, kämmte sich das Haar und eilte zur Eingangstür. Seit ein paar Monaten schon hatte sie bei den Bouhlers die Stelle als Haushälterin inne. Das Ehepaar hatte ihr ein eigenes, stattliches Zimmer zugewiesen, in dem sie fortan wohnen durfte.

Das Dienstmädchen erwies sich als die richtige Wahl. Man brachte ihr Vertrauen und Zuneigung entgegen. Niemand außer ihr und den Bouhlers selbst hatte einen uneingeschränkten Zutritt zu allen Räumen. Annamirl machte morgens das Bett des Ehepaars, putzte das Bad nach dessen Morgentoilette, wedelte mit dem Staubfänger über die Buchrücken in den Regalen, wischte den Schreibtisch des gnädigen Herrn ab und achtete dabei darauf, dass seine vielen Schriftstücke nicht durcheinandergerieten: Reden von Hitler, Manuskripte für ein Buch über Napoleon und irgendwelche Abhandlungen zur Reinerhaltung des deutschen Volkes. Der Herr war streng, aber gerecht. Vor allem konnte er sich großzügig zeigen, steckte seiner Angestellten hin und wieder etwas Geld oder Pralinen zu. Er war ein viel beschäftigter Mann, meistens in München oder Berlin unterwegs.

Vater Korbinian hatte ihr die Arbeitsstelle vermittelt. »Du arbeitest zukünftig bei einem ehemaligen SS-Gruppenführer, der jetzt Chef der Reichskanzlei ist, Annamirl, weißt, was des heißt? Du kannst stolz drauf sein. Wir haben's geschafft. Ich bei der SS, du bei einem der ganz Wichtigen und Mächtigen in der Politik. Da können uns die Gaunerbanken jetzt bald den Buckel runterrutschen, die haben bald nix mehr zu sagen, die Judenleut«, verkündete er triumphierend. Mutter Reserl konnte sich langsam mit dem Enthusiasmus, den Korbinian für diesen Hitler hegte, anfreunden. Das Drumherum schien ihr zu gefallen, denn es bedeutete eine bessere Laune und Zukunft ihres Mannes, weil endlich etwas Geld ins Haus kam. Der Schuldenberg schrumpfte, und bald, so hoffte die Familie Sonnbichler, würde man beginnen können, den Hof ein wenig zu renovieren. Außerdem erhielt ihr Mann durch seine neue Uniform und die damit verbundene Position im Ort endlich den Respekt, der ihm gebührte und den er sich lange ersehnt hatte. Vorbei waren die Zeiten, in denen Korbinian mangels Geld zerlumpt und mit löchrigem Schuhwerk herumlief. Allerdings war er jetzt nur noch selten zu Hause. Meistens hatte er in Dachau zu tun.»Wisst ihr, da ist ein Gefängnis, in das kommen die Leut hin, die übern Führer schlecht reden, und Verbrecher. Also, Reserl und Annamirl, wenn ihr hier bei uns im Dorf jemand schlecht reden hört, sagt's mir«, erklärte Korbinian seiner Familie. Ein klein wenig konnte Mutter Reserl auch zum Erfolg ihres Mannes beitragen, indem sie den Arier-Test bestanden hatte – denn von ganz oben hieß es: keine fremdländischen Menschen im Blut von Hitlers wichtigem Gefolge. Annamirl konnte beruhigt den elterlichen Hof verlassen, denn ihre Mutter wirkte zum ersten Mal seit langer Zeit glücklich. Zuvor hatte sie unter großer Trauer gelitten, nachdem sie von der Fotografin Petra Diener, die sie irrtümlich für ihre Freundin gehalten hatte, weggeworfen worden war wie ein ausrangierter Putzlumpen. Petra Diener logierte jetzt auf dem Anger in ihrer riesengroßen Villa, die von einer hohen Schutzmauer umgeben war. Seitdem sah man die Fotografin kaum mehr im Ort, sie hatte Dienstpersonal, das alle Verrichtungen außerhalb der Mauern für sie erledigte. Stattdessen gingen dort ständig Gäste ein und aus, die meisten fuhren in vornehmen Wagen vor. Kein einziges Mal war Mutter Reserl von ihrer ehemaligen Freundin eingeladen worden.

So wie Reserl einst Petra Diener bewundert hatte, verehrte Annamirl jetzt Helene Bouhler.

Die gnädige Frau stieg gerade aus dem Auto, als Annamirl die Haustür öffnete. Was für eine edle Erscheinung ihre Herrin doch war, eine formvollendete Dame mit ihrem Kostüm und der eleganten Ledertasche. Sie war Annamirl eine gute Herrin, verständnisvoll, stets mild mit ihrer warmen Stimme und gleichzeitig zielstrebig. Alles hatte perfekt zu sein, die Blumen in den Vasen frisch, die Kissen auf den Sofas akkurat drapiert, der Tee exakt drei Minuten gezogen, die Frühstückseier fünf Minuten gekocht.

Helene Bouhler lachte Annamirl freundlich an.»Ach, Sie sind schon hier? Waren Sie nicht auf dem Fest heute? Sie hatten doch Ausgang?«, fragte sie erstaunt.»Doch, doch, ich war dort, aber nicht lange, es gab hier noch so viel zu tun.« – »Annamirl, bringen Sie uns doch bitte eine Flasche von dem Rotwein aus dem Keller, Sie wissen schon welchen«, bat Philipp Bouhler und ließ sich im tiefen Sessel nieder.

Zu dieser Zeit war die Musik im Wald schon lange verstummt, die Instrumente eingepackt, die ersten Lichter gingen aus, und die Bedienungen räumten die letzten Krüge von den Tischen. Das Waldfest neigte sich dem Ende zu, es war gegen dreiundzwanzig Uhr, die meisten Gäste hatten sich bereits auf den Nachhauseweg gemacht. Vinzenz und sein Freund Franzerl durchsuchten noch einmal die Umgebung nach dem plötzlich abhanden gekommenen Stadtjungen ab, liefen den nahe gelegenen Bach auf und ab, schrien »Simmerl, wo bist denn? Siiiiiimmmerl!« Irgendwann stellten sie ihre Suche ein und machten sich auf den Heimweg. An der hölzernen Brücke verabschiedeten sich die Freunde. »Servus, Franzerl, vielleicht liegt der Simmerl ja schon längst in seinem Bett«, sagte Vinzenz. »Ist wohl den Alkohol nicht gewöhnt«, erwiderte Franzerl. »Das muss er schnell lernen bei uns, eine oder zwei Maß Bier vertragen.« Die beiden lachten. »Aber nett ist er, obwohl er von der Stadt kommt«, meinte Franzerl. »Ja, das ist er«, antwortete Vinzenz. Die beiden umarmten sich und gingen ihrer Wege, Vinzenz nach links Richtung Laden, Franzerl nach rechts, den Dorfbach entlang, runter zum Sägewerk der Großeltern Zinsmayer.

Es war rabenschwarze Nacht um ihn herum, als er aus seinem Schlaf erwachte. Simmerl öffnete langsam die Augen und richtete sich auf. Der Boden, auf dem er saß, war feucht, es hatte zu nieseln begonnen. Der Junge blickte sich in der eigenartig verschwommenen, vernebelten Welt um, die ihn umgab. Ein dunkles Nichts. Er ließ sich wieder zu Boden sinken, Übelkeit stieg in ihm auf. Wo war er, und warum hier in der Kühle, so ganz allein? »Oje«, murmelte er, dann fiel er wieder in wirre Träume. Er schlotterte im Schlaf, denn es wurde noch kühler, ein Gewitter zog auf, es schickte den kalten Wind als Boten.

Simmerl fühlte den Regen auf sich prasseln, spürte Hände auf seinem Körper, hörte eine Stimme. Als er die Augen öffnete, erblickte er einen pechschwarz gekleideten Mann, dessen Gesicht kaum zu erkennen war, so groß war der Hut, den der Kerl auf dem Kopf trug. Jetzt drangen dessen Worte an sein Ohr. »Ich kenn dich, Bub, du bist heute ins Dorf gekommen, hast auf der Bank gesessen. Bist der Sohn von Brigitte.« Er packte Simmerl am Arm und versuchte, ihn in die Höhe zu ziehen »Bub, hilf mir, kann selbst kaum gehen, komm, stell dich auf die Beine.«

Als Simmerl endlich aufrecht stand, schleppte der Mann ihn hinter sich her wie einen schweren Sack, zog ihn bis zu seinem schwarzen Häuschen und schubste ihn in die Küche. »Setz dich!«, befahl der Alte und schob ihm mit dem Fuß einen Schemel zu. »Ich richte dich wieder her, bevor du nach Hause zu deiner Mutter gehst, ist besser so.« Erst jetzt, im Schein der Petroleumlampe, erkannte Simmerl den schwarzen Mann, der vormittags mit ihm vor der Kirche gesprochen hatte. »Wo bin ich hier?«, fragte er, nachdem er wieder halbwegs bei Sinnen war. »Bei mir«, knurrte der Mann und rückte im Regal einige Glasfläschchen hin und her. »Was nehmen wir, Rausch im Kopf ... das wäre vielleicht was, kombiniert mit, mal sehen, dem hier? Nein lieber das hier, ja, gegen das Vergessen.« Während der Alte vor sich hin murmelte und den Inhalt verschiedener Fläschchen mixte, sah sich Simmerl um. Nie zuvor hatte er etwas Derartiges gesehen: so viel Schwärze in einem Raum. »Hier, trink das, ist gut für den Kopf.« Alois Trachsler hielt Simmerl einen kleinen Holzbecher hin. Der Junge sah ihn fragend an. »Was ist das?«

»Willst nicht wissen«, gab der Alte zurück, »aber ich versprech dir, ist gut für dich. Und danach bring ich dich zum Schwaiger rüber, wird bald hell.« Simmerl schlug sich mit der Hand gegen den Kopf. »Oh Gott, mein erster Arbeitstag beginnt in ein paar

Stunden, und ich bin so schlimm beinander.« Der Trachsler nickte. »Geht vorbei, wie alles im Leben, geht vorbei.«

Der Wecker zeigte drei Uhr zehn, als Simmerl schließlich in seinem neuen Bett beim Schwaigerbauern lag. Es war ungewohnt still in dieser Kammer, anders als in der Stadt, wo sein Zimmer zur Straße hin gelegen hatte. Um sieben musste er im Laden erscheinen. Knappe vier Stunden Schlaf blieben ihm noch. Er stellte den Wecker, schlüpfte unter die Decke und spürte, wie sich alles um ihn erwärmte. Langsam verschwand der Nebel aus seinem Hirn, vage Erinnerungen nahmen Gestalt an. Der gestrige Abend zog an ihm vorbei, träge und holprig. Bilderfetzen tanzten vor seinen Augen.

Da war Mitzi aus dem Nachbarort, so hatte sich ihm die Dralle vorgestellt, als sie sich auf dem Fest neben Simmerl auf der Bank niedergelassen hatte. Die Frau roch süßlich, ihr bunt getüpfeltes Kleid war hauteng, über der linken Brust steckte eine Schmetterlingsbrosche. »Ich wett mit dir, dass du noch nie ...« Mitzi puffte Simmerl in die Rippen und lachte. »Bist noch arg jung, aber wennst wissen willst, wie das genau geht, frag nach der Mitzi, ich wohn drüben auf der anderen Seite des Flusses.«

Er kramte weiter im Gedächtnis, ein paar Jungen hatte er auch noch kennengelernt, einer von ihnen hieß Franzerl, dann gab es noch den Konsti, den Rupert und viele andere mehr, er konnte sich all die Namen nicht merken. Genauer erinnerte Simmerl sich noch an Schorsch, denn der hatte ein Geheimnis. Schorsch war zwölf Jahre alt, trug eine Brille, bei der ein Glas abgeklebt war. »Ist gegen das Schielen«, erklärte er. Schorsch hatte X-Beine und das ganze Gesicht voller Sommersprossen, die Ohren standen wie Segel vom Kopf ab, das Haar war kurz geschoren, er war nicht besonders hübsch anzusehen. »Kommt mit, das wird euch gefallen«, hatte er Vinzenz, Franzerl und Simmerl gelockt und die drei zu der Stelle geführt, an der sein Geheimnis versteckt war: In einem hohlen Baumstumpf steckte eine große Flasche Schnaps. »Hat mein Vater gebrannt«, sagte er stolz und hielt Simmerl das Getränk hin. Der roch dran, schüttelte den Kopf, aber Schorsch ließ nicht locker und feixte: »Haha, bist ein Feigling, genauso ein Feigling, wie es alle aus der Stadt sind.« So kam es, dass Simmerl nachgab und zusammen mit Vinzenz und dem rotzigen Buben die erste Hälfte der Flasche leerte und dann leicht schnapsbeseelt zurück zum Fest schlenderte, wo es immer ausgelassener herging. Die Musiker spielten heiter, die Menschen tanzten dazu. Auf der Bühne klatschten die Schuhplattler auf ihre Lederhosen und Schuhsohlen, stampften rhythmisch auf den Boden, während sich die Mädchen und jungen Frauen so schnell im Kreis drehten, dass sich ihre Röcke hoben und tellerförmig um ihre Beine herumwirbelten. Bedienungen hasteten zwischen den Tischen umher, schleppten Maßkrüge zu den Durstigen, und von den Buden zogen allerlei Düfte von Würsten, gebratenem Fleisch und Steckerlfisch heran und schwängerten die Luft. Es ging dem Abend zu, man entzündete weitere bunte Lampions, die fröhlich in der Dämmerung leuchteten. Der Wald um die Feiernden verdunkelte sich allmählich, und der Mond kroch hervor, warf silbernes Licht über den Ort. Ein zweites Mal schlich sich die Viererbande zum Versteck zwischen den hohen Bäumen, um sich den Rest von Schorschs geklautem Schnaps zu gönnen. Bald begannen Vinzenz, Schorsch und Franzerl zu lallen, und Simmerl sagte gar nichts mehr, zu bleiern lag seine Zunge im Mund. Seine Gedanken waren verwirrt, der Junge merkte gerade noch, dass ihn seine Füße nicht mehr in die Richtung trugen, die er anvisiert hatte. Dennoch spürte der torkelnde Simmerl eine wohltuende Leichtigkeit. Irgendwann wankten die vier Betrunkenen zu einem Tisch, an dem eine größere Gruppe Mädels die Köpfe zusammensteckten und kicherten. »Ihr seid's ja gut beinand«, lachten sie, als sich die vier auf den Bänken niederließen. »Und der kleine Schorscherl ist natürlich wieder mittendrin«, feixte die eine mit dem Leberfleck am Hals. »Wer ist denn der?«, fragte eine andere und wies auf Simmerl. »Bist neu hier? Wie heißt du?« – »Sisi ... Simmerl«, verhaspelte sich Simmerl. »So, so, der Sisisi«, echote das Mädchen mit den beiden Zöpfen. Dann kicherten sie wieder alle. Schorsch brabbelte jetzt irgendein unverständliches Zeug daher und zupfte dem Mädchen neben sich am Haar herum. Vinzenz, der nicht mehr richtig aufrecht sitzen konnte, begann ein Lied zu trällern, Franzerl stimmte ein. »Drunt in da greana Au, steht a Birnbaum schee blau, juche.« Schorsch nahm seinen Hut vom Kopf und schwang ihn in der Luft herum, dann sang auch er: »Was is an dem Baam? A wunderscheena Ast.«

Bald fielen auch die Mädchen ins Lied mit ein, bis sie alle sangen, die Arme ineinander gehakt und schunkelnd.

Nur eine schwieg. Es war das Mädchen am linken Ende des Tisches.

Kerzengerade saß sie da und blickte kühl in die Runde. Sie war etwas größer als die anderen, selbst den hochgeschossenen Vinzenz überragte sie. Ihr Gesicht war ebenmäßig, oberhalb der Augenbrauen sah man eine kleine Narbe. Die dunkelrötlichen Haare, leicht gewellt und mit zwei Klammern hinters Ohr gesteckt, fielen bis auf die Schultern. Um den langen, schlanken Hals trug sie eine enge Kropfkette mit einer kunstvoll verzierten Brosche. Ihre Augen schimmerten geheimnisvoll, sie hatten etwas Katzenartiges, Lauerndes, gleichsam Kaltes an sich. Simmerl stupste Vinzenz an. »Sag mal, wer ist denn die da?«, fragte er und zeigte verstohlen auf das Mädchen. Vinzenz lächelte. »Die? Das ist die Cäcilia, die ältere Schwester vom Schorschi.« – »Cäcilia, aha«, sagte Simmerl. Er wandte den Blick von ihr ab und sah sie für den Rest des Abends kein einziges Mal mehr an.

Irgendwann traten die Jungen ihren dritten Gang in den Wald an, leerten den Rest der Flasche, um Simmerl drehte sich die Welt. Er konnte kaum mehr aufrecht stehen, hangelte sich von Baum zu Baum irgendwohin ins Dickicht, wo er sich übergab. Was dann geschah, verschwand in einem dunklen Loch, einige

Meter hatte sich Simmerl noch durch die Gegend geschleppt, dann war er endgültig irgendwo niedergesunken und ... ach, den Rest hatte er vergessen.

Jetzt lag er wohlbehalten in seinem Bett, noch gute drei Stunden hatte er, bis die Arbeit anfing. Er spürte Scham in sich aufkommen, gut würde der erste Tag im Landgraf'schen Laden sicher nicht werden.

Als Letzter im Ort schloss er die Augen und fiel in tiefen Schlaf. Eine Stunde lang beherrschten Stille und Dunkelheit die Nacht, kein Licht brannte, nur ein paar Katzen schlichen umher. Marder zogen auch ihre Runden, und ein Fuchs kreiste um einen Hühnerstall.

Um vier Uhr morgens ging das erste Licht im Ort an. Bäckermeister Binder erhob sich schwerfällig aus dem Bett, sein Rücken schmerzte. Wie jeden Morgen blickte er auf das gerahmte Foto seines Sohnes, dann nahm er es in seine zittrigen Hände und murmelte: »Mei, Lenzerl, wo jetzt wohl bist in derer fernen Welt hinterm Meer? Wird Zeit, dass bald heimkommst, Lenzerl, dein Vater schafft's nimmer lang allein.«

Dann schleppte er sich in die Küche und brühte den Morgenkaffee.

★ ★ ★

In Simmerls Kopf herrschte Dumpfheit, und im Magen war ihm flau. Nie zuvor hatte er sich so schlecht gefühlt. In diesem elendigen Befinden stand er anderen Morgens vor seiner Meisterin.

Klara Landgraf saß auf einem großen Holzstuhl, der mächtige Bürotisch vor ihr war mit Papierbergen überfrachtet. Sie kritzelte irgendwas auf einen Block. »Setz dich, Simon«, sagte sie, ohne aufzuschauen, und zeigte mit der linken Hand auf den einzig freien Stuhl im Raum. Eine kurze Weile, die Simmerl wie eine Ewigkeit erschien, dauerte es, bis Frau Landgraf den Stift weglegte und aufblickte. »Simon Weber, gut, dass du hier bist, denn es gibt viel zu tun. In den Sommerferien arbeitest acht Stunden, während der Schulzeit nachmittags, so viel, wie du magst, aber mindestens drei Stunden.« Sie zwinkerte mit ihren freundlichen Augen, und Simmerl nickte. »Gleich geht's los: Waren aussortieren, in den Wagen bringen und mit Vinzenz losfahren, ausliefern. Mein Bub wird dir alles zeigen, einverstanden?« Sie zog eine Schublade auf und holte ein Formular hervor. »Gefällt dir dein Zimmer drüben beim Schwaiger?« – »Ja, Frau Landgraf, ich hab's mir nicht so schön vorgestellt hier. Und Sie können gerne Simmerl zu mir sagen, das tun alle.« – »Gut, lieber Simmerl, dann legen wir mal los«, antwortete die Meisterin.

Es folgte ein Gespräch, in dem Simmerl seine zukünftigen Aufgaben erfuhr: Lieferdienst in die entlegenen Höfe, Waren kennenlernen, sie benennen, über ihre Besonderheiten Bescheid wissen, Regale sortieren und einräumen, Preise einstudieren, später kassieren, die Kunden und ihre Bedürfnisse kennenlernen, in der Ecke den Besuchern Tee und Limo servieren und vieles andere mehr. Schließlich überreichte sie dem frischgebackenen Gehilfen ein Heftchen. »Da steht fast alles drin, auch die Regeln, die du hier zu befolgen hast. Die allerwichtigste Regel lautet: Alle unsere Kunden sind gleich. Die zweitwichtigste: Parteimitglieder dieser NSDAP kriegen bei uns keinen Rabatt. Verstehst? Und lass kein einziges Plakat hier an der Tür oder sonst wo am Haus oder im Laden von denen anbringen. Da kommt jetzt dauernd jemand daher und will den Schund bei uns aufhängen.« Der Junge nickte. »Der Herr Hitler war gestern bei uns in der Stadt. Da ging es schlimm zu, meine Mutter und ich sind kaum zum Bahnhof gekommen.« Klara Landgraf atmete tief durch, schüttelte den Kopf. »Interessiert mich net, was dieser Mann tut, Hauptsache, er lässt uns in Ruh. So, und jetzt hab ich noch a paar Fragen an dich, danach sind wir fertig.

Geboren bist wo?«

»Regensburg.«

»Wann?«
»11. November 1922.«
»So, so, am 11. November 1922«, wiederholte die Meisterin und schien über irgendetwas nachzudenken. Schließlich fuhr sie fort: »Deine Mutter kenn ich gut, die Brigitte Weber, ist ja schließlich hier vom Ort«, erklärte Klara Landgraf, während sie die Angaben in ein Formular eintrug. »Muss alles seine Richtigkeit haben«, sagte sie. »Kommen wir nun zu deinem Vater, wie heißt der?«
Simmerl schwieg.
Die Meisterin sah vom Blatt auf und musterte ihn. Das weiße Hemd war sorgfältig gebügelt, die helle knielange Leinenhose hatte ein paar gestopfte Löcher, ebenso die dunkelgrünen Strümpfe, die Haferlschuhe waren blank gewienert. Der Junge wirkte schüchtern, fast zerbrechlich, schmal waren die Schultern, die Beine leicht nach innen geknickt, feingliedrig die Hände, die dunklen Locken mit einem akkuraten Schnitt gebändigt. Das Gesicht war rein, weich, mit großen Augen und geschwungenen Lippen, das linke Ohr stand etwas ab, es störte den Anblick nicht. Ein schöner Kerl, der Kindheit gerade entschlüpft, fürs Erwachsensein noch zu jung, mitten in der Zeit der Ziellosigkeit, der Orientierung, zwischen Hilflosigkeit und Selbstständigkeit.
»Der Vater?«, wiederholte Klara ruhig.
Simmerl senkte den Kopf. »Ich weiß es nicht.«
»Hast ihn nie gesehen, Simmerl?«, fragte sie. »Nein, meine Mutter sagt, er ist weg, und niemand weiß wohin und ob er wiederkommt.« – »Kennst auch seinen Namen nicht?« Simmerl schüttelte den Kopf. »Mutter sagt, es ist besser so bei einem Vater, der abgehauen ist.« Frau Landgraf lächelte Simmerl an. »Aber ist trotzdem was Gescheites aus dir geworden, Bub.« Dann rief sie ihren Sohn Vinzenz, damit der den jungen Gehilfen im Haus herumführte, um ihm alles zu zeigen.
»Sieh an, der Simmerl ist wieder da«, grüßte der schmunzelnd und zwinkerte verschwörerisch mit dem rechten Auge. »Fangen

wir mit dem Lager im Keller an, da wirst wohl oft runtergehen und was holen müssen«, grinste Vinzenz. Der Raum war dunkel, das winzige Fenster zeigte auf eine dahinterliegende graue Mauer und ließ nur spärlich Licht hinein. Vinzenz knipste die Glühbirne an, die nackt von der Decke baumelte. Ihr Lichtschein flackerte, als wären es die letzten Zuckungen. »Ist manchmal hier so, wir haben im Dorf nämlich unseren eigenen Strom, kommt vom Opa vom Franzerl. Und wenn's Licht flackert, sagen wir immer, jetzt gibt es wieder die Zinsmayer'schen Lichtspiele. Ist meistens im Sommer so, wenn der Bach nicht genug Wasser hat, weißt.« Vinzenz' Hand fuhr durch den Raum. »Schau, hier sind die ganzen Vorratswaren, Mehl und Zucker in den Säcken dahinten, der Rest in den Regalen.« Sie gingen die Treppe wieder hoch in den Laden. Simmerl fand, dass dieser etwas Wohliges an sich hatte, das warme Holz, die schön gezimmerten Regale hinter der Theke. Links gab es Lebensmittel aller Art, Konservendosen, Öl, Mehl, Zucker, Butterschmalz. Auf der rechten Seite befanden sich die praktischen Utensilien fürs Leben: blecherne Milchkannen und Aufbewahrungsdosen, Besteck, Teller, Krüge und vieles mehr. Vinzenz legte seinen Arm auf die silbern schimmernde Registrierkasse, die auf der Theke stand. »Das hier ist das Herzstück der Familie«, grinste er, »unsere ›Anker‹, so heißt die Gute, die das Geld sammelt.« Er zeigte auf die eingravierten Anker, die jede der vier Seiten zierten und von einer Blütengirlande umrankt waren. »Hier rechts zuerst den weißen Hebel drücken, dann den Preis eingeben, Hebel drehen …«, die alte Anker gab einen kurzen, hellen Klang von sich, »und zack, geht das Kassenfach auf. Ich sag dir, Simmerl, diesen schönen Klang hörst den ganzen Tag, kling, kling, kling. Und jedes Mal gibt es Geld für uns.« Er lachte und schlug Simmerl auf den Rücken. »Auf geht's, den Lieferwagen holen.«

Wenige Zeit später zogen Vinzenz und Simmerl mit dem mit Waschmittel, Butterschmalz, Mehl, Zucker, Malzkaffee und vielem mehr beladenen Handkarren los. Klara Landgraf hatte die montägliche Haus-zu-Haus-Lieferung eingeführt, um jenen Menschen zu helfen, die krank und schwach im Bett lagen oder vor lauter Arbeit das Haus nur selten verlassen konnten. Drei Stunden lang dauerte die Tour. Es war ein beachtlicher Weg, den die beiden Jungen zurücklegen mussten, denn er führte sie von einem Ende des Dorfes zum anderen. Simmerl kämpfte gegen Schwindel und Schwäche, Vinzenz, dem Simmerl vom Ausgang der Nacht erzählt hatte, lachte nur und meinte knapp: »Frische Luft tut gut.« Während sie durch die Gegend zogen, erklärte er dem Neuling die kleine Welt des Dorfes, wer in all diesen Häusern und Höfen wohnte, wer freundlich und großzügig war, wer ein guter, wer ein schlechter Kunde. Und wem man besser aus dem Weg gehen sollte. Es gab Leute, bei denen hatte man den Hitlergruß zu zeigen, andernfalls würde man geschimpft, und es gab Menschen, denen genügte, so wie es seit jeher üblich war, ein einfaches »Grüß Gott«. Sie liefen den Bach hinunter zum großen Sägewerk. »Da wohnt der Franzerl, kennst ihn ja von gestern, komm, wir schaun mal, wo er ist.« Sie stellten den Karren unter einem Baum ab und betraten die große Holzhalle, in der die Sägen kreischten, Späne umherflogen und die Luft von Staubkörnchen durchsetzt war. Franzerl klaubte gerade im hinteren Eck kleine Holzstückchen auf und legte sie in eine Kiste. »Schau, da ist er wieder, der Stadtbub, lag gestern Nacht beim Bouhler-Tor, da hätten wir ihn nie gefunden«, begrüßte Vinzenz ihn. Die beiden lachten, und Simmerl blickte verschämt auf seine Schuhe. »Passiert jedem von uns mal«, grinste Franzerl und fuhr sich mit der Hand durch die dunklen Locken. »Was ist, gehen wir später in die Au zum Fischen?«, schlug er vor. Vinzenz nickte. »So um die viere rum, wir holen dich ab. Wir gehen jetzt weiter, und zum Schluss müssen wir noch zum Schorscherl, die Vroni braucht Mehl und Pudding.« »Mir doch egal, was die Mutter braucht«, erwiderte Franzerl gleichgültig, »muss jetzt weiterarbeiten, sonst wird es nix mit dem Fischen.«

»Vinzenz, wie hat Franzerl das vorhin mit seiner Mutter gemeint?«, wollte Simmerl wissen, als sie mit dem Karren den Feldweg Richtung Einöde schlenderten. »Ist eine lange Geschichte«, gab Vinzenz zur Antwort. »Dem Schorsch seine Mutter ist auch die vom Franzerl. Aber den hat sie nicht mögen, deswegen ist er bei den Großeltern geblieben.« – »Nicht mögen?«, fragte Simmerl ungläubig. »Wie kann man sein Kind nicht mögen? Also meine Mutter mag mich manchmal eher zu viel.« – »Die meine auch«, gab Vinzenz schmunzelnd zurück. »Und wo ist der Vater vom Franzerl, warum kümmert der sich nicht?«, wollte Simmerl wissen. »Weil er weg ist, den gibt's nicht.« Simmerl blieb stehen. »Was ist?«, fragte Vinzenz. »Wir sind noch net da.« Simmerl presste seine Lippen aufeinander. »Dann geht's dem Franzerl wie mir«, sagte er schließlich, »der meine ist auch weg, einfach weg. Kenn ihn nicht mal.« Er kickte mit dem Fuß einen kleinen Stein zur Seite, der auf dem Weg lag. »Aber ich hab mich dran gewöhnt.«

»Man kann sich an alles gewöhnen, Simmerl«, antwortete Vinzenz, »bleibt einem nichts anderes übrig.«

Dann zogen sie den Karren weiter, luden die Waren mal hier, mal dort ab, als Dankeschön erhielten sie Bonbons oder ein paar Eier. »Ah, der neue Gehilfe, so, so, Simmerl heißt du, beim Schwaiger wohnst, haben wir schon gehört.«

»Hab dich schon gestern auf dem Fest gsehen, fescher Bub bist, kein Wunder bei der Brigitte als Mutter.«

»Mei, die Gitta, mei, schön, dass sie wieder da ist.« So ähnlich sprachen sie alle im Dorf, als die beiden Burschen mit dem Karren vor ihren Häusern und Höfen standen und die bestellten Waren ablieferten. Man hieß den Neuen willkommen, war nett und freundlich, und Simmerls Zustand verbesserte sich von Stunde zu Stunde, die sie unterwegs waren.

Als schließlich alles erledigt war und außer ein paar Päckchen Mehl und Pudding keinerlei Dinge mehr in dem Karren lagen, sagte Vinzenz: »Fast geschafft, jetzt geht's nur noch zur Feistlmühle. Da müssen wir den Rest abgeben und Öl einladen.« Nach wenigen Minuten erreichten sie ein schlichtes winziges Steinhaus, an dessen Seite ein Mühlrad angebracht war, das sich im Bach drehte. Im Innenraum befand sich ein schweres hölzernes Mahlwerk. Schorsch stand mit dem Rücken zur Tür und füllte Öl in einen Kanister, als Simmerl und Vinzenz die Mühle betraten. »Servus, Schorsch«, grüßte Vinzenz. »Eure Bestellung steht da vorne bei der Tür«, erwiderte Schorsch, ohne sich umzudrehen. Simmerl und Vinzenz hievten die Kanister in den Karren. »Kommst später mit zum Fischen in die Au, Schorsch?«, fragte Vinzenz. Der winkte ab. »Naa, kann net«, antwortete er. »Was ist denn los mit dir?« Vinzenz trat an Schorsch heran und tippte ihm auf die Schulter. »Lass mich und schleich dich«, knurrte der und drehte sich langsam um. Sein Gesicht war übel zugerichtet, um das linke Auge herum breitete sich ein dunkelblauer Fleck aus, die Oberlippe war geplatzt, und an der Stirn klebte ein blutgetränktes Pflaster. »Jessas«, Vinzenz hielt sich vor Schreck die Hand vor den Mund. »Wieder mal dein Vater!«, sagte er leise. »Klar doch«, antwortete Schorsch. »Und alles wegen euch, weil ihr gestern die Flasche leer gesoffen habt.« – »He? Wir sollen jetzt also schuld sein, Schorsch?«, gab Vinzenz ungläubig zurück. »Erinnerst dich nicht, dass du uns den Schnaps aufgedrückt hast?« – »Genauso war es«, bestätigte Simmerl. Schorsch ballte die rechte Hand zur Faust. »Halt dein blödes Maul, du Stadtkerl, und jetzt schaut's, dass ihr verschwindet, sonst schlag ich euch auf eure dummen Schädel.« Vinzenz zog Simmerl am Ärmel aus dem Haus. »Komm, wir gehen besser.«

Als sie im Freien waren, flüsterte Vinzenz: »Manchmal spinnt er. Der ist mal so, mal so. Und wenn er so ist wie grad, gehst ihm lieber aus dem Weg, der kann ganz schön zuschlagen.« – »Oh«, machte Simmerl und beschloss in diesem Moment, sich nie wieder auf diesen Schorsch einzulassen.

Schräg gegenüber der Mühle stand ein Hof, in dessen Obstanger zwischen den Bäumen Leinen gespannt waren, an denen von vorne bis hinten weiße Wäschestücke hingen: Windeln über Windeln, ein paar Laken, Handtücher und Nachthemden. Die Bäuerin begann gerade, die getrockneten Teile abzunehmen und zusammenzufalten. Wenn sie die Wäsche in den Korb legte, war ihr anzusehen, wie schwer ihr das Bücken fiel. Sie hielt sich an einem Baumstamm fest, wenn sie ihren Oberkörper nach unten beugte. Und stand sie wieder aufrecht, stemmte sie die andere Hand in den Rücken, als suchte sie Halt bei sich selbst. Simmerl wunderte sich, dass die Schwangere überhaupt noch arbeiten konnte, so stark gewölbt wie ihr Bauch war. »Des ist die Mutter vom Schorsch, die Feistlbäuerin.« – »Und die Mutter vom Franzerl«, ergänzte Simmerl. Vinzenz nickte. »Entweder hat sie einen Säugling bei sich oder ist schwanger, oh wei, des geht so, seit ich sie kenn, nach dem Franzerl kam die Cäcilia, dann der Schorsch, der Peter, die Theresa, der Michi, die Kerstin und jetzt schon wieder eines, so wie die Feistlbäuerin ausschaut. »Servus, Vroni!«, rief er ihr zu. »Wir haben das Öl abgeholt.« Sie nickte, winkte den Buben zu und setzte ihre Arbeit fort. »Wie kann sie mit diesem Bauch noch arbeiten?«, fragte Simmerl Vinzenz ungläubig. »So ist es halt, man gewöhnt sich an alles«, antwortete der.

Ein schweres Kaltblut mit zottliger Mähne trottete ihnen entgegen, es zog einen schweren Wagen, der von oben bis unten mit Heu beladen war. Ein Bauer führte das Tier am Zaum. Seitlich daneben ging eine Gruppe Kinder, die Rechen und Gabeln quer über der Schulter tragend. »Sieh an, kaum spricht man vom Teufel ..., schau, der da, das ist der Feistl Benedikt«, raunte Vinzenz Simmerl zu. »Brrrrr«, machte der Bauer und zog am Zügelriemen. »Ihr kommt mir grad recht«, sagte er zu den beiden Jungen. Er sah Simmerl an, der wiederum auf den künstlichen Arm des Bauern starrte, an dessen Ende ein gebogenes Stück Eisen hing. »Glotz nicht so blöd, noch nie so was gesehen? Du Kerl aus der Stadt. Der bist du doch, oder? Brigittes Sohn?«, herrschte ihn der Mann an. Simmerl nickte erschrocken. »Und?«, polterte Feistl.

»Hat er dir geschmeckt?« – »Was geschmeckt?«, fragte Simmerl eingeschüchtert, als der Mann seinen Kunstarm nach vorne streckte, sodass das Greifeisen direkt vor Simmerls Gesicht schwebte. »Mein Schnaps, den du gesoffen hast. Das nächste Mal geh ich zu deiner Mutter oder geb dir gleich selbst die Watschn, die du verdient hast.« Er schnalzte mit der Zunge, rief: »Hü Alte!«, und das Ross setzte sich wieder in Bewegung. Die Horde seiner Kinder folgte ihm, allen voran ein großes, gertenschlankes Mädchen, das dichte Haar zu einem langen Zopf gebunden. Cäcilia. Sie trug einen hellblauen Arbeitskittel über dem gepunkteten Sommerkleid, die Kniestrümpfe waren handgestrickt, die Schuhe abgetragen.

Aufrecht schritt sie voran, leicht wie eine Elfe erschien sie dem Jungen, fast schwebend. Ihre giftgrünen Augen blickten undurchdringbar und stolz und verursachten ihm kalten Schauder.

★ ★ ★

Hatte er irgendetwas in den Augen? Etwas Flackerndes, wie die Irren es haben? War er auffällig? Gab es irgendwelche Anzeichen? Das werdet ihr euch sicher hinterher fragen.

Aber ich sage euch: Ich war ein braves Kind, fuhr mit dem Dreirad in meinem unsichtbaren Gefängnis herum, auch später noch, als ich eines dieser Winzräder bekommen habe, an dem anfangs noch Stützräder dran waren. Damit kreiste ich nur um das Haus herum, während die anderen Kinder auf ihren Rädern an mir vorbeiheizten, quer durchs Dorf, über die Felder bis runter zu den Auen und zurück. In diesem Gefängnis, das mein Zuhause war, blieb ich Tag für Tag, Nacht für Nacht sowieso, bis ich sechs Jahre alt wurde.

Dann begann die verfickte Schulzeit, ich erinnere mich, dass ich eine riesige Schultüte bekam. Eure Geschenke waren immer der Hammer, ich habe schnell erkannt, dass das gut für euer Gewissen war. Je weniger Zeit ihr für mich hattet, desto toller waren die Sachen, die ihr mir gekauft habt, Matchboxautos, Fischerbausätze, Kassetten und so weiter.

Die Schultüte war größer als ich, die anderen Kinder auch, ich war immer der Kleinste in der Klasse. Am ersten Schultag stand ich mit ihnen fürs Klassenfoto an der Schultreppe, ich war der Winzling. Komisch eigentlich, denn Mutter und Vater, ihr seid ja so groß. Egal, jedenfalls war das in der Schule kein guter Anfang. Ich konnte mich nicht wehren, ich habe es nie gelernt. Ich war der Kleine, der nur vor dem Haus auf- und abfahren durfte. Ich war kein richtiger Junge, der sich mal mit anderen schlägerte, ich war eine Pussy. Noch dazu saß ich in den ersten beiden Klassen neben dem Strebermädchen Susi, ihr erinnert euch an sie. Heute arbeitet sie als Ärztin in Rosenheim. Sie durfte studieren, sie hat es zu was gebracht. Ich habe es zu nichts gebracht, obwohl ich alles versucht habe. Ich habe meine Hausaufgaben gemacht, habe in meinen Schädel reingedroschen, was ging. Aber es hatte einfach nicht viel Platz in meinem Hirn. Vielleicht bin ich tatsächlich blöde, nicht so ganz helle im Stübchen, wie mir mal ein Lehrer gesagt hat, als ich in Mathe eine sauschlechte Note bekommen habe. Danach war Schluss bei mir. Ich habe selbst daran geglaubt, dass mein Hirn nichts taugt. Im Sport war ich auch nicht besonders gut, ich war zu klein, um bei den Sportwettbewerben eine Chance zu haben, Weitspringen konnte ich auch nicht. Ich hatte nichts, womit ich mal so richtig vor den anderen hätte angeben können. Aber ich hatte Eltern, vor denen man im Dorf Respekt hat, deswegen haben mich die anderen Kinder in Ruhe gelassen.

Aber eines habe ich in den ersten Schuljahren gelernt: dass es das Beste ist, abzutauchen, still zu sein, nicht aufzufallen, sich einfach nur anzuhören, was die Lehrer so labern. Keine Widerworte. Das war überhaupt der beste Trick: bloß keine Widerworte. Klappe halten half auch, wenn ihr wegen meiner schlechten Noten einen Mordszoff gemacht habt. Um ehrlich zu sein, da war ich sogar froh, dass ihr, Vater und Mutter, überhaupt mit mir geredet habt. Denn dadurch habe ich gemerkt, dass euch plötzlich wieder eingefallen ist, dass ich auf der Welt bin. Dass es mich in eurem Leben gibt.

War der Kerl denn auffällig? Gab es irgendwelche Anzeichen? Ja, das werdet ihr euch fragen. Nicht du, Vater, auch du nicht, Mutter, denn das könnt ihr dann nicht mehr. Dann ist es nämlich zu spät.

Aber all die anderen, die mich kennen, und sie werden keine Antwort darauf finden, denn ich war unsichtbar auf dieser Scheißwelt. Den Hass auf euch, auf alles, habe ich zu lange in mir begraben. Es wird verdammt noch mal Zeit, ihn rauszulassen.

* * *

Der Lehrer hatte Cäcilia entsprechend seiner Sitzordnung ausgerechnet direkt vor Simmerl platziert. Sie saß in der dritten Reihe, er in der vierten. Simmerl sah ihren langen geflochtenen Zopf, an dessen Ende eine Schleife hing. Das Band, das sie ins Haar wickelte, besaß jeden Tag eine andere Farbe, mal war es rot, mal schwarz. Heute war die Schleife blau. Das Mädchen saß aufrecht, wie immer. Es war so hochgewachsen, dass Simmerl mit dem Stuhl nach rechts oder links rücken musste, um zu sehen, was der Lehrer gerade an die Tafel schrieb. Inzwischen kannte er jede Bewegung des Mädchens, sein Zucken, wenn es vom Lehrer aufgerufen wurde, das leichte Pendeln seiner Arme, die es manchmal seitlich am Körper hinabhängen ließ, ein Zeichen der Langeweile, vermutete Simmerl. Und schrieb Cäcilia in ihr Heft oder dachte nach, zog sie den Zopf vom Rücken seitlich über die Schulter und spielte mit den Fingern der linken Hand an ihm herum. Simmerl kannte ihre Kleidungsstücke, viele waren es nicht. Mehrere handgestrickte Jacken, vier Röcke, ein paar geblümte Blusen. Simmerl kannte auch Cäcilias Geruch: buttrig, genauso wie es roch, wenn seine Mutter Brigitte Kaiserschmarrn zubereitete. So detailliert er Cäcilia in all den vielen Schulstunden studiert hatte, so wenig kannte er sie. Denn er blickte ihr so gut wie nie ins Gesicht. Seine Vertrautheit mit ihr bezog sich allein auf ihren Rücken und die Waden, die er jedes Mal sah, wenn Cäcilia ihre Beine verschränkte und ihre Füße ein Stück weiter unter die Sitzbank schob. Dann sah er auch die Löcher, die in den Sohlen ihrer Schuhe waren.

An der Tafel quietschte die Kreide, ein Geräusch, das Simmerl unangenehme Gänsehaut bereitete. »Verlass dich nicht auf deine Urteilskraft ...«, sprach der Religionslehrer, Pfarrer Leitner, während er in ausladenden Lettern schrieb. »Spruch 3, Vers ...« Simmerls Blicke folgten der Hand des Mannes, sie war grob und bei allen gefürchtet. »Fast jeder von uns hat schon mal eine ziemliche Watschn von ihm bekommen oder den Stock. Mit dem Leitner ist nicht zu spaßen«, hatte Vinzenz seinen Freund gleich zu Schulbeginn gewarnt. »Hast bei dem schon mal gebeichtet?« Als Simmerl den Kopf schüttelte, verriet ihm Vinzenz: »Dann pass auf, erzähl dem bloß nichts von irgendwelchen Sünden. Am besten, du gehst so selten wie möglich hin. Und wegen den Beichtzetteln brauchst dir keine Sorgen machen.« – »Beichtzettel?«, fragte Simmerl. »Na ja, die Beweise halt, dass du in der Beichte warst. Die kriegst vom Pfarrer, wenn du bei ihm warst. Die gibst dann deiner Mutter oder dem Herrn Lehrer. Oder du sammelst die, schaust sie an und denkst dann: ›Bin ein guter Gottesdiener.‹« Er verzog die Mundwinkel. »Ich verrat dir jetzt was: Die Beichtzettel kannst dir immer in der Schulpause eintauschen, im Hof ganz im hinteren Eck bei den älteren Jungen gegen Schokolade, Kekse, Zigaretten, Zeitungen mit schönen Frauen drin und so weiter, alles gutes Tauschmaterial. Im Gegenzug kriegst ein Beichtzettel, ohne in der Beichte gewesen zu sein.«

»Aber dann hab ich ja gelogen«, argwöhnte Simmerl.

»In dem Fall ist es besser zu lügen, als unserem Pfarrer die Wahrheit zu sagen, glaub mir. Denn den Leitner, den hat der Teufel persönlich auf die Erden geschickt«, gab Vinzenz zurück.

Die Kirchturmuhr schlug zu Mittag. *Nur noch eine Stunde blöde Schule,* dachte Simmerl. Danach gäbe es Essen mit der Mutter, Anderl und dem alten Schwaiger. Gefolgt von drei Stunden Arbeit im Laden, dann war es fünf Uhr, und die allerschönste Zeit des Tages würde beginnen. Seit Kurzem trieben sich Vinzenz und Simmerl im wilden Schwaigergarten herum, beobachteten, wie der alte Bauer den Honig schleuderte, bekamen Wabenstücke, die sie ausschleckten. Am frühen Abend saßen sie dann in der Brechstube, wo Anderl zusammen mit ein paar anderen Männern des Dorfes den Flachs verarbeitete. Seit einigen Jahren hatten die Bauern auf Geheiß des Führers auch wieder Leinen anzubauen. Das Deutsche Reich müsse sich selbst versorgen können, auch mit Leinenstoffen, hatten Regierungsbeauftragte den Landwirten gesagt. Das goldene Dorf war von da an im Juli und August von zartblau blühenden Flachsfeldern umgeben, die, sobald es auf den Herbst zuging, zu hochgeschossenen, dünnen Halmen wurden, auf denen kleine Kugeln saßen. Die gewässerten und dann getrockneten Leinstängel wurden von den Rössern durch den Ort gezogen bis hinunter zur Brechstuben, einem kleinen, aus Naturstein errichteten, uralten Gebäude. Hockten die Männer dort zusammen, wurde so allerlei Spannendes besprochen. Dabei sprangen sie von Thema zu Thema, von der Politik zu den Weibsbildern, dann zu den neuesten Geschehnissen im Ort und zurück zur Politik. Währenddessen wurde mal gearbeitet, mal ein Schluck Bier genommen, dann eine Zigarette angezündet. Die Brechstube war ein Rückzugsort der Männer, war Stammtisch, Geselligkeit und Arbeit in einem. Und wenn Simmerl und Vinzenz sich dort aufhielten und den Gesprächen lauschten, fühlten sie sich nahezu erwachsen. Beim letzten Mal, als die beiden Jungen mit ihrem Leiterwagen Bier dorthin gebracht hatten, ging es vor allem um die Weibsbilder, ein besonders interessantes Thema für die Burschen. Sie verzogen sich in eine dunkle Ecke des Raumes, setzten sich auf einen Strohballen und lauschten. Das Fräulein Briefträger sei immer noch ledig, und das, obwohl sie im Kirchenchor so gut singen würde. »Singen reicht halt net aus für eine gute deutsche Frau«, grinste einer der Bauern. »Außerdem schaut sie net so aus wie eine richtige deutsche Frau.« »Ach so?«, fragte ein anderer und klopfte auf die Flachsstängel ein. »Wie sieht denn eine richtige deutsche Frau aus?« – »Also«, hob daraufhin Anderl an. »Die Annamirl, ihr wisst, die droben beim Herrn Bouhler arbeitet, die sagt immer, die Frau Bouhler schaut aus wie eine richtige deutsche Frau.« – »Ich versteh«, meinte einer, »Frau Bouhler, die hab ich noch nie gesehen, die feine Frau. Nur einmal in dem schwarzen Mercedes, der hier immer mal umeinander fährt. Hohe Leut sind das, Führer der Reichskanzlei ist der Mann. Und so einer wohnt bei uns im Ort. Die Herrn Politiker wissen eben, wo's schön ist.« – »Na ja«, warf ein anderer Bauer ein, »sind ja oft weg, in Berlin droben, wo's regieren.« Dann sprachen die Männer kurz über Politik und den Führer, der genau wusste, was Deutschland brauchte, und damit auch das goldene Dorf. »Der Sonnbichler war der Erste bei uns, der des erkannt hat, erinnert's euch?«, fragte Anderl in die Runde und zündete sich eine Zigarette an. »Ihr habt's immer über seine Uniform gelacht. Und jetzt hat er hier was zum Sagen. »Rassenschande«, war das nächste Thema, ein neues Wort, das der Sonnbichler den Männern des Dorfes bei einer Versammlung erklärt hatte. Die deutsche Frau, hatte der unter einer großen Hakenkreuzflagge, die man im Wirtssaal aufgehängt hatte, erklärt, sei für die deutsche Reinheit verantwortlich. Sonnbichler hielt dabei ein Plakat in die Höhe, auf der eine Frau mit Kind zu sehen war. *Deutsche Frau, halte dein Blut rein,* stand darauf geschrieben. »Ihr wart doch auch alle da, oder?«, fragte Anderl jetzt. »Die Frau Bouhler, die schaut genauso aus, wie die Frau auf dem Plakat.« Die Männer nickten und droschen im Takt auf den Flachs ein.

Der alte Schwaigerbauer betrachtete die weichen Stängel. »Sieht gut aus«, sagte er zufrieden. Er war der Älteste in dieser Runde und brachte das Wissen seiner Großmutter im Dorf ein. »Silbern muss es sein. Kann man nur hoffen, dass die im Irrenhaus was Schönes daraus spinnen. Beeilt's euch, nächste Woche kommt wieder ein Wagen die Stängel abholen. Dann ab nach Attl zu den Irren zum Fäden spinnen.« Anderl lachte. »Nur Spinner spinnen.«

»Dann könnten wir des Zeugs ja gleich zum gspinnerten Alois bringen, dann hätt er a gute Beschäftigung.«

»Nix da, dann wird a jedes Leinen schwarz wie seine Küche.« Simmerl fand die Witze über den alten Mann nicht lustig. Auch wenn Alois Trachsler ein eigenartiger Mann war, wirkte er dennoch weise und gütig.

Simmerl spürte einen Schlag in die Rippen.

»Hey, schläfst du? Bücher aufschlagen, Seite 56«, hat der Pfarrer gesagt«, zischte der Sitznachbar Simmerl zu. »Bücher aufschlagen«, wiederholte Simmerl gedankenverloren und kramte im Schulranzen nach dem Religionsbuch, legte es auf den Tisch und blätterte die gewünschte Seite auf. Während einer der Schüler den Text laut vorlas, verschwammen vor Simmerls Augen die Buchstaben, er träumte wieder vor sich hin.

Die letzten Sommerwochen im Jahr 1935 waren schnell dahingeeilt. Inzwischen hatte man die Wiesen zum letzten Mal gemäht, die Blätter an den Bäumen färbten sich. Draußen ließen sich die Vögel vom Wind tragen, bald würden sie gemeinsam in die warme Ferne ziehen. Die Wolken schoben sich den Himmel entlang, und Simmerl zog es mit ihnen fort.

Während seine Blicke durchs Fenster glitten und sich irgendwo draußen verloren, wanderten seine Gedanken zu den letzten und gleichzeitig ersten Wochen in seiner neuen Heimat zurück.

Das goldene Dorf. Es war ihm inzwischen, als lebte er immer schon dort, als kenne er jedes einzelne Eck, jeden Winkel und nahezu jeden Menschen. Der Ort mit seinen Bewohnern hatte ihm die schönsten Wochen seines Lebens beschert und wurde schneller zu seiner Heimat, als er je gedacht hätte. Er liebte seine gemütliche Kammer im Schwaigerhof, die gemeinsamen Frühstücke mit der Mutter, dem alten Bauern und dessen Enkel, den Simmerl insgeheim bewunderte. Denn der war stark, groß und ein wenig frech. Nicht so ein schüchterner Hänfling, als der sich

Simmerl manchmal fühlte. Anderl war verwegen und meistens in Gegenwart eines jungen Mädchens zu sehen. »Frauen, Simmerl, die sind ganz was Spezielles, die musst gut studieren«, erklärte Anderl gern und erkundigte sich nahezu täglich aufs Neue, wie es denn mit Simmerl diesbezüglich so stünde, ob er denn schon eine im Auge habe. Simmerl sagte nichts und fürchtete, seine Wangen würden wieder erröten, denn das taten sie ständig und eigenwillig, vor allem, wenn ihn ein Mädchen ansah. »Du bist zu schüchtern, Bub, zu ruhig, das gefällt den Mädels net, Simmerl. Du musst dich mehr trauen. Wir üben das mal.« Und dann kamen die Abende, an denen Anderl mit Simmerl oben in der Scheune stand, fernab von jedweden Blicken und Zeugen, und Anderl sich, einem Schauspieler gleich, in Szene setzte und Simmerl, der die Rolle eines Mädchens einzunehmen hatte, mit allerlei Sprüchen lockte. »Na, wie geht's?«; »Fesches Kleid hast heut«; »Ich mag deine schönen Augen«.

Auch wenn Simmerl Mädchen gegenüber zurückhaltend war, fand er dennoch viele Freunde, seine ruhige und besonnene Art machte ihn bei allen beliebt. Die meiste Zeit aber verbrachte er mit Vinzenz, die beiden verband die Lust, Neues zu entdecken, die Natur, das Experimentieren und Erforschen. Sie fingen Vögel, Eichkätzchen und Grillen, tauschten sie bei ihren Freunden gegen anderes gefangenes Getier, sie räucherten Wespennester aus, fingen Fische. Sie waren unzertrennlich, bald nannte man sie »die Zwillinge«, da sie stets ähnlich gekleidet waren und nach einem gemeinsamen Besuch beim Dorfbader, auch den gleichen Haarschnitt hatten.

Es waren Sommerwochen gewesen, in denen sich Simmerl so unbeschwert gefühlt hatte wie nie zuvor. Es gab im Dorf keine geschlossenen Türen, hinter denen sich die Menschen zurückzogen, so, wie er es von den Miethäusern der Stadt kannte. Hier im Ort ließ sich überall nach Belieben ein und aus gehen, in den Scheunen, Schuppen und Werkstätten der diversen Gehöfte.

Dort gab es alles, was Simmerl und Vinzenz brauchten: Hobelbänke, Werkzeuge, Motorenteile, ab und an ein defektes Gewehr, ausrangierte Kinderwägen, aus denen man allerlei basteln konnte, Angelruten und vieles mehr. Oft waren die Jungen zu fünft, sechst oder zu siebt unterwegs. Eine kleine Dorfbande, die nach Abenteuern suchte. Der harte Kern bestand für gewöhnlich aus Vinzenz, Franzerl und Simmerl. Manchmal war auch der Schorsch vom Feistlhof mit dabei. Die Feistlkinder durften jedoch nur selten spielen. »Die haben zu arbeiten, und jetzt schleicht's euch«, sagte der einarmige Bauer immer, wenn Vinzenz und Simmerl Schorsch zum Fischen oder Fußballspielen abholen wollten.

Für Simmerl war der Feistlhof der einzige Ort, den er nicht mochte, warum, wusste er nicht genau zu sagen. Irgendetwas stimmte dort nicht, irgendetwas irritierte ihn. Waren es die vielen Kinder, die auf ihre Weise alle eigenartig waren? Manche schlichen geduckt umher, als hätten sie etwas verbrochen. Sie huschten über den Hof, hatten immer etwas zu verrichten, etwas zu tragen, hacken, sammeln. Die kleinen Mädchen weinten oft, was niemand interessierte, schon gar nicht ihre Mutter Vroni. Die älteren Buben, Schorsch und Peter, stritten und rauften ständig, mal um dieses, mal um jenes, meistens war es so was Belangloses wie eine Steinschleuder. Mit regungsloser Miene ging die Mutter an den Kämpfenden vorbei, als wäre sie eine unbeteiligte Fremde. Selten sah Simmerl auf dem Feistlhof jemanden lachen, am wenigsten die Bäuerin selbst. Stattdessen gab es Arbeit, nichts als harte Arbeit, aufgetragen und kontrolliert von dem Einarmigen, der vorwiegend missmutig wirkte und polternd auftrat. Dessen Mutter, die uralte Feistlin, hockte an den schönen Tagen unter dem Baum und beobachtete alles. Sie war unfreundlich, grüßte selten, meistens schwieg sie und starrte Simmerl an, als wäre er ein Aussätziger. Und Vroni Feistl? Die Frau war fleißig. Wann immer er und Vinzenz auf dem Hof waren, und das geschah oft, weil dorthin viel zu liefern war, stand Vroni in der Küche und rührte in großen Töpfen. Oder sie jätete im Garten Unkraut, wusch Wäsche, stopfte Socken. Kam sie in den Laden und stand Simmerl zufällig an der Theke, lächelte ihm die Feistlbäuerin zwar freundlich zu, bestellte dann aber mit knappen Worten, was sie einkaufen wollte und verließ sofort den Raum, sobald sie alles in ihrem Korb verstaut hatte. Sie sprach wenig, stand nach der Kirche nicht bei einem der Frauengrüppchen, die sich nach dem Gebet draußen bildeten. Sie hielt kein Schwätzchen im Laden, trank keinen Malzkaffee im Eck des Ladens, wie es viele Kunden taten. Meistens waren ihre beiden jüngsten Kinder bei ihr, sie nuckelten am Daumen und hielten sich an dem langen schwarzen Rock fest, den die Bäuerin zu tragen pflegte. Ihr dichtes Haar war trotz ihres vergleichsweise jungen Alters an vielen Stellen bereits ergraut. Die Falten in ihrem Gesicht verrieten, wie hart ihr Leben sein musste. »Was ist mit der Bäuerin Vroni? Die ist so seltsam, irgendwie anders als die anderen Frauen hier«, fragte Simmerl seinen Freund eines Tages, als sie gerade mit ihrem Karren am Feistlhof vorbeikamen. »Lange Geschichte, ist lange her. Die Vroni ist eigentlich eine ganz eine Nette, die hat's nicht leicht, aber darüber redet man im Dorf nicht, ich hab dir ja schon oft gesagt, man gewöhnt sich an alles, weil es eben so ist, wie es ist. Ich kenn sie von klein an, sie ist eine Freundin von meiner Mutter.« Er zuckte kurz mit den Schultern. »Na ja, gewesen, jetzt sehen die beiden sich kaum mehr, zu viel Arbeit und zu wenig Zeit.« Er hielt den Karren an und schaute Simmerl nachdenklich an. »Weißt, ich glaub, das Erwachsensein ist nicht besonders schön. Wir sollten eine Maschine bauen, mit der wir die Zeit anhalten, im Sommer 1935. Wir beide immer dreizehn und vierzehn. Immer fischen, rumstreunen, was bauen, was entdecken.« – »Aber keine Schule mehr«, warf Simmerl schnell ein, »wenn die vorbei ist, bin ich froh.« – »Nur noch ein knappes Jahr, dann haben wir's geschafft, dann kommt die Berufsschule, die Lehrzeit. Wir beide im Laden, das wird eine gute Zeit werden.« Simmerl lächelte.

»Simon Weber, was gibt es da zu grinsen?«, noch war diese Stimme nicht zu orten, aber sie kam näher, ein Kichern und Glucksen war auch zu hören. »Simon Weber, aufwachen!«

Der Schmerz war stechend, als die Rute über Simmerls Finger peitschte. »Wiederhole meine letzten Worte, Simon Weber«, brüllte der Pfarrer. Schlagartig war Simmerl zurück im stickigen Schulraum. Der Lehrer zog ihn an den kurzen Härchen oberhalb der Ohren in die Höhe, Simmerl stellte sich auf die Zehenspitzen, um den Schmerz zu lindern, doch die strenge Hand wanderte ebenfalls weiter nach oben. Und ließ nicht los. Simmerl traten Tränen in die Augen. »Wiederhole.« – »Ich, ich«, begann er unbeholfen zu stottern.

»Verlass dich nicht auf deine eigene Urteilskraft, sondern vertraue voll und ganz dem Herrn. Denke bei jedem Schritt an ihn; er zeigt dir den richtigen Weg und krönt dein Handeln mit Erfolg ... Auf diesem Weg ist der werte Herr Simon wohl eingeschlafen, das bedeutet heute Nachmittag drei Stunden nachsitzen und den Schulboden schrubben.« Pfarrer Leitner schleuderte Simmerl zurück auf seinen Stuhl und setzte den Unterricht fort.

Eine neue Generation wurde im goldenen Dorf erzogen, junge Leute wie Simmerl, dessen Schulzeit nur noch zehn Monate dauern würde. Es war das letzte Jahr, in dem er und all die anderen Gleichaltrigen des Ortes auf das Leben vorbereitet werden sollten, indem ihnen grenzenloser Gehorsam eingetrichtert, sie schmerzvoll gezüchtigt und gedemütigt wurden. *Noch einmal Herbst, Winter, Frühling und einen halben Sommer, dann wird alles vorbei sein,* dachte Simmerl im Stillen, der den Schulraum ebenso hasste wie den Beichtstuhl.

Das Mädchen, das vor ihm saß, drehte sich um, die kaltgrünen Augen zusammengekniffen, und grinste höhnisch. Dann wandte es sich wieder ruckartig nach vorne, und sein langer Zopf baumelte am Rücken hin und her.

★ ★ ★

Es war dunkel im Raum, auf der Feuerstelle zuckte die letzte Glut. »Ihr müsst wissen, es ist die Zeit der rauen Wesen, die der zotteligen, haarigen Ungeheuer mit ihren Fratzen, die nachts über die Felder und über den Himmel jagen.« Alois Trachsler, der König, legte seinen Finger auf den Mund. »Pssssst, da draußen ist das Geisterheer, weicht ihm aus, stellt euch nicht gegen es, ihr werdet sonst sterben.« Der alte Mann starrte an die Wand, an der drei Schatten zu erahnen waren. »Seht ihr, das sind wir. Nichts als graue Gestalten an der Wand.« Sein knochiger Finger zeigte auf die dunklen Körperumrisse. Simmerl und Vinzenz nickten. »Hier herrschen die Schatten, die das Licht begleiten, aber das Licht erlischt bald«, der König legte ein Scheit Holz nach und blies in die schwache Glut. Rauch umhüllte sein bleiches Gesicht. Er zog den Schlapphut vom Kopf, sein dünnes weißes Haar war noch lichter geworden. Alois Trachsler fächelte mit matten Bewegungen über das nun aufflackernde Feuer. »Zwölf Nächte sind es, viere sind vorüber«, flüsterte er, »was hat euch geträumt?« Simmerl sah Vinzenz an, der winkte ab. »Ich erinnere mich kaum an meine Träume.« Der König setzte den Hut wieder auf und senkte den Kopf. Ein feiner Spuckefaden rann aus seinem Mund das Kinn hinab. »Merkt euch: Was ihr in den zwölf Raunächten träumt, erfüllt sich.« – »Hmm«, murmelte Vinzenz. »Ja, ja, die Raunächte«, fuhr der alte Mann fort und massierte sich die Schläfen. »Wer kennt sie schon, wer?« Für einen Moment hob er den Kopf und blickte in das schwarze Gewölbe über sich. »Der Tod ist da, er weicht neuem Leben und nimmt viele mit sich. Die

Winterdämonen herrschen über die Natur. Und über uns.« Dann senkte er seinen Kopf wieder, blickte nach unten. Regungslos verharrte der Mann in dieser Stellung. Simmerl erschauderte, der Tod war zugegen inmitten der dunklen Küche, in der es leise knisterte, inmitten der finsteren Geschichten, der alte Mann, auf der Schwelle zwischen Leben und Tod, mehr ein Schatten als ein stolzer König. Der Anblick schmerzte Simmerl. Seit jener Nacht, seiner ersten im goldenen Dorf, in der er betrunken in der Gosse gelegen hatte, fühlte er sich dem merkwürdigen Mann verbunden. Er schätzte ihn, suchte seine Nähe, liebte seine Geschichten und die Weisheit, die nur für jene eine war, die daran glaubten. »Die Frauen, hütet euch von den Frauen«, flüsterte der alte Trachsler nun. »Es gibt gute, es gibt schlechte, viele schlechte. Träumt nicht von ihnen in den Raunächten, denkt an die Dämonin des Todes. Sie ist hier, mit ihrem Geisterheer, um uns zu holen.«

Danach herrschte Grabesstille, nur das Feuer knisterte leise, bis auch der letzte nachgelegte Scheit verbrannt war und nur noch glimmte.

Es geschah zwischen den Jahren 1938 und 1939 und im tiefen Winter.

Veränderungen lagen über dem Land. Es war kalt geworden, und rau. Nicht nur, weil die Temperaturen so tief sanken, denn nicht anderes kannte man im Winter, sondern es war das Klima zwischen den Menschen, das die Kälte ausmachte. Kontrolle, strenges Reglement führten zu Verunsicherung. Hass und Angst wurden bei jenen geschürt, die daran zweifelten, dass das, was gerade im Land geschah, gut war. »Seid mit dem Führer«, drohten Sonnbichler und seine inzwischen zahlreichen Kameraden den letzten Skeptikern und Gegnern. Die Mehrheit aber huldigte dem Führer, folgte ihm, egal, wohin er sie führte. Und die jungen Kerle marschierten stolz und siegesgewiss mit hocherhobenen

Köpfen die Straßen entlang, wenn sie zu Soldaten wurden. Auch die Buben bekamen ihre eigenen Uniformen: braune Hemden, schwarze Krawatten, dunkle Hosen, Hakenkreuzbinden. Überall hatte man Plakate aufgehängt, gegen die Juden, gegen die Rassenschande, für die Reinheit und Überlegenheit des deutschen Volkes. In den Straßen, den Läden und Wirtsstuben hingen Fahnen mit Hakenkreuzen. Nur im Landgraf'schen Laden war von diesen Veränderungen kaum etwas zu bemerken. Es war dort wie immer, die Leute setzten sich vor oder nach dem Einkauf kurz in die Ecke an den großen Tisch, tratschten und tranken Malzkaffee, Tee oder die von Klara Landgraf selbst gemachte Limonade. Korbinian Sonnbichler konnte noch so oft dort erscheinen und drohen. »Kein Plakat, kein Bildnis des Führers in meinem Laden«, bestimmte Klara Landgraf und stemmte ihre Arme in die Hüften. Dennoch kam sie nicht umhin, zumindest den *Völkischen Beobachter* in ihr Zeitungssortiment aufzunehmen. »Da steht unser Mitbürger Bouhler drin«, hatte Sonnbichler der Kauffrau erklärt. »Und mit dem ist nicht zu spaßen.« Er holte eine abgegriffene Zeitungsausgabe aus der Tasche, die er offenbar schon längere Zeit mit sich herumgetragen hatte, faltete sie auseinander und hielt sie der Landgräfin vor die Augen. »Hier, schau, da, steht, wer dieser Mann ist. Ein Bindeglied zwischen Hitler und dem Volk.« – »Ach, des mag ich gar nicht wissen, dieser Hitler, mir gefällt nicht, was er so macht, ich sag's dir ehrlich, Sonnbichler«, erwiderte Klara genervt. Doch dieser hatte schon begonnen vorzulesen: »In einer Zeit, in welcher die Gazetten der Demokratien lauter denn je über die ›Diktatur im Nazistaat‹ zetern, erscheint es ab und zu angebracht, darauf hinzuweisen, dass der nationalsozialistische Staat in einer Weise vom Vertrauen des ganzen Volkes getragen ist, wie das bei keiner Demokratie der Welt auch nur im Entferntesten der Fall ist.« Sonnbichler klatschte mit der Hand auf die Zeitung. »Vertrauen! Bitte sehr, da steht's schwarz auf weiß.« – »Da kann noch so viel stehen, ich mag mit dem Mann nix zu tun haben, der so gegen andere Menschen hetzt.«–»Landgräfin, oh Landgräfin, überleg was du da sagst«, drohte Sonnbichler, und jeder im Ort wusste genau: Hätte Klaras Mutter damals dem Sonnbichler, als er noch große Not litt, nicht immer wieder etwas Geld zugesteckt, hätte man in diesen Zeiten der Veränderung den Laden geschlossen und seine Betreiber nach Dachau geschickt. »Kommst nach Dachau«, dieser Satz war im Dorf allgegenwärtig, er hatte etwas Unheimliches, Bedrohliches, ohne dass man genau wusste, was genau für eine Art Lager dort eigentlich war. Ein nicht normales Gefängnis, sagten die einen, andere meinten, irgendein Umerziehungslager für Deppen, egal was, auf jeden Fall war »Kommst nach Dachau« ein Standardsatz, der halb im Scherz, halb im Ernst dahingesagt wurde, genauso wie man den kleinen Kindern um die Weihnachtszeit herum mit dem Krampus drohte.

Und doch hatte sich im Landgraf'schen Laden etwas verändert. Seit geraumer Zeit arbeitete dort ein ebenso fleißiger wie freundlicher Lehrling: Simmerl Weber. Er stand täglich hinter der Ladentheke, besonnen, ruhig und gewissenhaft. Er füllte die Regale, stellte die Gegenstände liebevoll in Reih und Glied, sodass es der Meisterin eine Wonne war. Ihr Sohn Vinzenz und Simmerl arbeiteten zuverlässig und hart, mithin bot sich den Landgrafs die Gelegenheit, eine Expansion ihres Geschäfts anzugehen.

Das goldene Dorf wuchs, Kinder wurden geboren, Menschen zogen hinzu, solche, die in den Ort einheirateten, solche, die Arbeit suchten, solche, die es einfach nur beglückend fanden, dort zu leben. Der Landgraf'sche Laden war so erfolgreich, dass dessen Besitzer, die wussten, was die Leute brauchten und wollten, es sich leisten konnten, ihn zu vergrößern.

Sie sahen ein größeres Sortiment vor, auch Exquisites sollte dabei sein. Es gab Menschen hier im goldenen Dorf, die Luxuswaren verlangten, gute Kunden, wie das Ehepaar Diener, sobald eine Einladung anstand. Oder Annamirl, die für die Herrschaften

Bouhler eine spezielle Bestellung aufgab: Pastete, geräucherten Aal, besten Bohnenkaffee, Tee aus England.

Eines Tages war sie da, nannte sich Mathilda. Aus dem Niederbayerischen kam sie offenbar, das verriet zumindest ihr Dialekt, den sie vergebens zu verbergen versuchte. Die junge Frau war vierundzwanzig Jahre alt, als sie sich bei Klara Landgraf um den Arbeitsplatz als Stoffverkäuferin und Schneiderin bewarb. Ledig war sie, mittelgroß, schlank, hatte dunkelbraune lange Haare, die sie ondulierte, sodass sanfte Locken das Gesicht umspielten. Ihr Schmollmund war blutrot geschminkt, und wenn sie lächelte, zeigte sie ihre Perlen gleichenden Zähne. Ihre hohen Wangenknochen und leicht mandelförmigen Augen ließen vermuten, ihre Vorfahren stammten irgendwoher aus dem Fernen Osten. Als sie eines Tages im Laden stand, voller Pracht mit einem strahlenden Lächeln, schwanden Simmerl die Sinne. Zum ersten Mal in seinem Leben ahnte er, dass Frauen gefährlich sein konnten. Die neue Mitarbeiterin der Landgrafs war anders gefährlich als Cäcilia, weniger kalt und berechnend, dafür unendlich unnahbar, gleichzeitig voller Erotik mit den großen Brüsten, die sich unter dem eng anliegenden und tief geschnittenen Pullover abzeichneten. Mathilda bewegte ihre Hüften sanft, wenn sie im Laden von einer Ecke zur anderen stolzierte. Simmerl, an dessen Kinn der erste Flaum wuchs, wagte Mathilda kaum anzusehen, denn gegen die Röte, die sich dann in seinem Gesicht ausbreitete, war er machtlos, ebenso wie gegen das heftige Schlagen seines Herzens. Mathilda bekam im Geschäft ihr eigenes Reich, die Landgrafs hatten das Gebäude umgebaut, eine Mauer durchbrochen und dem Laden damit einen angrenzenden Raum hinzugefügt. Dort lagen jetzt in Holzregalen allerlei Stoffballen: geblümt, gepunktet, mit bunten Früchten oder Luftballons verziert. Es gab sogar Stoffe, auf die man lachende Hausfrauen mit Hauben und Schürzen gedruckt hatte. In der Ecke stand eine Nähmaschine, an der Mathilda hockte, wenn die Zeit es zuließ, und nähte Tischdecken oder Geschirrtücher, die Simmerl dann in der Auslage zu drapieren hatte. Mathilda verströmte einen betörenden Geruch, nach Erd- und Johannisbeeren, fand Simmerl, wenn sie neben ihm an der Kasse stand und die Preise für die Stoffe in die alte Anker tippte. Es schien dem jungen Lehrling dann, als hätte der Herrgott persönlich diese Frau geschickt, um im goldenen Dorf die männliche Treue auf die Prüfung zu stellen. Doch Mathilda war nicht wie Eva im Paradies, sie reichte keinem den Apfel, schenkte niemandem ein verliebtes Lächeln, ging niemals abends aus. Simmerl beobachtete dies ganz genau. Es gab nur einen Mann im Ort, zu dem die Wundervolle ein enges Band knüpfte. Sie besuchte ihn allmorgendlich in der Kirche, bisweilen auch abends, nachdem der Laden geschlossen hatte: den Pfarrer. Ihn verehrte Mathilda, weil sie Gott liebte. War einmal gerade keine Kundschaft im Laden, und gab es auch nichts zu nähen, verzog sie sich auf ihren Stuhl hinter der Nähmaschine, klappte die Bibel auf und flüsterte Gebete vor sich hin. Sie kannte unzählig viele biblische Verse, erzählte Geschichten des Alten und Neuen Testaments, und als sie einmal Simmerls verstohlene Blicke auf ihre Brüste bemerkte, zitierte sie warnend: »Tu es Hiob gleich, mein Junge, der schrieb: ›Ich hatte einen Bund gemacht mit meinen Augen, dass ich nicht lüstern blickte auf eine Jungfrau.‹« Vinzenz, der gerade Obst in Kisten füllte, grinste und raunte seinem Freund zu: »Sauber, mein Lieber, die gefällt dir, oder?« Simmerl schüttelte entschlossen den Kopf. »Spinnst jetzt? Die ist doch viel zu alt für mich.« Und doch hatte er von ihr geträumt, nicht lange war es her. Er erinnerte sich noch genau an die feuchte Hose in der Früh, als er aufwachte.

»Ja, ja, die Raunächte haben es in sich. Sagt mir, hat es euch in dieser Zeit geträumt? Ich meine, von einem Weib?«, beendete Alois Trachsler die lange Stille. »Nein, nein«, log Simmerl. »Nein, nein«, schwindelte Vinzenz. Die beiden Freunde sahen sich an, und jeder erkannte im Gesicht des anderen die Lüge. Es war Simmerl seit Langem aufgefallen, damals schon im letzten Schuljahr, dass Vinzenz von der kühlen, unnahbaren Cäcilia angezogen war. Er sah, wie oft Vinzenz sich nach der Feistltochter umblickte und wie begehrlich seine Augen auf dem eigenartigen Mädchen lagen. Meistens war Simmerl auch dabei, wenn es Vinzenz wieder einmal zu dem Feistlhof trieb. »Kommst mit, wir besuchen mal den Schorsch«, lautete dann die gängige Ausrede. *Von wegen Schorsch*, dachte Simmerl, wenn Vinzenz neben Cäcilia auf der Hausbank saß und vergebens versuchte, ein paar Worte mit ihr zu wechseln. Simmerl stand dann im Abseits, wartete geduldig, bis Vinzenz sein hilfloses Werben aufgab, zumindest für diesen Tag. Die wortkargen Begegnungen waren selten von längerer Dauer, Cäcilia antwortete kaum, stattdessen blickte sie irgendwohin und ließ Vinzenz' unbeholfenes Stammeln gefühlskalt an sich vorübergehen.

»Da droben auf der Anhöhe, ihr Burschen wisst beide nicht mehr, wie es dort war. Mein Geheimnis! Ich habe gesehen, wie dort gesündigt wurde«, murmelte jetzt der alte Mann in seiner verrauchten Küche. Simmerl und Vinzenz sahen sich fragend an. »Aber darüber redet ein Trachsler nicht, er schweigt So, ihr zwei, wird Zeit, dass ihr geht, der König ist müde.«

Droben, auf der Anhöhe, wo einst der Schuppen stand, bereitete man in der großen Villa alles für den Besuch vor, der anstand. Tannengeflechte mit roten Kugeln steckten in den Vasen. Der Marmorboden glänzte, die Fenster waren geputzt, die Vorhänge gewaschen. Auf dem Anwesen herrschte Anspannung.

Frau Bouhler hatte für Samstag den Friseur ins Haus bestellt, er sollte ihr Locken legen; Annamirl bügelte den Anzug ihres Dienstherrn auf.

In der Küche standen fünf Köche und berieten den Einkauf. Es durfte nichts schiefgehen beim Dinner, viel Gemüse sollte es geben, Spinat, Kartoffelbrei, Karotten, alles gut und fest gewürzt, so wie der Gast es goutierte.

Der Herr des Hauses stand in der Bibliothek vor einem Spiegel, der in einem goldenen Rahmen hing. Das Mienenspiel, jede Geste, jede Bewegung hatten zu sitzen. Bouhler hielt einen Zettel in der Hand und begann zu reden, während er sich selbst betrachtete. »Die NSDAP, als die blut- und lebensvolle Organisation, die zutiefst im Volke verwurzelt und mit diesem mit tausend Fäden verbunden ist, hat das kostbarste Gut in Deutschland zu verwalten, das Vertrauen des deutschen Volkes zum Führer. In der Stunde der Bedrängnis wendet sich der deutsche Volksgenosse mit gläubigem Herzen an den Führer. Ihm bringt er seine Liebe und sein ganzes Vertrauen entgegen.« Der Mann hielt inne, lächelte zufrieden. Gute Worte hatte er hier niedergeschrieben. Er war bereit. Noch vier Tage, dann würde dieses Haus zu vollem Glanz erstrahlen, wenn der Führer höchstpersönlich dessen Schwelle überschritt.

Aber noch standen vier erbarmungslose, raue Nächte an, in denen die haarigen Wesen durch die Lüfte wehten, und ebenso viele Tage, an denen bittere Kälte herrschte.

Im goldenen Dorf fiel Schnee, als kurz vor Anbruch der Dunkelheit ein großer Wagen durch den Ort rollte und vor dem Haus des Alois Trachsler hielt. Drei Männer in langen schwarzen Mänteln stiegen aus. Mit ihren Stiefeln traten sie durch die Tür. Der König, der wirre, saß still auf seinem Hocker. Die Glut war lang schon erloschen.

Die Raunächte waren vorüber, die Geister der Nacht entschwanden. Die Heiligen Drei Könige wanderten ins Dorf. Sie klopften an die Türen, sangen ihre Lieder und streckten ihre Hände zum Empfang der Gaben aus. Als sie an die Pforte des

Alois Trachsler klopften, öffnete niemand. In dem alten Haus blieb es still. Die drei Weisen aus dem Morgenland sahen sich unschlüssig an. »Der Oide werd si sicher wieder irgendwo rumtreiben«, sagte Balthasar. »Mei, wie er halt so ist, der Spinner, mir segnen ihn trotzdem«, lachte Melchior. Dann sagten sie hastig und monoton ihr Sprüchlein auf:

> *Hirten, lasst uns weitergehen,*
> *Schallen soll der Lobgesang:*
> *Ehre droben in den Höhen*
> *Gott im hellen Sternenklang!*
> *Friede soll nun auf der Erden,*
> *Aller Menschen Freude werden!*

Caspar kritzelte mit Kreide C+M+B 1939 auf den Türstock. Dann zogen die drei Könige singend weiter.

★ ★ ★

Der Winter verzog sich, der Frühling schickte seine bunten Blumen, und am 1. Mai marschierten Trommler und Pfeifer der Hitlerjugend durch den Ort, gefolgt vom Kriegspropagandaleiter und zahlreichen Ortsbewohnern. Die Kundgebung fand auf dem Dorfplatz statt, wo man ein kleines Podium aufgestellt hatte. Der Propagandaleiter, flankiert vom Ortsgruppenführer Sonnbichler und den diversen Blockwarten, erhob seine Stimme. »Das deutsche Volk, ihr, wir alle …«, er wies auf den felsigen Zinnenberg, der hinter dem Ort emporragte, »… wir stehen am Fuße des Berges. Wir werden ihn, und nicht nur ihn erklimmen, sondern alle Gipfel, seien sie auch noch so steil und unüberwindlich. Das deutsche Volk schafft es!«

»Endlich tut sich was«, hatte sich Anderl gefreut, als er sich von seinem Großvater, Brigitte und Simmerl verabschiedete. »Ein

Soldat kommt gut bei Frauen an, aber tapfer muss er sein«, erklärte er Simmerl noch mit einem Augenzwinkern, bevor er lachend auf den Lastwagen stieg, der die jungen Soldaten des Ortes einsammelte.

Bald durchflutete der Sommer das Dorf mit Wärme und Sonne. Am 1. September 1939 schließlich entsandte der Führer seine Truppen nach Polen.

»Wir müssen unsere Frauen und Kinder verteidigen«, erklärte Vinzenz, während er mit seinem Hemdzipfel das Gewehr polierte. Er betrachtete es kritisch. »Irgendwie schon gelungen«, meinte er stolz und zufrieden. »Ein gutes Gewehr.« Er hob den Lauf in die Höhe, schob die Äste zur Seite und spähte über den Fluss in die Ferne. Seit neun Monaten nun herrschte Krieg. Weit weg. Polen, Dänemark, Norwegen, Niederlande, Belgien, Luxemburg, wo war das? Irgendwo. Und der Krieg, was war das? Wenn die Väter und Mütter, Großväter und Großmütter von ihm erzählten, konnten die Jungen ihn nicht begreifen. Es war doch ruhig im goldenen Dorf. Es gab zu essen, sonntags ging man in die Kirche. Man hörte Radio, las Zeitung, sah bisweilen im Kino, welch große Helden die deutschen Soldaten waren, unter ihnen auch einige Männer des Dorfes. Krieg, das war für Vinzenz und Simmerl noch ein Spiel, in dem man auf den Feind warten musste, der heute einfach nicht kam.

»Herrschaft, jetzt ist es schon das dritte Mal, dass wir umsonst hier sind«, schimpfte Vinzenz und setzte sich auf einen bemoosten Baumstamm. Simmerl nickte. »Auf den Feind ist kein Verlass, wir warten hier schon mindestens zwei Stunden. Sollen wir die ›Feldküche‹ anwerfen, was meinst? Tee kochen und was essen?«

Simmerl tippte sich mit der Hand an die Stirn. »Spinnst jetzt? Das Feuer würde uns verraten.« – »Auch wieder recht«, stimmte Vinzenz bei. »Aber so ohne Feind wird's langsam langweilig.«

Simmerl brach einen Halm ab und steckte ihn in den Mund. »Frauen und Kinder verteidigen kann ganz schön fad sein, wenn der Feind zu faul ist, um zu kommen. Oder hat er etwa keine Zeit?« – »Schon«, antwortete Vinzenz und legte das Gewehr zur Seite. Er nahm den Feldstecher und kletterte auf den nächsten Baum. »Ich seh ein paar Leute auf den Feldern dahinten, Kartoffeln ernten. Die tun so, als wär kein Krieg. Laufen hier einfach so ungeschützt rum.« Er schüttelte den Kopf. Simmerl sammelte ein paar Steine vom Boden auf und warf sie in den Fluss. »Meinst, der Trachsler hatte recht? Dass Frauen gefährlich sein können?«, fragte er. Vinzenz hüpfte wieder auf die Erde. »Manche sicher«, antwortete er.

»Aber eigentlich sind Frauen ja schwach, also ich meine, wir Männer sind ja stärker. Wieso können dann Frauen für uns ...«
»Weil man nie weiß, was Frauen denken. Und man weiß nie, was sie tun«, unterbrach ihn Vinzenz.

»Weißt du, was Anderl immer sagt?« Simmerl warf jetzt eine ganze Handvoll Steine Richtung Baumstumpf. »Anderl sagt, um Frauen muss man kämpfen. Aber das wäre der schönste Kampf, den ein Mann kämpfen kann.« – »Hmm«, meinte Vinzenz. »Nur die Frauen taugen was, die schwer zu kriegen sind, sagt der Anderl, und der kennt sich aus.« Simmerl stand auf, zog sein Messer aus der Tasche und schnitt damit ein dünnes Teil von einem lianenartigen Gewächs ab, das von einem Ast baumelte. »Komm, wir rauchen einen Judenstrick, bis der Feind kommt.« »Wieso heißt der Judenstrick eigentlich Judenstrick?«, wollte Simmerl wissen. Vinzenz zuckte mit den Achseln. »Müssen wir den Sonnbichler fragen, der kennt sich mit Juden aus.« – »Vielleicht, weil Rauchen so gefährlich ist wie Juden?«, mutmaßte Simmerl. »Der Sonnbichler sagt, die sind bösartig und gemein.« Er hielt die Pflanzenzigarette ans Feuer, das ihm Vinzenz reichte und sog den Rauch ein. »Ich glaub, eine echte schmeckt besser. Hast du schon mal an einer echten?« Vinzenz nickte. »Klar doch.«

Er tat einen Zug. »Wenn diese Zigarette zu Ende ist«, sagte er, »dann hören wir auf mit Warten. Dann kann der Feind mich mal.« Simmerl nickte. Sie blickten wieder durch die Äste auf die Wiesen. »Sag mal, wo haben sie den alten Trachsler eigentlich hingebracht?«, fragte Simmerl schließlich. »Wir könnten ihn ja besuchen.« Vinzenz schüttelte den Kopf. »Im Laden haben's erzählt, dass er wo ist, wo man sich um ihn kümmert, aber wo das ist, weiß keiner.« Simmerl drückte seinen Zigarettenstängel aus. »Komm, wir gehen heim, das wird heute nix mehr mit dem Kämpfen.« Die beiden packten ihre Gewehre in den Wagen der »Feldküche« und schoben ihn den Wiesenpfad hinunter. Als sie am Feistlhof vorbeikamen, stand Schorsch am Schuppen und zog gerade einem geschlachteten Hasen das Fell vom Leib. Cäcilia saß neben ihrem Bruder und rupfte ein Huhn. »Was soll das denn sein?«, fragte sie spöttisch, dabei wedelte sie mit dem Huhn Richtung Feldküche und lachte hell auf. »Mei, oh mei, seid's ihr kindisch.« Vinzenz errötete und stammelte etwas vom Teekochen und einer echter Feuerstelle. Die Feldküche war der große Stolz der Burschen. Sie bestand aus einem ausrangierten Kinderwagen, den die beiden Freunde in der Werkstatt des Schwaigerbauern gefunden und entkernt hatten, um dann einen kleinen Eisenofen, den sie im alten Schuppen in der Au entdeckt hatten, einzubauen. Vor dem Ofen, auf zwei Brettern stehend, befanden sich eine blecherne Teekanne, ein alter Topf, in dem Eier lagen und ein Stückchen Brot. Simmerl lenkte ab, weil Vinzenz vor Verlegenheit die Worte fehlten. »Schorsch, wieso seid ihr heut nicht gekommen? Wir haben zwei Stunden auf euch gewartet droben am Wiesenhang.« Schorsch hielt den blutenden Hasen, dessen Schädel nur noch halb am Körper baumelte, in die Höhe. »Hatten Wichtigeres zu tun. Und die anderen auch, außerdem wollen wir nicht immer nur angreifen. Wir wollen auch mal verteidigen, das sagen auch alle anderen. Ihr zwei hockt da immer in euren Büschen rum und seid in

Deckung. Und wir müssen uns immer anschleichen. Das nervt.« Cäcilia legte das zur Hälfte gerupfte Huhn zur Seite und trat näher. Sie musterte mit ihren eisigen Augen zuerst Simmerl, dann Vinzenz und schüttelte den Kopf. »Ihr macht's euch doch mit euren Kriegsspielen lächerlich. Wollt echte Soldaten sein, da kann ich doch nur lachen.« Sie nahm ein Gewehr aus dem Wagen und betrachtete es von allen Seiten. »Was soll das denn sein?«, höhnte sie. Simmerl und Vinzenz hatten tagelang daran gearbeitet, sie saßen an der Hobelbank vom Tischnerbauer, sägten, hämmerten und schmirgelten. Bestes Holz hatten sie für die Waffe verwendet, und einen Abzug, aus einem Nagel bestehend, gab es auch. Cäcilia legte an, zielte auf Vinzenz und sagte laut: »Peng«. Vinzenz biss sich auf die Lippen.

Da trat Vroni Feistl aus dem Haus, dunkel gekleidet, wie immer. Sie hielt ein weinendes, rotziges Kleinkind auf dem Arm, dem sie genervt ein Stück Brot in den Mund zu stopfen versuchte. »Herrje«, schimpfte sie schließlich und setzte das brüllende Bündel auf den Boden zu den herumpickenden Hühnern. »Servus, ihr zwei«, grüßte sie kurz, ging dann in den Garten und rupfte Kohlrabi, die sie in ihre Schürze steckte. »Wie geht's euch?«, fragte währenddessen. »Gut, Frau Feistl, wir sind grad auf dem Nachhauseweg«, antwortete Simmerl, weil Vinzenz immer noch gegen die aufsteigende Röte im Gesicht ankämpfte. Die Bäuerin ging achtlos an ihrem heulenden Kind vorbei und sagte zu Simmerl: »Musst net Frau Feistl zu mir sagen, bin die Vroni, kenn deine Mutter gut.« Sie lächelte kurz. »Mei ja, die Brigitte, früher haben wir uns net so mögen, aber des ist lang her. Wie geht's ihr? Hab gehört, dass sie viel zu tun hat, weil der alte Bäcker Binder das Zittern hat.« Simmerl nickte. »Es geht ihm immer schlechter, meine Mutter sagt, dass er seinem Sohn nach Amerika geschrieben hat. Sie sagt auch, dass der vielleicht kommt, aber man weiß letztlich nie, hat sie gesagt.« Ein leichtes Zucken der Mundwinkel, ein leises Schnalzen mit der Zunge, dann verschränkte die Bäuerin ihre Arme vor der Brust. »So, so, Simmerl, der Binder, Lenz soll wiederkommen.« Das kleine Kind auf dem Boden schlug brüllend mit den Händchen auf die Hennen ein, die gackernd auseinanderstieben. »Brings rein, Cäcilia«, herrschte Vroni ihre Tochter an. »Und dann wasch noch die Windeln und häng sie auf, und alles bisserl schneller als sonst, faules Stück.« Cäcilia warf das Huhn in den Eimer, packte missmutig das kleine Geschwisterchen und schüttelte es. »Kriegst gleich eins drauf«, brüllte sie es an und verschwand im Haus. Schorsch hatte den Hasen inzwischen gehäutet und in Stücke zerteilt. »I werd mal Operierarzt«, sagte er zufrieden, als die Teile vor ihm auf einem Holzstumpf lagen. Dann zückte er sein Hirschmesser, holte aus und durchbohrte mit Wucht das Bruststück des Tieres, sodass die Klinge zitternd darin stecken blieb. »Schorsch, lass des, jeds Mal machst so an Schmarrn beim Schlachten. Jetzt gehst dem Knecht im Stall helfen«, schimpfte Vroni ihren Sohn. Dann wandte sie sich wieder Simmerl zu. »Ist des sicher, dass er wiederkommt, der Lenz?«, fragte sie dünnstimmig. Simmerl wiegte den Kopf hin und her. »Kann sein.« Vroni ging ein paar Meter rückwärts zur Hausbank und ließ sich dort mit einem Seufzer nieder. »So lang ist's her, so lang.« Die Hände gefaltet, das Gesicht bleich, den Blick geradeaus gerichtet blieb sie bewegungslos sitzen.

»Komm«, flüsterte Vinzenz Simmerl zu und zog ihn am Arm fort. Als sie ein paar Meter entfernt waren, erklärte Vinzenz: »Der Lenz Binder, weißt, mit dem hat die Vroni mal was gehabt, das ist der Vater vom Franzerl drunten beim Zinsmayer.« – »Stimmt, hast mal gesagt«, erwiderte Simmerl, »hab mich schon gewundert.« Sie schoben ihre Kriegsausrüstung weiter den Weg hinunter.

Am Dorfplatz angekommen, verstauten sie ihre Waffen in einer Holzkiste, die im verwaisten Taubenschlag des Sonnbichlerhofs stand. Ein weiterer Kriegstag war ohne besondere Ereignisse zu Ende gegangen.

Wenige Zeit später sah man das Fräulein Briefträger eine schwarze Binde am Arm tragen. Das erste Mal, seitdem sie im goldenen Dorf die Feldpost austrug. Sie ging langsam den Bach entlang bis sie den Hof des alten Schwaiger erreichte. Der saß auf der Bank, rauchte seine Pfeife und sah den Bienen zu.

Tränen standen ihr in den Augen, als sie ihm die Nachricht überbrachte. »Dein Anderl ist tot«, sagte sie leise.

Keine acht Wochen vergingen, da trug man auch den alten Schwaigerbauern zu Grabe, der Tod seines Enkels hatte ihm das Herz gebrochen.

★ ★ ★

Wer den Plan macht, hält die Fäden in der Hand. Bis jetzt wart ihr alle dran, ihr habt mein Leben verplant, hat euch das gefallen? Ha? War's gut, einen auf Macker, Bestimmer und Befehler zu machen?

Ich glaube, es hat euch alle aufgegeilt, euren kleinen Maxi so ohnmächtig zu sehen, anders kann ich es mir nicht erklären. Mich klein zu halten, damit ich euch nicht über den Kopf wachse und ungemütlich werde. Jeden einzelnen Plan habt ihr ohne meine Zustimmung gemacht, ihr habt mich nie gefragt. Und all ihr anderen, ihr Nachbarn, Schulkameraden, euch hat es ebenfalls nicht interessiert, weil ansonsten bei uns ja alles okay war. Immer ordentlich gefegt vor dem Haus, die Autos immer gewaschen, sonntags wurde brav in die Kirche gegangen, nie öffentlich gestritten, nach außen hin immer eine Scheiß-heile-Superfamilie gespielt.

Und ich? Wie ging es mir? Ich bin gestorben, nach und nach habt ihr mir das Messer im Hirn umgedreht, bis ich verreckt bin. Tot im Schädel, so fühle ich mich seit Langem. Mein Körper macht noch mit, aber meine Gedanken wandern immer wieder dorthin, wo alles ein gutes Ende hat: zum Tod.

★ ★ ★

rgendwann im Herbst 1941 war die Stimmung im Hause Landgraf nicht gut. Klara Landgraf saß in sich zusammengesunken im Halbdunkel ihre Büros und schwieg. Lange Zeit. Dabei starrte sie auf das Foto, das auf dem Schreibtisch vor ihr stand. Es zeigte sie und ihren Mann vor vielen Jahren, am Tag, an dem sie geheiratet hatten, beide ein Strahlen im Gesicht. Ein glückliches Paar waren sie. Bis gestern.

Da war ihr Mann einberufen worden, wie so viele andere Männer des Ortes. Die Kämpfe an der Ostfront erforderten neue Soldaten, neue Opfer. Simmerl und Vinzenz hockten auf zwei Stühlen und warteten darauf, dass die Landgräfin endlich etwas sagte. Doch die zog sich die Jacke eng um den Leib, als würde sie frieren, und presste die Lippen zusammen, ihr Körper zitterte, und Simmerl wusste, dass die arme Frau mit den Tränen kämpfte.

»Vinzenz«, sagte sie dann leise, »es ist ein Wunder dass sie dich bis jetzt noch net eingezogen haben, es ist ein Wunder und ein Glück. Wer weiß, wann der Tag kommt, an dem sie auch dich holen, mein Bub. Und dich, Simmerl. Ich will gar net d-an denken.« Sie bedeckte ihre Augen mit den Händen. So verharrte sie eine Weile, dann sagte sie: »Wir müssen jetzt zusammenhalten. Und dich, Simmerl, brauchen wir jetzt mehr denn je.« Die beiden nickten. »Klar, Mutter«, antwortete Vinzenz. »Du, mein Lieber, kümmerst dich ab jetzt um Vaters Aufgaben, sorgst dich um den Einkauf, die Lieferung, die Preise.« Sie lächelte ihren Sohn an. »Der Vater wollte, dass du jetzt im Laden der Chef bist. Enttäusch ihn net. Außerdem kann's sein, dass wir bald auch noch Brot und Semmeln verkaufen müssen, weil es der arme Bäcker Binder nimmer lang packen wird. Es heißt zwar, der Lenz ist unterwegs hierher zurück, aber von Amerika weißt nie, wie lang des dauert.«

Und so arbeiteten die beiden Freunde härter und länger denn je, um die Landgräfin halbwegs beruhigt und ein klein wenig glücklich zu wissen.

Dabei beobachtete Simmerl seit geraumer Zeit schon, dass sein Freund Vinzenz dienstags immer besonders fesch gekleidet war. Er trug dann sein Lieblingshemd, das grünrotweiß karierte, die Hose war frisch gewaschen, die Schuhe gewienert, das Haar geradlinig nach hinten gekämmt, der leichte Bartwuchs glatt rasiert. Manchmal roch Vinzenz am Dienstag auch nach dem Rasierwasser seines Vaters.

Dienstags in der Früh war Vinzenz meist unruhig, abgelenkt und ungeduldig. Bis sie endlich den Laden betrat.

Dienstag war der Tag in der Woche, an dem Cäcilia immer zum Einkaufen kam, meistens gegen neun Uhr dreißig. Simmerl sah sie dann schon durch das Schaufenster von Weitem die Straße herunterschlendern, den Kopf erhoben, den Korb mit jedem Schritt hin- und herschwingend. Würde man Cäcilia nicht kennen, hätte man beim Anblick ihres leichtfüßigen Gangs meinen können, sie sei ein fröhliches Mädchen. Zwischen Vinzenz und Simmerl bestand eine unausgesprochene Abmachung, dass Vinzenz, und keinesfalls Simmerl, das Mädchen bediente. So lange Cäcilia im Landgraf'schen Laden war, redeten sie und Vinzenz jedoch nur das Nötigste miteinander, so als sprächen sie unterschiedliche Sprachen. Vinzenz, weil er nicht wusste, was er sagen sollte, Cäcilia, weil sie, diesen Schluss zog zumindest Simmerl, keinerlei Interesse an seinem Freund hatte. Ohne dessen Freundlichkeit zu erwidern, geschweige denn ihn anzusehen, leierte sie gelangweilt herunter, was sie auf dem Zettel stehen hatte: »Ein Kilo Zucker, vier Kerzen, ein paar Stricknadeln Stärke vier.« Vinzenz nickte, wiederholte murmelnd: »Ein Kilo Zucker, vier Kerzen …«, sammelte die

Waren im Laden ein und tippte die Preise in die Anker. Wenn er Cäcilia die Endsumme mitteilte, lächelte er sie nahezu flehentlich an. Die Feistltochter indes warf ihm dann nur einen kühlen Blick zu, zahlte, hob das Kinn, murmelte ein knappes »Servus« und verließ den Laden.

An diesem besagten Dienstag stand der neue Jung-Chef im Laden hinter der Theke und blickte ständig auf die Uhr. Es war weit nach zehn Uhr. Cäcilia kam nicht, und Vinzenz' Unruhe steigerte sich mit jeder Minute, die der Zeiger weiterrückte. Immer noch schwärmte der junge Landgraf für die Feistltochter, jeder im Dorf ahnte es, denn es war nicht zu übersehen, wie sehr er sich bemühte, ihr zu gefallen. Ein paar Kunden kamen, einige gingen wieder, andere setzten sich auf ein Schwätzchen in die Ecke an den Tisch. Vinzenz schenkte ihnen Getränke ein. »Wird schon werden, Bub, der Vater kommt zurück, der Führer weiß schon, was er macht, jetzt musst stark sein, brauchst dir keine Sorgen machen«, munterten die Kunden ihn auf. Es hatte sich wie ein Lauffeuer im Ort herumgesprochen, dass Landgraf senior an die Front berufen worden war. Währenddessen stand Simmerl mit Mathilda an den Regalen und half ihr, die Stoffe umzusortieren, Schwarzes nach vorne, Buntes nach hinten. Mathilda trug heute ihr rotes Kleid mit den weißen Punkten, wie immer mit einem tiefen Ausschnitt versehen und einem eng gezurrten Gürtel, der die schmale Taille betonte. Über Mathildas Dekolleté hing das Kreuz, das sie jedes Mal, wenn sie nachdachte, zwischen Zeigefinger und Daumen nahm und rieb, als würde der winzige Herr Jesus am Kreuz ihr dann einen Rat geben, was zu tun sei. »Ich kann diese schwarzen Stoffe langsam nicht mehr sehen«, klagte Mathilda und kletterte die Leiter eine Sprosse höher. »So, drei Regale schwarz, jetzt sortieren wir hier die blauen Stoffe hin, daneben die roten, ein bisschen Farbe muss sein, sonst wird das hier ja ein reiner Trauerladen mit all dem ganzen Zeugs hier«, meinte sie und zeigte auf die in der Ecke liegenden Papierstapel vorgeschnittener Leichenhemden, »nicht mal echte Stoffe kann man sich für die vielen Toten leisten.« Sie schüttelte den Kopf. »Und all die Grabkerzen hier, ach, was sind das nur für Zeiten«, murmelte sie. »Schwarz, schwarz, schwarz ... ›und die Sonne wurde schwarz wie ein härener Sack, und der ganze Mond wurde wie Blut, und die Sterne des Himmels fielen auf die Erde, wie ein Feigenbaum seine Feigen abwirft, wenn er von starkem Wind bewegt wird‹.« Sie dachte ein paar Sekunden nach und wisperte Simmerl dann zu: »Und der Himmel wich wie eine Schriftrolle, die zusammengerollt wird, und alle Berge und Inseln wurden wegbewegt von ihren Orten ... Fallt über uns und verbergt uns vor dem Angesicht dessen, der auf dem Thron sitzt, und vor dem Zorn des Lammes! Denn es ist gekommen der große Tag ihres Zorns und wer kann bestehen?« Simmerl sah, wie sich ihr Busen hob und senkte, eine Frau, fand er in dem Moment, konnte selbst dann schön sein, wenn sie aus der Bibel zitierte. Mathilda stieß mit der Faust in den Ballen eines schwarzen Baumwollstoffes. »Schwarz, nichts als Schwarz hier.«

Das goldene Dorf trug Trauer, die vielen Frauen, denen das Fräulein Briefträger die Todesnachricht überbracht hatte, holten schwarze Gewänder aus den Schränken oder ließen sie schneidern, die Kinder, deren Väter für immer fortblieben, trugen Schwarz, ebenso die Mütter, Brüder und Schwestern. Es wurden täglich mehr.

Auch Simmerls Mutter Brigitte trug Schwarz, aber nicht des Krieges wegen. Der alte Bäckermeister Binder war dem Kampf gegen Gevatter Tod erlegen. Eines Morgens lag er mit eingefallenen, bleichen Wangen im Bett und atmete nicht mehr.

Nachdem man den Verstorbenen zu Grabe getragen hatte, ohne dass sein Sohn zugegen war, weil die Reise ins Deutsche Reich in den Zeiten der Kriegswirren Zeit und Geduld in Anspruch nahm, packte Brigitte ihren Koffer. »Es ist Zeit für mich zu gehn«, sagte sie zu Simmerl. »Der alte Schwaiger ist nimmer, der

Bäcker auch net, ich geh in die Stadt zurück, hier im Ort sind zu viele Erinnerungen, mein Simmerl.« Mit Tränen in den Augen blickte sie ihren Sohn lange an. »Bist jetzt bald erwachsen, mit deine fast neunzehn Jahren, wohnst ab nächster Woche bei den Landgrafs im Dienstbotentrakt, machst bald die Meisterprüfung. Und wennst willst, kommst mich besuchen. Ich schick dir die Adresse.« Mutter und Sohn nahmen einander in die Arme, hielten sich fest und verabschiedeten sich voller Wehmut.

Dann war Brigitte Weber fort, und Simmerl bezog sein Zimmer bei den Landgrafs. Vinzenz und Klara Landgraf wurden zu seiner neuen Familie, das Landgraf'sche Haus und der Laden zu seiner neuen Heimat.

»He, alter Träumer, gib mir mal den Ballen links auf'm Tisch«, bat Mathilda. Simmerl sah ihre wohlgeformten Beine, die schmalen Fesseln, und er fragte sich, wie man in so hohen Schuhen sicher auf der Leiter stehen konnte. »Meister Simmerl, glotz dir nicht die Augen aus dem Kopf, der Herrgott sieht in dein sündiges Herz. Reich mir lieber den Stoff her.«

Ein älteres Ehepaar mittleren Alters betrat den Laden. Der Mann trug einen Rucksack auf dem Rücken, sie hielt einen Wanderstock in der Hand, offenbar Sommerfrischler aus der Stadt. »Heil Hitler«, grüßte der Mann mit ausgestrecktem Arm. »Sie wünschen?«, antwortete Vinzenz, dem seine Mutter den Hitlergruß verboten hatte. Das Paar kaufte eine Ansichtskarte vom Ort, auf der die Kirche, der Schwaigerhof in seiner einstigen Pracht und die alte Schmiede neben dem Bach zu sehen waren. »Hach, ist das herrlich hier bei Ihnen auf dem Land, Sie müssen wahrlich glücklich sein«, meinte die Frau zu Vinzenz, der nickte. Der Mann griff nach einem Buch, das auf dem Stapel neben der Kasse lag. *Kampf um Deutschland,* las er laut vor. »Das gefällt mir, liest zurzeit mein Enkel in der Schule.« Vinzenz erklärte: »Der Autor lebt hier im Ort, nur deswegen haben wir das Buch hier.« »So, so, das ist ja eine Ehre für euch alle«, antwortete der Mann ehrfürchtig. Er schlug das Buch auf, blätterte ein wenig hin und her, überflog die Zeilen und zitierte: »Durch Rasse- und Blutschutzgesetze verhinderte der Führer für alle Zukunft die Fortpflanzung erbkranker Idioten, für deren Erhaltung die Volksgemeinschaft bisher jährlich über 200 Millionen hatte aufbringen müssen ...« Er pfiff leise durch die Zähne. »200 Millionen, ist Zeit geworden, dass was geschieht.« Er blätterte weiter bis zur letzten Seite. »Großes bleibt noch zu tun, und was die heutige Generation nicht mehr auszuführen vermag, das wird morgen die Jugend vollenden.« Er nickte zustimmend und lächelte Vinzenz an. »Damit sind Sie gemeint.« Er legte das Buch zurück, zahlte, und das Paar verließ den Laden. In der Tischecke wurde gemurmelt: »Touristen, Stadtleut, geht's mir weg mit denen.«

Auf einmal stand sie im Laden, wie aus dem Nichts, zum ersten Mal seit ewigen Zeiten war sie selbst gekommen, gekleidet wie ehedem: schwarzer Rock, schwarze Schürze, dunkle, hochgeschlossene Bluse. Nur ihre Haare waren anders, nicht mehr lang und zu einem Kranz geflochten, sondern bis zur Schulter gekürzt und mit zwei Klammern nach hinten gesteckt. Ihre Augen blickten lebhaft, nicht so fern oder abwesend wie sonst: Vroni Feistl. Sie holte einen Zettel aus dem Korb, reichte ihn Vinzenz und sagte: »Des alles bitte, ich geh inzwischen mal da rüber«, sie zeigte mit dem Kinn Richtung Mathilda und Simmerl. »Sehr recht, Vroni, wird alles erledigt«, antwortete Vinzenz, und in seiner Stimme schwang tiefe Enttäuschung mit, denn nun war gewiss, dass er Cäcilia heute nicht mehr sehen würde.

»Grüß Gott«, begrüßte die Feistlin Mathilda freundlich. »Servus, Simmerl«, wandte sie sich dem Lehrling zu und gab ihm die Hand. Mathilda stieg von der Leiter. »Ah, Frau Feistl, Sie mal wieder hier? Was können wir für Sie tun?« Vroni lächelte und deutete auf die Nähmaschine. »Ich möchte mir Rock und Bluse nähen.« – »Also, für die Bluse empfehle ich dieses Material«, meinte Mathilda und wies Simmerl an, einen schwarzen Baumwollballen aus dem Regal zu holen. Doch Vroni winkte ab. »Nein, nein, nicht mehr schwarz.« Sie legte den Kopf zur Seite und blickte Mathilda an. »Ich dachte eher an so was, was Sie tragen, was Fröhliches.« *Fröhlich?*, wunderte sich Simmerl insgeheim.

Das goldene Dorf war nicht mehr fröhlich, es glänzte auch nicht mehr, das unbeschwerte Leben hatte sich schon seit Wochen zurückgezogen. Man traf sich nicht mehr auf dem Dorfplatz, um das Neueste auszutauschen, allenfalls sprach man über die Toten. Man hockte nicht mehr auf den Bänken vor den Höfen. Die Bienen im Schwaigergarten gab es nicht mehr, die Tür zum Hof hatte man mit Brettern verriegelt, ein paar Fensterscheiben waren eingeworfen. Der Stall stand leer, das Vieh hatte man gleich nach dem Tod des alten Mannes abgeholt. Auch die Kirchturmglocken schlugen schon lange nicht mehr, nachdem Soldaten sie mitgenommen hatten. Zum Glockenfriedhof nach Hamburg sollten sie gehen, wo man das Eisen für Granaten einschmelzen wollte. Auf einer Holztafel, die man seitlich des Platzes aufgestellt hatte, hingen Plakate, auf einem davon stand: *60 000 RM kostet dieser Erbkranke die Volksgemeinschaft auf Lebenszeit. Volksgenosse, das ist auch dein Geld.* Daneben sah man einen Mann im Arztkittel, der seine Hand auf die Schulter eines alten Kranken legte. Der saß auf einem Stuhl, sah traurig und sorgenvoll drein. Er trug einen schwarzen Mantel, und hätte er einen Schlapphut auf seinem Kopf gehabt, hätte man meinen können, es sei Alois Trachsler.

Der Krieg näherte sich dem dritten Jahr, die Wannseekonferenz hatte die endgültige und organisierte Vernichtung ›unwerten Lebens« beschlossen, das der Kranken, vor allem das der Juden. Ein halbes Jahr später begann die Schlacht um Stalingrad, der Krieg herrschte nun auf dem ganzen Erdball, auch im fernen Japan, in Burma, in Singapur. Die nördlichen Städte Deutschlands fielen dem britischen Bombenhagel zum Opfer, und jeder, der Zeitung las, Radio hörte oder ins Kino ging, schwankte zwischen Hoffnung, die der Führer schüren ließ, und der Angst, bald sei alles im Land verloren.

Und mitten in diesen traurig-düsteren Zeiten stand Vroni nun im Landgraf'schen Laden und kaufte den hellsten, buntesten und fröhlichsten Stoff, der in den Regalen lag. Dazu erstand sie das Schnittmuster eines taillierten Kleides. Nachdem sie bezahlt und mit ihrem gefüllten Korb den Laden verlassen hatte, beschwingt, wie man sie schon seit ewigen Zeiten nicht mehr gesehen hatte, steckten die alten Weiber, die am Tisch saßen, ihre Köpfe zusammen. »Habt's gehört, der Lenz soll zurückkommen aus Amerika. Die Feistlin wird sich fesch machen für ihn«, murmelte eine Stimme, eine andere fügte hinzu: »Die Vroni ist eh immer allein auf'm Hof, der Mann ist ja dauernd unterwegs, drüben bei der Mitzi, da wird er immer gesehn.« – »Wie in den alten Zeiten, wisst's es noch, da ist er immer rüber gradelt, jetzt fahrt er mit seinem Auto.« – »Oh mei«, stöhnte ein Weiblein, »war halt doch a große Liebe, die von Vroni und dem Lenz.«

Keine Woche später trabte einer der wenigen Haflinger, den die Soldaten den Bauern gelassen hatten, durchs Dorf. Der Reisende in der Kutsche trug Lederhose, Haferlschuhe und einen Trachtenhut auf dem Kopf. Hinter ihm auf der Kutsche waren drei große braune Überseekoffer verstaut. Vor dem geschlossenen Bäckerladen ließ der Kutscher das Tier halten. Der Reisende stieg aus, stellte sein Gepäck neben die Eingangstür. Dann betrachtete er lange die Auslage, in der ein schwarzgerahmtes Foto des alten Bäckermeisters hing. Er nahm den Hut ab, faltete die Hände und senkte den Kopf.

1942: Der erste Amerikaner hatte das goldene Dorf erreicht. Sein Name: Lorenz Binder.

* * *

Man erinnerte sich wieder der Liebe. Mitten im Krieg. Die große Liebe, die einstige, die vergessene oder die verschüttete, sie war zurück im goldenen Dorf. Man begann wieder von ihr zu sprechen. Man rätselte, wie groß sie sein könnte, die Liebe, und ob sie bisweilen für immer währte, man fragte sich, welche Schmerzen sie nach so langer Zeit des Vergessens aufzubrechen vermochte.

»Jetzt bist also wieder da«, sagte Klara Landgraf und legte ihre Hand auf die seine. »Ewig, lieber Lenz, ewig ist's her.« Lorenz Binder nickte, nahm den Hut vom Kopf und spielte mit dem fächerartig gesteckten Gamsbart an dessen Seite. »Ich weiß noch genau, wie der Vater den geschossen hat, da war ich noch ein Bub und bin neben ihm gehockt auf'm Jägerstand.« Er atmete lautstark aus. »Die Welt ist seitdem eine andere geworden.« Klara nickte. »Bist zu spät gekommen für deinen Vater, des tut mir leid, Lenz.« »Hätt gern gehabt, dass mein Leben anders verlaufen wär, glaub mir, Klara.« Er lächelte gequält.

Es war frühmorgens, der Laden hatte noch geschlossen. Draußen trabte ein Pferdegespann vorbei und zog einen Wagen hinter sich her, auf dem einige Frauen und Kinder mit ihrem Gepäck kauerten. »Schon wieder Flüchtlinge, oh mei, wo sollen die denn alle hin.« Mathilda stand mit dem Staubwedel vor der Auslage, fuchtelte mit ihm hin und her, als wolle sie lästige Fliegen vertreiben. Gelegentlich warf sie einen neugierigen Blick auf den Mann, den sie hier noch nie zuvor gesehen hatte. Er und die Landgräfin saßen in der Ecke am Tisch, vor ihnen stand eine Kanne Kaffee und zwei Haferl. Auch Simmerl kannte den Mann nicht, der trotz der ergrauten Locken und den Falten im Gesicht jugendlich aussah mit seinen strahlenden Augen und dem muskulösen Körper. »Wer ist des?«, flüsterte er Vinzenz zu, der gerade Kleingeld in die Anker füllte. »Der Lenz, dem Franzerl sein Vater, weißt schon, der aus Amerika.« – »Aha«, antwortete Simmerl, wischte die Angebote der letzten Woche von der Tafel und schrieb mit Kreide in seiner besten Schönschrift: *Diese Woche ganz frisch und selbst gemacht: feines Butterschmalz.* »Wie lang war der weg?«, fragte er dann. »Der soll kurz nachdem die Vroni mit dem Franzerl schwanger geworden ist, weggegangen sein, hat meine Mutter gesagt.« Vinzenz kratzte sich am Ohr. »Was der Franzerl wohl dazu sagt, dass sein Vater wieder da ist?« – »Ach«, winkte Vinzenz gleich danach ab, »der war doch nie da, Franzerl kennt ihn ja nicht mal.« Simmerl nickte vielsagend und meinte: »Kenn ich.« Die Meisterin und ihr Gast sprachen jetzt über die Veränderungen im Ort, über den Krieg, die vielen Opfer und die große Angst, die geliebten Menschen würden nie mehr zurückkehren. Die Landgräfin erzählte von ihrem Mann, der nun schon seit über einem Jahr irgendwo im Osten kämpfte. »Jede Nacht bete ich mit den Kindern für ihn, Lenz.« – »Dieser Hitler ist ein recht Gefährlicher«, meinte Lorenz Binder, »treibt die ganze Welt mit seinem Krieg in den Abgrund.« Die beiden schwiegen eine Weile. »War gestern Abend noch spazieren, im Dunkeln, wollt sehn, wie alles ist. Droben auf'm Hügel, wo's immer so schön war, steht ja jetzt eine große Villa. Und eine hohe Mauer ist am Dorfanger gebaut worden, wo ich als Bub Fußball gespielt hab, erinnerst dich, Klara?« Sie nickte. »Die Dieners haben den Anger gekauft, weißt, die Leut, die erst beim Sonnbichler gewohnt haben.« Lenz schüttelte den Kopf. »Ich versteh net, wie man den Anger hat verkaufen können, noch dazu an jemand, der gar net von hier kommt. Aber so ist des, für Geld geht alles. Da verkauft man sogar das Beste vom Dorf.« Klara Landgraf sah ihn grüblerisch an. »Recht hast, Lenzerl, ist net alles gut gelaufen hier im Ort.« – »War damals a schöne Zeit, wir hatten net viel Sorgen, weißt noch?« Er beugte sich im Stuhl nach vorne. »Jung waren wir, und manchmal ein bisserl verrückt. Des Theater, erinnerst dich?« Die Landgräfin lächelte. »Oh ja, wenn wir schon mal dabei sind, weißt eh, die Brigitte, Lenz, die am Schluss bei deinem Vater gearbeitet hat … die damals die Moni gespielt hat …« Sie zeigte auf Simmerl. »Das ist ihr Sohn, der Lehrling hier, er heißt

Simon Weber.« Lorenz Binder lächelte ihm kurz zu. »Und dein Vinzenz? Wie ich seh, ist er jetzt fast erwachsen, mei, Klara, ich hab ihn noch in den Windeln gesehen«, sagte er. Die Landgräfin nickte und sah ihn ernst an. »Hast deinen eigenen Sohn schon getroffen, an Franzerl? A netter Bub ist er geworden, ein richtiger Musikus und guter Handwerker.« Lenz Binder zog die Stirn in Falten und schüttelte den Kopf. »Bald schau ich mal bei ihm vorbei.« Mathilda legte den Staubwedel weg und trat, nicht ohne vorher ihr enges Kleid zurechtgezupft zu haben, an den Tisch. Simmerl beobachtete, wie sie sich weit nach vorne beugte, dem Gast dabei ihr tiefes Dekolleté zeigte, während das Kreuz direkt vor seiner Nase baumelt. »Ein paar Kekse zum Kaffee?«, fragte sie. In ihrer Stimme lag betörende Sanftheit. Mathilda lächelte den Mann an, wandte sich um und stolzierte auf ihren hohen Schuhen zum Regal und holte das Gebäck aus einer Blechdose. Dieser Lorenz Binder, ahnte Simmerl sofort, gefiel ihr. Immer wieder schaffte Mathilda es, selbst ohne Worte, dass Simmerl sich klein und unbedeutend fühlte. Und während er den Mann, der neu im Dorf war, betrachtete, spürte er Wut auf sich selbst. Eine dämliche Schwärmerei war das alles nur, die Irrung erotischer Wallungen, eine sinnlose, sich nie erfüllende Fantasie von einem Jungen, der noch nicht einmal richtig erwachsen war. All die Gedanken an eine Frau, die nahezu zehn Jahre älter war als er und im prallen Leben stand, dazu einerseits nur Gott im Kopf, Jesus am Hals und Bibelsprüche auf der Zunge zu haben schien, andererseits aber eine unglaubliche erotische Ausstrahlung versprühte, musste er verdrängen. Sie durfte nicht länger in ihm aufkeimen, sie brachte nur Unglück.

Inzwischen hatte Mathilda die Ladentür geöffnet, die ersten Kunden kamen, blieben erstaunt stehen, starrten den Neuankömmling an und brachen dann in ein lautes »Ich glaub's net, jetzt ist er wieder da, der Lenz« aus. Immer mehr Menschen kamen, man gab dem Mann freundlich die Hand, umarmte ihn, klopfte ihm herzlich auf die Schulter. Man hockte zusammen am Tisch, lachte, redete durcheinander. »Erzähl, wie ist es da drüben, was machst jetzt hier? Wirst wieder Bäcker?«, ein einziges Hin und Her von Fragen und Antworten. Da stand auf einmal der Ortsgruppenleiter persönlich im Türrahmen. Hinter ihm bauten sich drei Blockwarte auf, junge Kerle mit akkuratem Haarschnitt, steifer Körperhaltung und entschlossenem Blick. Sie schlugen die Hacken zusammen und streckten den rechten Arm aus. »Heil Hitler.« Lorenz Binder tippte sich mit der rechten Hand zum Gruß an die Stirn. »Servus, Sonnbichler, wie geht's? Kenn dich kaum wieder. Hast Karriere gemacht, seh ich.« – »Ist dir wohl da drüben in Amerika entgangen, wie man hier zu grüßen hat?«, erwiderte der Sonnbichler barsch. Lorenz schüttelte den Kopf. »Das kann keinem entgehen.« – »Dann salutier gefälligst, wie es sich gehört«, befahl Korbinian. Lorenz lächelte, gab etwas Zucker in seine Tasse und rührte langsam um. »Weißt, Bini«, sagte er schließlich, »ich grüß euren Hitler nicht. Ich muss ihn auch nicht grüßen.« Sonnbichlers Miene verfinsterte sich, er tat einen Schritt nach vorne und verschränkte seine Arme vor der Brust. »Ich glaub, du weißt net, wer vor dir steht«, drohte er. »Ah, neue Stiefel, fesch, fesch«, erwiderte Lorenz unbeeindruckt und wies auf die glänzenden Lederstiefel des Nazigetreuen. »Ich warn dich, Lenz, auch du hast hier die Regeln zu befolgen«, zischte der Ortsgruppenführer, »zum ersten Mal in deinem Leben hast zu tun, was andere dir befehlen.« Lorenz lehnte sich im Stuhl zurück und fuhr sich mit der Hand durch die Haare. »Ach, Korbinian, niemand hier hat mir was zum Sagen, schon gar kein Deutscher. Und du erst recht net. Weißt, Korbinian, ich bin kein Deutscher mehr. Ich bin ein Amerikaner geworden.« Er holte seinen Pass aus der Tasche und hielt ihn dem Ortsgruppenführer hin. Der nahm den Ausweis in seine Hand, blätterte ein paar Seiten vor und zurück und knallte ihn schließlich auf den Tisch. »Eine Schand ist des, ein Verräter bist. Jetzt ist's so weit, der Ami ist in unserm Dorf. Der Feind ist da. Wirst schon sehn, wer hier das Sagen hat, du dreckiger Ami.« Er machte auf dem Absatz kehrt. »Los, Abmarsch!«, befahl er seinem Gefolge.

»Da bist bei uns im Ort genau richtig, bist wirklich ein Ami geworden?«, fragte Klara Landgraf jetzt ihren alten Freund kopfschüttelnd. »Musst wissen, lauter Nazi-Leit haben sich hier niedergelassen, überall haben's Häuser kauft, ich glaub, des ist alles wegen dem Bouhler, weil die Herrn Politiker immer zusammenhocken.«

»Und der Führer selbst kommt gelegentlich in den Ort, erzählen die Leute. Manchmal ist er heimlich hier, wegen der schönen Frau Bouhler, weil des ist dem Hitler seine Freundin«, erklärte die Nachbarsbäuerin des Bouhler'schen Anwesens. »Der Führer kommt sogar, wenn der Herr Bouhler net da ist, nur die Frau Gemahlin, da weißt schon Bscheid, gell?« Meistens aber hatte man das Kommen des Führers angekündigt. Dann wurden die Flaggen aus den Fenstern gehängt, die Straßen gefegt, die Festtagskleidung aus den Schränken geholt. Mädchen und Burschen trugen Tracht, in den Haaren der Mädchen steckten schöne Wiesenblumen. Der Führer fuhr dann mit seiner Entourage, im offenen Wagen sitzend, von Motorrädern umringt und Offizieren begleitet, durch das Spalier winkender Kinder, das sich von der Straße bis zum Eingang des Bouhler'schen Hauses zog. »Und vom Göring die Frau kommt ja von irgendwo hier in der Nähe, deswegen kommt der mit ihr auch immer her zum Bouhler.« – »Vom Göring hab ich in den USA gelesen«, meinte Lorenz, »aber wer ist der Bouhler?« Darauf erzählten ihm die Leute am Tisch, wie bedeutend dieser Mann sei, so was wie die rechte Hand Hitlers. »Ein guter Mann«, sagten sie, »dem Weyerer Bauer hat der Bouhler a Kuh geschenkt, als die seine plötzlich gestorben ist. Und die Frau Bouhler hat dem Ort einen Kindergarten gestiftet. Sie selbst kann keine Kinder kriegen, obwohl sie sich so sehr eins wünscht, aber wie des bei den Herrn Politikern eben so ist, die mögen Kinder, genau wie der Herr Hitler. Sonnbichlers Tochter Annamirl arbeitet bei den Bouhlers, manchmal hört sie ihn am Telefon reden, und weißt, was sie erzählt?« Die Landgräfin beugte sich über den Tisch und flüsterte Lorenz etwas ins Ohr. Der fuhr mit dem Oberkörper jäh zurück. »So einer, bei uns im Dorf?« Die Landgräfin nickte. »Weißt, Lenz, den Trachsler Alois, den kennst doch noch, unsern lieben Spinner, den haben's auch geholt.« Die Leute murmelten durcheinander, bis einer sagte: »Egal, was manche über den Bouhler reden, er ist ein guter Mann.« Die Leute pflichteten ihm bei, nicht nur großzügig sei der Herr, er sei auch für die Leute im Ort da, wenn es um Dachau ginge. »Der Edi hat mal heimlich eine Sau abgestochen, ist dabei erwischt worden und man wollt ihn nach Dachau bringen, aber der Bouhler hat des verhindert, oh ja, das kann er.«

»Sag mal, Lenz«, fragte die Landgräfin und wechselte das Thema, »wie geht's jetzt weiter mit der Bäckerei?« Der zog eine Schachtel Zigaretten aus der Jackentasche und erhob sich. »Ich weiß net, Klara«, antwortete er. Dann ging er vor die Tür.

Während Lorenz Binder draußen den Rauch in die Luft blies, tuschelten drinnen die Leute im Laden, Simmerl kannte es nicht anders, es war die typische Geschwätzigkeit im Ort. Er ging in den Lagerraum, holte den Handwagen und parkte ihn vor der Ladentür, um ihn mit allerlei Lebensmitteln zu bepacken. »Ein fleißiger Bursch bist du«, sagte Lorenz Binder anerkennend und zog an seiner Zigarette. »Du bist also der Sohn von der Brigitte?« Simmerl nickte. »Wo ist denn deine Frau Mama jetzt, auch hier im Ort?« Simmerl schüttelte den Kopf. »In der Stadt, arbeitet in einem Papierladen.« – »Aha«, sagte der Mann, »ist eine ganz Nette, ich hab sie gut kennt, deine Mutter. Ich hab ihr ab und zu mal geschrieben, aber ist alles irgendwie versandet. Sag ihr einen lieben Gruß von mir, wennst sie wieder siehst.« Mathilda tippelte auf ihren hohen Absätzen aus dem Laden und legte fünf Päckchen Mehl in den Karren. »Ist für den Edi drunten«, erklärte sie

Simmerl und warf dem Heimkehrer dabei einen vielsagenden Blick zu, der ihn mit einem Lächeln erwiderte. Kokett legte sie ihren Kopf zur Seite. »Hätten Sie für mich eine Zigarette?« Er nickte und hielt ihr die Schachtel hin, aus der er eine Zigarette ein Stück weit nach vorne geschnippt hatte. Simmerl blieb der Mund offen stehen. Nie hatte er Mathilda, die streng moralische und heiligtuende, rauchen gesehen. Wie sie den Mund spitzte, sich die Zigarette lasziv zwischen ihre knallrot geschminkten Lippen schob, wie sie den Rauch tief in ihre Lungen sog, den Busen nach vorne streckte ..., als hätte sie ihr Leben lang nichts anderes getan als zu rauchen. »Was ist, Simmerl?«, fragte Mathilda stichelnd, »schaust dir etwa schon wieder die Augen aus dem Kopf?« Sie wandte sich an Lorenz Binder: »Das ist was mit den jungen Kerlen.« – »Ich weiß, ich weiß«, erwiderte der, »war selbst mal jung, kann mich noch genau dran erinnern.« Sie hielt die Zigarette in die Höhe. »Der Führer hat es uns ja verboten, wegen des deutschen Volkes, für das wir Frauen ja gesunde Kinder kriegen sollen.« Dann prusteten beide laut los. Sie lachten wie alte Freunde, wie zwei Menschen, die ahnten, was der jeweils andere dachte. Ihre Blicke, ihre einander zugewandten Körper, ihre Bewegungen, es war eine Vertrautheit, die keinem entgehen konnte und die Simmerls Herzen schmerzende Stiche zufügte.

Vinzenz kam aus dem Laden und zog einen Sack Weizen hinter sich her. »Der muss auch noch mit«, sagte er und hievte ihn in den Wagen. »Los, Simmerl, packen wir's!«, rief er.

Auf dem Weg den Bach entlang kam sie ihnen entgegen, sie ging leichtfüßig, fast wie ihre Tochter es zu tun pflegte. Das Haar der Bäuerin glänzte, und das bunte Gewand, das sie sich genäht hatte, stand ihr gut. Vroni Feistl lächelte, als sie die beiden Jungen mit dem Bollerwagen sah. Und doch flackerte ihr Blick, die Züge ihres Gesichts waren angespannt, gehetzt, nahezu angstvoll. »Servus, ihr zwei«, grüßte sie und hob ihren Einkaufskorb in die Höhe.

»Das Waschpulver ist ausgegangen.« Sie hatte Rosenwasser aufgetragen, Simmerl roch es, als sie an ihm vorüberzog.

Die Liebe sei erloschen, sagten jene, die durchs Fenster gesehen hatten, was geschah. »Sie haben ja kaum miteinander geredet, als sie beinander gestanden sind. Nur kurz, dann ist sie in den Laden gekommen, hat Waschpulver gekauft und ist wieder gegangen. Als ob sie sich nie gekannt hätten, die beiden. Aber ist wohl auch besser so.«

Andere, denen Vroni Feistl auf ihrem Heimweg begegnet war, meinten, Tränen in ihren Augen gesehen zu haben. Die Liebe, mein Gott, so sagten die Leute dann, die Liebe ist halt eigenwillig, auf sie ist kein Verlass, sie kommt und geht, wie sie will. Und was war schon die Liebe zweier Menschen im Krieg? Ein kleines Geschenk, mehr nicht.

Das Fräulein Briefträger wischte sich Tränen aus dem Gesicht, als sie die Feldpost in die Ledertasche steckte. »Verfluchter Krieg«, murmelte sie, bevor sie sich auf den Weg machte. Langsam ging sie durch den Ort. Als sie an der Anhöhe vorbeikam, gruben sich gerade die eisernen Zähne einer Baggerschaufel tief ins Erdreich des Bouhler'schen Gartens. Dort, wo noch vor gar nicht langer Zeit die jungen Mädels und Burschen dem Führer gehuldigt hatten, türmte sich jetzt ein großer Erdhügel. Ein Betonmischer spuckte zähe Masse in ein Loch. In wenigen Wochen sollte hier der Bunker fertig sein. Da der Herr Bouhler eine riesige Schutzanlage in seinem Garten errichten ließ, wusste jeder im Dorf, dass der Feind unmittelbar vor der Tür stand.

Die Botin blieb kurz stehen und hob den Kopf gen Himmel. Der wölbte sich düster und grau über dem Dorf, passend zu der Nachricht, die sie mit sich trug. So unendlich viele Todesmeldungen hatte sie inzwischen überbracht. Nachrichten aus dem Krieg warf sie nicht einfach in die Briefkästen, sie überreichte sie persönlich von Hand und wartete, ob sie den Hinterbliebenen in den unmittelbar nachfolgenden schweren Minuten etwas Gutes tun könnte, eine sanfte Umarmung spenden oder tröstende Worte sprechen. Kraniche sammelten sich in der Höhe, es war Zeit, das Land und damit die Kälte, die kommen würde, hinter sich zu lassen. Das Fräulein Briefträger blickte ihnen hinterher, seufzte laut und setzte ihren Weg fort.

Als sie ihr Ziel erreicht hatte, wartete sie einen Moment. Dann drückte sie die Klinke nach unten. Die Glocke über der Tür bimmelte fröhlich, wie immer, wenn Kundschaft den Laden betrat.

* * *

Ein gutes Jahr, nachdem Lenz ins goldene Dorf zurückgekehrt war, versammelte sich knapp die Hälfte der Ortsbewohner in der Kirche. Nicht um zu trauern, sondern um ein Fest zu begehen, zum ersten Mal seit Monaten, auch wenn die Glocken schon seit Langem schwiegen, und Jagdbomber, die immer wieder übers Tal donnerten, die Fenster klirren ließen. Die Kirche war nicht so gut besucht wie sonst bei Hochzeiten. Schließlich hatte jemand zum Fest geladen, der die Menschen entzweit hatte. Für die einen war Lorenz Binder nicht mehr einer der Ihren, sondern ein Verräter, einer, der mit der Annahme der amerikanischen Staatsbürgerschaft freiwillig seine Zugehörigkeit verleugnet hatte. Für die anderen, jene, die in der Kirche zugegen waren, war Lorenz Binder jedoch nach wie vor der Bäckerssohn, der lustige, etwas verrückte Lenz. Dennoch sang an diesem Tag der Chor, und die Orgel spielte. Simmerl hatte sich in die letzte Bank verzogen. Seine Anwesenheit als Arbeitskollege war Pflicht, ansonsten wäre er um nichts auf dieser Welt hierhergekommen.

»Herr, Herr, du hast angefangen, deinem Knecht zu offenbaren deine Herrlichkeit und deine starke Hand. Denn wo ist ein Gott im Himmel und auf Erden, der es deinen Werken und deiner

Macht gleichtun könnte?« Der Pfarrer hob seine Arme beschwörend in die Höhe. Er predigte jetzt über die Macht, die Macht der Liebe und über die einzige Macht, die wirklich zählte: Gottes Macht. *Gott also,* dachte Simmerl, während er in der Kirchbank auf seine Hände blickte. Es war keine gute Zeit im goldenen Dorf. Ohnmächtig musste man mit ansehen, wie alles zugrunde ging. Die Menschen hungerten, Angst vor dem Feind und seinen Bomben begleitete ihr Leben. Sie verbrachten Stunden in ihren Kellern, hockten auf gepackten Koffern, während die Kampfflugzeuge über das Dorf fegten, sodass alles vibrierte und die Einmachgläser in den Regalen wackelten. In der Ferne hörte man die Sprengsätze detonieren. *Wo ist Gottes Macht in diesen ohnmächtigen Zeiten?,* fragte sich Simmerl. Die Antwort war auf den Schlachtfeldern und bei den vielen Toten zu finden. *Welche wahre Macht also hat Gott? Mehr als solche unheilbringenden Menschen wie den bösen Pfarrer zu schicken, der sich offenbar daran ergötzt, andere zu strafen und büßen zu lassen, kann er nicht,* dachte Simmerl grimmig. Die Verfinsterung seines Gemüts hatte sich in den vergangenen Wochen angebahnt, nicht nur dieses feierlichen Tages wegen, sondern weil zwei Leben, die so fest zusammengeschweißt schienen, langsam auseinanderdrifteten, und etwas zerfiel, das für Simmerl bislang eine Festung bedeutet hatte.

Noch vor einigen Monaten waren er und Vinzenz in jeder freien Minute zusammen gewesen. Sie zogen mit Zimmerstutzen und Luftgewehr durch den Wald und schossen Spatzen, sammelten sie in Zigarrenkisten und tauschten sie gegen die Schokolade aus Carepaketen ein. »Delikatesse gegen Delikatesse«, hatte Vinzenz gegrinst und die toten Vögelchen durch den Maschendraht gesteckt, auf dessen anderer Seite zerlumpte französische Gefangene eingepfercht waren, die die Tierchen rupften und über einer provisorischen Feuerstelle brieten. Zwei Ripperl Schoko pro Spatz hatte Vinzenz nach zähen Hand-Fuß-Verhandlungen ausgemacht. Neben allerlei Tauschgeschäften inspizierten die beiden Freunde feindliche Flugzeuge, die Soldaten vom Himmel geschossen hatten, und bauten, nachdem die verkohlten Leichenteile entsorgt worden waren, die Motoren der Flieger aus, zerlegten sie in ihre Einzelteile, um sie anschließend wieder zusammenzusetzen. Gemeinsam mit Schorsch, Franzerl und anderen kämpften sie gegen Jungenbanden aus den umliegenden Dörfern, wenn diese in den Ort schlichen, um die im Taubenschlag gelagerten Waffen zu plündern. Oder sie bereiteten sich auf den echten Feind vor, den Amerikaner, der inzwischen das Land betreten hatte. *Operation Brücke* zählte dazu. Das Wetter zeigte sich an diesem Tag wohlwollend, der Wind säuselte durch die golden leuchtenden Blätter der Bäume, und die Luft war klar. Beste Voraussetzung für die *Operation Brücke*, bei der es galt, auf die Invasion des Feindes vorbereitet zu sein, indem man übte, wie man dessen Weg über den großen Fluss verhindern könnte. Schorsch hatte als selbst ernannter Kommandant einige junge Kerle des Dorfes zum Feistlhof beordert. Dort standen sie neben ihren Rädern und warteten auf ihn, der im Haus noch schnell all die Dynamitrollen einsammelte, die er in den letzten Tagen gebaut hatte. Cäcilia thronte währenddessen mit drei ihrer kleinen Geschwisterchen auf der Bank, kerzengerade, ihre rötlichen Haare schimmerten im Licht. Die Arme hatte sie vor der Brust verschränkt, und das linke Bein wippte auf und ab. Cäcilia schaute in die Runde der Kerle, ohne ein Wort zu sagen, hochmütig und abweisend wie eine Königin, die auf das niedere Volk herabblickte. Endlich erschien Schorsch, der Kommandant. Breitbeinig stand er an der Türschwelle, in viel zu großen, zerschlissenen Stiefeln, einen Feldstecher und eine metallene Trinkflasche umgehängt, alles von dem ausgeplünderten Soldaten stammend, dessen Flieger man vor Kurzem abgeschossen hatte. Triumphierend hielt er ein Bündel Dynamit in die Höhe.»Kameraden, na, was sagt ihr? Das ist doch gelungen, oder?«Cäcilia grinste müde.»Oh mei, Schorsch, oh mei, wie kindisch ihr doch alle seid.« Sie stand von der Bank auf und zupfte nun an der Schulterklappe herum, die ihr Bruder irgendwo gefunden, getauscht oder gestohlen und sich eigenhändig an seine Jacke genäht hatte. »Sind wir heute Offizier?«, witzelte sie. Dann wies sie mit dem Zeigefinger auf die zusammengeklebten und angemalten leeren Klopapierrollen, die Schorsch als Dynamit bezeichnete. »Wann wirst endlich mal erwachsen?«, verspottete sie ihn. Ein paar der Umherstehenden begannen zu lachen. Schorsch hob daraufhin die Faust, erst in Richtung Cäcilia, dann in die seiner Kampfgenossen. »Noch ein Wort, und ihr kriegt eins aufs Maul. Ich ...«, er klopfte sich auf die Brust, »ich bin hier der Führer.« Sofort herrschte Ruhe, *Operation Brücke* stand konzertiert still, der Feistlsohn hatte sich schließlich den Ruf eines jähzornigen Schlägers erworben, der inzwischen schon einigen das Nasenbein gebrochen und etliche blaue Flecken beigebracht hatte. »Na also, und jetzt rührt euch!«, befahl er dann. Sie setzten sich auf ihre Räder und fuhren kolonnenartig hinunter zum Fluss. Seitlich der Brücke hob Schorsch die Hand. Es war eine mächtige, von Hitler höchst persönlich in Auftrag gegebene Konstruktion, die auf Stahlträgern und mehreren Pfeilern ruhte und sich bis zur anderen Seite des Flusses erstreckte. »Kompanie halt! Beginn der *Operation Brücke*.« Er blickte in die Runde, zeigte dann auf Vinzenz und kommandierte im abgehackten Befehlston: »Du da, vortreten.« – »Wieso ich?«, fragte der. »Weil ich es dir befehle, ganz einfach.« Schorsch wies auf die andere Seite des Flusses. »Rüber da über die Brückenpfeiler, Dynamit anbringen, marsch.« – »Mach ich nicht, ist mir zu gefährlich«, erwiderte Vinzenz trocken. Der Kommandant äffte ihn nach. »Ist mir zu gefährlich, mach ich nicht. Schau her, der feige Soldat Landgraf, haha. Tut mir sehr leid, Herr Graf, aber Befehl ist Befehl, außerdem muss der Kerl, der meiner Schwester hinterhersteigt, auch beweisen, dass er ein echter Mann ist.« Er drückte Vinzenz die Pappbombe in die Hand. Der aber schüttelte den Kopf. »Vergiss es. Man könnte die Bombe doch auch hier, direkt an der Uferböschung festmachen, dann fliegt das Teil genauso hoch, wenn Klopapierrollen überhaupt explodieren können.« Schorsch klatschte sich mit der Handfläche an den Kopf und donnerte los:»Man könnte, man könnte. Klar könnte man, aber wir wollen doch, dass der Ami in den Fluss fällt und ersäuft, oder? Außerdem schon mal das Wort Attrappe gehört?« Er riss Vinzenz die Klopapierrollen aus der Hand.»Ich zeig dir mal, wer hier Mumm hat«, polterte er genau wie sein Vater Korbinian Feistl. Er kletterte auf den Stahlträger und robbte sich rittlings nach vorne Richtung Fluss. Bald hatte er die Stelle erreicht, an der das Wasser unter ihm wild strömte. Ein Baumstamm tanzte genau dort in den Wasserwirbeln, ging unter, schoss wieder nach oben und drehte sich wie ein Kreisel. Schließlich erreichte Schorsch den Pfeiler und verschwand in dessen Hohlraum.»Ich sag's dir, Simmerl«, flüsterte Vinzenz seinem Freund zu,»das war das letzte Mal, dass ich bei diesem Kriegsschmarrn dabei war, soll der Schorsch doch machen, was er will. Wenn der Ami hierherkommt, dann nützt das Brückensprengen eh nix mehr. Los, wir radeln heim.«

»Ihr seid's Feiglinge«, höhnten die anderen ihnen nach.

Vinzenz lachte nur und rief zurück:»Spielt's nur weiter Krieg ohne uns!« Diese Begebenheit hatte sich beim letzten Mal zugetragen. Seitdem hatte sich Vinzenz von allen gemeinsamen Aktionen zurückgezogen. Er verlor das Interesse am Abenteuer und entfernte sich immer mehr von seinen Freunden.

Sogar von Simmerl.

Er habe so viel im Laden zu tun, zudem gäbe es andere Dinge auf der Welt, die ihn beschäftigten, sagte er, immer fremder und seltsamer werdend. Simmerl ahnte, was dem Freund durch den Kopf ging: Zum einen die Sorge um den Laden, jetzt da der alte Landgraf gefallen und der Junior der neue Chef war. Zum anderen bewegten Vinzenz seine Gefühle für Cäcilia. Mittlerweile wusste jeder im Ort, dass sich zwischen dem Juniorchef

Vinzenz und Vronis ältester Tochter Cäcilia eine zarte Beziehung angebahnt hatte. Man sah die beiden jedes Wochenende zusammen, spazieren gehen, irgendwo am Waldesrand hocken, oder den Fluss entlangradeln. Mit mulmigem Gefühl stellte Simmerl fest, dass die irrsinnige wie hitzköpfige Schwärmerei seines Freundes für Cäcilia Früchte getragen hatte, welche auch immer. Simmerl fand, es waren faule, wenn nicht gar giftige. Trotz der vermeintlichen Liebe zu Vinzenz wirkte die Feistltochter auf ihn nach wie vor unterkühlt und gefühlsarm, wann immer er sie traf. Sie sprach kaum ein Wort. Nicht mit Vinzenz' Freunden, und schon gar nicht mit Simmerl. Cäcilia setzte ihre hochmütig-spöttische Miene auf und machte auf diese Weise allen verständlich, dass sie unter ihrer Würde waren. Vinzenz hingegen umklammerte sie wie ein Schraubstock, hielt ihn fest, zog ihn fort von seinen Freunden, von Simmerl und von dem freien Leben, das er noch bis vor Kurzem geführt hatte. Sie wollte ihn auch in seinem Wesen verändern, bemerkte Simmerl. Vinzenz sprach nur noch über Geld und Dinge, die den Laden angingen, über neue Produkte, die er einführen wollte, über Preise, Einnahmen und Ausgaben. Gleichzeitig nörgelte er herum, wenn er irgendwo Verschwendung ahnte, wenn Zucker, Mehl zu großzügig abgemessen oder den Kindern im Ort zu viele Bonbons geschenkt wurden. Vinzenz als Ladenchef hatte im Ort nun eine gewisse Stellung und Macht. Somit wurde er auch zu einem begehrten Heiratskandidaten der jungen Frauen, selbst für Cäcilia. Frauen, erkannte Simmerl, waren diesbezüglich leicht zu durchschauen.

Neben seinen geschäftlichen und amourösen Zerstreuungen gab es für Vinzenz eine weitere Angelegenheit, die ihn vehement in Anspruch nahm: die Schattenseite der aufkeimenden Beziehung zwischen ihm und Cäcilia. Die gab es nämlich auch, weil sich Bauer Feistl querstellte. Ihm gefiel es absolut nicht, dass ausgerechnet ein Kaufmannssohn mit seiner ältesten Tochter anbandelte. »Ein Feistlkind gehört auf'n Hof, muss arbeiten, im Stall, in der Mühle, ein jeder wird hier gebraucht. Solche Kaufmannsleut haben die Nasen in der Höh, meinen, sie sind was Besseres, naa, naa, nix da, die Cäcilia bleibt auf'm Hof«, hatte er lautstark im Wirtshaus geflucht, sodass es jeder hören konnte und es keine Stunde dauerte, bis man es den Landgrafs zugetragen hatte. Andersherum wunderten sich aber auch viele im Ort, warum der freundliche und liebenswürdige Vinzenz sein Auge ausgerechnet auf Cäcilia vom Feistlhof geworfen hatte. Seit den vielen Raufereien, in die Schorsch verwickelt war, und seit Lenz' Rückkehr war die Bauernfamilie wieder in den Mittelpunkt der dörflichen Tratscherei gerückt. Man rätselte, was es für das einstige große Liebespaar Vroni und Lenz bedeutete, dass es sich nun nach so vielen Jahren und Veränderungen wiedersah. »So eine große Liebe sitzt tief im Herzen und vergeht nie«, meinten die einen, andere hielten dagegen: »Die Vroni ist eine Feistlin geworden, die bleibt dem Beni treu, auch wenn er ihr kein guter Mann ist mit seiner Sauferei und dem Weib vom anderen Ort.« Jeder ahnte, was hinter der nach außen getragenen, scheinbar heilen Welt der Feistls stattfand. Die inzwischen acht Feistlnachkommen galten als eigentümlich, speziell und undurchsichtig. Irgendwas trugen sie in sich, das ihre Blicke entweder scheu oder verschlagen, verletzt, oder, wie es bei Cäcilia der Fall war, frostig machte. Vroni Feistl indes hörte man nie klagen, sie zeigte sich fortwährend freundlich, wenn man sie traf. Sie war wie alle Bäuerinnen des Dorfes: arbeitsam und pflichtbewusst. An den Fenstern des Feistlhofes blühten im Sommer die Geranien, im Garten wuchs das Gemüse, rund ums Haus war alles gefällig und ordentlich, die Kinder trugen saubere Wäsche, sonntags roch es nach Schweinsbraten. Der launische Bauer und Ölmühlenbesitzer Feistl war jedoch kaum mehr zu Hause. Er raste mit seinem kleinen Lieferwagen, den er mittlerweile erstanden hatte, durch den Ort. Immer viel zu schnell war er dran, stets in Eile, und wer fortwährend in einer solchen war, hatte was zu verbergen, sagte man im Dorf.

Benedikt Feistl war, und keiner wusste so recht wie, trotz der harten Kriegsjahre und der großen Familie, die er zu versorgen hatte, zu ordentlich Geld gelangt, was er auch tunlichst zur Schau stellte. Schmuckbehangen kam er daher, trug dicke goldene Ringe an den Fingern und eine große Kette um den Hals. Verließ er abends den Hof und ratterte über die Flussbrücke hinüber zum anderen Ort, wusste ein jeder genau, vor welchem Haus der Feistlbauer parken würde. Wenigstens seiner Dirne blieb er treu, machten sich die Dorfbewohner über ihn lustig, gleichzeitig bemitleideten sie die betrogene Ehefrau, die es im Leben ohnehin nicht leicht hatte. Vroni ward die letzten Wochen im Ort nicht mehr gesehen, sonntags ging sie nicht einmal mehr in der Kirche. Man ahnte den Grund, und der bestand im heutigen Festtag. »Es hätte ihr das Herz endgültig gebrochen«, sagten die Leute.

Der heutige Tag. Auch Simmerl wünschte sich, er wäre schon vorüber. Über ihm, auf der Empore, stimmte der Chor aus voller Kehle einen Gesang an. »Erbarme dich, oh Herr, halt mich fest und führe mich auf den rechten Weg.« Wo war der richtige Weg, wohin ging Vinzenz mit Cäcilia, würden sie überhaupt einen gemeinsamen Weg gehen? Wohin führte Simmerls Weg und all derer, die hier waren? Niemand konnte es vorhersagen, schließlich war Krieg. Und wohin führte der die Menschen? *Nach Russland, Frankreich oder Afrika, und von dort aus in den Tod,* dachte Simmerl. Sein Blick bahnte sich zwischen all den Rücken der Menschen, die vor ihm saßen, einen Weg nach vorne zum Altar. Der Anblick versetzte ihm einen Stich. Der große Moment war gekommen, das Paar stand sich gegenüber und schaute sich an. »Vor Gottes Angesicht nehme ich dich als meine Frau«, sagte der Bräutigam. »Ich verspreche dir die Treue in guten und bösen Tagen, in Gesundheit und Krankheit. Ich will dich lieben, achten und ehren alle Tage meines Lebens.« Während das Hochzeitspaar die Ringe tauschte, beobachtete Simmerl, wie sich Cäcilia und Vinzenz, die ein paar Reihen vor ihm saßen, einen vielsagenden Blick zuwarfen.

»Hiermit erkläre ich dich, Lenz Binder, und dich, Mathilda Stampfl, zu Mann und Frau«, erklärte der Pfarrer nun mit feierlicher Stimme.

Die Trauung ward vollzogen. Die Macht der Liebe hatte ein neues Paar geschaffen, die junge Braut im hochgeschlossenen festlichen Dirndlkleid, züchtig, wie man es sonst bei ihr nicht kannte, der ältere, gleichwohl nicht minder fesche Bräutigam in Tracht. Er näherte sich ihrem Gesicht, um sie auf den Mund zu küssen.

Der Chor stimmte das letzte Lied an, deutlich war die glockenartige Stimme des Fräulein Briefträgers herauszuhören. Das Brautpaar Lenz und Mathilda Binder schritt, dem blumenstreuenden Mädchen folgend, hinaus ins Freie, hinein ins gemeinsame Leben.

Es war richtig so, dachten die Menschen später Mathilda und Lenz waren einander zugetan, man sah es ihnen an.

Die beiden lebten fortan im alten Bäckerhaus, der Laden selbst blieb jedoch geschlossen, Mathilda arbeitete immer noch bei den Landgrafs und man rätselte im Dorf, was Lenz Binder zukünftig zu tun gedachte.

Kurz vor Wintereinbruch im Jahr 1944, Simmerl stand gerade im Ladenkeller, fegte die Spinnweben von den Wänden, als Mathilda auftauchte. Sie hielt mit ihrer rechten Hand das Kreuz, das sie immer noch um den Hals hängen hatte. »Simmerl«, sagte sie, und in ihrem Blick lag eine eigenartige Unruhe. »Die Landgräfin will mit uns sprechen, droben im Büro, kommst gleich rauf, es ist dringend.«

Vinzenz war seit vier Monaten im Kampf. Klara Landgraf fühlte sich seit dem Fortgang ihres geliebten Sohnes matt und kraftlos, in ihrem sorgenvollen Gesicht spiegelte sich Hoffnungslosigkeit. Jetzt, da Deutschland im totalen Krieg an allen Fronten kämpfte, in eisiger Kälte, denn der Winter war barbarisch, hatte man den Landgrafsohn in die Ardennen zur letzten Schlacht beordert. Es war ein schwerer Abschied gewesen, als sie alle im Büro gestanden hatten und erfuhren, dass der Juniorchef zu gehen habe. »Es ist alles so sinnlos, die ganze Kämpferei«, murmelte die Landgräfin, die wie versteinert am Bürotisch saß. Mathilda legte ihr die Hand auf die Schultern. »Chefin, unser Herrgott ist bei ihm«, sagte sie leise. »So wie bei meinem Mann«, erwiderte diese darauf. »Den hat er für immer zu sich genommen, jetzt lässt er auch noch zu, dass mein Sohn in diesen verrückten Krieg geschickt wird, der eh schon verloren ist.« Bevor Vinzenz auf den Lastwagen stieg, der ihn abholte, umarmte er Simmerl und flüsterte ihm ins Ohr: »Ich komm wieder, das versprech ich dir. Ich werde uralt werden und du auch. Wir beide feiern mal zusammen unseren jeweils 90. Geburtstag. Abgemacht?« Simmerl nickte. »Den 90., den feiern wir zusammen, ich schwöre es dir bei allem, was mir lieb ist.« Sie drückten einander, dann ratterte der Wagen mit den jungen Soldaten davon.

Das Land war dem Untergang geweiht. Es herrschte quälender Hunger, die Älteren erinnerten sich an die vergangenen Zeiten des Ersten Weltkriegs. Es war nicht allzu lange her. Das Darben erfasste selbst die Bauern, denn es fehlte ihnen an Pferden, an Maschinen und an Männern, um zu ernten und das Feld zu bestellen. Fast alles, was man erwirtschaftet hatte, wurde konfisziert für die Armee und die Menschen in der Stadt. Die Kinder zogen in die Wälder, sammelten im Wald Pilze, Beeren und Bucheckern, aus denen in der Feistlmühle Öl gepresst wurde. Man improvisierte, wo immer man konnte, ersetzte Spinat durch Brennnesseln, Salat bereitete man mit jungem Löwenzahn zu. Ansonsten bestand das Essen aus Kohl, Kartoffeln oder Graupen.

Das Dorf glich inzwischen einem Vertriebenen- und Heereslager. In der Schule, in der schon seit Monaten kein Unterricht mehr stattfand, hausten Flüchtlinge, Mütter mit ihren Kindern, die auf nackten Matratzen schliefen. Im Heu der Scheunen versteckten sich deutsche Soldaten, die keine mehr sein wollten. Der

Himmel wurde täglich von Kampfbombern der alliierten Streitkräfte durchzogen. Und aus dem Radio verkündeten die Politiker und Heeresführer unbeirrt, der Krieg sei bald gewonnen. Kaum jemand glaubte mehr daran. Die Resignation wuchs, und sie entzweite die Menschen im Land, auch im goldenen Dorf. Die getreuen Anhänger des Führers, Sonnbichler allen voran, waren bereit, bis zum letzten Atemzug zu kämpfen. Andere hatten jeglichen Glauben an das große Deutsche Reich verloren und verspürten nur noch Angst um das eigene Leben und das ihrer Lieben. In der *Wochenschau*, die man regelmäßig auf einer großen Leinwand in der Wirtsstube verfolgen konnte, sah man zu lauter Marschmusik Soldaten, die fröhlich winkend in Lastwagen an die Front gekarrt wurden. Zerbombte Autos und Panzer in den Straßengräben, brennende Flugzeuge, die man abgeschossen hatte, siegesgewisse Männer, die durch Ortschaften fuhren, in denen kein Ziegel mehr auf dem anderen lag. Aus Russland zeigte man Bilder vom harten Winter, Soldaten, die in grauer zerschlissener Kleidung durch endlos weiße Landschaften zogen oder in den Gräben kauerten, tief geduckt und zusammenzuckend, wenn neben ihnen ein Kamerad das Leben verlor. Panzer gruben sich durch Schnee und Matsch, Erdfontänen schossen in die Höhe, weil Bomben oder Minen in unmittelbarer Nähe explodierten. Und jeder im Raum, der diese Bilder sah, schwieg, hatte Tränen in den Augen, vor allem die Mütter, Väter und Frauen der Kämpfenden, da konnte die Musik noch so pompös aufmunternd klingen und der Kommentator zu diesen Bildern von Heldentum und Opfer für das große Reich sprechen. Aber was sollte man schon machen? Aufgeben? Sich dem Feind unterwerfen? »Ein jeder, der aus dem Fenster eine weiße Flagge hängt, wenn der Feind kommt, wird von unseren Soldaten sofort erschossen«, hatte Sonnbichler vor einem dieser Filmabende mit lauter Stimme verkündet. »Sag mal, spinnst jetzt, wirst doch net auf deine eigenen Leut schießen«, entgegnete Lenz empört, und andere pflichteten ihm mit Kopfnicken bei. »Ausgerechnet du musst das Maul aufreißen. Das ist eine Anordnung vom Himmler, damit ihr alle Bescheid wisst«, gab Sonnbichler brüllend zurück. Seine Parteigenossen applaudierten, dann herrschte wieder Ruhe im Saal. Manchmal war auch Cäcilia bei diesen Filmabenden anwesend, sie saß dann neben ihrem Vater und Bruder Schorsch, der gebannt auf die Leinwand starrte. Sie selbst betrachtete die Filme, als sähe sie dort Werbung für Waschpulver oder einfach nur eine leere Fläche. Simmerl, der seit Vinzenz' Fortgang vor Sorge kaum mehr eine Nacht geschlafen hatte, beobachtete die Gefährtin seines Kameraden von der Seite und konnte nicht verstehen, wie wenig Rührung ein Mensch zeigen konnte, wohl wissend, dass sich der Freund gerade inmitten solch barbarischer Schlachten befand.

Wenige Tage, nachdem man Vinzenz eingezogen hatte, ließ die Landgräfin Simmerl zu sich ins Büro rufen. »Mei, Bub, du bist der beste Gsell, den ich je hatte«, sagte sie und blickte ihn mit ihren traurigen Augen, unter denen sich schwarze Ringe abzeichneten, liebevoll, fast mütterlich, an. »Aber ich brauch jetzt jemand an meiner Seite, der für eine Zeit meinen Sohn ersetzt und sich mit dem Geschäft auskennt. Deswegen wird's ab nächster Woche einen neuen Mitarbeiter geben. Du kennst ihn schon, er ist ein ganz Netter.«

Am Montag dann, pünktlich zur Öffnungszeit, gut gelaunt, mit strahlend blauen Augen, kam er durch die Eingangstür des Ladens. »Good morning, everyone, dann wollen wir mal loslegen«, grüßte Lorenz Binder, zog seinen Janker aus und hängte den Trachtenhut an den Haken.

Lenz brachte trotz der düsteren Kriegszeiten Freude und Ausgelassenheit in den Laden. Schnell war er mit allem vertraut, wirbelte emsig umher, als hätte er sein ganzes Leben in diesen Räumen verbracht, dabei bediente er die Kunden mit umwerfendem Charme. Er bat sie an den Ecktisch auf ein Glas Limonade, dort unterhielt er sie lustig, machte Witzchen oder erzählte von seinem Leben drüben in Amerika und brachte ihnen ein paar Brocken Englisch bei »in case they are coming, the amis.« Mathilda verfolgte jede seiner Bewegungen, während sie an der Nähmaschine den Stoff hin und her schob. Lenz' gute Laune und sein Humor machten aus dem Landgraf'schen Laden eine kleine Insel, die nahezu vergessen ließ, was draußen vor sich ging. Simmerl konnte den Mann gut leiden, fühlte sich, warum auch immer, seelenverwandt mit ihm, und seine schwärmerischen Gedanken für Mathilda verschwanden mit seiner zunehmenden Bewunderung für Lenz.

Was dessen ausschweifende Vergangenheit anging, so redete man im Ort nicht mehr darüber. Gelegentlich sah man ihn sonntags mit seinem Sohn Franzerl im Wirtshaus einen Braten essen. Und begegneten sich er und seine ehemalige Geliebte Vroni zufällig auf der Straße oder beim Kirchgang, tauschten die beiden einen knappen, unverbindlichen Gruß aus, genauso wie man Fremde auf der Straße zu grüßen pflegte.

Anfang April des Jahres 1945 ließ Klara Landgraf die Werkstatt des Hauses vom gröbsten Gerümpel räumen. Sie wies Simmerl und Lenz an, zwei Betten hineinzustellen, einen Tisch und zwei Stühle. Mathilda hatte für die Fenster dunkle, blickdichte Vorhänge zu nähen. »Es kommen zwei Männer«, erklärte die Meisterin. »Und ich bitt und warn euch, nix wird über die gredt. Des sind Gäste in unserm Haus, versteht ihr?« – »Zwei Gäste in so einer schäbigen Kammer?«, fragte Lenz ungläubig. »Was sind das für Gäste?« – »Du weißt, Lenz«, antwortete die Landgräfin, »ich hab den Krieg und den Hitler immer verteufelt, aber jetzt, wo mein Vinzenz irgendwo da draußen kämpft oder herumirrt, hoff ich, dass er auch einen Unterschlupf find wie die beiden Männer, die morgen kommen.« Anderntags erschienen zwei Offiziere im Laden, grüßten mit herrischer Stimme »Heil Hitler« und befahlen Simmerl, die Chefin zu holen. Als sie sich anschließend von der

Landgräfin ihr Versteck zeigen ließen, raunte Lenz seiner Frau Mathilda und Simmerl zu: »So, es ist so weit, der Krieg ist verloren. Jetzt sind die Russn schon in Berlin. Dauert nimmer lang, dann sind die alliierten Soldaten hier im Ort.«

Die Angst war groß im goldenen Dorf. Die Feinde würden alles plündern, die Frauen vergewaltigen, sie würden morden, den Ort wie eine Wanze niederdrücken, fürchteten die Bewohner. Korbinian Sonnbichler veranlasste, dass jeder Mann und Bursche, ob er wollte oder nicht, eine Uniform angezogen und ein Gewehr in die Hand gedrückt bekam. »Niemals dürfen wir unser Dorf dem Feind überlassen, auch wenn hier alle hohen Herrschaften abgehauen san.« Es hatte sich inzwischen herumgesprochen, dass sämtliche Parteigenossen, die sich seit dem Zuzug des Ehepaars Bouhler im Ort ein nettes Haus gekauft oder erbaut hatten, verschwunden waren. »Der Herr Bouhler und seine Frau sind schon seit Wochen nicht mehr da gewesen. Ich weiß auch nicht, wo sie sind und ob sie jemals wiederkommen«, berichtete Annamirl den Leuten. Kurz bevor die Bouhlers verschwunden waren, hatten sie sich noch ein kleines fünfjähriges Mädchen und dessen jüngeres Brüderchen, Kriegswaisen aus Berlin, ins Haus schicken lassen, um sie zu adoptieren. Manchmal hatte man die Kinder an Annamirls Hand im Ort spazieren gehen, einen Drachen steigen lassen oder Kastanien sammeln sehen. »Jetzt bin ich mit den zwei Kinder allein im Haus, weiß auch nicht, was ich machen soll«, klagte das Dienstmädchen.

Nicht nur das Ehepaar Bouhler hatte den Ort verlassen, die Villa der Dieners stand ebenfalls leer, das Eisentor war mit einer dicken Kette verriegelt, und die Burschen, die über die hohe Mauer geklettert waren, um den verwaisten Garten zu durchforsten, berichteten, die Fensterläden seien alle geschlossen und mit Stangen gesichert.

Die Lage war verwirrend und nicht mehr einordbar. Die ansässigen wohlhabenden Leute und Parteigrößen flohen aus dem

Dorf, andere wiederum flüchteten sich in den Ort, Menschen aus der Stadt, die ihr Hab und Gut auf Handkarren gepackt hatten und nun bei Freunden und Verwandten Unterschlupf suchten. Der April war fast vorüber, da sah Simmerl eine Gruppe von etwa zwanzig ausgemergelten Gefangenen in gestreifter, zerlumpter Kleidung am Laden vorbeiziehen. Gekrümmt schleppten sie sich langsam Schritt für Schritt voran, schlurften teils barfuß, teils in löchrigen Schuhen über den Boden, links und rechts flankiert von zwei Wachmännern. »Jessas, wie schaun die denn aus?«, flüsterte Mathilda und hielt sich vor Schreck die Hand vor den Mund. Lenz schüttelte den Kopf. »Ich glaub's net. Simmerl, schnell, füll den Krug mit Wasser, Mathilda, komm, hol ein paar Becher.« Die drei eilten vor die Tür. Einige der Gefangenen sahen zu ihnen herüber, sie streckten die dünnen Arme aus. »Weiter«, herrschte einer der Wachleute sie an. Vor Sonnbichlers Haus machten sie halt. Der Ortsgruppenführer trat heraus, blickte verächtlich auf die skelettartigen Menschen und höhnte: »So, so, da seid's also, ihr Judenschweine, steht's vor meinem Haus, das ihr mir weggnommen habt mit euren Banken.« Er zündete sich eine Zigarette an und grinste zufrieden. Währenddessen reichten Simmerl, Mathilda und Lenz den Gefangenen Wasser, auch die Landgräfin war inzwischen aus dem Haus gekommen, am Arm trug sie einen Korb mit allerlei Essbarem, das sie in der Eile im Laden zusammengesucht hatte. »Die verdammten Juden kriegen genug zum Essen und Trinken«, brüllte Korbinian Sonnbichler über die Köpfe der Hungernden und schier Verdurstenden hinweg, die dankbar und gierig alles zu sich nahmen, was sie ergattern konnten. Inzwischen waren auch andere Bewohner des Ortes herbeigeeilt, jeder trug Ess- oder Trinkbares bei sich, um es den Notleidenden zu geben. Die beiden jungen Soldaten, die den Gefangenenzug begleiteten, riefen schließlich, man solle sich von diesen Menschen fernhalten, denn sie würden nichts anderes als Ungeziefer und Krankheit bedeuten. Sonnbichler trat die

Zigarette aus. »Mitkommen!«, rief er und ging voran Richtung Schwaigerhof. Dort wurden die Sträflinge in den leeren Stall getrieben, die Türen von außen verriegelt. Lenz und ein paar Leute des Dorfes versuchten, auf die Wachleute einzureden, die sich vor dem Stall postiert hatten. »Woher kommen die Juden, warum sind die da, das sind zwar Juden, aber keine Viecher«, sagten sie. Doch das Wachpersonal schüttelte schweigend den Kopf und befahl den Menschen zu verschwinden, indem sie die Gewehre drohend in die Luft hielten.

Einen Tag später, am frühen Morgen des zweiten Mai 1945, bereitete man sich im Laden auf den Arbeitstag vor. Klara Landgraf und Lenz Binder hockten am Tisch und besprachen die anstehenden Aufgaben. Simmerl sperrte gerade die Eingangstür auf, als er zwei Sträflinge durch die Straße wanken sah. Er blickte hinüber zum Schwaigerhof. Die Stalltür stand weit geöffnet, das Wachpersonal war verschwunden. Wenige Meter vom Hof entfernt hockte ein kleines Grüppchen der armen Gestalten auf dem Boden und stierte in den blauen Himmel. Später erfuhr man, dass einige der Juden nach der Befreiung den Ort verlassen hatten, niemand wusste, wohin sie gegangen waren. Jene, die im Dorf blieben, erzählten, was in den Lagern geschehen war. Und als keiner ihnen Glauben schenken wollte, hoben die Männer ihre verlausten Sträflingskutten und zeigten die Striemen, die ihre ausgezehrten Körper überzogen. Man meinte es gut mit den Geschundenen, als man ihnen ein Kalb zum Schlachten schenkte. Nachdem die Männer das Tier auf ihre besondere Weise zum Verzehr zubereitet und gegessen hatten, verschwanden sie kurz darauf hinter den nächsten Büschen, um sich zu erbrechen. »Das sind alles Kranke, kommt's denen nicht zu nahe«, warnte man die Kinder.

An diesem zweiten Mai begann im goldenen Dorf die Erde zu beben. In der Ferne hörte man bedrohliches Grollen. Mathilda nahm den Fuß vom Pedal der Nähmaschine und blickte zu ihrem Mann. Die Landgräfin ließ sich auf den Hocker hinter der Theke fallen. »Simmerl, ich brauch ein Wasser«, bat sie. Zwei alte Frauen, die gerade Zucker und Maggiwürfel gekauft hatten, stellten die Körbe auf den Boden und bekreuzigten sich. »Jessas, der Feind«, flüsterte die eine der anderen zu. Und Lenz zog hastig weiße Leinentücher aus dem Regal. »Raus damit, aufhängen«, befahl er Simmerl.

Wenige Minuten später rollten die Panzer der Amerikaner auf den Dorfplatz.

★ ★ ★

Glaubt mir, ich habe es ordentlich geplant. Über Jahre. Es darf nichts schiefgehen bei dem Plan. Wenigstens das hat der Junge gut gemacht, sollt ihr alle denken.

Glaubt mir, ich habe lange nachgedacht, warum es so weit gekommen ist, dass ich eines Tages etwas tun werde, was euch alle schockieren wird. Ich werde euch das Fürchten und Grauen lehren. Ihr werdet mich nie vergessen. Immer werdet ihr mich sehen, ich stehe an jeder Ecke in diesem verfickten Dorf und grinse euch an. Ich schleiche mich in euer Gedächtnis, versaue euer Leben. Ihr werdet nachts von mir träumen und schweißgebadet aufwachen, das garantiere ich euch allen, ihr Wichser.

Deutschland hat den Krieg verloren, der Führer Selbstmord begangen. Im goldenen Dorf herrschten von nun an die feindlichen Soldaten. Sie durchkämmten die Gebäude, ließen sich dort nieder, wo es ihnen komfortabel genug erschien. Sie vertrieben die Bewohner in die kleinen Kammern der Häuser oder in die Keller, wo sie auf engstem Raum hausten, während die Sieger sich in den Wohn- und Schlafzimmern breitmachten. Die Soldaten brachen auch das Tor zur Diener'schen Villa auf, besser als dort ließ es sich nur noch im Bouhler'schen Anwesen leben. Auch in dieses Haus waren die Feinde eingedrungen, hatten alles eingepackt, was sie dort an Unterlagen finden konnten, und in einem Lastwagen zur Auswertung abtransportiert. »Der gnädige Herr kommt nimmer, hat sich mit einer Giftkapsel selbst getötet, als die Amis ihn nach Dachau ins Gefängnis bringen wollten, haben mir die Soldaten gesagt, und die Herrin ist in Zell am See vom dritten Stock gesprungen, auch tot.« Annamirl stand im Laden, Tränen liefen ihr die Wangen herunter, links und rechts an der Hand hielt die junge Dienstmagd die kleinen Waisenkinder. Die Landgräfin schenkte ihnen einen Lutscher. »Ach, Annamirl, ist Zeit geworden, dass der Irrsinn vorbei ist«, sagte sie. »Und Hauptsache, mein Vinzenz kommt wieder und ist gesund, hab lang nix mehr von ihm gehört.« Sie seufzte tief. Lenz zeigte auf die beiden Kinder. »Und was passiert mit denen da?«, fragte er. »Ich bring die zu meiner Tante«, antwortete Annamirl, »da können sie bleiben. Weil ich weiterhin im Haus arbeiten muss, bei den Amis.«

»Oh mei, diese Amis«, sagte Mathilda, »kein Benehmen. Habe gehört, die schlafen sogar mit den Stiefeln in den Betten.« Lenz nickte. »Ist verständlich, es kann jeden Moment sein, dass die Nazis, die hier noch umherirren, plötzlich einen Überfall machen.« Eine Kundin, die alte Witwe vom Dorfschmied, schüttelte den Kopf. »Sag mal, Lenz, auf welcher Seite bist eigentlich? Der Sonnbichler erzählt, dass du zum Feind hältst.« – »Sollen die Leut reden, was sie wollen, das interessiert mich net«, antwortete Lenz barsch. »Komm, Simmerl, wir gehn die neue Preisliste durch.«

»Bist wirklich für die Amis?«, fragte Simmerl seinen neuen Chef, als beide alleine im Büro saßen. »Der Krieg muss aufhören, auch hier bei uns«, antwortete Lenz. »Jede Nacht und jeden Tag der gleiche Wahnsinn.« Simmerl nickte. Denn es war Wahnsinn, was dieser Tage und Wochen im Dorf geschah: Tagsüber zogen die Besatzer durch den Ort und kontrollierten jeden Winkel, ob sich in ihm ein deutscher Soldat versteckt hatte, selbst im Heu suchten sie, indem sie dort mit langen Stangen herumstocherten. Wer gefunden wurde, wurde festgenommen und nach Dachau oder sonst wohin geschickt. Die meisten deutschen Soldaten, die sich weigerten, die Niederlage anzuerkennen, flüchteten sich in die Berge, wo sie sich tagsüber versteckten, um dann nachts den Ort heimzusuchen und die Bevölkerung mit Drohungen, man würde jeden erschießen, der mit den Amerikanern kooperiere, gegen die Besatzer aufzuhetzen und die Fortsetzung des Kampfes zu erzwingen. Schorsch organisierte die Jugend des Dorfes, steckte sie in Uniformen, um Waffen, Munition, die man im Ort vor den Feinden versteckt hatte, nach oben auf den Berg zu transportieren. Es war eine beängstigende Stimmung: Jeder gegen jeden, jeder nur für sich. Angst, Hunger, Verzweiflung, Verrat, Resignation zerstörten jeglichen Zusammenhalt.

Lenz Binder, einer der wenigen im Ort, der die Sprache der Besatzer sprach, verhandelte zwischen den amerikanischen

Soldaten und der Bevölkerung, wenn es zu besonderen Fragen oder auch Konflikten kam. Doch wenige Tage nach der Kapitulation Deutschlands stürzten Lenz und Mathilda mit gepackten Koffern in den Laden, um sich hastig zu verabschieden. »Wir müssen fort, wie lang, wissen wir net«, sagte Lenz zu Klara Landgraf. Dann erzählte er, er habe erfahren, dass eine Gruppe um Korbinian Sonnbichler und Schorsch geplant hatte, die große Brücke über den Fluss zu sprengen, damit die amerikanischen Soldaten, die sich auf der anderen Seite in einer Kaserne niedergelassen hatten, nicht mehr so einfach ins Dorf gelangen konnten. »Ich hab zufällig von dem sinnlosen Anschlag erfahren und war deswegen gestern in der Kaserne und hab des denen gesagt. Es muss ein Ende haben mit dieser Kämpferei.« Er legte die Hand auf Klara Landgrafs Schulter. »Du glaubst es net, Klara, aber jetzt haben mir die Leut vom Ort, ich weiß net wer, aber sie haben mir anonym mit dem Tod gedroht. So weit ist es gekommen bei uns. Ich muss mich vor unseren eigenen Leut retten. Vielleicht stecken Menschen dahinter, mit denen ich als Bub Fußball gespielt hab oder damals das Theaterstück, ich weiß es net. Aber irgendwer hat mir den Brief vor die Haustür gelegt.« Er zog einen zusammengeknüllten Zettel aus der Tasche, entfaltete ihn und zeigte ihn Simmerl und der Landgräfin. »Hau ab, du Verräterschwein, oder wir erschießen dich.« Klara Landgraf schüttelte den Kopf. »Des kann net wahr sein, ich glaub des net, ist ein schlechter Scherz.« Mathilda griff nach der Hand ihres Mannes. »Ich habe die Leute reden hören, und es ist tatsächlich so, dass die was planen wegen dem Lenz«, sagte sie bang. Das Paar verriet nicht, wohin es sich flüchten wollte. »Wenn alles vorbei ist, komm ich vielleicht wieder«, meinte Lenz. »Oder auch net. Des Dorf ist nimmer des, was ich mal gemocht hab und was meine Heimat war.«

Der Anschlag auf die Brücke wurde durch Lenz' Einschreiten vereitelt, und es dauerte nicht lange, bis die amerikanischen Soldaten nahezu alle SS-Angehörigen und hochrangigen Parteigenossen gefangen genommen hatten und, als Kriegsverbrecher angeklagt, fortbrachten. Auch die beiden Offiziere, die sich in der Landgraf'schen Werkstatt versteckt hatten, verschwanden irgendwann, irgendwohin. Alles, was sie hinterließen, war ein schwerer Koffer mit ein paar Familienfotos, diversen Abzeichen und militärischen Kleidungsstücken. Klara Landgraf drückte Simmerl eine Schaufel in die Hand. »Geh hinter in den Garten, grab a Kuhle, verbrenn des Zeug und schaufel danach alles wieder zu«, trug sie ihm auf.

Eines Nachts erwischte es auch Korbinian Sonnbichler, den ehemaligen Bauern, der, wie die Leute sagten, eigentlich mal ein guter, fleißiger Kerl gewesen war, leider nur Pech im Leben gehabt hatte und auf der Verliererseite gelandet war. Eine Nachtpatrouille, die die Sperrstunde ab neunzehn Uhr kontrollierte, hatte ihn erwischt, als er durch die Stalltür in seinen Hof gelangen wollte, um sich frische Kleidung zu holen, die ihm Reserl zurechtgelegt hatte. Sie verstand die Welt nicht mehr, ihr Mann hatte doch für eine gute Sache gekämpft. So wie auch die beiden Herrschaften Bouhler, die all den Menschen und Annamirl stets wohlgesonnen waren. Großzügig und freundlich, feine Leute waren sie, die den Leuten im Ort so viel Gutes getan und Schönes geschenkt hatten, ausgerechnet diese feinen Leute sollten Verbrecher an der Menschheit gewesen sein? Das zumindest behaupteten die amerikanischen Soldaten, die Annamirl jetzt im Bouhler'schen Haus versorgte. »Sie sagen, der Bouhler hat die Behinderten, die Spinner, die Verkrüppelten alle umbringen lassen, weil sie wertlos sind. Ich kann das nicht glauben, ich weiß auch überhaupt nicht mehr, was gut und was schlecht ist«, erzählte Annamirl im Dorf herum, doch kaum jemand wollte diesem Gerücht von der Euthanasie Glauben schenken.

Nach und nach kehrten die heimischen Soldaten aus dem Krieg zurück, müde, graue, schwache und ausgemergelte Gestalten waren sie, mit einem Ausdruck im Blick, in dem sich all der Schrecken, den sie sehen und erleben mussten, widerspiegelte. Simmerl und die Landgräfin standen oft gemeinsam am Ladenfenster, blickten über den Dorfplatz, Klara die Hände gefaltet und stumm zu Gott betend, er möge ihr den Sohn schicken. Als die meisten Überlebenden in die Heimat zurückgekehrt waren, glücklich in den Armen der Ihren lagen, doch von Vinzenz weit und breit keine Spur war, schwand allmählich Simmerls Hoffnung, den besten und einzigen Freund, den er hatte, jemals wiederzusehen.

Seit der schnellen Flucht von Lenz und seiner Frau Mathilda tauchte Cäcilia immer häufiger im Laden auf. Sie sei schließlich Vinzenz' Freundin, also müsse sie etwas tun, für ihn und den Laden. Anfangs ging sie der Landgräfin bei der Buchhaltung ein wenig zur Hand, später stand sie auch im Geschäft und kümmerte sich um die Stoffe und das Nähen. Die ungezwungene und besondere Stimmung, die Lenz und Mathilda verbreitet hatten, wich einer unterkühlten Atmosphäre. Es half auch nichts, dass ab und an die Landgräfin zugegen war, wenn es zu einem besonders hohen Aufkommen der Kundschaft kam. Gelegentlich parkte der alte Feistlbauer mit seinem Lieferwagen vor dem Laden und brachte einen Kanister frisch gepressten Öls. Er legte dann die Hand auf die alte Ankerkasse, betrachtete seine Tochter und murrte: »Das also nennt ihr Arbeit, na ja. Denk dran, Cäci, Geld verdienen, ordentliches Geld musst nach Haus bringen.« Cäcilia blickte dann ihren Vater an, als wäre er ein Feind. Hochmütig hob sie den Kopf, lächelte knapp und gezwungen und wandte sich dann wortlos ab. Ihre abweisende Art und Kälte ließ sie jeden spüren, einige im Dorf hatten sich bei der Landgräfin offenbar auch schon darüber beschwert, denn die Chefin tauchte immer wieder persönlich im Laden auf, beäugte Cäcilia kritisch und forderte sie wiederholt auf zu lächeln, anstatt so arrogant dreinzuschauen.

Auch zwischen Simmerl und der Feistltochter herrschte frostige Stimmung. Die beiden wechselten nur die allernötigsten Sätze miteinander. Die Landgräfin, der das angespannte Verhältnis zwischen ihren beiden Mitarbeitern nicht entgangen war, nahm Simmerl irgendwann beiseite und flüsterte ihm zu: »Sie ist halt die Freundin von meinem Vinzenz, sobald der zurückkommt, ändert sich alles, glaub mir!«

Die neuen Kirchturmglocken, die man angebracht hatte, erklangen über dem Dorf, läutete den Abend ein.

Droben auf der Anhöhe, im Garten direkt hinter dem ehemaligen Bouhlerhaus, gossen Flüchtlinge die zarten Pflanzen, die sie dort hatten setzen dürfen. Am Ende des Dorfes, neben dem Haus des Fräulein Briefträgers, saß eine Mutter vor dem schwarzgerahmten Foto ihres kleinen Sohnes, in Trauer versunken. Vergangene Woche hatte sie das Kind beerdigt, nachdem es beim Blumenpflücken auf eine Mine getreten war. Das Fräulein Briefträger selbst war ein wenig in die Jahre gekommen. Die Beine schmerzten vom vielen Gehen. Die Postbotin saß im großen Sessel, hatte den Körper nach hinten gelehnt und die Füße in einen Wasserbottich mit Kampfer getaucht. Die Kirchenglocken klangen langsam aus. Es kehrte wieder Ruhe im Dorf ein.

Simmerl und Cäcilia holten das Tagesgeld aus der Ankerkasse und begannen, Scheine und Münzen zu sortieren. Schweigend standen sie nebeneinander, und es war nicht zu übersehen, dass Cäcilias schlanke Hände ausgesprochen geschickt mit Geld umgehen konnten. Sie blickte auf die Uhr an der Wand. »Ist sechs, Simmerl, Ladenschluss, sperr die Tür ab«, kommandierte sie. »Bist hier nicht die Chefin«, gab Simmerl trotzig zurück und erntete sogleich einen schneidenden Blick. In dieser Sekunde bimmelte die Glocke über der Eingangstür. Weder Simmerl noch Cäcilia hatten Vinzenz kommen sehen, doch nun stand er vor ihnen, anders als er vor über einem Jahr gegangen war, bis auf die Knochen abgemagert, einen grauen Mantel über der schlaffen Schulter hängend. Einen kurzen Moment blieb er einfach nur so stehen, blickte mal zu Cäcilia, dann zu Simmerl. Schließlich tat er ein paar Schritte nach vorne und fiel seinem Freund wortlos um den Hals.

★ ★ ★

»Erinnerst dich an damals, als du aus dem Krieg gekommen bist?«, fragte Simmerl. »Weißt noch, wie du dagestanden hast, ziemlich gezeichnet? Du konntest kein Wort sagen, du hast geschwiegen, kein Servus gesagt, kein ›Ich bin's, der Vinzenz.‹ Du warst kaum zu erkennen mit dem Bart und den langen Haaren. Erinnerst dich an den Tag, an dem du im Eingang gestanden und mal zu mir, dann zur Cäcilia geschaut hast?«

Vinzenz nickte. »Ist eine Zeit lang her.« – »Und was hast dann gemacht, mein Freund?«, fragte Simmerl. Vinzenz zuckte mit den Schultern.

Die beiden jungen Männer saßen am Fluss und hielten die Angel ins Wasser. Im Eimer daneben schwamm eine kleine Forelle im Kreis. »Worauf willst hinaus?«, wollte Vinzenz wissen. Simmerl holte die Schnur ein, kontrollierte den Köder und warf die Angel dann wieder aus. »Nicht einfach zu sagen«, antwortete er, »weil es mich eigentlich nichts angeht.« – »Aha«, Vinzenz kramte eine Zigarettenschachtel hervor und hielt sie seinem Freund hin. »Ein schöner Herbst«, meinte er dann. »Ein goldener Herbst«, antwortete Simmerl. Sie bliesen den Rauch gen Himmel, blickten dabei den Wolken hinterher, die über das Tal eilten und sich am Horizont in den Bergen verfingen. »Ich war noch nie so richtig verliebt«, hob Simmerl schließlich an, »mal hier eine Schwärmerei, mal dort ein Kuss und etwas mehr.« Er sah seinen Freund an. »Und du? Warst du jemals richtig verliebt?« Vinzenz lächelte. »Na ja, hab eine Krankenschwester kennengelernt im Krieg in so einem kleinen Dorf, wir haben uns gemocht, aber sie war vergeben.« Er zog an der Zigarette. »Leider.« Simmerl zögerte, bevor er fragte. »Und was ist mit Cäcilia?« Vinzenz legte den Kopf schief. »Ach, darauf willst du raus?« Simmerl nickte. »Liebst du sie?« Vinzenz zupfte an der Angelschnur. »Keine Ahnung.«, sagte er. »Sie war früher eher so was wie ein Eroberungsfall mit ihrem ganzen Stolz, hat mich eben gereizt.« – »Und jetzt, machst tatsächlich ernst?«, hakte Simmerl nach. »Liebst du sie denn so, dass du sie gleich heiraten musst?« Vinzenz schwieg und starrte geradeaus auf das Wasser. Simmerl musterte ihn von der Seite. Das ehemals so fröhliche und unbeschwerte Gesicht seines Freundes war kantig und steinern geworden. Seitdem Vinzenz aus dem Krieg heimgekehrt war, unterwarf er sich lethargisch den Gegebenheiten, die unter anderem darin bestanden, dass Cäcilia heimlich und mit Spitzfindigkeiten das Regiment über den Laden übernommen hatte. Daran konnte auch Vinzenz' Rückkehr nichts ändern. Er war zu geschwächt, zu willen- und ziellos, um sich gegen den unguten Wandel zu wehren, den Cäcilia bewirkte.

Vieles war seit ihrer Anwesenheit anders geworden. Die alten Holzregale waren durch neue ersetzt worden, sogar die Anker musste daran glauben, sie verstaubte im Keller, weil eine fortschrittlichere besser aussah. Auch das fröhliche Bimmeln, wenn jemand den Laden betrat, hatte ein Ende, weil Cäcilia sich an der Glocke störte. Die Tafeln vor der Eingangstür, auf denen die Waren und Sonderpreise angeschrieben wurden, verschwanden ebenso, Cäcilia befand sie als zu unordentlich. Aus der warmen Gemütlichkeit, die Klara Landgraf dem Geschäft verliehen hatte, machte Cäcilia kühle Sterilität.

So wie sich der Laden änderte, verwandelte sich auch Vinzenz, er wurde zum Zyniker, auch was sein eigenes Leben betraf, die Mundwinkel bekamen einen spöttischen Zug, seine Wortwahl wurde bisweilen geschmacklos. Vorbei die Zeiten, in denen sich die Leute gerne beim Landgraf aufhielten, der Ecktisch wurde entfernt, »die Leut sollen im Wirtshaus ratschen«, hatte Cäcilia angeordnet. Die Ortsbewohner begannen, über die feinen Kaufmannsleute zu tratschen, die in ihren Augen nicht mehr so waren, wie man sie einst gekannt und geliebt hatte. Cäcilia Feistl mit ihren Nylonstrümpfen und den teuren Kleidern, der Vinzenz, der früher so ein lieber Bursche gewesen war, als er noch die Waren ausgefahren hatte, hatten sich zum Unguten verändert. »Schad drum«, bedauerten die Dorfbewohner. Und doch gestand man Cäcilia und Vinzenz eines zu: Sie waren geschickte, fleißige Geschäftsleute, die nicht nur genau wussten, was die Leute brauchten, sondern auch begehrten.

Nun also stand die Heirat zwischen seinem Freund und der Eisheiligen an, wie Simmerl Cäcilia heimlich nannte.

Vinzenz schaute auf die Uhr. »Wir hocken hier jetzt schon seit zwei Stunden, eine einzige Forelle haben wir. Ist keine gute Zeit fürs Fischen.« Simmerl schwieg, es ging ihm nicht um irgendwelche Angelerfolge. »Aber damals, als du vom Krieg heimgekommen bist, hast du mich umarmt, nicht sie«, sagte er, »das Einzige, was du rausgebracht hast, war ›Servus, Cäcilia‹. Danach bist du gegangen. Vinzenz, du weißt sicher, dass ich selbst nie so richtig verliebt war, aber ich glaube, ich hätte eine Frau, die mir am Herzen gelegen hätte, anders begrüßt. Ehrlich, Vinzenz. Das war doch ein Zeichen, dass es nicht so weit her war mit der Liebe zur Cäcilia, oder?«

Vinzenz drückte die Zigarette aus und schnipste den Stummel ins Gras. »Du bist nicht ich und ich nicht du. Was soll das jetzt werden? Willst dich als mein Beichtvater aufspielen?«

»Nein, oh nein«, entgegnete Simmerl eilig. »Ich frage mich nur andauernd, warum sie? Ausgerechnet Cäcilia?‹ – »Warum nicht? Ganz einfach. Sie passt zum Laden, ist fleißig und kann mit Geld umgehen.« – »Und deswegen heiratest du sie also. Du bist verrückt«, sagte Simmerl. Vinzenz verzog den Mund, als hätte er Bitteres geschluckt. »Sie hat in meiner Abwesenheit viel für den

Laden getan, das weißt genau, Simmerl. Sie hat sogar eine teure Ausbildung zur Buchhalterin gemacht. Allein deswegen schon sitzt mir der alte Feistl im Nacken. Das war eine große Investition, sagt er.« Simmerl lächelte spöttisch. »Sieh an! Ausgerechnet der Feistl, der soll mal ganz ruhig sein, hat ja selbst wegen des Geldes geheiratet, das weiß ja hier wohl jeder. He, Vinzenz, merkst nicht, dass sich das hier alles wiederholt? Eine Heirat ohne Liebe. Die Cäcilia hat dich geschickt eingefangen, merkst das nicht?« Vinzenz warf die Angelrute auf die Erde und stand auf. Unruhig ging er auf und ab, nahm dann den Eimer und schüttete die Forelle zurück in den Fluss. »Lohnt sich nicht, zu kleiner Fisch«, knurrte er. »Ja, ja, jetzt zählen nur noch die großen Fische bei dir, Vinzenz. Wirst langsam selbst so wie die Cäcilia, groß rauskommen, Geld, Geld, Geld, das allein zählt.« Vinzenz fuhr herum und knallte den Eimer vor Simmerl auf den Boden. »Es reicht, mein Freund. Lass das, Cäcilia wird nun mal meine Frau, ob es dir passt oder nicht. Und dann wird sie deine Chefin, also gewöhn dich dran. So wie ich dein Chef bin. Auch wenn du mein Freund bist, geht dich das alles nichts an. Und jetzt halt gefälligst die Klappe.« Eine Mauer baute sich zwischen den Freunden auf, ein Graben, ein Stacheldraht, ein Minenfeld, eine unüberbrückbare Distanz. Simmerl entschied, er habe genug getan, um das Unglück seines Freundes zu verhindern. Er presste die Lippen zusammen und erhob sich. »Los, wir müssen schauen, dass wir weiterkommen, es braut sich was zusammen«, mahnte er schließlich und zeigte in Richtung Berge, um deren Gipfel sich dunkle Wolken gelegt hatten. Als die Männer straffen Schrittes zurück in den Ort gingen, war die Kluft, die sich zwischen ihnen seit einiger Zeit angebahnt und nun aufgebrochen war, für jeden erkennbar. Schweigend stapfte Vinzenz voran, Simmerl ein paar Meter hinter ihm her. Grußlos trennten sich ihre Wege, als sie den Laden erreicht hatten. Es war ein Sonntag Ende Oktober 1948, als die zwei Freunde ihre Gemeinsamkeit begruben.

Zum Ende des Jahres, kurz vor Weihnachten, reichte Simmerl seine Kündigung ein. Die alte Landgräfin umarmte ihn mit feuchten Augen. »Ich versteh dich, Simmerl«, sagte sie leise, »mir ist auch net recht, was grad geschieht, aber es ist nimmer meine Verantwortung, der Vinzenz muss selbst wissen, was er tut.« Cäcilia Landgraf, so hieß sie inzwischen, denn Mitte September hatte die Hochzeit stattgefunden, nickte nur kurz, heftete dann die Kündigung in den Aktenordner »Simon Weber« und entließ Simmerl mit einem lieblosen, schlaffen Händedruck. Als er endgültig und zum letzten Mal aus dem Laden trat, der lange Zeit seine Heimat bedeutet hatte, wog Simmerls Herz schwer. Draußen wartete Vinzenz auf ihn, um sich zu verabschieden. Schweigend standen sich die beiden Männer gegenüber und rangen nach Worten. »Die Zeiten ändern sich«, sagte Vinzenz schließlich.« – »Kann man wohl sagen«, antwortete Simmerl. »Hoffe, nicht zum Schlechten.« – »Man weiß nie, was das Leben mit einem vorhat«, erwiderte Vinzenz. »Es kommt drauf an, was man mit ihm macht, nicht, was es mit einem vorhat«, entgegnete Simmerl. Vinzenz schlug ihm auf die Schulter. »Musst immer das letzte Wort haben, Herr Schlaumeier, stimmt's? Komm, wir gehen hoch zur Linde, weißt noch, wo wir uns zum ersten Mal getroffen haben? Dort rauchen wir zusammen die letzte Zigarette.«

Es fielen feine Flocken, als die beiden zum Kirchplatz gingen, den Schnee von der Bank wischten und Platz nahmen. Sie blickten die Straße hinunter, an deren Biegung der alte Schwaigerhof in sich zerfiel, der Zaun war nicht mehr zu erkennen und Teile des Dachs eingestürzt. »Erinnerst dich? An den alten Bauern, den Anderl? Gott hab sie selig«, sagte Vinzenz. Die beiden Männer hatten sich nichts mehr zu sagen, konnten nur noch die Vergangenheit heraufbeschwören. »Schreib mir, was du so machst. Und wenn du willst, besuchst uns«, sagte Vinzenz schließlich und stand auf. Er drückte Simmerl die Hand. »Schad, dass es so gekommen ist«, sagte der. »Ja mei«, antwortete Vinzenz knapp, hob kurz die Schultern und zog die Mundwinkel nach unten, als wolle er Bedauern kundtun, doch gleich setzte er wieder sein doppeldeutiges, unverbindliches Grinsen auf, das er und seine Frau stets trugen, wenn Kundschaft in den Laden kam. »Es ist, wie es ist. Servus, Simmerl, man gewöhnt sich an alles.«

★ ★ ★

Ich habe lange nachgedacht, woher dieser Hass kommt. Ich weiß, er entstand ganz früh in mir. Vielleicht habe ich ihn sogar geerbt, so wie meine grünen Augen, von dir, Mutter, die dünnen Haare von dir, Vater, die schmalen Lippen von dir, Mutter, die langen Finger von dir, Vater, die helle Haut von dir, Mutter, das Zynische von dir, Vater, den starken Willen von dir, Mutter. Und den Hass? Von dir, Mutter, oder dir, Vater, von euch beiden? Oder von dir, Omama?

Keiner von euch hat je in meinen Kopf geblickt, ich habe nie über das geredet, was mich bewegt hat. Ihr trautet es mir alle nicht zu: Aber ich kann denken, und das gut, das könnt ihr mir verdammt noch mal glauben! Ich habe gelernt, in mich hineinzuschauen, ich weiß, wie alles begonnen hat.

Omama, ich weiß auch: Der Hass begann bei dir, und du hattest keine Schuld. Du warst das Opfer, so wie ich eines bin.

Ich erzähle euch, wann ich zum ersten Mal diesen Hass spürte.

Ich war klein, vielleicht vier oder fünf Jahre alt. So weit reicht jedenfalls meine Erinnerung zurück.

Ich hatte ein Dreirad geschenkt bekommen. Es stand unter dem Weihnachtsbaum mit ein paar Schleifen am Lenker. So lange Winter war und der Schnee draußen lag, bin ich mit dem Rad im Haus herumgeheizt, so schnell ich konnte. Ich hatte ja sonst nichts zu tun, denn ich war alleine. Meine Geschwister waren viel älter, sie spielten nicht mit mir, sie hatten andere Dinge im Kopf, Freunde treffen, zum Schwimmen oder Skifahren gehen. Ich, der Nachzügler, blieb zurück. Allein. Auch du, Mutter, und du, Vater, ihr wart und seid dauernd weg. Der Laden, immer der Laden, in dem ihr hockt, Waren auspackt und in die Regale sortiert, die Kunden bedient, zu denen ihr immer freundlich seid. Immer Lächeln an der

Kasse. Kundschaft geht vor. Vor allem. Die Kundschaft und das Geld. Dafür macht ihr alles. Zu Hause sitzt ihr über euren Bilanzen, Einnahmen, Ausgaben, Steuern, diesem ganzen Scheiß. Ihr wart immer genervt, wenn ich mit dem Dreirad durch die Zimmer gesaust bin, meistens habt ihr es mir weggenommen, nämlich immer dann, wenn ich besonders schnell dran war, kaum die Kurve zwischen Wohnzimmer, Gang und Küche geschafft habe, irgendwo dagegen geknallt bin und dann gelacht habe. Als ich dann an die Türstöcke ein paar Kratzer gemacht habe, war endgültig Schluss. Ihr habt es in den Keller gesperrt. »Musst warten, bis der Schnee weg ist, dann kriegst es wieder und kannst draußen herumfahren«, habt ihr gesagt. Dann hockte ich wieder allein in meinem Zimmer rum und hab Lego gespielt, oder irgendwelche Sachen gebaut. Es waren meistens Autos, die habe ich damals schon geliebt. Oder ich habe Benjamin Blümchen auf dem blauen Kinderkassettenrekorder gehört. Ich konnte alle Kassetten auswendig. Mittags, wenn ihr im Laden gewesen seid, hat Traudl mir ein Essen gemacht. Das war nie schön, mit der Ollen zu essen. Sie sah mich immer böse an, weil ich nicht ordentlich gegessen habe. Watschn gab's, wenn mir was vom Löffel gefallen ist. Und Watschn, wenn ich nicht aufessen wollte. Traudl, die sich ja um mich kümmern sollte, machte nichts anderes als Kreuzworträtsel, hockte immer in der Küche und murmelte Wörter daher, die mal in die Kästchen passten, meistens aber nicht. Dann war sie mies gelaunt.

Mein Dreirad war also im Keller, und ich wartete, dass endlich der Schnee schmolz. Ich mochte den Winter nie, hasse ihn auch heute noch. Kälte gab es genug bei uns, auch im Haus, da war es immer kalt, obwohl die Heizungen liefen. Ihr alle wart die Kälte, die hat mich zersetzt. Und wenn es dann noch draußen kalt war, das war zu viel. Ich habe jede einzelne Flocke gehasst, die vom Himmel geflogen ist, ja, das war mein erster Hass. Auf Schneeflocken, haha, denn was anderes durfte ich nicht hassen. Weder euch, Eltern, schon gar nicht Traudl.

Als damals der Schnee endlich geschmolzen war, durfte ich mein Dreirad packen und nach draußen gehen. Draußen, das war die Straße, denn wir hatten keinen Garten. Ein tolles Haus hatten wir, aber unser Garten war die Straße, kalter und grauer Asphalt. Die Autos fuhren an uns vorbei, die Spaziergänger konnten bei uns ins Wohnzimmer gucken. Wir waren eine durchsichtige Familie. Und wir mussten immer drauf achten, dass abends die Vorhänge zugezogen waren. Was bei uns vorging, sollte keiner wissen. Gut so, denn sonst stünden wir bei den Dörflern heute anders da, glaubt mir.

Also, nochmals von vorne: Wir hatten keinen Garten, der uns schützte und mir Platz zum Spielen gab. Also schleifte ich mein Dreirad, sobald die letzten Reste des Schnees verschwunden waren, vom Keller die Stufen hoch, öffnete die Haustür und schob mein Gefährt raus. Ich setzte mich drauf und raste los. Es war herrlich, immer ums Haus rum, rum und rum. Irgendwann kam Ferdi, der Bub, der neben uns lebte. Er war schon fünf und fuhr so ein kleines Fahrrad. Er machte mit bei der kleinen Ums-Haus-Ralley. Natürlich war er schneller als ich auf dem Dreirad, aber es war trotzdem schön, so gemeinsam ums Haus zu fetzen. Bis Traudl entdeckte, dass ich einfach rausgegangen bin, ohne zu fragen. Sie stellte sich mir in den Weg, zog mich von meinem Dreirad und gab mir eine Watschn, die gesessen hat. Ich hätte nicht gehen dürfen, ohne sie zu fragen, hat sie gesagt, obwohl sie auch gesagt hat, dass ich raus darf, wenn kein Schnee mehr liegt.

Ich habe das damals nicht verstanden, dass sie so wütend war, aber ich habe ihre Wut ohnehin nie verstanden. Ich habe ja nie was Schlimmes getan. Jedenfalls gab es eine Ohrfeige und ein Verbot, um das Haus zu fahren, denn es war zu gefährlich, es hätte ja ein Auto kommen können. Aber es kam nie ein Auto auf diese Straße hinter dem Haus, denn es war eine Hofeinfahrt vom Winklerbauern, mehr nicht. Von dem Tag an durfte ich nur direkt vorm Haus fahren, zehn Meter nach links, umdrehen, zehn Meter nach rechts, vom Küchenfenster bis zum letzten Wohnzimmerfenster. Das war dem Ferdi, der anfangs noch ums Haus fuhr, zu langweilig, deswegen ist er dann nicht mehr gekommen. Und ich war wieder allein, fuhr auf dem kleinen Platz vor der Tür auf und ab.

Besonders gut kann ich mich an deinen 70. Geburtstag erinnern, Omama, obwohl ich da noch so klein war. Ich war so stolz, als ich um die Tische gefahren bin, alle Leute haben gesehen, wie schnell ich war. Ich hab vergessen, was genau passiert ist, aber ich weiß, dass ihr mir an dem Tag mein Glücksgefühl gestohlen habt.

Die Jahre flossen schnell dahin. Im goldenen Dorf hatten sich die Wunden, die sich bei der Bevölkerung während des Zweiten Weltkriegs aufgetan hatten, wieder geschlossen. Auch die Gräben und Unstimmigkeiten zwischen den Bewohnern waren überwunden und vorbei. Schnell hatte man den gewohnten Alltag und die Ordnung wiederhergestellt. Die Amerikaner waren schon lange verschwunden, das ehemalige Bouhler'sche Gebäude beherbergte jetzt ein Kinderheim. »Wo der Mann doch angeblich so viele Kinder hat umbringen lassen, ausgerechnet ein Kinderheim ...«, tuschelten einige, ansonsten aber schwieg man über die Vergangenheit. Man wollte die Geschehnisse der letzten Jahre vergessen und weigerte sich, über all jene Schatten zu sprechen, die das Dorf verdunkeln könnten. Idyllische Postkarten wurden gedruckt, der Fremdenverkehr angekurbelt, Sommerfeste und Trachtenumzüge organisiert. Das Dorf wurde größer und größer. Neue Menschen zogen hinzu, zudem bauten sich die Kinder und Kindeskinder der alten Generation eigene Häuser, sodass der schöne Ort auszufransen begann. Eine gesichtslose Neubausiedlung entstand jenseits des kleinen Baches.

Auch wenn neues Leben heranwuchs, das von all dem, was im goldenen Dorf einst geschehen war, unwissend und nahezu unberührt war, gab es doch noch einige wenige Zeugen der späten Jahrhundertwende. Betagte Zeugen jener Zeiten, in denen die Bauern noch mit Pferde- und Ochsengespannen durch den Ort fuhren, der Wagner die Räder baute, der Schmied das Eisen bearbeitete. Vor dem Haus des Kürschners hingen Häute und Felle, der Müller mahlte das Getreide zu Mehl. Emsiges, buntes, aber auch hartes Arbeitsleben prägte das Dorf. Auch einen Bürstenmacher hatte es gegeben, der überdies ein heilkundiger, stets schwarz gekleideter Sonderling gewesen war: Alois Trachsler, von einem Tag auf den anderen verschwunden. Nur wenige der damaligen Einwohner sind übrig geblieben, viele im Krieg gestorben, an Krankheit oder Altersschwäche, und etliche fortgezogen. Der alte Feistlbauer lag auf dem Friedhof im Grab seiner Mutter. Das Ehepaar Diener hatte das Prachthaus am Anger verkauft und war zurück in die Stadt gezogen, wo der Herr Architekt für Siemens Hochhäuser baute. »Der hat sein Geld mit diesen Nazis gemacht, hat sogar ein KZ geplant«, hatte es sich im Ort herumgesprochen. Nun lebte im ehemaligen Dienerhaus ein Millionär in Saus und Braus, ein Mann, der einen Porsche fuhr und ein Gartentor hatte errichten lassen, das man mit Fernbedienung öffnen konnte. Fort, weil in der Haft gestorben, war auch der Sonnbichler Korbinian. Seinen ehemaligen, heruntergekommenen Hof hatten die neuen Besitzer renoviert, den Stall zu Eigentumswohnungen umgebaut. Auch der alte Schwaigerhof war schon seit Jahren verschwunden, stattdessen hatte man dort vor ein paar Jahren ein großes Mehrfamilienhaus errichtet, das mit seinem dunklen Giebelholz inmitten des idyllischen Dorfplatzes wie ein düsterer und hässlicher Fremdkörper wirkte. Die schöne Wildheit des Gartens hatte man gezähmt und Zierrasen sowie ein paar Sträucher gepflanzt. Vorbei waren auch die Jahre des Landgraf'schen Kolonialwarenladens, dessen Eingangstür wurde zugemauert und die Schrift darüber übermalt.

Waren die verbliebenen alten Leute unter sich, sprachen sie bisweilen über die Vergangenheit, meist verklärend. Denn alles andere hätte Schmerzen bedeutet.

Seitlich des Landgrafhauses unter dem alten, bis ins oberste Stockwerk wuchernden Weinstock stand eine Bank, in die die Initialen KL eingraviert waren, ein Geschenk der Dorfbevölkerung zu Klara Landgrafs 70. Geburtstag.

Auf dieser Bank hockten zwei Großmütter, die ehemalige Ladenbesitzerin Klara und ihre beste Freundin Vroni. Sie sahen zu, wie das gemeinsame Enkelkind auf seinem Dreirad ums Haus und zwischen den Tischen umherflitzte. Der Bub hatte einen lockigen Rotschopf, seine Nase war mit winzigen Sommersprossen übersät. »So eine Freude hat der Maxi«, lächelte Klara, »erinnerst dich noch an damals, an den kleinen Vinzenz, der immer mit der Cäcilia gespielt hat, auf der Wiesn vor eurem Hof?« Vroni nickte nachdenklich. »Ist lang her, wir beide sind schon so alt, und doch scheint mir, es wär erst gestern gwesen.« – »Wer hätt das gedacht, dass unsre Kinder mal heiraten, Klara?« Die alte Landgräfin blinzelte in die Sonne. »Wann sind wir zum letzten Mal so zusammengehockt, Vroni?«, fragte sie dann. Die Freundin lächelte und antwortete: »Ewige Zeit ist des her.« – »Alles wegen der Arbeit und Familie.« Vroni legte ihre runzligen Hände in den Schoß.

Das Haar beider Frauen schimmerte grau, die Wangen waren verfaltet, die Augen etwas milchig aber gütig, voll des Lebens, das sie hingenommen hatten, wie es kam. »Wir haben das Beste draus gemacht«, sagte Vroni. Klara nickte. »War net einfach, haben beide den Mann verloren, den wir so gemocht haben.« Vroni führte ihre Hand ans Herz. »Da drin hat's mein Leben lang für den Falschen geschlagen«, sie lächelte, warf einen kurzen Blick Richtung Lenz. Zusammen mit seiner jungen, bigott schönen Frau Mathilda hockte er an einem der Tische und rauchte Pfeife. Vroni atmete lautstark aus und sagte: »Oh mei. Schau ihn an, immer noch ein fescher Mann. Wie unser Sohn, der Franzerl, stimmt's?« Sie faltete ihre Hände. »Egal, wie alles gekommen ist, Klara, es war Gottes Wille. Ich hab Frieden mit meinem Leben geschlossen.« Dann verebbten ihre Worte.

Tiefblauer Himmel überspannte das goldene Dorf, die Sonne warf ihr schönstes Licht, die Musiker sammelten sich, um ein Geburtstagsständchen zu spielen. Alle aus dem Ort waren gekommen, um die alte Landgräfin zu feiern. Auch Simmerl war zugegen. Er hockte mit Vinzenz und alten Jugendfreunden zusammen. Sie alle hatten sich verändert, und doch war bei den meisten zu erkennen, dass sie sich noch immer auf dem gleichen Weg befanden, den sie bereits als junge Kerle eingeschlagen hatten. Schorsch, der Verwegene, Jähzornige mit linkischem Lächeln und verschlagenem Blick. Franzerl, der Gutmütige, zeigte sich immer noch still und zurückhaltend. Und Vinzenz? Der Junge, der Simmerl bereits am zweiten oder dritten Tag im Laden mit Glanzaugen die alte Ankerkasse vorgestellt hatte, war zum verbissenen Geschäftsmann geworden, der es zusammen mit seiner Frau zu einem respektablen Supermarkt gebracht hatte, den er in der Nähe der Bachbrücke hatte erbauen lassen. Nachdem Simmerl den Laden und bald darauf auch das Dorf verlassen hatte, pflegten die beiden ehemaligen Freunde nur noch losen Kontakt miteinander. Ab und an sahen sie sich und fühlten beide, dass ihre Wege damals nicht grundlos auseinandergegangen waren.

Vinzenz' Frau Cäcilia saß mit ein paar ihrer Geschwister an einem Tisch, aufrecht wie immer. Simmerl musterte sie aus den Augenwinkeln. Sie war eine hagere Person, das spitze Kinn erhoben, so wie schon damals in der Schule. In ihr Gesicht hatten sich Falten eingegraben, die ihr spöttelndes und unerbittliches Gemüt widerspiegelten. Ihre forschen Blicke hatte sie auf den kleinen Sohn gerichtet, der gerade zwischen den Beinen der Musiker hin und her fuhr und dabei rief: »Aus dem Weg, aus dem Weg!« Mit einem kurzen Fingerzeig bedeutete Cäcilia irgendwann dem alten Kindermädchen, den Buben einzufangen und endlich zur Ruhe zu bringen. »Der Maxi stört die Leute«, rief sie ihr zu, »nimm ihm endlich des Dreiradl weg!« Es dauerte nicht lange, da hatte sich die alte Traudl dem Buben in den Weg gestellt und ihn von seinem Gefährt gezogen. Es gab Gebrüll, ein paar Klapse auf den Hintern. »Bring den Maximilian aufs Zimmer!«, kommandierte Cäcilia scharf. Schließlich hing der zappelnde Kleine in Traudls Fängen und wurde, sich vergeblich wehrend, ins Haus geschleift.

Dann begann die Musik zu spielen, alsbald schunkelten die Leute an den Tischen und auf der Straße sammelten sich die ersten zum gemeinsamen Tanz.

Trotz der ausgelassenen Stimmung unter den Geladenen breitete sich in Simmerl flüchtige Wehmut aus, als er seinen Blick über den veränderten Dorfplatz schweifen ließ, und über die Menschen, die ihm fremd waren. Einzig die alte Landgräfin, wie sie dort unter dem Rebstock hockte, in die Sonne blinzelte mit ihrem freundlichen Lächeln auf den Lippen, den Grübchen an den Wangen, erweckte in Simmerl ein wohliges Gefühl von Vertrautheit.

Über der Bank, von Weinlaub umrankt, befand sich das Fenster jenes Zimmers, in dem Simmerl als Lehrlingsbursche gelebt hatte. Dort tauchte jetzt der runde Rotschopf des kleinen Buben auf.

Maxi weinte, wedelte mit den Ärmchen und zeigte hinunter auf den Platz, wo alle feierten. Bis Traudl den Buben an sich nahm, das Fenster schloss und den Vorhang zuzog.

★ ★ ★

Ich habe in den letzten Monaten ziemlich viel nachgedacht.

Es kommen mehrere Methoden infrage, jede einzelne hat Vorteile, leider auch Nachteile. Beginnen wir mit dem Gewehr vom Opa, es hängt im Schrank. Patronen hierfür hätte ich. Ich müsste sie einfach nur in den Lauf stecken, zielen und abdrücken. Ich muss natürlich treffen, das dürfte nicht zu schwierig sein, obwohl, die Bettdecke könnte die Wucht abschwächen. Ich könnte sie vorher wegziehen, aber dann werdet ihr wach und schaut mir am Ende ins Gesicht. Nein, das ist nicht die passende Methode, außerdem ginge sie zu schnell. Peng und weg. So leicht mache ich es mir und euch nicht.

Gift ist eine andere Methode. Bauchkrämpfe, Schaum vor dem Mund, Röcheln, wie es in den Filmen gezeigt wird. Eine ekelhafte, dreckige Sache ist das. Außerdem muss man es erst mal irgendwo untermischen, im Getränk oder Pudding. Der Arzt wohnt nicht weit weg, was ist, wenn er euch retten würde?

Erschlagen wäre auch eine Möglichkeit, Baseballschläger, Axt, Stein, alles möglich. Das gäbe eine ziemliche Sauerei. Und was, wenn jemand beim ersten Schlag schreit? Dann wären andere gewarnt.

Wenn man es mit dem Kissen macht, braucht man viel Kraft und einen deutlich schwächeren Gegner, habe ich im Darknet erfahren, ich bin mir da nicht so sicher, ob mir das gefällt. In dem Forum, in dem ich mir die Ratschläge gesucht habe, hat man mir Erdrosseln empfohlen, das dauert zwar, aber es erfüllt einen mit Macht, man kann in die Gesichter sehen, während man es macht, das langsame Sterben beobachten, soll heftig sein. Man kann alles erleichtern mit einem Schlafmittel, könnte man vorher irgendwie geben. Saubere Angelegenheit, keine Schreie, kein Blut.

Es gibt nichts mehr zu sagen, nichts mehr zu schreiben. Ich habe alles bestens vorbereitet. Ich gehe heute Nacht in euer Zimmer, ihr werdet nichts merken, ihr werdet tief schlafen. Ich werde über euch richten, so, wie ihr es das ganze Leben über mich getan habt. In der Dunkelheit werde ich dann die Spur zu euch legen, damit jeder weiß, wo ihr seid. Jeder soll es wissen, hier in diesem verdammten Dorf.

Dann kümmere ich mich um mich selbst, ich weiß auch wo und wie. Ich werde mich hinlegen und einschlafen in meinem eigenen Grab, so wie ich es mir wünsche. Ein Kreuz für mich habe ich auch. Es ist zwar nur aus Holz, aber immerhin habe ich es selbst gebaut.

Lebt wohl.

★ ★ ★

Der große Fluss des goldenen Dorfes, an dem es sich einst so gut angeln, nachdenken, träumen oder verstecken ließ, ruhte träge und grau in seinem riesigen Steinbecken, mit dem man ihn ummantelt hatte. Das Gewässer staute sich an dem wuchtigen Kraftwerk, das dort errichtet worden war, wenige Meter rechts der Brücke. Durch den verwilderten Auwald, der sich den Fluss entlangzog, führte eine kerzengerade, einsame Teerstraße bis zu einem Kieswerk. Es war an einem frühen, noch dunklen Wintermorgen, Anfang Dezember 1995.

Maximilian Landgraf sammelte alles zusammen, was er brauchte: ein paar Schläuche, ein hölzernes Kreuz, Klebestreifen und einen Zettel Papier, auf dem geschrieben stand: *Heute wegen Todesfall geschlossen.* Er packte die Utensilien auf den Hintersitz des Autos, startete den Motor und fuhr in die Dunkelheit. Ein paar Straßen weiter hielt er an, stieg aus und klebte den Zettel an die Eingangstür des örtlichen Supermarktes. Danach wendete der junge Mann seinen Wagen, verließ den Ort Richtung Fluss. Kurz vor der Brücke bog er links in die gerade Teerstraße ab, durchfuhr den Auenwald, links und rechts des Weges zogen die nackten schwarzen Bäume vorbei.

Als Maximilian die Einfahrt der Kiesgrube erreichte, stellte er das Auto ab und machte sich an die Arbeit.

Es war immer noch dunkle Nacht, als ein weiterer Wagen in die Teerstraße einbog. Dessen Fahrer war auf dem Weg zur frühen Arbeit im Kieswerk. Es war fünf Uhr fünfundvierzig, als im Scheinwerferlicht der abgestellte schwarze Golf vor ihm auftauchte. Der

Mann beschloss nachzusehen, hielt an und stieg aus. Langsam näherte er sich dem Fahrzeug, dessen Motor noch lief. Er blickte durchs Fenster und entdeckte im dichten, stinkenden Rauch den leblosen Körper von Maximilian Landgraf.

Am Morgen des gleichen Tages holte Simmerl aus dem Briefkasten ein großes Kuvert, Absender war der Sohn seines Jugendfreundes Vinzenz, Maximilian.

Simmerl, der bei seinen seltenen Besuchen im Dorf Maxi gelegentlich begegnet war, konnte eigentlich ganz gut mit dem jüngsten Sohn des Paares Vinzenz und Cäcilia, wenngleich der junge Kerl bisweilen merkwürdig auf ihn wirkte, eine Mischung aus Scheu und Überheblichkeit zeigte, meistens wortkarg war, gleichzeitig einen ebenso hochmütigen Blick aufsetzte wie seine Mutter Cäcilia. Oft bastelte Maxi an seinem Auto herum, brachte Spoiler an, oder er putzte und polierte den Wagen, selbst wenn der ohnehin schon glänzte. Saß die Familie zusammen mit dem Besucher Simmerl am Kaffeetisch, sprach Maxi wenig, sondern musterte die Runde verstohlen, verschlagen und argwöhnisch. »Ich versteh meinen Sohn nicht«, gestand Vinzenz Simmerl einmal, als die beiden Männer an einem Sonntag auf den Berg wanderten. »Er sagt nichts, hat so gut wie keine Freunde. Eine Freundin schon gar nicht, noch nie eine gehabt. Und jetzt ist er schon sechsundzwanzig. Und dauernd kommen so komische Sätze von ihm wie: ›Bald ist es so weit.‹ Keine Ahnung, was er damit meint.« – »Was sagt denn Cäcilia dazu?«, fragte Simmerl. »Tja, dass er halt a bisserl ein Psycherl ist.« »Vielleicht solltet ihr mal mit Maxi zu einem Arzt gehen?«, schlug Simmerl vorsichtig vor. Vinzenz winkte genervt ab. »Ich weiß nicht, würde der Maxi eh net machen, und ob die Cäcilia des wollen würde? Käm nicht gut an bei uns im Dorf, unser Sohn bei so einem Seelenklempner.« Sie stapften schweigend nebeneinander her. Simmerl überlegte, was noch zu sagen sei, fand aber keine Worte. Vinzenz sprach zögerlich und ungern über Privates, selbst wenn Simmerl ihn danach fragte. Zumindest von außen wirkte seine Ehe mit Cäcilia wie ein unterkühltes Arbeitsverhältnis, dessen einziges Interesse auf den Laden und das dort erwirtschaftete Geld abzielte, genauso, wie Simmerl es von Anfang an befürchtet hatte.

Die beiden Männer schlugen einen schmalen, verborgenen Jägersteig ein, den nur jene kannten, die aus der Gegend kamen. Mittlerweile war er zwischen dem dichten Gras, das dort wuchs, kaum mehr zu erkennen. Vinzenz, der voranging, tat langsame, vorsichtige Schritte. Ab und an beobachtete Simmerl seinen alten Freund, dessen Körper schmäler geworden war und vom Alter gebeugt. Inzwischen waren sie beide über siebzig Jahre alt, es war nicht mehr so einfach, Berge zu erklimmen. Als sie an einer Lichtung ankamen, hielt Vinzenz an. »Weißt noch, hier war einer unserer Stützpunkte, als wir Krieg gespielt haben mit unseren Holzgewehren. Eines von denen habe ich noch. Unten im Keller, ich wollt es nicht wegwerfen.« Simmerl lachte. »Genau wie ich, hab meins auch noch.« Auf dem Gipfel angelangt, packten sie die Brotzeit aus ihren Rucksäcken und tranken Bier dazu. »Mei, Vinzenz, ich erinnere mich so genau an all unsere Abenteuer hier.« Vinzenz lächelte milde. Das tat er selten, meistens hatte sein Gesicht einen zynischen Ausdruck. »Ich komme nicht mal mehr ans Erinnern, bei der ganzen Arbeit mit dem großen Laden«, erwiderte er. Dann begann er, wie meistens, wenn die Männer sich sahen, über die Arbeit, das Geld und die wenige Zeit zu sprechen, die er und seine Frau hätten. »Maxi ist uns im Gegensatz zu seinen Geschwistern leider keine rechte Hilfe«, klagte er. Und Simmerl nickte, spürte gleichzeitig, dass ihre Beziehung, wie auch immer sie geartet sein mochte, sich nur noch aus der gemeinsamen Vergangenheit speiste. Und die lag verdammt lang zurück.

Jetzt setzte sich Simmerl an den Küchentisch, nahm einen Schluck Kaffee und öffnete das Kuvert. Er rückte die Brille zurecht und begann zu lesen:

Heute ist der 18. August 1991, stand in der ersten Zeile. *Heute ist ein guter Tag, damit zu beginnen, so einiges mal aufzuschreiben. Es ist der Tag, an dem der liebste Mensch der Welt für immer fortgegangen ist und in der Erde verbuddelt wird. Vater, Mutter und ihr anderen Menschen, die ihr mich kennt, ich erzähle euch meine Geschichte. Denn manchmal überkommt mich das Gefühl, dass irgendwann was passieren wird.*

Nachdem Simmerl die vielen Seiten zu Ende gelesen hatte, griff er besorgt zum Telefon, um Vinzenz zu erreichen. Niemand nahm ab, so oft er es auch versuchte.

Inzwischen parkten im goldenen Dorf vor dem Landgraf'schen Haus mit den Erkern mehrere Polizeiwagen, ein Notarzt war auch zur Stelle. Später trafen Reporter und ein Fernsehteam im Ort ein, umringt von Schaulustigen. Was war wohl passiert bei den Landgrafs, fragten sie sich. So viel Polizei im Ort hatte es noch nie gegeben. Und was war das für ein merkwürdiger Zettel, der an der Eingangstür vom Supermarkt hing?

Um den frühen Nachmittag herum erreichte Simmerl endlich einen alten Freund aus dem Dorf und erfuhr, was geschehen war.

Vier Leichen waren gefunden worden:

Cäcilia Landgraf, in ihrem Schlafzimmer mit einem Hanfseil erdrosselt.

Vinzenz Landgraf, in seinem Schlafzimmer erdrosselt, ebenfalls mit einem Hanfseil.

Ein Schwager der Familie im Keller mit vier Messerstichen erstochen.

Maximilian, der Täter, beging Selbstmord im Auto durch Abgase.

Ende

Zuerst fallen einzelne Tropfen, alsbald rieselt es in feinen Fäden vom Himmel. Dann legt sich ein lauer Regenschleier auf das goldene Dorf. Gleichzeitig lugt die Sonne zwischen Wolkenlücken hervor. Auf der anderen Seite des Flusses krümmt sich ein Regenbogen über die Felder.

Der alte Mann hockt immer noch auf der Friedhofsbank, den Kopf nach vorne gesenkt, es scheint, als schliefe Simon Weber.

Langsam kehrt er zurück aus seinen Gedanken, in denen die alten Zeiten des Dorfes so gegenwärtig waren, als hätte der Mann sie ein zweites Mal erlebt. Er hebt den Kopf, Tropfen laufen seine hohlen Wangen hinab. »Ja, ja, ich habe lange nachgedacht, so könnte es gewesen sein, lieber Vinzenz«, murmelt er. »Es war meine Geschichte, meine Fantasie, wie es lange vor deinem und meinem Leben im goldenen Dorf zugegangen sein könnte. Es war die Geschichte deiner Schwiegermutter, glaube mir, ich habe mit ihr gelitten, als ich sie bildlich vor mir sah, in tiefer Verzweiflung und endloser Trauer. Doch nicht nur das. Es war vor allem deine Geschichte, mein Freund, und die Fortsetzung des Dramas, das ich damals schon, als du Cäcilia zum Altar führtest, befürchtet und kommen gesehen habe. Es war unser aller Geschichte, aller Menschen, die hier neben dir und um dich herum liegen. Oder noch leben, so wie ich. Und es war auch ein klein wenig meine Geschichte, in der ich mir erlaubt habe, anzunehmen, meinem Vater begegnet zu sein, ohne dass wir uns erkannt haben. Wir alle haben dazu beigetragen, dass es so gekommen ist, weil wir dachten, die Geschichte sei Schicksal gewesen. Aber nein, lieber Vinzenz, wir hätten es von uns wenden sollen, hätten es selbst in die Hand nehmen können. Zumindest hätten wir es versuchen sollen.«

Mühsam erhebt er sich, nimmt seinen Rucksack und geht ein letztes Mal ans Grab. »Aber wir alle haben uns treiben lassen. Wir haben nicht gekämpft, wir haben nichts gemacht, weil es sich so gehört hat. Weil man es so erwartet hat, weil man nicht wollte, dass die Leute über einen reden. Und so haben wir nicht geredet, wir haben unsere Gefühle und Wünsche, unsere Ängste aber auch das Begehren in der Seele versteckt und dort erstickt.

Genau deswegen liegst du hier, Vinzenz. Und du, Cäcilia, weil du kein Herz hattest, wie auch, du hattest es nie fühlen dürfen oder können. Und du, Maxi, weil du daran zerbrochen bist, an dem, was vor Generationen begonnen hat: ein traumatisches Leben ohne Liebe.

Und ich? Ich lebe mit der Schuld, zu wenig gesagt, zu wenig getan zu haben.

Servus, Vinzenz, alter Freund, und alles Gute zum 90. Vielleicht hast meine Geschichte gehört oder gespürt, droben im Himmel. Wenn nicht, erzähle ich sie dir noch mal, wenn ich bei dir bin.«

Simon Weber schmunzelt. »Kann nicht mehr lange dauern, so alt, wie ich bin.«

Er wirft den Rucksack über die Schulter, setzt den Hut auf und geht langsam an den Gräbern vorbei zur Eingangspforte des Friedhofs. Sachte schließt er die Tür hinter sich und allem, was geschehen ist.

Quellenangaben

Über die Zeit selbst:
Eine neue Zeit. Die goldenen Zwanziger in Oberbayern. Geschrieben von Jan Borgmann, Monika Kania-Schürz, 2019, Volk Verlag, München

Das Theaterstück:
Der Bayerische Hiasl oder das Leben des Matthias Klostermayr. Geschrieben von Wilhelm und Ottilie Köhler, Wilhelm Köhler Verlag, München

Das braune Buch:
Das Hauswesen. Geschrieben von Marie Susanne Kübler, 1894, (13. Aufl.), Verlag Engelhorn, Stuttgart

Über die früheren Rechte der Frauen:
Die Geschichte der Frauen im Recht. Geschrieben von Prof. Dr. Eleonora Kohler-Gehrig, August 1977, Hochschule für öffentliche Verwaltung und Finanzen, Ludwigsburg

Über die Prothesen:
Die Geschichte der Armprothese unter besonderer Berücksichtigung der Leistung von Ferdinand Sauerbruch (1875-1951), siehe S. 49 ff. Geschrieben von Martin Friedrich Karpa, Essen, 2004, Inaugural-

dissertation, Hohe medizinische Fakultät der Ruhr-Universität Bochum

Über die Unehelichkeit und deren Folgen:
Das Geheimnis unterm Trachtenrock. Unehelichkeit in der ländlichen Bevölkerung am Anfang des 20. Jahrhunderts. Geschrieben von Johannes Mayser, Geschichtswettbewerb des Bundespräsidenten 2010/2011 Landgraf-Ludwigs-Gymnasium, Reichberger Str. 3, 35369 Gießen

Zitiertes Gedicht auf S. 60; S. 94
Inntaler Bauernjugend von Lorenz Strobl. Aus der Zeitschrift des Historischen Vereins Rosenheim und Umgebung, »Das Bayerische Inn-Oberland, 1928, S. 50 f

Über die Raunächte:
Die Raunächte. Die zwölf heiligen Nächte. Geschrieben von Christopher Weidner, 2012, Kopp Verlag, Rottenburg

Über die Ehe in der Bibel:
Zitiert aus: www.bibleinfo.com
z. B. Epheser 5,22-24; Hebräer 13,4 und vieles andere mehr

Lied: *Ich hatt einen Kameraden*
Textfassung von Ludwig Uhland https://de.wikipedia.org/wiki/Der_gute_Kamerad

Gedicht: *Hirten, lasst uns weitergehen.*
Aus: *Die Hirten*, von Max von Schenkendorf, Gedichte, o. J., Leipzig

Zitat aus der Offenbarung 6,12-13:
»Und die Sonne wurde schwarz wie ein härener Sack, und der ganze Mond wurde wie Blut, und die Sterne des Himmels fielen

auf die Erde, wie ein Feigenbaum seine Feigen abwirft, wenn er von starkem Wind bewegt wird.«
www.bible.com/de/bible/65/REV.6.12-17.gantp

Zitat aus Bouhlers Lesebuch:
Kampf um Deutschland. Ein Lesebuch für die deutsche Jugend. Geschrieben von Philipp Bouhler, 1938, Zentralverlag der NSDAP, Eher, Berlin

Weitere Zitate von Bouhler stammen aus Originaldokumenten des Bundesarchivs Berlin-Lichterfelde